est le s

publié chez
VLB ÉDITEUR.

La collection « Roman »
est dirigée par Jean-Yves Soucy.

VLB éditeur bénéficie du soutien de la Société de développement des entreprises culturelles du Québec (SODEC) pour son programme d'édition.

Gouvernement du Québec – Programme de crédit d'impôt pour l'édition de livres – Gestion SODEC.

Nous reconnaissons l'aide financière du gouvernement du Canada par l'entremise du Programme d'aide au développement de l'industrie de l'édition (PADIÉ) pour nos activités d'édition.

Nous remercions le Conseil des Arts du Canada de l'aide accordée à notre programme de publication.

CASINO

DU MÊME AUTEUR

Lance et compte III, Montréal, La Presse, 1989.
Scoop, Montréal, Les Quinze, éditeur, 1992.

Allan Tremblay

CASINO

roman

d'après un scénario de
Réjean Tremblay

vlb éditeur

VLB ÉDITEUR
Une division du groupe Ville-Marie Littérature
1010, rue de La Gauchetière Est
Montréal (Québec) H2L 2N5
Tél.: (514) 523-1182
Téléc.: (514) 282-7530
Courriel: vml@sogides.com

Maquette de la couverture: Julie Gauthier
En couverture: © Zigy Kaluzny / Stone

Données de catalogage avant publication (Canada)

Tremblay, Allan, 1970-

Casino

(Roman)

ISBN 2-89005-827-1

I. Titre.

PS8589.R393C37 2003 C843'.54 C2003-940892-2
PS9589.R393C37 2003
PQ3919.2.T73C37 2003

DISTRIBUTEURS EXCLUSIFS:

Pour le Québec, le Canada et les États-Unis:
LES MESSAGERIES ADP*
955, rue Amherst
Montréal (Québec) H2L 3K4
Tél.: (514) 523-1182
Téléc.: (514) 939-0406
*Filiale de Sogides ltée

Pour la Belgique et la France:
Librairie du Québec / DEQ
30, rue Gay-Lussac, 75005 Paris
Tél.: 01 43 54 49 02
Téléc.: 01 43 54 39 15
Courriel: liquebec@noos.fr

Pour la Suisse:
TRANSAT S.A.
4 Ter, route des Jeunes
C.P. 1210, 1211 Genève 26
Tél.: (41.22) 342.77.40
Téléc.: (41.22) 343.46.46

Pour en savoir davantage sur nos publications,
visitez notre site: **www.edvlb.com**
Autres sites à visiter: www.edhexagone.com • www.edtypo.com
www.edjour.com • www.edhomme.com • www.edutilis.com

Dépôt légal: 4e trimestre 2003
Bibliothèque nationale du Québec
Bibliothèque nationale du Canada

ISBN 2-89005-827-1

Il n'y en a qu'un sur cent qui gagne,
mais il y en a un.

DOSTOÏEVSKI

Chapitre premier

Le soleil de la Floride brûlait la nuque de Stéphane Dumas, occupé à une partie de black-jack avec ses compagnons d'infortune. Un vieil homme observait la scène. On aurait pu les croire en vacances, si ce n'était de leurs uniformes ternes, des gardiens armés qui les surveillaient et des imposants murs de béton surmontés de barbelés. Les camarades n'en étaient pas vraiment : plusieurs d'entre eux n'auraient pas hésité à régler son compte à Stéphane, un peu trop mignon, un peu trop arrogant et pas assez baraqué à leur goût. Mais il jouissait de privilèges spéciaux grâce à un talent particulier.

Il était le seul Blanc autour de la petite table de jeu improvisée avec des caisses de bois, sur laquelle reposaient des capsules de bouteilles qui servaient de jetons. Les quatre autres étaient tous noirs et de gabarit imposant. Il était également le seul Québécois de la prison, n'ayant pu obtenir son extradition vers le Canada. Il séchait entre ces murs depuis près de trois ans, années qu'il avait vécues comme un cauchemar éveillé. Un parfait outsider, qui n'avait d'ailleurs rien fait pour se retrouver là.

Zachary, le croupier, se distinguait des autres par ses origines haïtiennes. Ses congénères étaient peu respectés aux États-Unis, où on les surnommait les « *French Fries* ». Le plus triste était que ce mépris provenait souvent des Noirs américains « de souche », qui trouvaient chez les Haïtiens l'occasion de se venger des humiliations imposées par la majorité blanche. Zachary, ou plus simplement Zak, parvenait cependant à se faire respecter, non pas grâce à sa personnalité ou à sa bonté, mais plutôt à ses trois cent cinquante livres de muscles répartis sur six pieds et demi.

Zak, comme bien des Haïtiens, avait déjà envisagé de s'installer à Montréal, une ville réputée accueillante dans son pays, mais il n'y avait aucune parenté. Il avait donc choisi Miami, où il comptait quelques cousins. Cela n'améliora guère son sort, car son caractère bouillant et son goût pour les substances toxiques lui valurent de se retrouver très rapidement en prison. Sitôt sorti, il récidiva et ses séjours à l'ombre se firent de plus en plus longs. Sa rencontre avec Stéphane lui rappela son vague projet d'émigrer à Montréal et il prit le Québécois sous son aile, en échange de certaines faveurs.

Stéphane ne se faisait pas d'illusions sur sa relation avec le colosse antillais. Il s'était trouvé un garde du corps et n'en demandait pas plus – pourvu que Zak ne garde pas son corps de trop près.

Écrasé par la chaleur, Stéphane comptait tranquillement les cartes, ce qui était une tâche facile puisqu'on ne jouait qu'avec un seul paquet. La majorité des figures étaient sorties et il était certain que beaucoup des basses cartes étaient encore disponibles. Il redemanda donc une carte malgré son total de dix-sept, ce qui déclencha des grognements incrédules chez ses voisins de table. Il évaluait à environ soixante pour cent ses chances d'obtenir un quatre ou moins. Il reçut un trois et gagna contre le dix-neuf de la banque.

Le gain était quasi symbolique, une capsule valant seulement une cigarette, mais le drôle de couple, qui n'avait de commun que l'usage du français, avait souvent attiré les soupçons au jeu, et le fait que Zak tînt le rôle de croupier ne calmait aucunement les autres joueurs, qui, pourtant, n'avaient rien perdu avec le gain de Stéphane. Cependant le soleil tapait fort, et il s'agissait là d'un excellent prétexte pour en faire autant avec la petite gueule du petit Québécois.

« *It's no luck, you, mother fucker!* » s'exclama l'un des joueurs. Stéphane n'eut pas le temps de protester qu'un autre joueur faisait voler la table et les jetons d'un coup de pied. Stéphane se mit en position de défense, prêt à essuyer les coups qu'il faudrait. C'était une règle en prison : plus on défendait chèrement sa peau, moins on risquait d'avoir à la défendre plus tard. Il y avait cependant une autre option.

Zak assomma l'un des joueurs d'un coup de poing. « *He's mine. Leave him alone* », ordonna-t-il à ceux qui se tenaient encore debout. Tous savaient que l'Haïtien était parfaitement capable de les prendre de front ensemble. Stéphane se détendit, le groupe se dispersa, non sans échanger de sombres regards ; on n'embêtait pas Zak. Le vieil homme qui avait observé la scène s'approcha.

« T'as encore triché…, dit-il en anglais.

– J'ai fait ce que tu m'as montré, c'est pas vraiment tricher.

– Si c'est contre leurs règles, c'est tricher.

– Tu me dois une faveur, Pink Ass, intervint Zak avec un air langoureux.

– Plus tard, Zak… », répondit Stéphane, qui savait très bien en quoi consistait cette faveur.

Dans l'après-midi, Stéphane, Zak et le vieil homme se retrouvèrent dans la salle de récréation du pénitencier. Avec le temps, c'était devenu un rituel. Le vieil homme se tenait devant la porte close, dans le corridor, et faisait le guet pendant que Zak s'affairait dans la salle avec un beau jeune homme, généralement un nouvel arrivant terrorisé, ou encore un habitué consentant. Stéphane s'installait devant un vieux piano désaccordé pour y marteler quelques airs de jazz ou de blues. C'était là son « talent particulier » : agrémenter musicalement les ébats amoureux de son protecteur tout en couvrant les gémissements avec le son du piano.

Cet étrange arrangement était survenu peu après l'arrivée de Stéphane. Zak avait résolu « d'étrenner » le petit nouveau, et la résistance de Stéphane s'était avérée futile, pour ne pas dire dérisoire, devant la masse de muscles de l'Haïtien. En désespoir de cause, Stéphane, apercevant le vieux piano, avait proposé à Zak de lui jouer un petit air de blues. À sa grande surprise – et à son grand soulagement –, les yeux du colosse s'étaient illuminés. C'est ainsi que Stéphane avait pu éviter de servir de femme aux caïds de la prison. Le sodomite mélomane s'était depuis révélé un garde du corps efficace.

Stéphane se laissait aller à son art pendant que Zak se laissait aller à ses pulsions. Une odeur de sueur rance alourdissait l'air chaud et humide. Cette fois-ci, le partenaire de Zak semblait apprécier le traitement qui lui était administré. Grand bien lui fasse, se disait le pianiste, qui n'aurait changé de place avec lui pour rien au monde.

De l'autre côté de la porte, le vieux se mit à chanter de sa voix éraillée. Il ne suivait pas l'air que jouait Stéphane. Cela n'avait pas d'importance. C'était un signal convenu entre eux. Les deux amants interrompirent leurs ébats, s'écartant avec un bruit de succion qui donna un haut-le-cœur à Stéphane. Le temps de pousser quelques jurons leur suffit pour remonter leurs pantalons et s'installer, mine de rien, à chaque bout de la table de ping-pong de la salle de récréation.

Un gardien, accompagné de deux hommes en costume-cravate, se présenta à la porte, observant l'attitude des prisonniers d'un œil suspicieux. Il se doutait de ce qu'il venait d'interrompre, mais n'avait pas l'intention de s'en mêler. La vie de prison comporte des aspects que les gardiens préfèrent ne pas avoir à gérer. Stéphane reconnut son avocat dans l'un des deux hommes qui accompagnaient le gardien.

« Stéphane Dumas ? demanda le gardien avec son accent floridien marqué.

– *Yes ?*

– *I think these gentlemen have good news for you.*

– Monsieur Dumas, la justice américaine laisse tomber les charges contre vous, annonça l'avocat. L'enquête préliminaire n'a pas permis de rassembler de preuves tangibles.

– *Could you speak English ?* demanda l'autre homme cravaté.

– Écrase, répondit Stéphane. Ça leur a pris près de trois ans pour admettre qu'ils n'avaient aucune preuve ?

– Si vous le désirez, nous pourrons intenter une poursuite en dommages-intérêts, mais on ne gagne pas facilement contre le gouvernement américain… Réjouissez-vous, vous êtes libre! »

Stéphane commença à réaliser ce que cela voulait dire. Il se tourna vers ses compagnons qui, à l'exception de Zak, avaient assisté à l'entretien sans rien y comprendre.

« *I'm free, guys*, expliqua-t-il d'une voix hésitante.

– *I knew you would get out soon*, dit le vieux.

– Tu vas me manquer, Pink Ass, lâcha Zak.

– *I'll miss you, too*, répondit Stéphane.

– *Never forget what I taught you*, ajouta le vieil homme.

– Non, j'oublierai pas », promit Stéphane.

Le jeune Québécois comptait bien mettre en application les enseignements du vieil homme.

♠

Antoine Caron regardait distraitement les dizaines d'écrans de surveillance qui recouvraient les murs de la salle de contrôle du casino de Montréal. « Distraitement » ne voulait pas dire grand-chose dans le cas d'Antoine, puisque son quart de siècle passé au sein de la Gendarmerie royale avait aiguisé ses facultés d'attention d'une manière peu commune. Ainsi, il avait appris à se servir de sa vision périphérique au fil des ans, capacité bien utile dans une salle de surveillance vidéo. Il avait été un bon flic et il faisait maintenant un directeur de la sécurité surqualifié.

En fait, tout fonctionnait trop bien dans ce casino. Une certaine lassitude était en train de le gagner. Au début, il avait aimé l'atmosphère de l'établissement et pris plaisir à dépister les tricheurs. Il avait rapidement apprécié le fait que sa vie ne fût plus en danger dans le cadre de son travail. Mais quelque chose le dérangeait, quelque chose qui n'avait rien à voir avec la nature de son travail.

À force de débusquer les tricheurs de toutes sortes et d'observer la faune humaine se faire plumer sur une échelle industrielle, il s'était mis à réfléchir sur les rôles respectifs du casino et du joueur. Réfléchir peut être un risque dans ce genre de boulot. Antoine avait couru ce risque et y avait perdu cette sérénité que lui avait si longtemps procurée le sentiment de faire régner la justice. C'était là le fruit de sa réflexion : le casino était une injustice institutionnalisée.

Durant sa carrière d'inspecteur, il avait souvent ressenti l'exaltation du chasseur traquant sa proie. Il avait pu se permettre cet état d'âme, car il savait que son but était noble : mettre des criminels en prison, empêcher des gens vulnérables d'être victimes d'individus sans scrupule. Cette exaltation était depuis longtemps disparue. Il avait le sentiment de chasser dans un enclos avec une mitraillette. Les tricheurs n'avaient aucune chance de réussir leur coup et, fait beaucoup plus important, il n'avait plus du tout l'assurance de protéger la société contre les exploiteurs.

À vrai dire, il avait la très dérangeante impression d'être passé de l'autre côté de la barrière.

Tandis qu'il ruminait ces pensées, une partie de lui-même continuait de surveiller machinalement les moniteurs du coin de l'œil. L'un d'eux attira son attention. C'était la table de roulette de Marc Sylvain, un des bons croupiers de l'endroit, très populaire auprès de la clientèle féminine mais toujours d'une grande rigueur dans son travail. Antoine s'était toujours un peu méfié de lui, à cause de son curriculum bien supérieur à celui des autres employés – Marc était un ingénieur en informatique très qualifié – et aussi de la facilité avec laquelle il s'était immédiatement glissé dans son rôle de croupier. Cette méfiance n'était probablement qu'une déformation professionnelle de la part d'Antoine, qui devait bien admettre avoir affaire à un employé modèle en la personne de Marc.

« Repasse-moi donc la huit, demanda-t-il à Aurélien, son subordonné.

– Pas de problème... »

Aurélien rembobina la bande vidéo de quelques secondes. Une très jolie femme à la poitrine opulente et au décolleté provocant était assise juste en face du croupier et le regardait avec un sourire dévastateur. La jeune femme posa quelques jetons d'une façon très calculée sur certains numéros. Le sept, le six, le neuf, le zéro, encore le six, le quatre et encore le neuf. Marc lui adressa un sourire entendu.

« Elle vient de dépenser trente-cinq dollars pour lui laisser son numéro de téléphone, en déduisit Antoine. Elle en veut !

– Ouais... Mais regarde au bout de la table... »

Un autre joueur, profitant du fait que Marc était déconcentré par les simagrées de la belle blonde, plaça quelques jetons, bien après que le croupier eut annoncé que les jeux étaient faits. La bille ne tomba qu'à deux cases du numéro choisi par le joueur.

« Marc est plus à son affaire que ça, d'habitude, dit Aurélien.

– Je te parie une bière qu'il va s'en rendre compte d'ici les deux prochaines mises.

– Tenu. »

La plantureuse blonde reprit son jeu de séduction auprès du croupier, en se penchant de tout son long en sa direction pour placer sa prochaine mise, juste au moment où celui-ci relançait la bille, lui offrant ainsi une vue panoramique sur les paysages de Silicone Valley. Le pauvre Marc eut de la difficulté à détacher ses yeux du décolleté, mais y réussit néanmoins. Il remarqua du coin de l'œil que le joueur au bout de la table avait glissé une mise bien après l'annonce fatidique.

« Je pense qu'il l'a vu…, dit Antoine.

– Pas sûr… »

Cette fois, le croupier se tenait aux aguets. Il échangea encore quelques regards complices avec la blonde, mais en prêtant une attention particulière à ce qui se passait de l'autre côté de la table. Le même manège recommença. Il appuya discrètement sur un bouton situé sous le rebord de la table. Un signal d'avertissement se fit entendre dans la salle de surveillance.

« Tu me dois une bière, dit Antoine.

– Je descends m'en occuper, répondit Aurélien.

– On la prendra après le travail.

– Je parlais des tricheurs », grommela Aurélien.

Antoine lui adressa un sourire moqueur pour lui signifier qu'il avait très bien compris.

♠

Au même moment, au bar du casino, Sandra Johnson terminait un air de blues devant sa clientèle de paumés habituelle. Elle aimait chanter. Cela lui faisait oublier la médiocrité de son existence et de son environnement, ainsi que les crises de nerfs de son amant Kim Dee, présentement absent. Chanter lui rappelait son enfance et le sourire attendri de son père durant les réunions de famille, alors qu'il l'écoutait avec une attention qu'il ne lui accordait en aucune autre circonstance. Lorsqu'elle chantait, elle cessait d'être la jolie gourde incapable de dire non et devenait une vedette, une princesse, une fée. Mais toujours quelqu'un venait mettre fin au rêve avec une remarque idiote ou en affichant une totale indifférence.

Cette fois-là, ce fut un lourdaud un peu éméché, probablement trop chanceux au jeu, qui vint déposer un billet de vingt dollars sur le piano.

« Sandra, chante-moi *La vie en rose*, demanda-t-il en projetant une haleine qui empestait le whisky.

– Je viens de la faire, soyez patient, on se reprendra à mon deuxième tour. »

Le client l'avait effrontément déshabillée du regard en lui adressant sa requête, ce qui, en plus de la mettre mal à l'aise, lui faisait craindre le retour impromptu de son petit ami. Elle savait qu'il ne tolérerait pas un pareil comportement, et elle redoutait ces éclats de violence bien plus que les mains baladeuses d'un client imbibé d'alcool. Le lourdaud s'entêta dans sa démarche et déposa deux billets de cent dollars sur le piano.

« Pour deux cents dollars, j'aimerais que tu me chantes une autre chanson... Si tu vois ce que je veux dire.

– Reprenez votre argent et laissez-moi tranquille, ça vaut mieux pour vous... » Tout en disant cela, elle fit un signe au barman qui appela discrètement un agent de sécurité, mais, trop tard, Kim Dee, le petit ami de la chanteuse, venait de faire son entrée.

L'Asiatique avait remarqué les deux billets de cent dollars posés sur le piano et Sandra se crispa en devinant ce qui allait se produire. Kim Dee venait de toute évidence de s'offrir quelques lignes de coke, et quand il se trouvait dans cet état il pouvait exploser à tout moment. En fait, dans ces instants de fébrilité, il ne demandait qu'à exploser. Kim Dee n'était pas seulement accro à la cocaïne, il se nourrissait de haine et se grisait de violence. Il regarda le loustic avec des yeux de prédateur, puis s'approcha de lui en arborant un sourire menaçant.

« Vous êtes assis à ma place, monsieur, dit-il.

– Tu te trompes, ça fait une demi-heure que je suis là, répondit l'autre avec désinvolture. Trouve-toi une autre place, hostie de Jaune !

– Kim Dee…, gémit Sandra.

– Est-ce que je me trompe ou vous venez d'offrir deux cents dollars à ma fiancée ? s'enquit Kim Dee d'une voix glaciale.

– Euh… C'était pour une demande spéciale, bafouilla l'autre, subitement alerté.

– À quelle sorte de demande spéciale tu pensais pour deux cents dollars ?

– C'était juste une blague, assura l'autre en rempochant ses billets.

– Je ne comprends pas vraiment ce genre d'humour, espèce de gros dégueulasse, renchérit le Vietnamien. Je te donne trente secondes pour crisser ton camp, sinon je te fais casser les deux jambes. C'est du québécois ça, je pense que tu comprends cette langue.

– On se calme ici, messieurs, intervint un agent de sécurité, au grand soulagement du client éméché. Monsieur Nguyen, les visites personnelles ne sont pas encouragées pendant le travail.

– Je suis un très bon client ici, j'ai autant le droit que n'importe qui de parler avec les employés, rétorqua-t-il.

– C'est bon, mais on se calme », insista l'agent, surnommé Tiger à cause de son gabarit imposant et de la crainte qu'il inspirait aux fauteurs de trouble. Kim Dee ne tenait pas à avoir maille à partir avec lui et se retira, non sans lancer un regard meurtrier au malheureux buveur qui avait eu l'impudence de faire des avances à Sandra. Ce dernier poussa un profond soupir en regardant s'éloigner l'Asiatique.

« Maintenant, monsieur, dit Tiger, la maison vous invite à souper. Un bon repas va vous aider à faire passer le whisky. »

L'invitation avait été faite sur un ton qui n'admettait aucun refus. D'un signe, Sandra remercia l'agent de sécurité, et les musiciens se remirent à l'œuvre. Elle ferma les yeux et se réfugia de nouveau dans son monde musical, où les misères de la vie ne l'atteignaient plus.

♠

Stéphane était de retour à Montréal, enfin. Il descendait tout juste de l'autobus et traversait le hall de la Station centrale, que tout le monde appelait encore le Terminus Voyageur. Il avait choisi de rentrer par bus, non pas pour économiser – le trajet eût été moins cher par avion, et plus rapide –, mais, plus ou moins consciemment, pour se donner le temps de réfléchir et de repenser sa vie.

Pendant trois ans, il s'était endurci et avait mis de côté, ou plutôt refoulé profondément au-dedans de lui-même, les angoisses et les incertitudes, afin de mieux survivre dans le milieu carcéral. Il avait senti qu'il ne pouvait pas rentrer directement chez lui. Il avait besoin de se préparer aux nombreux changements survenus durant son absence.

Le plus important de ces changements était sans conteste la mort de son père. Il n'avait pas pu vivre son deuil correctement, trop occupé à vider son cœur de toute émotion. La cassure avait été irréelle. Les autorités avaient refusé de le laisser assister aux funérailles et, par conséquent, le dernier souvenir qu'il conservait de cet homme qu'il avait tant respecté était le regard déçu, empli de doute, qu'il avait posé sur lui à travers la vitre épaisse de la salle de visite de la prison. Il avait lu dans ses yeux qu'il n'était pas certain de son innocence, et ce doute avait causé la plus profonde blessure de ces trois années de malheur. Elle le brûlait encore alors qu'il posait le pied sur le trottoir du boulevard de Maisonneuve.

Moins de trois semaines après cette visite déchirante, on lui avait appris que son père s'était suicidé.

Sa mère l'avait assuré que son geste avait été causé par sa ruine au casino de Montréal. Cet homme si rationnel, si organisé, un comptable qui avait passé sa carrière à gérer judicieusement l'argent des autres, avait réussi à flamber toute une vie de travail et de sacrifices sur le velours vert des tables de jeu. Cet homme qui avait passé sa vie à calculer minutieusement, au cent près, les avoirs de ses clients avait remis son destin entre les mains du hasard, avait commis la folie de faire confiance aux cartes, aux dés, à la bille sautillante des tables de roulette.

Stéphane était incapable d'admettre cette idée que son père avait pu céder à une telle faiblesse. Durant ces trois ans de deuil avec sursis, il avait longuement fomenté sa vengeance. Au fil des nuits blanches sur son matelas infesté de vermine, il en était venu à haïr de toutes ses forces ce monstre séduisant qui attirait par milliers les pauvres gens pour les dépouiller de leurs biens. Dans son esprit, le casino n'était plus un bâtiment abritant un centre de divertissement. Il en avait fait un être maléfique, doué d'une volonté propre, qu'il rêvait de terrasser et d'humilier, tel un chevalier combattant un formidable dragon.

Ces rêves de vengeance allaient cependant attendre. Personne n'est moins pressé qu'un mort et Stéphane voulait d'abord reprendre contact avec les vivants.

Il consulta encore une fois le bout de papier sur lequel il avait noté la nouvelle adresse de sa mère. Il avait de la difficulté à concevoir que sa mère avait quitté sa banlieue confortable pour s'installer dans l'est de Montréal. Entre Saint-Bruno-de-Montarville et Hochelaga-Maisonneuve, il y avait beaucoup plus qu'un pont à franchir. Il n'osait imaginer comment sa mère avait pu vivre la mort de son père. La seule chose à faire était d'aller constater par lui-même.

À rester planté ainsi sur les trottoirs de la métropole, on attire immanquablement les mendiants. L'un d'eux s'approcha de Stéphane.

« T'aurais pas un trente sous, c'est pour manger. »

Évidemment que c'était pour manger, ce n'était sûrement pas pour acheter de l'alcool ! Montréal n'avait pas changé.

« C'est rendu combien, un café ? demanda-t-il au robineux.

– Une piastre, ça va faire. »

Stéphane lui donna ce dollar de bon cœur. Il n'était pas d'une nature condescendante, mais cela lui faisait du bien de se sentir de nouveau au-dessus de quelqu'un d'autre. Il n'était plus un paria.

♠

Antoine Caron n'avait plus quitté le couple de tricheurs des yeux grâce aux centaines de caméras installées partout dans le casino. Aurélien Lalancette avait fait son rapport par son discret micro-casque d'écoute. Marc avait confié ses doutes quant à l'honnêteté du duo.

La chasse était ouverte, et, encore une fois, la tâche s'avérait d'une facilité déconcertante. Le couple, observant le changement de croupier et la discussion à voix basse entre Marc et l'agent de sécurité, avait décidé de filer discrètement vers les tables de black-jack du troisième étage. Que les deux individus se déplacent séparément en faisant mine de ne pas se connaître était une précaution dérisoire.

Peine perdue, puisque Caron et ses acolytes ne les avaient pas quittés des yeux une seconde. Lalancette les suivait de loin et chaque agent de sécurité qu'il croisait était au courant de la filature et se tenait prêt à intervenir. Leur image se décuplait sur les écrans de surveillance en face de Caron, qui les observait froidement, comme un gros chat repu qui se demande s'il va faire l'effort d'attraper une souris passant juste sous son nez.

Il remarqua au passage Kim Dee Nguyen qui talonnait le client avec lequel il s'était disputé plus tôt au bar, et assigna un agent à sa surveillance. Il connaissait déjà le Vietnamien, qui n'en était pas à ses premières frasques au casino. On le soupçonnait de vendre de la cocaïne et l'on avait observé ses fréquentes crises de jalousie à l'endroit de Sandra Johnson. Antoine avait déjà voulu l'exclure définitivement de l'endroit, mais sa décision s'était heurtée au veto de la directrice générale. La raison officielle était que Caron n'avait pas de preuve que Nguyen écoulait de la drogue et, en plus, Sandra n'avait jamais porté plainte contre lui, mais Caron savait très bien que cette tolérance était due avant tout aux quatre cent mille dollars que Kim Dee avait rapportés au casino au cours de la dernière année.

Le couple suspect s'installa à une table de blackjack qui, bien sûr, était sous la responsabilité d'un croupier masculin. La plantureuse blonde recommença son manège tandis que son complice s'asseyait, mine de rien, à l'autre bout de la table, avec quelques minutes de décalage. Caron n'avait rien manqué depuis la salle de monitorage. Il soupira devant la futilité de leurs efforts.

♠

Au même moment, Kim Dee avait rejoint l'importun du bar dans le stationnement, beaucoup moins surveillé que l'intérieur du casino. Le lourdaud, qui commençait à dessoûler, s'irrita de sa présence.

« Qu'est-ce que tu veux, encore ? grommela-t-il, méfiant.

– Je voulais juste m'excuser pour tout à l'heure, répondit Kim Dee d'une voix aussi mielleuse qu'hypocrite.

– C'est correct. Fiche-moi la paix et on oublie ça. »

Kim Dee ne lui laissa pas le temps de s'éloigner. Il s'approcha très près de lui tout en retournant une bague qu'il portait à la main droite, la pierre vers l'intérieur de sa paume. Ce bijou était en quelque sorte son arme secrète. La pierre avait été taillée de façon à présenter une pointe extrêmement acérée. Kim Dee avait développé un mouvement spécial inspiré du taï chi qui surprenait ses victimes à tous coups. Dans un geste en apparence anodin, comme s'il voulait simplement caresser la joue de son adversaire, il parvenait sans peine à infliger une longue et profonde entaille qui marquait le malheureux pour le restant de ses jours. Cette manœuvre déloyale et lâche apportait un délicieux sentiment de supériorité à l'Asiatique, qui n'hésitait pas à s'en servir à la moindre occasion.

« C'est important de s'excuser dans la vie, expliqua Kim Dee en posant doucement sa main sur l'épaule de l'homme. Comme ça, on garde pas de rancune.

– Ça va, ça va, fit l'autre, mal à l'aise.

– Moi c'est Kim Dee, et toi ?

– Gérard, mais là je suis pressé, faut que je parte… »

C'est à ce moment que Kim Dee passa à l'action. D'un geste savamment calculé et maintes fois pratiqué, il balafra la joue de Gérard sur plusieurs centimètres. Assez pour que le sang gicle en abondance sur les vêtements du pauvre type, mais pas assez pour l'empêcher de quitter les lieux par lui-même après avoir encaissé le coup. L'homme tomba à genoux avec un cri de douleur.

« La prochaine fois que tu voudras offrir deux cents piastres à une fille, prends-en une autre que ma fiancée, le prévint Kim Dee d'une voix glaciale. Et puis, à ta place, je ne dirais rien à la police, parce que ça ferait juste empirer ton cas. »

L'Asiatique retourna tranquillement vers le casino. D'une certaine façon, il venait de rendre service au pauvre Gérard : celui-ci ne reviendrait plus jamais perdre son argent.

♠

Stéphane avait pris le métro en direction de l'est et se trouvait devant une humble gargote de la rue Ontario. L'endroit n'impressionnait guère par son élégance, mais il avait vu pire. La vitrine et la marquise, portant l'inscription « Chez Marcel », avaient été nettoyées récemment, le climatiseur fonctionnait rondement et le restaurant était à peu près plein. Comparativement aux autres snack-bars des environs, celui-ci semblait on ne peut plus respectable. Il aurait cependant plutôt imaginé sa mère dans un restaurant de sushis ou de fine cuisine française, ou encore dans un de ces trucs végétariens.

Il tenta de se préparer de son mieux aux changements qui avaient pu bouleverser la vie de la digne enseignante retraitée qu'il avait laissée derrière lui trois ans plus tôt, qui peignait des toiles abstraites aux tons pastel en écoutant des concertos de Bach ou de Vivaldi. Dieu sait à quel point sa vie avait été conditionnée par l'ordre et la sécurité apportés par son défunt mari. Stéphane imaginait difficilement sa mère ainsi déracinée. Il n'avait qu'une façon de savoir ce qu'elle était devenue :

franchir la porte du snack-bar. Il enfonça sa casquette sur sa tête afin de dissimuler ses yeux. Il pourrait ainsi se réserver le bénéfice de la surprise et pourrait toujours se retirer temporairement si l'émotion le submergeait. Il se sentait toutefois étrangement froid.

Il se décida à entrer. Une bonne odeur de frites flottait dans l'air. La faune bigarrée mangeait de bon appétit et les conversations allaient bon train. Les petites vieilles côtoyaient les punks, un travelo parlait chiffons avec quelques adolescentes, des employés de la voirie taquinaient des prostituées entre deux âges. Ceux qui n'avaient pas envie de parler fourraient leur nez dans le *Journal de Montréal*. Un groupe de jeunes, arrivant à sa suite et dégageant une odeur de marijuana, le bouscula pour s'emparer de la dernière table libre.

Au milieu de cette joyeuse populace, une femme qu'il reconnaissait à peine s'escrimait à satisfaire les caprices de chacun. Les poutines, les hot-dogs, les clubs-sandwiches, les pogos, les hamburgers, les spaghettis boulettes de viande, les pizzas, les souvlakis-pitas, les rondelles d'oignons, les brochettes de poulet, les sous-marins et, à l'occasion, comme pour donner bonne conscience à un voyageur égaré, une petite salade verte, tout cela transitait par ses mains étonnamment expertes pour atterrir au fond des estomacs qui travaillaient probablement aussi fort qu'elle pour venir à bout de cette nourriture honnie de tous les diététistes. Si Stéphane n'avait pas aussi bien connu Marianne, il aurait cru qu'elle n'avait jamais fait autre chose de sa vie.

Elle avait pris pas mal de poids, ses ongles naguère manucurés étaient maintenant coupés court et ses cheveux autrefois arrangés avec soin étaient simplement ramenés en chignon sous une coiffe qui n'arrivait pas à empêcher la graisse de s'y incruster. Stéphane sentit un mouvement de révolte poindre en lui en observant l'apparente déchéance de sa mère, quand, soudain, il surprit un sourire sur les lèvres de la quinquagénaire, un sourire qu'il ne connaissait pas à cette femme qu'il avait toujours jugée vaguement crispée et dédaigneuse. Le sourire d'une femme qui vivait dans l'instant présent et acceptait sereinement sa situation. Cette perspective le rassura un peu. Sa mère semblait avoir trouvé un nouvel équilibre.

La vague d'émotion qu'il avait tant redoutée ne se manifestait pas. Son cœur restait dur comme une pierre. À défaut d'être ému, il tenta de se sentir coupable de ne rien ressentir, mais même ce sentiment lui faisait défaut. Il résolut donc de faire le fanfaron. Il lança à la femme :

« Y a pas moyen de se faire servir, ici ?

– Commence par t'asseoir, mon pit, répondit-elle sans le regarder, puis je vais m'occuper de toi. »

Il ne bougea pas, se contentant d'ôter sa casquette. La serveuse commença à s'impatienter de le voir ainsi encombrer le passage. Elle se retourna pour s'adresser à lui et, subitement, le contact visuel s'établit. Elle resta un instant bouche bée, puis son visage s'affaissa graduellement et sa bouche se mit à trembler.

« Stéphane ? dit-elle, la voix brisée. Tu aurais dû me prévenir…

– Je voulais te faire la surprise… »

Devant le choc éprouvé par sa mère, il se sentit lui-même un peu ramollir, même si le sentiment qui le dominait était avant tout un grand trouble. C'était peut-être dû à toutes ces années passées à s'endurcir, mais il lui devenait soudain difficile de gérer des émotions aussi simples que la joie de revoir sa mère. Il fit un geste pour la prendre dans ses bras, auquel elle répondit sans hésitation. Bêtement, la seule pensée qui lui traversa l'esprit à ce moment était qu'elle avait effectivement grossi. Il se sentait mal à l'aise à l'idée que la première femme qu'il prenait dans ses bras depuis trois ans était sa propre mère.

« Je pense que je vais pleurer…

– Faut pas pleurer, je suis revenu.

– Ils m'avaient dit que ça prendrait juste un mois.

– Ils m'ont libéré. Il n'y a même pas eu de procès. »

Un homme, le Marcel qui avait donné son nom au snack-bar, les avait observés tout en égouttant un panier de frites. Après s'être lavé les mains, il contourna le comptoir et, visiblement nerveux, s'avança vers Stéphane. Il lui tendit la main.

« Bonjour, Stéphane. Moi, c'est Marcel. Bienvenue chez nous. »

Stéphane accepta la main tendue et ne put s'empêcher d'examiner le nouveau conjoint de sa mère d'un œil évaluateur. L'homme avait le sourire franc, les yeux brillants et la poigne solide. La disposition des rides sur ses tempes laissait deviner un homme qui aimait rire. Une intelligence vive s'exprimait dans son regard. Durant son séjour en prison, Stéphane avait appris à jauger les regards du premier coup d'œil. Il s'agissait d'une habileté de survie essentielle. Il fallait comprendre rapidement à qui on pouvait adresser la parole et qui il fallait absolument éviter. La méthode empirique comportait trop de risques en milieu carcéral. L'homme lui parut sympathique, et ce dernier sembla s'en rendre compte.

« On attendait ton retour pour préparer notre mariage, ajouta-t-il, comme s'il avait compris qu'il pouvait d'ores et déjà aborder le sujet.

– T'as pas trop souffert ? demanda Marianne.

– L'enfer, répondit-il. Mais j'en suis sorti, plus fort qu'avant. Plus rien ne me fera plier dans la vie. Plus rien. »

Il regretta sa réponse en voyant l'expression atterrée de sa mère. Il tenta d'alléger l'atmosphère en lui adressant un clin d'œil et un sourire, mais Marianne ne fut pas dupe. Il décida de changer de sujet.

« Ça sent bon, ici. J'ai faim ! Ça doit bien faire un siècle que j'ai pas mangé de poutine.

– Et une poutine, une ! lança joyeusement Marcel.

– Avec une lasagne ! ajouta Marianne, qui connaissait les goûts de son fils. Installe-toi au comptoir, on va pouvoir jaser. »

♠

Pendant ce temps, au casino, la chasse aux tricheurs battait son plein. Les deux oiseaux avaient fait des efforts pathétiques pour ne pas être repérés, ce qui n'avait réussi qu'à déclencher des ricanements blasés dans l'équipe de surveillance. Le seul résultat de leurs manigances avait été de détourner l'attention des agents de sécurité de ce qui se passait au stationnement, pour le plus grand malheur du pauvre Gérard.

L'un des surveillants finit par obtenir une preuve tangible des tentatives du couple à l'aide d'une caméra. Aurélien, l'adjoint de Caron, qui aimait bien la manière forte, prit sur lui de harponner le duo et se rendit sans attendre aux tables de black-jack.

En moins de deux minutes, il accostait la blonde pulpeuse.

« Madame, voudriez-vous me suivre, s'il vous plaît ?

– Je ne vous connais pas, rétorqua-t-elle avec un accent français.

– Vous avez le choix : ou vous me suivez, ou la police vient vous cueillir et vous passez la nuit en prison. »

La femme tenta de bluffer.

« Je croyais être dans un endroit bien tenu. Je suis outrée.

– Nous aimerions effectuer quelques vérifications. S'il vous plaît.

– Qui êtes-vous au juste ?

– Aurélien Lalancette, directeur adjoint de la sécurité. »

La nervosité commença à gagner la blonde. Elle ne put réprimer un coup d'œil à son complice, qui tenta de s'éclipser le plus discrètement possible. Il laissa quelques jetons sur la table à l'intention du croupier, qui saisit l'occasion pour le retenir.

« Monsieur, nous n'acceptons pas les pourboires.

– Ailleurs dans le monde… », commença-t-il, trahissant un accent identique à celui de sa compagne.

L'homme reprit nerveusement ses jetons sous le regard impitoyable d'Aurélien. Deux agents, dont l'imposant Tiger, s'étaient approchés de lui. Il s'éloigna de la table, pâlissant à vue d'œil. Les deux gardes lui emboîtèrent le pas. Le Français perdit son calme et, stupidement, se mit à courir vers les escaliers. Un troisième agent se planta devant lui, alors que Tiger saisit son épaule d'une poigne d'acier.

On conduisit les deux papillons ainsi épinglés au bureau d'Antoine Caron, malgré leurs protestations hésitantes, formulées sans conviction. Le directeur de la sécurité les attendait patiemment, adoptant l'attitude désinvolte d'un flic qui domine la situation. Il avait vécu cette scène des dizaines de fois et s'y engageait avec un indicible ennui. Les deux complices entrèrent. Il les invita à s'asseoir.

« Albert de Narignac, domicilié à Paris… Isabelle Darlac, de Lyon, lut-il distraitement. Interdits dans quatre-vingt-deux casinos en Europe.

– Rien à Vegas…, précisa Lalancette.

– On venait se faire la main à Montréal, supposa Caron. Les cousins sont tellement naïfs…

– Vous n'avez pas de preuve contre nous, protesta de Narignac. Je vais me plaindre à mon consulat. Vous allez voir qui je suis…

– Ça, on va le savoir bientôt… nous faisons vérifier vos adresses par la police française.

– Nous avons commis une erreur, intervint Isabelle, penaude. Je vous en prie…

– Signez ce document, ordonna Caron. Vous nous remettez ce que vous avez pris en trichant, vous confessez votre crime et vous foutez le camp sans jamais remettre les pieds dans le casino.

– Je veux un avocat…, s'obstina le Français.

– Parfait, je vais appeler la police…

– Bon, bon. Inutile de jouer les cow-boys, nous allons signer, concéda de Narignac en joignant le geste à la parole.

– Vous êtes chanceux, ajouta Lalancette. Je connais des endroits où vous n'auriez plus été capables d'admirer vos belles petites faces dans le miroir…

– Maintenant, décrissez ! tonna Caron.

– Qu'est-ce qu'il dit ? demanda Isabelle, provoquant un mouvement d'impatience chez leur interlocuteur.

– J'ai compris, fit son complice. Nous partons ! »

Antoine les fit reconduire par deux de ses agents. Il soupira, pour lui-même :

« Bande de minables ! Quand est-ce qu'ils vont comprendre qu'on ne peut pas tricher ici ? »

Au fond de lui-même, Caron souhaitait presque que ce fût possible, histoire de mettre un peu de piquant dans son existence.

♠

Stéphane et Marianne avaient continué à jouir de leurs retrouvailles, mais, malgré la joie de se revoir, ils avaient bien des nuages noirs à dissiper avant de prétendre au bonheur ou simplement à la sérénité. Stéphane n'avait pas grand-chose à raconter qui fût racontable à une mère, et Marianne ne pouvait que rouvrir des plaies qui commençaient à peine à se cicatriser. Elle s'était permis de quitter le resto au milieu de l'après-midi pour accompagner son fils dans un pèlerinage aussi pénible qu'inévitable.

Ils étaient venus se recueillir sur la tombe d'Armand Dumas, le père de Stéphane. Les conversations s'étaient rapidement tues durant le trajet en voiture et les pensées s'étaient assombries. Stéphane ne pouvait s'empêcher de revoir le dernier regard, empli de doute et de déception, que son père lui avait lancé à travers la vitre de la salle de visite. Marianne, quant à elle, voyait se désagréger le lent travail de reconstruction qu'elle avait effectué en elle depuis sa rencontre avec Marcel, qu'elle avait connu alors qu'elle avait entrepris d'enterrer son chagrin dans la poutine et la pizza, comme d'autres le noient dans l'alcool. Les kilos en trop ne lui avaient jamais fait regretter ce mari si ennuyeux qui ne s'intéressait qu'aux parties de poker et de black-jack, lesquelles avaient fini par le tuer.

Elle observait son fils, stoïque en apparence mais qu'elle savait bouleversé. Elle n'avait pas le courage d'entamer l'image idéalisée qu'il conservait de son père. Il n'était pas prêt à accepter la vérité : son père avait été un petit comptable gris et terne, qui n'avait jamais connu d'autre passion que l'argent, qu'il comptait le jour pour les autres et flambait le soir pour lui-même. Tant qu'il s'était contenté de jouer au poker entre amis, cette habitude n'avait pas eu de conséquences fâcheuses, puisque l'argent perdu un soir finissait le plus souvent par revenir dans ses poches tôt ou tard. L'ouverture du casino de Montréal avait changé la donne.

Mal aimée pendant des années par cet homme qui rentrait aux petites heures du matin, puant le scotch et le cigare, elle préférait maintenant le parfum des patates frites, si doux en comparaison. Le bonheur peut parfois avoir une drôle d'odeur.

Principalement pour des raisons matérielles, elle s'était enfermée dans ce mariage, dont l'amour était disparu depuis longtemps. Elle aurait pourtant pu mener une vie indépendante grâce à son salaire d'enseignante, mais elle n'avait même jamais osé, n'ayant rien connu d'autre, envisager la possibilité de renoncer au confort que lui apportaient les revenus honorables de son mari. Une coquette maison de quatorze pièces, meublées avec goût et grande classe, peut s'avérer une prison tout aussi sécuritaire que celle où avait croupi son fils. Devenir pauvre avait sans doute été la meilleure chose qui lui soit arrivée dans son existence. Mais elle se sentait incapable d'expliquer tout cela à Stéphane, qui contemplait encore, à travers le granit poli de la pierre tombale, l'image d'un homme jadis droit et fier, tombé sous les coups sournois du démon du jeu. Elle ne pouvait se résoudre à tuer cet homme une seconde fois.

« Combien ça fait de temps, maintenant ? demanda Stéphane d'une voix rauque.

– Presque trois ans. C'est arrivé un peu après ton arrestation... »

Elle regretta aussitôt cette remarque.

« Je sais que c'est dur, mais tu devrais essayer d'oublier.

– Je ne veux pas oublier. Tu sais pourquoi il est mort, comment c'est arrivé. »

Le ton de Stéphane était plein de rancœur. Elle devinait, mieux que lui-même, les émotions contradictoires qui le tiraillaient. Il n'en était pas encore à se rendre compte qu'il se sentait coupable de la mort de son père. Toute sa colère était dirigée contre le casino. Elle constatait que le pauvre enfant n'avait pas commencé son deuil. Pour lui, la mort d'Armand était encore toute fraîche, son sang n'avait pas eu le temps de coaguler. Elle aurait aimé pouvoir lui offrir la paix qu'elle avait trouvée, mais même l'amour d'une mère ne pouvait se substituer au passage du temps. Il ne lui restait qu'à espérer que la colère de son fils ne l'entraînerait pas dans les bas-fonds où s'était enlisé son mari.

« Ça ne donne rien de toujours ressasser le passé, dit-elle. Ton père est mort. J'ai eu une peine atroce. Toute ma vie a basculé. Mais j'ai rencontré Marcel. C'est un homme honnête, généreux. Je m'en suis sortie. Je te souhaite d'en faire autant.

– J'en suis sorti, rétorqua Stéphane. Je veux seulement la justice. On était heureux. Tu étais tellement bien dans notre grande maison.

– Je suis heureuse dans notre logement. Quand on est bien avec soi-même, on est bien partout. Partons. Ça me déprime, ici. »

Stéphane demeura un instant à se recueillir devant la tombe de son père. Puis, Marianne le vit sortir une carte à jouer qu'il déposa devant la pierre tombale. Elle frissonna à la pensée de ce que geste pouvait signifier dans l'esprit de son fils.

♠

Le jour tombait. Stéphane avait reconduit sa mère chez elle et lui avait emprunté la voiture pour la soirée. Il n'avait pas voulu lui dire où il comptait se rendre, mais elle s'en doutait fort bien. Stéphane avait plusieurs comptes à régler et le hasard – ou le destin – avait voulu que cela puisse se faire en un même lieu. À mesure qu'il avançait sur le pont de la Concorde, il sentait ses tripes se nouer et son front se couvrir de sueur. Il en avait des fantômes à affronter !

Il eut la chair de poule en apercevant l'ancien pavillon français de l'Expo 67, maintenant recyclé en tripot de luxe et en vache à lait par le bon gouvernement social-paternaliste de la province de Québec. Il laissa la voiture entre les mains d'un valet. Il n'avait pas envie de s'attarder dans le stationnement du casino. C'était là que son père avait mis fin à ses jours.

Il entra dans le chic bâtiment à l'architecture moderne. L'endroit était passablement plein et le serait davantage à mesure que la soirée avancerait. Son pouls s'accélérait de plus en plus. Il observa les joueurs qui s'activaient autour de lui. Comme dans toutes les maisons de jeu qu'il avait visitées à travers le monde, les joueurs avaient une chose en commun, eux qui pourtant étaient censés se trouver là pour avoir du plaisir : pratiquement aucun d'entre eux n'affichait le moindre sourire. Dans ce lieu supposément consacré à la détente, on ne retrouvait que des visages livides et crispés.

Stéphane regardait la foule semblable à un troupeau de moutons venus se faire tondre. Tant de docilité le faisait osciller entre pitié et mépris, mais le souvenir de son père le poussait davantage vers le premier sentiment. Les plus pathétiques étaient les joueurs littéralement attachés à leurs machines à sous : la direction leur offrait des cartes « privilège » qu'ils inséraient dans des fentes spéciales pour obtenir des points bonis, lesquelles cartes étaient dotées d'un cordon que les joueurs pouvaient se mettre autour du cou afin de ne pas oublier le précieux objet dans la fente. L'effet visuel était frappant. On ne savait plus distinguer les machines des joueurs, tellement les mouvements de ces derniers devenaient mécaniques. Les statistiques indiquaient clairement que c'étaient les appareils qui gagnaient finalement et non les humains ; sinon, quelle logique justifierait leur existence ? Mais question plus grave : quelle logique justifiait l'assujettissement de ces êtres humains ?

Les tables de jeu laissaient déjà plus de place à l'humanité. Les joueurs avaient l'occasion de se côtoyer, même si en fait peu d'entre eux engageaient la conversation. On se touchait du coude, mais les âmes restaient isolées, possédées par la mystique du jeu, comme emprisonnées dans des tubes à vide.

Stéphane était conscient de l'injustice fondamentale sur laquelle reposait n'importe quelle maison de jeu : peu importaient la chance des individus, les hasards heureux, les combinaisons gagnantes, au bout du compte, les statistiques se retournaient systématiquement contre la masse des joueurs. Plus ceux-ci jouaient, plus ils se dirigeaient rapidement vers des pertes importantes. Un casino était toujours gagnant. Cette réalité le révoltait, l'ulcérait, le déchirait. Le jeu était un vol institutionnalisé, qui détruisait des vies et berçait d'illusions de pauvres bougres qui avaient cessé de croire en eux-mêmes. Les malheureux s'accrochaient à l'idée qu'ils pourraient faire partie de la minorité qui s'en tirait avec des gains, sans se rendre compte que cette minorité avait justement eu la sagesse de cesser de jouer pendant qu'il en était encore temps.

Les seuls vrais tricheurs étaient les croupiers et ceux qui les employaient, justement parce qu'ils n'avaient aucune chance de perdre. Ils étaient à la fois juge et partie, arbitre et joueur. Devant une telle injustice, il était légitime de vouloir se battre à armes égales. Stéphane utiliserait tous les moyens qu'il pourrait trouver pour régler ses comptes.

Le casino lui-même allait cependant attendre. Stéphane n'était pas prêt. Il était sans le sou et ne venait que sentir le vent et tâter le terrain. Il y avait aussi quelqu'un qui lui avait manqué cruellement au cours des dernières années ; une jolie fille à la voix d'or qui n'était venue le visiter qu'en rêve durant sa captivité. Il était maintenant temps pour Stéphane de savoir et de comprendre le sens de son silence. Il se rendit au piano-bar où il avait vu sa compagne Sandra pour la dernière fois.

Elle y était toujours, totalement absorbée par une de ses chansons favorites, la même, eût-il juré, qu'elle était en train de chanter la dernière fois qu'il l'avait vue. Elle était aussi ravissante qu'avant, vêtue d'une magnifique robe de soie, parée de bijoux d'un luxe qui l'étonnait. Malgré ses airs de princesse égarée, il décela dans ses yeux une tristesse qu'il ne lui connaissait pas. Il ne put s'empêcher de croire que cette tristesse était la même que celle qui habitait son propre cœur.

Comme pour confirmer sa pensée, leurs regards se croisèrent à cet instant, et, l'espace d'une fraction de seconde, la magie d'antan se reconstitua, intacte. Il sut alors qu'elle n'avait jamais cessé de l'aimer.

Mais ce moment de grâce s'évanouit aussitôt. La voix de Sandra dérailla et ses yeux s'emplirent d'inquiétude. En bonne professionnelle, elle reprit le contrôle de sa chanson et détourna son regard de celui de son ancien amant. Stéphane s'avança lentement dans le bar sans la quitter des yeux, cherchant vainement à ressaisir la magie d'un instant déjà dissous dans l'éternité. *Tempus fugit.*

Il attendit désespérément la fin de la chanson, sans remarquer le regard de Kim Dee fixé sur lui. L'Asiatique, qui ne tolérait aucune compétition, posa sa main sur l'épaule de Stéphane.

« Mon frère ! » s'exclama Kim Dee.

Stéphane tressaillit en entendant cette voix. Les deux hommes se connaissaient depuis leur tendre enfance et avaient vécu ensemble toutes les étapes importantes de leur adolescence et de leur vie de jeunes adultes. Le père de Stéphane avait été le comptable du père de Kim Dee, un entrepreneur solidement établi et respecté.

Cette amitié s'était mise à battre de l'aile à l'époque où Stéphane commençait à obtenir un certain succès en tant que pianiste de jazz. Kim Dee, fêtard et arrogant, s'était pour sa part contenté de prendre sa place dans les affaires de son père, tout en assistant régulièrement aux spectacles de Stéphane, dont il enviait secrètement le talent. Ces soirées étaient graduellement devenues prétexte à beuverie pour l'Asiatique, mais, surtout, prétexte à consommer des quantités de plus en plus importantes de cocaïne. Comment Kim Dee pouvait s'offrir toute cette coke ? Stéphane l'ignorait, bien qu'il en eût une petite idée. Il n'avait jamais voulu se l'avouer, mais il était devenu évident que Kim Dee s'était fait le fournisseur officiel des concerts de Stéphane.

Le musicien avait pris le parti de ne pas porter de jugement sur sa conduite, puisqu'il lui arrivait aussi, à l'occasion, de s'offrir une ligne de coke ou un joint. Les choses avaient pris une autre tournure quand Kim Dee avait insisté pour devenir le « gérant » de Stéphane, qui n'avait accepté que parce que son ami ne lui demandait pratiquement rien en échange de ses services. Encore une fois, il avait préféré fermer les yeux sur la vérité.

En fait, ses soupçons s'étaient envolés quand Kim Dee lui avait décroché une tournée lucrative en Amérique latine et dans les Antilles. Son arrestation à l'aéroport de Miami, pour possession de deux kilos de cocaïne dans ses bagages, fut un retour brutal à la réalité.

Trois ans s'étaient écoulés depuis et, alors que Kim Dee lui offrait l'accolade, Stéphane ne pouvait s'empêcher de se rappeler la façon dont il avait poursuivi son chemin, sans tenter de lui porter secours, sans même se retourner, pour prendre place à bord de l'avion, alors que les douaniers lui passaient les menottes.

C'était ce même Kim Dee qui, aujourd'hui, se prétendait son frère.

« Je ne pensais jamais que ça prendrait autant de temps…, dit Kim Dee, comme s'il tentait de s'excuser.

– Moi non plus », rétorqua froidement Stéphane.

Il tourna le dos à l'Asiatique pour faire face à Sandra qui avait terminé sa chanson.

« Tu m'as tellement manqué, souffla-t-il, ému. Tu es encore plus belle…

– Je suis contente aussi », répondit-elle, étrangement distante.

Stéphane n'avait qu'une envie, la serrer contre lui, mais Kim Dee s'approcha de Sandra et lui passa le bras autour du cou, dans un geste de propriétaire, en affichant un sourire triomphant. Sandra s'excusa d'un regard timide et honteux. La réalité, une fois encore, venait de le gifler de sa main poisseuse.

Il avait désormais un deuil de plus à porter.

♠

Antoine Caron passait une journée exécrable et la vue de sa fille de vingt-huit ans en train de jouer à la roulette ne lui remonta aucunement le moral. Fidèle au vieil adage de la police, « Faites ce que je dis mais pas ce que je fais », il aurait préféré ne pas voir sa progéniture s'adonner au jeu. Le croupier lançait la bille quand Antoine s'approcha de sa fille.

« Faites vos jeux… rien ne va plus…, déclama le croupier. Rouge pair gagne…

– Emmanuelle, j'aimerais ça te parler, déclara Antoine sans autre introduction.

– Ça peut attendre un peu ?

– La journée a été longue… j'aimerais ça rentrer à la maison…, se plaignit-il, n'osant aborder le sujet directement.

– Y a rien qui t'en empêche, répondit Emmanuelle. Je t'ai toujours dit que tu travaillais trop.

– J'aime pas ça…, dit-il en désignant la roulette.

– Ça me détend. J'aime ça, le casino. J'aime l'atmosphère, j'aime entendre chanter Sandra Johnson, j'aime ça, jouer. Je me contrôle…

– T'es ma fille.

– J'ai vingt-huit ans, je suis médecin. Je mourais d'envie de travailler ici pour payer mes études et tu me l'interdisais. Mais là, mon gros papa nounours, tu ne peux pas m'empêcher de m'amuser.

– Tu sais ce que j'en pense, marmonna-t-il.

– Ton métier, c'est de te méfier de tout le monde. De craindre le pire. Je le sais, c'est la même chose à l'urgence. On ne sait jamais quand le cœur va lâcher ou qu'une hémorragie va nous éclater en pleine face. Mais ce soir, je viens relaxer. J'ai soixante piastres… Si je gagne, je vais partir contente, si je perds, je ne me ruine pas. Décroche un peu.

– Ce que j'ai de mieux à faire...

– C'est de rentrer à la maison. De te louer un bon film, de prendre une bière et de te reposer.

– Toi, ça se passe bien avec Jean-François? demanda-t-il, constatant qu'il avait épuisé le sujet.

– Très bien. Je l'ai foutu à la porte. J'ai assez d'un grand seigneur sur le dos pendant les heures d'hôpital sans en avoir un dans mon propre appartement. Fini, bye, ciao, il repassera prendre sa brosse à dents quand je n'y serai pas.

– Appelle-moi donc quand tu vas rentrer. J'ai le goût de jaser un peu...

– P'pa. J'ai vingt-huit ans. Penses-tu que je le sais pas que tu veux que je t'appelle pour te rassurer?

– Mais je vais t'appeler quand même. Je te laisse tranquille, maintenant», dit-il en lui donnant un baiser sur le front. Il repartit, un peu penaud, avec un vague sourire contrit, comme s'il regrettait d'être aussi casse-pieds. Emmanuelle ne lui en tenait pas rigueur. Elle savait à quel point son père se sentait seul depuis son divorce.

♠

Plus tard dans la soirée, alors que Kim Dee s'était éclipsé pour mener une de ses mystérieuses affaires sur lesquelles Sandra n'osait l'interroger, celle-ci s'autorisa à rejoindre Stéphane dans un café quelconque. Après tout, se disait-elle, elle lui devait bien une explication.

Il l'attendait en manipulant distraitement une carte à jouer tout en lisant un journal. Elle ne savait pas s'il l'avait aperçue et faisait semblant de rien, mais déjà elle sentait la colère et le désarroi qui émanaient de lui. Elle le rejoignit et murmura son nom. Il leva les yeux vers elle, des yeux qui renfermaient une douleur que seul l'amour peut engendrer. Elle se sentit chavirer, prête à tomber de nouveau dans ses bras, mais elle savait que la peur prendrait le dessus. Après un léger baiser durant lequel leurs lèvres se touchèrent à peine, qui la mit toutefois sens dessus dessous, ils s'assirent l'un en face de l'autre, protégés de leurs désirs par la présence de la table.

« Tu as réussi à te libérer ? Ça n'a pas été trop compliqué ?

– Ç'a été très compliqué. C'est toujours compliqué. Je suis censée être chez ma mère. Elle est malade…

– Ta mère est malade ? s'inquiéta Stéphane.

– Non, ça va. C'est ce que j'ai dit à Kim Dee. Il est jaloux, c'est maladif. Il a tellement changé depuis un an. Il est dangereux. Je veux pas qu'il sache qu'on se voit ce soir. »

Elle s'interrompit pour composer le numéro de sa mère sur son cellulaire.

« C'est moi. Est-ce que Kim Dee a téléphoné ? »

Elle soupira en entendant la réponse.

« Ne l'envoie pas promener comme ça, c'est moi qui écope après… S'il rappelle, tu lui dis que je suis allée à la pharmacie… Je vais passer te voir dans une heure… »

Elle raccrocha. Stéphane la regarda et sourit tristement.

« J'étais un peu plus facile à vivre.

– Mais t'es parti pour les Antilles sans me dire ce que tu allais faire. Je n'ai eu aucune nouvelle de toi pendant toutes ces années.

– Tu savais très bien que je partais en tournée, rétorqua-t-il, froissé de la voir tenter de jouer à la victime. J'étais avec Kim Dee. Et puis, je t'ai écrit. Souvent.

– Je n'ai jamais eu tes lettres, protesta-t-elle sans conviction. Je sais que tu t'es fait arrêter, mais Kim Dee m'a dit qu'il était parti une journée avant toi et qu'il n'a jamais su ce qui s'était passé.

– Il t'a menti. Il était là quand je me suis fait arrêter à la frontière américaine. Deux kilos de coke dans ma valise.

– Je n'ai jamais cru une seconde que tu pouvais faire une chose pareille.

– Ils ont retiré les charges, ce n'est pas pour rien, dit-il avant de faire une pause. Je vois que Kim Dee s'est arrangé pour garder la place au chaud…, finit-il par lâcher, incapable de cacher son amertume plus longtemps.

– Il ne pouvait pas savoir. T'étais pas là. C'est arrivé comme ça. Il est excessif mais quand même gentil…

– Gentil, répéta-t-il, dubitatif. Mais il a tous les droits. Vous vivez ensemble ?

– Si on veut…

– Si on veut ! Tu parles d'une réponse claire !

– Je t'aimais, mais je ne savais pas quand tu reviendrais. Je ne savais même pas si tu reviendrais un jour.

– Je suis revenu.

– La dernière fille qui a laissé tomber Kim Dee est danseuse nue en Abitibi. Il lui manque un œil. À part ça, Kim Dee et toi, vous étiez comme deux frères.

– Kim Dee, mon frère ? rugit-il, au bord de l'explosion. Je me suis retrouvé en prison, lui, il est monté dans l'avion comme s'il ne me connaissait pas. C'est son père qui a payé l'avocat, parce que ma mère est allée pleurer à ses pieds. La grande amitié ! »

Devant l'humeur de plus en plus maussade de Stéphane, Sandra comprit qu'elle ne pouvait plus faire grand-chose pour l'apaiser. Les ponts avaient fini de brûler. De toute façon, elle avait déjà pris trop de risques en se présentant à ce rendez-vous. Elle se leva nerveusement.

« Où tu vas ? demanda Stéphane.

– Il faut que je sois chez ma mère quand il va rappeler, expliqua-t-elle, visiblement anxieuse. Kim Dee a bien changé, tu sais. »

Elle sortit précipitamment.

« Toi aussi, tu as changé », murmura Stéphane à la chaise qu'elle venait de quitter.

♠

Il était maintenant plus de deux heures du matin et Kim Dee s'était enfilé plusieurs lignes de coke. Il était survolté. Il laissait à l'instant l'une de ses prostituées à qui il avait administré la raclée de sa vie. Il en avait profité au passage pour défigurer son petit ami qui encourageait trop à son goût ses velléités d'indépendance. Kim Dee était en train de se tailler une réputation enviable en tant que proxénète spécialisé dans les jeunes filles (et quelques garçons) asiatiques, et il ne pouvait tolérer que ses filles les plus populaires se mettent à avoir des clients particuliers sans lui rendre de comptes.

Dans ces moments d'exaltation quasi religieuse, il se sentait béni des dieux – des dieux violents et sanguinaires, avides de sacrifices. Chaque goutte de sang versée était pareille à une libation, chaque ligne de poudre inhalée semblait purifier son âme. En de pareils moments d'extase, il lui paraissait approprié d'aller solliciter l'approbation – ou la réprobation – de ces forces occultes en recourant au langage des dieux : le hasard.

Il se rendait donc à vive allure au casino, totalement oublieux du fait qu'il n'avait pas dormi depuis près de quarante-huit heures. Il sentait que les forces occultes qui veillaient sur lui allaient le récompenser de l'énergie et de la rigueur dont il avait fait preuve à l'endroit de la stupide catin qu'il venait de châtier. La Chance, état de grâce conféré par ces esprits bienveillants, semblait le posséder tout entier.

Il se précipita au salon des hautes mises, où il joua jusqu'à l'aube, perdant toute notion du temps. Il avait commencé par gagner de fortes sommes, mais n'ayant pas eu l'humilité d'accepter la récompense des dieux, ceux-ci lui retirèrent leur assentiment en lui décernant des cartes perdantes. À sept heures du matin, c'est plus de vingt mille dollars qui avaient quitté ses poches pour gonfler la cagnotte du casino. Fâché contre ses protecteurs célestes, il décida de faire appel à ses alliés terrestres. Il joignit Sandra depuis son cellulaire.

« Allô, princesse… Qu'est-ce que tu faisais ?

– Je préparais mon café, dit-elle d'une voix monotone.

– Tu t'es couchée tard ?

– Pas du tout. Tu dois le savoir, soupira-t-elle, tu as appelé ma mère et tu m'as réveillée à une heure du matin.

– C'était pour te souhaiter bonne nuit… As-tu revu Stéphane ?

– Non, mentit-elle, d'une voix faussement désinvolte. Pourquoi je l'aurais revu ?

– Vous sortiez ensemble dans le temps, non ? Vous devez avoir des choses à vous raconter…

– Pourquoi es-tu tout le temps jaloux? Stéphane, ça fait trois ans que je ne l'ai pas vu. Je suis avec toi, maintenant. Stéphane, c'est fini, tu devrais le savoir. C'était ton meilleur ami…

– Je n'ai pas trahi personne, s'offusqua-t-il.

– Je n'ai pas dit ça, se défendit-elle, regrettant cette remarque. On ne pouvait pas savoir s'il reviendrait. »

Elle fit une pause et se risqua à ajouter :

« Tu as changé, Kimmy. Je n'arrive plus à te comprendre.

– Je trouve que tu t'énerves vite quand on parle de lui, remarqua-t-il. Devrais-je m'inquiéter ? »

Sandra n'osa pas répondre, sachant très bien que, quoi qu'elle eût dit, il déformerait ses paroles pour se faire encore plus agressif. Devant le refus de sa fiancée de justifier sa colère, il décida de mettre fin à la conversation. Il foudroya du regard le croupier qui, d'un geste d'impatience, avait osé lui signifier qu'il dérangeait les autres clients.

Kim Dee se remit à l'œuvre, rassuré sur le fait que sa petite amie n'avait pas passé la nuit dans les bras d'un autre homme. Il se concentra du mieux qu'il put, implorant intérieurement la clémence des divinités qui semblaient l'avoir abandonné. Il tenta d'utiliser toute sa force mentale à contrôler l'ordre de distribution des cartes, de visualiser celles-ci à l'aide de son œil intérieur. Sa chemise était totalement trempée et ses tripes étaient nouées, comme sous l'emprise d'une main invisible.

Son attitude un peu étrange n'avait pas échappé à l'œil inquisiteur des caméras de surveillance. Le directeur de nuit, qui achevait son quart, avait envoyé l'imposant Tiger faire une ronde dans le salon des hautes mises. Ce dernier observait calmement Kim Dee, prêt à intervenir si celui-ci faisait un geste déplacé. Le Vietnamien perdit encore une fois et laissa échapper, dans sa langue maternelle, un chapelet de jurons bien sentis, dont Tiger, incapable d'en comprendre le sens, percevait toutefois fort bien la nature.

« Je veux un autre croupier, fulmina Kim Dee. Tu passes mal les cartes.

– Monsieur, vous voudriez peut-être boire quelque chose ? proposa un serveur, discrètement encouragé par Tiger.

– Si je veux quelque chose, je vais te faire signe.

– Je vous demanderais de ne pas déranger nos autres invités », suggéra le garçon, le plus poliment qu'il put.

Cette fois, Kim Dee perdit le contrôle de lui-même et agrippa le serveur par le collet. Tiger, à l'affût, réagit instantanément, comme un boxeur surprenant une ouverture dans la défense de son adversaire. Il s'avança, implacable, saisit Kim Dee par le bras et le fit se retourner.

« Vous ne vous sentez pas bien ? demanda-t-il, à la fois ferme et poli.

– Lâche-moi ! ordonna Kim Dee, furieux de se trouver ainsi dominé par un plus fort que lui. Tu veux mourir ?

– Mais pas du tout, monsieur Nguyen. Venez, je vais vous accompagner au bar… »

La voix douce de l'agent de sécurité formait un contraste étonnant avec sa force herculéenne. Kim Dee, subitement ramené à la réalité, prit le parti de tenter de sauver la face.

« Un verre, ça va me faire du bien, admit-il de mauvaise grâce. Mais je suis capable de le prendre tout seul.

– Quand même, je vous montre le chemin… »

Tiger se retourna vers les autres joueurs, satisfait de la tournure des événements.

« Excusez-nous pour tout ce bruit. Une tournée pour ces messieurs », dit-il à l'intention du serveur.

Tiger se promettait bien de faire un rapport détaillé à Antoine Caron dès qu'il se présenterait à son bureau.

♠

Stéphane s'était installé temporairement chez sa mère et son conjoint et ne pouvait se défaire de l'impression qu'il avait de les déranger. Le logement, un honnête quatre et demie tout à fait décent pour le quartier, lui paraissait un palais en comparaison de son ancienne cellule de prison, mais un taudis à côté de la maison de banlieue cossue dans laquelle il avait vu ses parents ensemble pour la dernière fois.

Il s'était pris de sympathie pour les voisins de palier et amis de sa mère, une pauvre femme sans travail recevant de l'aide sociale qui vivait seule avec son petit garçon de sept ans. Le brave Yannick faisait preuve d'un enthousiasme délirant devant les nombreux tours de cartes que le vieux Joe, ancien compagnon de cellule, avait enseignés à Stéphane. Mme Morissette, la mère de Yannick, venait de le coucher pour sa sieste de l'après-midi et Stéphane, désœuvré, s'était assis dans la modeste cuisine pour discuter avec elle. La pauvre femme était gênée de n'avoir rien d'autre à lui offrir que l'eau du robinet, perçue comme plus ou moins acceptable par les Montréalais. Elle ne put s'empêcher d'échapper une plainte en regardant son réfrigérateur pratiquement vide.

« Il me reste soixante-douze piastres pour finir le mois, lâcha-t-elle, honteuse. Ce qui me décourage le plus, c'est que c'est sa fête demain et je ne pourrai pas lui faire de cadeau…

– Je pourrais peut-être vous donner un coup de main, proposa-t-il.

– Tu as été assez gentil comme ça avec mon petit Yannick », refusa-t-elle poliment, sachant très bien que de toute façon elle serait incapable de rembourser le moindre prêt.

Stéphane prit une profonde inspiration. Il était décidé à plonger, à entreprendre ses règlements de comptes et, devant la misère de cette femme au cœur d'or, il se dit qu'il pourrait faire des heureux tout en assouvissant ses désirs de vengeance.

« Ma mère me laisse me servir de sa voiture pour la journée. Il doit me rester cent cinquante dollars dans les poches. Je ne peux pas vous expliquer, mais si vous me prêtez cinquante dollars, je vous promets que vous ne le regretterez pas.

– Je ne peux pas, dit-elle, étonnée que ce soit le jeune homme qui tente de lui emprunter de l'argent et non l'inverse. Comment je vais faire l'épicerie ?

– Je vous jure que je vous rends votre argent demain matin au plus tard, promit-il. Au pire, ma mère vous remboursera.

– Pourquoi tu ne les lui demandes pas, alors ?

– Elle s'inquiéterait pour rien.

– Ce n'est pas malhonnête, au moins ?

– Faites-moi confiance », assura-t-il avec son sourire le plus enjôleur.

Pensant qu'elle pouvait se fier au fils de Mme Dumas, Mme Morissette sortit cinquante dollars de son portefeuille et les tendit à Stéphane, encore un peu hésitante.

« Je m'entends bien avec ta mère, c'est une brave femme, expliqua-t-elle. J'aimerais que ça continue.

– Ne vous inquiétez pas... »

Il prit l'argent et retourna chez sa mère pour se changer. Son choix vestimentaire était très limité : il ne possédait guère de vêtements présentables hormis le complet qui se trouvait dans ses bagages au moment de son arrestation. Par chance, c'était un joli costume sombre de bonne coupe, qu'il portait régulièrement en concert à l'époque. Cela lui parut tout à fait approprié pour le type de représentation auquel il se préparait.

Moins d'une heure plus tard, il s'approchait d'une table de black-jack au casino. Son plan était simple : il avait deux cents dollars sur lui, dont cinquante appartenaient à Mme Morissette. S'il perdait, il trouverait le moyen de les lui rembourser. S'il gagnait, elle aurait droit au quart de ses gains. Ce ne serait pas de la charité. Il lui aurait rendu service et l'amour-propre de la mère de Yannick serait sauf.

L'heure était venue de mettre en pratique les enseignements du vieux Joe. Il convertit ses deux cents dollars en quarante jetons de cinq dollars. Il observa le déroulement du jeu à la table où officiait Marc Sylvain durant une bonne demi-heure avant de s'asseoir.

Stéphane connaissait son habileté pour compter les cartes, mais cette technique requérait tout de même une bonne dose de chance, puisque son efficacité augmentait avec une répartition irrégulière des cartes hautes ou basses dans le sabot, et demandait plusieurs heures de jeu avant de porter fruit. De plus, un casino de haut niveau comme celui de Montréal, contrairement à un vulgaire tripot clandestin, utilisait un assez grand nombre de paquets pour aplanir sérieusement les irrégularités dans la répartition des cartes.

Cette technique, dont beaucoup de spécialistes niaient la validité, ne pouvait, au mieux, que ramener très légèrement au-dessus de cent pour cent le retour sur les mises. Un joueur jouant normalement, c'est-à-dire intelligemment mais sans tenter de garder le compte des cartes, pouvait espérer en moyenne ne perdre qu'une fraction minime de son capital. Un compteur doué réussissait à faire de ces pertes un gain de un ou deux pour cent, avec un minimum de chance. En augmentant les mises – et les risques – au moment propice, ces deux pour cent pouvaient être multipliés plusieurs fois.

Le comptage exigeait une concentration énorme et finissait invariablement par attirer l'attention. Le principal facteur qui permettait à un compteur de cartes de ne pas se faire expulser illico d'un casino était l'impossibilité de démontrer la tricherie, qui d'ailleurs n'en n'était pas vraiment une. Mais les maisons de jeu n'avaient pas à justifier une telle décision. Comme tout commerce ou entreprise, un casino avait le droit de refuser de faire affaire avec un client qui lui déplaisait.

Certains compteurs faisaient la tournée des principaux casinos de la planète à longueur d'année, immanquablement expulsés de chacune de ces maisons de jeu, l'une après l'autre. Les différents services de sécurité, comme celui d'Antoine Caron, échangeaient continuellement des informations sur ces virtuoses du black-jack, dont la chance, trop constante, indiquait une mémoire phénoménale.

Stéphane n'avait pas l'intention de faire la tournée mondiale des casinos. Son plan était de soutirer le plus d'argent possible du seul casino de Montréal, par tous les moyens qu'il pourrait trouver. Cela voulait dire qu'il devait agir rapidement, avant qu'on ne le bannisse de l'établissement. Il devait réussir l'exploit avec une mise de départ de seulement deux cents dollars, dont cinquante appartenaient à une assistée sociale.

Son triomphe était loin d'être assuré et c'est avec beaucoup de nervosité qu'il s'installa finalement à la table dirigée par Marc Sylvain. Au bout de la première demi-heure, il avait déjà perdu la moitié de son capital. Au bout de la deuxième, il l'avait récupéré. Après une autre heure, ses gains se firent plus constants et il se risqua à augmenter ses mises.

Il perdit ensuite le décompte du temps, celui-ci ayant cédé toute la place au décompte des cartes. Dans un état second, il n'avait plus dans son esprit que des images de cartes, soigneusement classées par ordre d'apparition. Marc l'observait attentivement, admiratif devant l'intensité de sa concentration. Le croupier, expérimenté et lui-même fort bien pourvu intellectuellement, aurait pu signaler Stéphane au service de sécurité, mais, informaticien féru de statistiques et de probabilités, Marc ne pouvait s'empêcher d'éprouver du respect devant un compteur sorti de nulle part qui maîtrisait si habilement son art. Il s'amusait d'ailleurs lui-même à compter les cartes, pour la simple beauté de cet exercice mental. Et puis, après tout, il savait très bien que les agents de sécurité surveillaient tout ce qui se passait à la table à l'aide de leurs caméras omniprésentes.

Stéphane continua à jouer après que Marc eut terminé son quart de travail. Au bout d'une autre heure, une voix féminine, atrocement familière, vint rompre sa concentration. C'était Sandra, qui réclamait encore son attention après l'avoir pourtant éconduit plutôt froidement.

« Ça fait au moins six heures que tu joues et tu n'es même pas venu me voir, déclara-t-elle sur un ton mi-figue, mi-raisin. Tu as besoin d'avoir une bonne excuse. »

Stéphane tenta dans un premier temps d'ignorer cette voix, mais il ne put s'empêcher de s'offusquer de l'attitude de Sandra, qui osait solliciter son amitié après lui avoir brisé le cœur. Cette simple pensée suffit à jeter le désordre dans ses délicats exercices de mémorisation.

« Je ne peux pas te parler, dit-il sèchement.

– Tu devrais te reposer. Tu joueras mieux après.

– Je t'en prie, ne me parle pas, maugréa-t-il, exaspéré.

– Je pensais que tu avais le jeu en horreur.

– Si tu continues de me déranger, tu vas me mettre dans la merde. »

Un agent remarqua la discussion.

« Tu n'es pas censée déranger les clients, la prévint-il.

– Mais je ne dérange personne », protesta-t-elle, attendant une dénégation de Stéphane qui ne vint pas. Elle s'éloigna, peinée.

Stéphane tenta de reprendre le compte, mais les gains se firent plus rares et, pendant l'heure qui suivit, son capital demeura stable. L'interruption suivante vint de Kim Dee, qui avait eu vent de l'accueil glacial que Stéphane avait réservé à sa fiancée. Si l'Asiatique avait été le moindrement cohérent avec lui-même et avec son caractère jaloux, il se serait réjoui de voir que Stéphane ne faisait aucun effort pour être aimable avec son ex-petite amie, mais la cohérence n'était pas le propre de Kim Dee, et il ne manqua pas cette occasion pour venir chercher querelle à Stéphane.

« Tu es chanceux ? demanda l'Asiatique en guise d'introduction.

– Je me débrouille, répondit Stéphane sans se retourner.

– Sandra m'a dit que tu étais de mauvaise humeur.

– Je ne suis pas de mauvaise humeur. Je veux juste ne pas être dérangé.

– Est-ce que c'est à cause de l'histoire aux douanes ? s'enquit Kim Dee, révélant ainsi sa mauvaise conscience à ce sujet. Je n'avais rien à voir là-dedans.

– Kim Dee, si tu n'y vois pas d'inconvénient, on en reparlera une autre fois. »

L'Asiatique, qui ne tolérait aucun refus, posa fermement sa main sur l'épaule de Stéphane, pour le forcer à lui faire face. Stéphane avait désormais perdu ce qui lui restait de concentration et décida de s'épargner l'arrogance du Vietnamien. Il ramassa ses jetons et se leva de la table où il venait de passer près de huit heures. Son dos lui faisait mal, ses fesses étaient humides de sueur et son cou était raide. Il compta ses jetons et jubila en constatant qu'il avait plus que décuplé son capital de départ. Cette pensée l'aida à ne pas tomber dans le jeu de la provocation que menait Kim Dee.

«Je n'ai pas nui à ta chance, au moins? demanda hypocritement l'Asiatique.

– Non, le rassura-t-il. De toute façon, il est tard, je vais ramener la voiture à ma mère.

– Tu vas venir prendre un verre avec moi, décréta Kim Dee. Ça ferait plaisir à Sandra.

– Ma mère doit s'inquiéter. Je suis désolé, mais je ne vais pas sortir avec toi ce soir.»

Sur ces mots, il tenta de prendre son congé, mais Kim Dee s'interposa.

«Tu penses que c'est de ma faute si tu as fait de la prison, lança-t-il, désireux de se disculper. Tu penses que je n'ai pas fait tout ce qu'il fallait pour te venir en aide.

– Vois-tu, Kim Dee, quand un gars se fait enculer une fois, on appelle ça un viol. La deuxième fois, c'est parce qu'il aime ça. Moi, je déteste ça. Alors, je vais me tenir le plus loin possible de toi, c'est moins dangereux.»

Cette fois, l'agressivité de sa réplique avait découragé Kim Dee. Il quitta le casino, serein, et décida qu'il dormirait à l'hôtel ce soir-là. Il avait envie d'être seul et ne voulait pas réveiller Marianne et Marcel. Il était surtout heureux de pouvoir enfin s'offrir le luxe de ne pas devoir le gîte à quelqu'un d'autre. Et puis, il voulait ménager son effet de surprise…

♠

Le lendemain, Mme Morissette, n'y tenant plus, se décida à aller confier à sa voisine l'épisode de la veille.

Marianne et Marcel, qui prenaient leur café avant de se rendre au resto, étaient déjà inquiets que Stéphane ne fût pas rentré de la nuit, bien qu'ils pussent comprendre les désirs d'indépendance d'un jeune homme de vingt-huit ans. Emprunter cinquante dollars à quelqu'un qui vivait de l'aide sociale leur parut beaucoup plus discutable.

Marcel, éternel optimiste, tenta de rassurer les deux femmes. Après tout, ils pourraient sans problème rembourser eux-mêmes cet argent, et Stéphane n'avait pas pu faire de grandes folies avec une si petite somme. Ce fut Stéphane lui-même qui mit fin aux inquiétudes de chacun en se présentant d'humeur fort joyeuse.

« Ah ! madame Morissette, voici vos cinquante dollars, dit-il en lui tendant un beau billet rouge tout neuf. Maintenant, ajouta-t-il à la ronde, j'aurais besoin d'un coup de main… »

Mme Morissette, Marianne et Marcel accompagnèrent Stéphane jusqu'à la voiture familiale, laquelle était remplie à craquer de sacs d'épicerie débordant de victuailles. Il y avait de quoi la nourrir, elle et son fils, pour au moins un mois.

« As-tu dévalisé un supermarché ? s'exclama Mme Morissette en comprenant que toutes ces provisions lui étaient destinées.

– Pas de discussion, répondit-il gaiement. Aidez-moi à transporter tout ça, vous autres. »

Le petit Yannick, qui se levait à peine, n'avait jamais vu autant de nourriture de sa vie. Stéphane, tout content de pouvoir souhaiter un joyeux anniversaire à son jeune ami, l'invita à descendre admirer la surprise qu'il avait préparée pour lui.

Enfouie sous les sacs d'épicerie, une magnifique bicyclette l'attendait. Mme Morissette avait les larmes aux yeux. Désireuse de ne pas gâcher le bonheur de ses voisins, Marianne prit Stéphane à part.

« D'où ça vient, tout cet argent ? s'enquit-elle, d'humeur moins joyeuse que son fils.

– C'est un retour d'investissement. Elle a financé le quart de mes mises, elle reçoit le quart de mes gains.

– Tu es allé jouer au casino.

– Oui. Ils ont fait assez de malheurs comme ça, c'est le temps qu'ils commencent à rembourser.

– Tu as été chanceux cette fois-ci, le prévint sa mère, mais ça ne pourra pas continuer éternellement. Ton père aussi gagnait au début.

– Papa a trop compté sur la chance. Moi, je ne compte que sur moi-même, répondit-il orgueilleusement.

– Tu te crois plus fort qu'eux ?

– Ça ne fait que commencer. Tu vas voir, je vais régler nos comptes. »

Marianne observa avec angoisse l'exaltation qui brillait dans le regard de son fils. Malgré tout ce qu'il semblait croire, c'était la même lueur qu'elle avait si souvent vue dans les yeux de son défunt mari.

Chapitre II

Stéphane était de retour, il ne savait comment ni pourquoi, dans sa cellule crasseuse et humide. Le vieux Joe, son « colocataire », manipulait avec une dextérité remarquable une énorme pile de cartes à jouer – six paquets en tout. Il reproduisait une partie de blackjack à sept participants, l'un des lits faisant office de table. Stéphane, assis directement sur le sol de béton, avait pour tâche de compter les cartes. Le vieil homme ne lui laissait aucune chance de réfléchir et distribuait les cartes à une vitesse effarante.

L'esprit de Stéphane, empli de figures, de chiffres, de couleurs empilés pêle-mêle alors qu'ils auraient dû se trouver soigneusement ordonnés en tableaux, n'arrivait plus à contenir toutes ces informations. Des images sanglantes montrant son père défiguré, le revolver à la main, venaient se superposer aux visages des quatre rois. Les cartes étaient maculées de sang.

De l'autre côté des barreaux, Kim Dee l'observait avec arrogance, tout en tenant Sandra par la taille. L'Asiatique ne cessait de lui expliquer, avec une sollicitude feinte, à quel point il était désolé de la tournure des événements et qu'il veillerait personnellement à ce que son séjour en prison soit le plus bref possible. Sandra semblait implorer son pardon du regard. Stéphane ne pouvait que marmonner entre ses dents : « Je n'ai pas le temps de vous parler, je n'ai pas le temps de vous parler... »

« *You're losing the count, sonny*, ronchonnait le vieil homme, indifférent aux visiteurs.

– Je ne veux plus compter les cartes, Joe, gémissait Stéphane. J'ai mal à la tête.

– *Count the bloody cards, Stevie!* ordonnait le vieillard, impitoyable. *It's your only way out.*

– Je veux sortir... », glapissait Stéphane.

Une voix familière, surgie du néant, appela son nom.

« Réveille-toi, Stéphane », répéta doucement sa mère.

Stéphane ouvrit les yeux et constata qu'il était couvert de sueur mais libre, couché dans un lit escamotable, dans la petite pièce qui servait de bureau à Marianne et Marcel. Un café à la main, sa mère s'était assise sur la chaise de travail, en face d'un ordinateur passablement désuet. Stéphane eut besoin de quelques secondes encore pour recouvrer ses esprits, durant lesquelles il tenta désespérément de reprendre le compte des cartes que distribuait Joe. Rapidement, les images de son rêve commencèrent à s'estomper.

« Tu as fait un cauchemar, dit Marianne.

– Oui... Je pense bien.

– Tu as rêvé de la prison ?

– Je ne sais plus...

– Tu as dit "je veux sortir" plusieurs fois...

– J'ai dû rêver de la prison, dans ce cas, admit-il, peu enclin à se replonger dans son cauchemar.

– Si tu en parlais un peu, peut-être que tu en rêverais moins... », suggéra sa mère, sans parvenir à éliminer toute trace de reproche de ses paroles. Stéphane n'avait jamais été un grand bavard et ses années de réclusion n'avaient pas amélioré les choses. La tendance de sa mère à jouer les psychologues de service l'incitait généralement à se renfrogner plutôt qu'à se confier. Un silence inconfortable s'installa, durant lequel chacun constata à quel point leur relation avait été transformée par cette longue séparation.

« Ça sent bon le café frais..., dit-il enfin. Il en reste ?

– Bien sûr, je viens de le faire juste pour toi...

– Marcel est parti ? Quelle heure est-il ?

– Dépassé neuf heures.

– Tu n'es pas au resto ?

– Je prends mon avant-midi... On n'a pas eu le temps de se parler, toi et moi... »

Il préféra ne rien répondre. Il ne souhaitait pas déplaire à Marianne en lui reprochant sa manie, si féminine, songea-t-il, de vouloir tout verbaliser... Comme Sandra qui tenait à l'entendre exprimer ses sentiments par rapport à leur rupture, Marianne voulait en apprendre plus sur son emprisonnement. Il se sentait comme une huître qu'on ouvre de force avec un couteau. Ses émotions étaient très simples, évidentes. Sandra lui avait brisé le cœur et la prison avait détruit sa confiance dans l'humanité. Il n'avait pas besoin d'en parler.

Sa mère, sentant son humeur maussade, le laissa s'habiller et retourna à la cuisine pour lui préparer un copieux petit-déjeuner. S'il n'avait pas d'appétit pour la conversation, peut-être des œufs au plat auraient-ils davantage de chances de lui desceller les lèvres. Stéphane sortit du bureau en comptant une liasse de billets de banque qu'il rangea dans son portefeuille. Marianne ne se sentit guère rassurée de le voir si riche sans avoir travaillé une seule fois depuis son retour. Elle dissimula ses inquiétudes en lui servant ses œufs et son café.

« Je suis gâté, ce matin, dit-il avec un large sourire en entamant son repas.

– C'est le retour de l'enfant prodigue… Parlant de prodigalité, se décida-t-elle au bout d'un silence, c'était très chic, ce que tu as fait pour Mme Morissette l'autre jour. »

Stéphane ne répondit pas immédiatement. Il songea qu'il aurait sans doute préféré du bacon plutôt que des questions pour accompagner ses œufs.

« Elle avait une part sur mon capital, lança-t-il presque sèchement. Je ne lui ai rien donné qu'elle n'avait pas mérité.

– Ton père aussi était très généreux après avoir gagné au jeu… », se risqua-t-elle, désireuse de crever l'abcès qui la démangeait, de la même façon que Stéphane crevait le jaune de ses œufs.

Stéphane s'efforça de garder son sourire et reprit une gorgée de café.

« Ce n'était pas de la générosité, se défendit-il non par modestie mais par obstination, puisqu'elle m'avait prêté de l'argent. Et je n'ai pas gagné non plus : j'ai seulement réclamé une partie de la dette que le casino a envers nous.

– À quoi tu joues, mon grand ? demanda Marianne de sa voix la plus douce. À qui tu mens, comme ça ? Crois-tu détenir des pouvoirs magiques pour gagner contre le casino, alors que tout le monde finit par y perdre à la longue?

– Je sais ce que je fais…

– Tous les clients du casino savent ce qu'ils font, rétorqua-t-elle. Ça n'empêche pas le casino d'empocher des centaines de millions par année. Et même si tu parvenais à regagner tout ce que ton père a perdu, ça ne nous le ramènerait pas…

– Tu ne peux pas comprendre, dit-il, subitement plus émotif. C'est comme un feu qui me brûle en dedans. Ils vont payer, les salauds!»

Cette fois, la façade de Stéphane commençait à s'effriter. Devant son désarroi, qu'il refusait d'admettre, et sa futile certitude de savoir ce qu'il faisait, Marianne n'avait qu'un désir: prendre dans ses bras l'enfant qu'elle avait bercé naguère. Mais le petit garçon s'était réfugié dans une forteresse qu'il confondait avec de la maturité. Surtout, elle le devinait aux prises avec un sentiment dont il était inconscient mais qui lui paraissait si évident à elle, autant que la tache d'œuf qui coulait au coin de ses lèvres.

«Tu sais, ce n'est pas de ta faute si ton père est mort…

– Qu'est-ce que tu veux dire? demanda-t-il, pris de court.

– Ce soir-là, il s'imaginait qu'il allait gagner l'argent pour payer ton avocat…»

Stéphane resta bouche bée, visiblement anéanti par cette révélation. Peinée d'avoir dû recourir à un pareil procédé pour ouvrir les yeux de son fils, Marianne espéra que ce coup, malgré sa cruauté apparente, aurait l'effet bénéfique d'inciter Stéphane à prendre conscience de ses propres motivations. Mais comme toutes les psychologues de cuisine, elle n'avait fait que rouvrir la plaie plutôt que la soigner. Stéphane la dévisageait maintenant avec une dureté qu'elle ne lui connaissait pas et qui la bouleversa. Elle venait de rater son coup d'une manière lamentable. Les deux se regardèrent en chiens de faïence pendant un instant qui leur sembla une éternité. Leurs rapports ne pourraient plus jamais être les mêmes. Sans le vouloir, elle avait définitivement coupé le cordon.

Stéphane contempla ses œufs. Il n'avait plus faim.

« Je ne vous dérangerai pas beaucoup plus longtemps, annonça-t-il d'une voix monocorde. Je vais me chercher un logement aujourd'hui même.

– Tu ne me déranges pas, protesta-t-elle, la voix tremblante. Tu viens à peine d'arriver. Tu es parti si longtemps. Reste un peu…

– Non, je préfère avoir mes affaires. Vous avez votre vie de couple et Mélanie est déjà en appartement. Si la plus jeune a quitté le nid, je ne vois pas pourquoi l'aîné s'incrusterait. »

Stéphane s'en voulut un peu d'annoncer son départ à ce moment précis, mais c'était son intention de toute façon, avant que la conversation ne dérape sur la question du suicide de son père. De plus, il préférait s'éloigner de sa mère pour l'instant. Il ne voulait pas qu'elle le suive dans la zone obscure vers laquelle il fonçait. Elle avait assez souffert.

« Mais pas toi, semble-t-il », aurait-elle pu ajouter, si elle était parvenue à lire dans les pensées de son fils.

♠

Maria Delluci, comme la plupart des membres du personnel du casino, prenait la vie du bon côté en attendant la folie qui s'emparerait de la maison quand celle-ci commencerait à se remplir, généralement à la sortie des bureaux. En début d'après-midi, l'endroit était encore relativement tranquille; on aurait dit que les rayons de soleil pénétrant par les fenêtres suffisaient à tenir éloignés les vampires qui guettaient les joueurs compulsifs. Tout en discutant avec sa collègue Ginette, Maria travaillait à un projet de nouvelles politiques qu'elle désirait mettre en avant.

En fait, la nature de ses tâches aurait justifié qu'elle travaille exclusivement de nuit, comme une bonne partie du personnel. La principale raison de la présence de Maria au casino était avant tout de donner bonne conscience – ou apparence de bonne conscience – à la direction de l'établissement et de démontrer aux médias et au public que la société d'État responsable de la maison de jeu ne se désintéressait pas complètement du problème de jeu compulsif qui affectait une partie de sa clientèle.

« Pas complètement, mais presque », aurait pu préciser Maria. Mais celle-ci, qui prenait son métier à cœur, jouait le jeu de la bonne foi et ne se laissait pas décourager par l'attitude complaisante de ses supérieurs hiérarchiques. Elle avait un code d'éthique et se souciait véritablement des gens qu'elle recevait dans son bureau. Maria était psychologue. Sa responsabilité consistait à aider les joueurs compulsifs à renoncer au jeu.

Parfaitement consciente du paradoxe inhérent à son rôle, et de l'insuffisance des moyens qu'on mettait à sa disposition, elle se voyait comme une goutte d'eau pure dans un océan de vice. Elle était intimement convaincue que tout joueur, occasionnel ou compulsif, qui ressentait du plaisir au jeu fondait ses émotions sur une perception erronée de cette activité. Tout joueur, peu importait son degré d'accoutumance, se pensait capable d'influencer ou de prévoir, dans une mesure quelconque, les résultats du jeu auquel il participait. Sans cette erreur fondamentale de jugement, le plaisir disparaissait totalement de l'expérience et le joueur renonçait de lui-même à dilapider son argent au casino.

La seule exception à cette règle – et elle menait aux cas les plus pathétiques – était celle des joueurs qui cherchaient inconsciemment à se punir en brûlant leur argent. Dans tous les cas, l'unique façon de guérir un joueur compulsif consistait à l'amener à prendre conscience de son incapacité absolue de contrôler le déroulement du jeu. À partir du moment où le joueur arrivait à cette conclusion, soit il renonçait de lui-même, soit il reconnaissait avoir des problèmes encore plus graves.

Pour Maria, la plus grande source de frustration et de découragement liée à son travail était qu'elle arrivait toujours trop tard, quand le gros des dégâts était fait et qu'il ne restait plus qu'à tenter de recoller les morceaux. Elle savait bien cependant que c'était le drame de tout thérapeute traitant des cas de dépendances diverses, l'éternel phénomène du fond du baril qu'on doit toucher avant de pouvoir remonter à la surface. Elle se disait que les pompiers trouveraient leur métier bien déprimant si les victimes d'incendie attendaient que leur maison ait fini de brûler avant de sonner l'alarme…

C'est pourquoi elle tentait de convaincre la direction de développer une véritable politique de prévention, qui consisterait à informer les joueurs sur la nature même du hasard et sur leurs risques de perdre (et non sur leurs chances de gagner), et à leur proposer un suivi systématique de leurs pertes par le biais de leur carte de fidélité. Après tout, les bases de données du casino renfermaient déjà une montagne d'informations parfaitement utilisables. Mais promouvoir une telle politique auprès de la direction équivalait à nager à contre-courant dans un torrent déchaîné.

Maria était une personne trop équilibrée – métier oblige – pour se laisser démolir par ce sentiment d'impuissance. Tout en œuvrant à faire progresser ses idées, elle consacrait l'essentiel de son énergie à venir en aide à tous ces malheureux qui échouaient devant elle, ruinés et prêts à en finir avec la vie.

Le reste du temps, elle savait apprécier la camaraderie de ses collègues, en particulier de sa bonne amie Ginette Gauthier, la responsable des relations publiques qui partageait son bureau et qui lui narrait, avec un enthousiasme beau à voir, le classique hollywoodien qu'elle avait loué la veille…

« Mon Dieu que c'était beau, se pâmait-elle. Quand Cary Grant s'est approché d'elle pour la prendre dans ses bras…

– Tu as pleuré ? demanda Maria.

– Moi, les histoires d'amour, ça me fait tout le temps pleurer. Tu aurais dû voir la dernière fois qu'un gars m'a laissée tomber…

– Je m'en souviens, tu as maigri de vingt livres et tu as versé toutes les larmes de ton corps. Ça m'a pris trois mois pour te remettre d'aplomb !

– Ben non ! protesta Ginette. Le grand Provencher, c'est moi qui l'avais largué. Ce n'était rien, juste un petit... désagrément. »

Maria éclata de rire devant la mauvaise foi de sa copine. Elle avait le don de se contredire sans arrêt tout en restant constante dans ses émotions. Si sa dernière rupture n'avait représenté qu'un simple désagrément, Maria se demanda à quoi pouvait ressembler une véritable peine d'amour pour Ginette. Il faut dire que cette dernière n'était pas particulièrement avantagée en matière de charmes... Elle avait beau avoir un grand cœur, Maria était bien placée pour savoir que c'est bien peu pour séduire un homme.

« Je suis donc chanceuse d'avoir une amie psychologue, reprit la relationniste. Tu sais, j'ai parlé de ta théorie des femmes "sauveuses" et des hommes victimes à mes copines du jeudi... Il y a des gars qui vont avoir de vrais problèmes bientôt...

– Il ne faut pas généraliser non plus, tempéra Maria.

– Les conjoints de mes amies, quand ils ne sont pas des victimes, ils sont idiots, mais la théorie s'applique quand même. Il y a une victime ici que j'aimerais bien sauver..., soupira-t-elle. Il pourrait devenir mon Cary Grant n'importe quand !

– Tu rêves encore à Antoine Caron ? Pas évident de mettre le grappin dessus, hein, Ginette ?

– J'ai l'impression que tu aurais plus de chances que moi, répondit-elle en scrutant la réaction de sa collègue. Mon instinct me dit...

– Arrête de dire des folies, protesta Maria en rougissant légèrement. M. Caron est encore bouleversé par son divorce. La première femme qui va s'amouracher de lui se fera briser le cœur. Mais si tu veux à tout prix un Cary Grant, j'en ai repéré quelques-uns dans le casino... »

Ginette avait continué de scruter Maria, visiblement intriguée par sa réaction. Ginette possédait son petit côté psychologue bien à elle.

« Comment se fait-il que toi, si belle et si intelligente, tu n'aies pas encore de mari ?

– J'ai un gros problème avec les hommes : je me rends compte tout de suite quand ils commencent à mentir.

– Et quand commencent-ils ?

– À la deuxième phrase. »

Les deux amies éclatèrent de rire, mais au fond Maria savait bien que sa réplique n'était pas que pure plaisanterie. La vraie raison de son célibat prolongé, cependant, tenait beaucoup plus à l'intensité et à la conviction qu'elle mettait dans son travail. Peu d'hommes acceptaient une pareille compétition.

♠

Monique Parent se trouvait dans un état second, hypnotisée par la valse des symboles qui défilaient devant elle. La quadragénaire était branchée à sa machine à sous depuis un temps infini. Un cordon l'y retenait enchaînée, dont un bout était attaché à son cou et l'autre à la carte de fidélité qu'elle insérait dans une fente de la machine. Cette carte permettait au système informatique de suivre ses mouvements pas à pas et, surtout, d'enregistrer ses habitudes de jeu. Après avoir misé une certaine somme, le client avait droit à des privilèges ou cadeaux, comme un repas gratuit ou une remise en argent. Par exemple, si Monique avait été en état de se rendre compte qu'elle avait faim et qu'il était bientôt l'heure du petit-déjeuner, elle aurait pu se présenter au restaurant du casino et se sustenter aux frais de la maison. Évidemment, si l'on prenait en considération les sommes qu'elle avait englouties dans la machine, ce repas n'avait absolument rien de gratuit.

Le système informatique du casino enregistrait le moindre de ses gestes, ses mises, l'heure à laquelle elle avait placé chacune d'entre elles, tandis que Monique, elle, ne se souvenait plus de rien. Si on lui avait présenté un relevé de ses activités au cours des douze dernières heures, elle aurait sans doute hurlé de surprise et nié les faits avec véhémence. La Machine savait, et Monique avait oublié. La Machine était toute-puissante, et Monique était son esclave. La Machine acceptait ses offrandes avec une indifférence impériale, et Monique attendait son approbation et sa reconnaissance avec une patience inébranlable.

Monique y retirait sans doute quelque chose, puisqu'elle planait comme elle avait rarement plané dans son existence monotone. L'adrénaline, combinée avec la caféine et le glucose des cafés et boissons sucrées qu'on servait gratuitement, la soutenait mieux que la faible estime qu'elle avait pour elle-même. La seule chose qui pouvait la forcer à atterrir… venait tout juste de se produire.

La Machine avait fini de digérer les offrandes de Monique. Le compteur indiquait qu'elle n'avait plus un seul sou de crédit en réserve.

Monique resta hébétée pendant un long moment, durant lequel elle continua à piocher sur le bouton de mise comme un macaque de laboratoire répondant à un stimulus. Au bout d'une minute ou deux, elle accepta enfin la réalité du zéro affiché par les diodes électroluminescentes.

Elle regarda autour d'elle et aperçut cette étrange lumière qui entrait par les fenêtres et que les gens normaux appelaient l'aube. Elle s'étonna de voir le soleil prendre une telle avance sur son horaire habituel. La dernière fois qu'elle avait consulté sa montre, il était dix heures du soir. Elle regarda sa montre de nouveau. Celle-ci aussi était en avance, puisqu'elle indiquait six heures du matin.

Comme elle n'avait plus un sou et que, en dépit de toute logique, le temps avait décidé d'accélérer sa course, Monique résolut de faire la seule chose qui lui parut raisonnable dans les circonstances. Elle se dirigea vers un comptoir pour emprunter mille dollars de plus sur sa carte de crédit. Après tout, elle n'allait quand même pas rentrer à la maison avec des pertes aussi élevées à déclarer à son mari. Elle devait absolument, ne serait-ce que par respect pour son conjoint, faire les efforts nécessaires pour récupérer les sommes perdues.

« Donnez-moi mille dollars, demanda-t-elle en se présentant au guichetier.

– Refusé, madame, répondit-il après vérification. Je suis désolé.

– Comment, refusé ? C'est impossible. Essaie donc celle-là, dit-elle en tendant une autre carte.

– Refusé également, madame... », répéta l'employé après une autre vérification.

Ce deuxième refus tomba comme un couperet sur les espoirs de Monique. Elle s'éloigna du comptoir sans dire un mot, livide.

Un homme l'avait observée à son insu durant cette mésaventure. Celui-ci s'approcha, vêtu d'un complet correct mais légèrement démodé, les cheveux gominés, un cigare éteint au coin de la bouche. Malgré ses tentatives pour paraître respectable, une impression de vulgarité se dégageait de lui. « C'est fou ce qu'il me rappelle mon oncle Roger », se dit Monique comme il l'abordait. Elle détestait son oncle Roger.

« Salut. Moi, c'est Albert. Ça ne va pas ?

– Mêle-toi de tes affaires, répliqua Monique.

– Je pourrais peut-être t'aider, enchaîna l'homme sans se laisser démonter. Ta machine doit être sur le point de payer. La chance finit toujours par tourner quand on est patient…

– Ma "petite dorée" était chaude, acquiesça Monique, sensible à ce genre de discours. Je la sentais, la petite maudite…

– Avec cent dollars de plus… Tu finirais bien par la faire cracher. Je peux même t'avancer plus, si tu veux.

– Comment on s'arrange ?

– Tu as l'air d'une femme honnête… Viens avec moi…, dit-il en s'éloignant.

– Où tu m'amènes ?

– Aux toilettes. Il n'y a pas de caméras.

– Je ne peux pas entrer dans les toilettes des hommes.

– Tu les veux, tes cent piastres ? »

Monique ne savait trop que penser de ce curieux étranger qui offrait si spontanément de lui prêter de l'argent. Au fond d'elle-même, elle se doutait bien qu'il était en train de pratiquer son gagne-pain. Elle hésitait à faire confiance à un homme qui lui rappelait tant son oncle Roger. D'un autre côté, elle était certaine que la Machine était sur le point de la récompenser de sa persévérance.

« Tu rentres, tu m'écris ton nom, ton adresse, le nom de ton mari et, quand tu sors, tu me remets le billet et je te donne tes cent dollars. Comme si on se serrait la main…

– Pourquoi ferais-tu ça ?

– Parce que je te trouve sympathique, dit-il avec un sourire sinistre, et que je suis certain que tu vas gagner gros. »

Monique n'était guère rassurée, mais la Machine s'apprêtait à régurgiter des centaines de dollars et elle ne voulait pas que quelqu'un d'autre en profite. Elle se dirigea vers les toilettes. Albert la retint :

« Juste un détail… Cent dollars, ce n'est pas très intéressant comme transaction. Je te prête cinq cents dollars et tu m'en remets six cents d'ici une semaine. C'est pas cher, cent piastres, pour faire cracher ta "petite dorée"… »

Monique prit une fraction de seconde pour réfléchir. Au fond, c'était encore mieux. Avec cinq cents dollars, elle aurait beaucoup plus de chances de récupérer ses fonds. Elle entra dans les toilettes des femmes, en se disant que cet Albert était finalement bien serviable pour quelqu'un qui ressemblait tant à son oncle Roger.

Trois heures plus tard, elle avait pratiquement fini de perdre les cinq cents dollars.

L'attrape, avec les machines à sous, était que les gains étaient additionnés au total des sommes investies, prêts à être misés de nouveau. Les machines retournaient effectivement quatre-vingt-douze pour cent de l'argent misé, mais les joueurs rejouaient continuellement leurs gains, pour la plupart insignifiants, sans même s'en rendre compte. Le taux de retour était également faussé par le fait qu'une bonne partie des gains étaient concentrés entre les mains d'une infime minorité d'individus particulièrement chanceux qui remportaient plusieurs milliers de fois leur mise et s'arrêtaient de jouer à ce moment-là, enfin satisfaits. La majorité des autres joueurs misaient de nouveau leurs médiocres gains dans l'espoir de toucher ces mythiques jackpots, qui toujours leur échappaient comme autant de Graals devant des chevaliers peu vertueux.

Appelons un « cycle de mise » la période durant laquelle un joueur mise l'ensemble de son capital de départ, ni plus ni moins, et considérons le retour sur cette mise comme le nouveau capital de départ du prochain cycle. Ce « cycle » est une convention purement abstraite, puisque les gains ne sont pas versés en argent comptant mais additionnés dans le même compteur que l'argent à miser, pour plus de « commodité ». Pour un joueur moyennement chanceux, c'est-à-dire comptant sur un retour type de quatre-vingt-douze pour cent, il suffisait de cinquante-quatre cycles de mise pour réduire à un pour cent son capital de départ. Cinquante-quatre cycles, ça peut paraître un chiffre énorme mais, en considérant qu'un joueur mise une pièce de vingt-cinq cents toutes les cinq secondes (la plupart misent plus), il suffisait de trente-trois minutes et vingt secondes pour écouler cinquante dollars. Comme le capital diminue constamment, on pourrait considérer que le cycle moyen de mise, sur les cinquante-quatre mentionnés, dure la moitié de ce temps. Mais ce serait là une erreur de calcul, puisque la diminution du capital suit une courbe logarithmique et non arithmétique. En fait, le capital a déjà fondu de moitié dès le huitième cycle.

Or, Monique était une experte. Elle jouait sur une machine à un dollar la mise (pour gagner plus), sur trois lignes à la fois (pour augmenter ses chances), et n'attendait que trois secondes entre les mises (pour gagner plus vite). À ce rythme, elle avait écoulé ses cinq cents dollars en huit minutes et vingt secondes, soit un dollar par seconde. Accordons-lui une moyenne généreuse de deux minutes par cycle de mise sur cinquante-quatre cycles, ce qui signifie qu'il ne lui aurait fallu qu'une heure quarante-huit minutes pour réduire son capital de cinq cents à cinq dollars. Contrairement à son impression, elle avait été très chanceuse – peut-être avait-elle effectué des mises plus basses à l'occasion – et avait pu durer plus de trois heures avec ses cinq cents dollars de départ.

La seule chose qui l'empêcha de flamber ses derniers dollars fut l'arrivée impromptue de son mari, dans une colère digne de celle de Jésus chassant les vendeurs du Temple.

« Sais-tu quelle heure il est ? rugit-il, catastrophé. As-tu une idée ?

– J'allais rentrer, balbutia-t-elle. Je n'ai pas regardé ma montre…

– Il est dix heures ! J'ai appelé à la maison toute la nuit ! Tu es complètement folle !

– J'étais venue faire un tour. Nadia est une grande fille.

– Notre fille a treize ans ! J'ai une affaire importante à New York et je suis obligé de rentrer par le premier vol parce que ma femme passe la nuit au casino ! Il faut que ça arrête ! »

La colère est une émotion difficile à contrôler, surtout quand elle est aussi justifiée que l'était celle de Maurice à cet instant, et ses cris attirèrent rapidement deux agents de sécurité.

« Monsieur, vous dérangez la clientèle.

– Mêlez-vous de vos affaires ! ordonna-t-il sans même se retourner.

– Ce n'est pas de ma faute, bredouilla Monique, confuse. Je gagnais tout le temps au début… Je ne recommencerai plus, je te le promets.

– En tout cas, tu ne recommenceras plus avec moi. Tu vas te trouver un autre poisson pour payer tes cartes de crédit. Assez, c'est assez ! »

Maurice la planta là de la même manière qu'il était arrivé, comme un coup de tonnerre annonçant l'averse, qui survint sans tarder. Monique s'effondra et se mit à sangloter, aussi dépourvue de contrôle sur ses larmes que sur ses habitudes de jeu. Les deux gardiens, pourtant habitués à ce genre de scène, ne purent s'empêcher de se sentir touchés par le drame dont ils venaient d'être témoins. Observant la consigne, ils la prirent doucement par la main et l'épaule et la conduisirent là où ils devaient mener les naufragés du gambling, au cimetière des épaves humaines : dans le bureau de Maria Delluci.

En voyant arriver une femme dans la quarantaine, visiblement épuisée, aux vêtements élégants mais défraîchis et au maquillage dévasté par les larmes, la psychologue devinait déjà à quatre-vingt-dix pour cent la situation familiale et sociale de sa nouvelle patiente. Elle la laissa pleurer encore un long moment, se contentant de lui tendre à l'occasion une boîte de mouchoirs, accessoire indispensable de tout psychologue. Au bout d'une dizaine de minutes, Maria put commencer à noter les informations d'usage.

« Je veux arrêter, finit par dire Monique d'une voix rauque. Je ne veux plus venir ici. Mon mari va me laisser…

– Madame Parent, vous savez que le casino peut vous aider. Nous avons un programme d'exclusion volontaire. Si vous le voulez, nous allons vous interdire l'entrée du casino.

– Vous n'avez pas le droit ! s'offusqua Monique, sans se rendre compte que Maria ne faisait que réaliser son souhait.

– C'est vous qui allez le demander, expliqua Maria. Vous devez signer ce formulaire. Nous allons vous photographier. Si vous revenez, nous vous reconduirons dehors, je vous préviens.

– Je ne pourrai plus venir ? demanda Monique d'une voix angoissée.

– On fait ça pour vous aider. C'est un contrat que nous signons avec vous. Nous allons respecter notre signature, je vous le garantis.

– Mais si ça allait mieux et que je changeais d'idée ?

– Madame Parent, si vous êtes dans mon bureau, c'est que ça n'ira pas mieux. Croyez-moi sur parole. C'est mon travail d'aider des personnes comme vous. Le jeu, c'est merveilleux pour certains, mais ça peut devenir dangereux pour d'autres. J'ai peur que ce soit votre cas.

– Si mon mari me laissait quand même ?

– Vous êtes libre, totalement libre. Je ne vous forcerai pas. Si vous ne signez pas, si vous ne voulez pas de notre programme, c'est simple, vous descendez et vous continuez à jouer. C'est votre vie. »

Maria trouvait toujours cet instant particulièrement difficile à traverser. C'était le moment où des vies étaient sauvées ou, au contraire, brisées, le moment où elle avait envie de tout lâcher, impuissante devant la somme de souffrances qui s'étalait devant ses yeux. Son métier l'obligeait à lancer cet ultimatum d'une voix neutre, presque dure, afin de bien faire comprendre au patient le sérieux de la situation. Mais, au fond d'elle-même, elle n'avait envie que de se mettre à pleurer avec ces pauvres êtres aux prises avec des démons qu'ils ne comprenaient pas. Toute la compassion qu'abritait son cœur et qui la motivait quotidiennement à persévérer dans son travail devenait, dans ces instants critiques, un boulet susceptible de la faire sombrer à son tour. Comme une lame bien affûtée qu'on range dans un fourreau, autant pour la protéger contre l'usure que pour prévenir les accidents, elle devait mettre sa sensibilité en veilleuse, afin de se préserver elle-même et d'être en mesure de faire preuve de la fermeté dont sa patiente avait besoin en cet instant précis. Le dénouement était toujours tragique, puisqu'il n'y avait que deux issues, chacune porteuse de larmes et de malheurs : le sacrifice de l'habitude du jeu suivi d'un douloureux retour à la réalité ; ou, pire, le refus d'affronter la vérité et la chute dans un gouffre toujours plus profond.

Monique Parent réfléchissait à la proposition de Maria. Très vite, toutes les bonnes raisons qu'elle avait de cesser de jouer firent place au tournoiement des figures dans les machines à sous. Une voix sournoise, mais tellement enjôleuse, l'emporta sur toutes les autres : elle gagnerait une dernière fois, juste pour se refaire, et ensuite elle arrêterait, pour de bon. Maria pouvait pratiquement entendre ce dialogue intérieur et ne fut pas surprise, seulement peinée, de voir Monique se lever en silence et quitter le bureau sans signer le formulaire qui aurait pu la sauver d'elle-même.

Ginette, qui avait assisté à cet entretien en tant que responsable des relations publiques (ce genre d'incident pouvait affecter gravement l'image du casino), ne put s'empêcher de remarquer :

« Encore une qui va se retrouver avec un divorce sur le dos en plus de tout le reste. »

Maria se contenta de hocher tristement la tête. Ginette, peu charitable, songea à ses chances de se trouver un petit ami dans le bassin de nouveaux célibataires créé par tous ces divorces…

♠

An Nguyen s'efforçait de se composer une attitude calme et sereine pour masquer ses préoccupations, avec le succès habituel. Maintenant âgé de plus de soixante-dix ans, l'homme d'affaires avait passé sa vie à contrôler ses émotions, à garder une attitude ferme et respectable en toutes circonstances. Assis bien droit dans un fauteuil de cuir sobre mais luxueux, il s'abstenait tout naturellement de laisser son dos s'appuyer sur le capitonnage moelleux – un tel laisser-aller n'aurait pas été digne d'un homme d'affaires accompli et du chef d'une honorable famille de la communauté vietnamienne de Montréal.

An Nguyen était, comme nombre d'Asiatiques à l'automne de leur vie, fort bien conservé pour son âge. Les rides ne creusent pas facilement leurs sillons sur un visage qui n'exprime jamais d'émotion. À la tête d'un prospère réseau de pharmacies et d'une entreprise d'import-export, il avait su assurer la sécurité et l'honneur de sa famille après avoir fui son pays natal avec son épouse à la suite du désastre de Diên Biên Phú, sans autre bagage qu'un léger baluchon et un sac de toile. Le climat local était devenu très défavorable aux Indochinois francophiles comme An Nguyen, qui avait étudié dans un lycée et travaillait alors comme commis de bureau dans une entreprise française. Le jeune homme de dix-huit ans et sa fiancée de seize ans avaient préféré fuir plutôt que d'assister aux persécutions dont furent victimes les membres de leurs familles respectives. An n'avait jamais pu oublier cette humiliation, et l'orgueil typique de sa culture s'était doublé d'un féroce désir de reconstituer le respect et le prestige dont jouissait sa famille dans son pays d'origine.

Il avait réussi. Ses frères et sœurs cadets, qu'il était parvenu à faire immigrer, le considéraient maintenant, près d'un demi-siècle plus tard, comme le digne successeur des patriarches Nguyen. Sa grande préoccupation, au crépuscule de sa vie, était de s'assurer que l'entreprise qu'il avait bâtie se retrouve entre les mains d'un héritier qui ferait honneur à son nom.

An Nguyen et son épouse avaient longtemps attendu leur premier enfant. Plusieurs fausses couches les avaient fait désespérer de ne jamais pouvoir perpétuer leur sang. Ce n'est qu'après plus de quinze ans au Canada qu'un premier héritier vit le jour. Un deuxième enfant, une fille, vint achever de combler leurs espérances, à un âge, la mi-quarantaine, où les femmes ne prennent généralement pas le risque de mener une grossesse à terme.

An Nguyen était, sous ses dehors sereins, rongé par l'inquiétude que lui causait son unique héritier mâle, Kim Dee, l'enfant ingrat dont les coups d'éclat ne cessaient de faire pâlir le vieil homme lors des rencontres familiales. Il attendait un visiteur dont la réaction pourrait aider à redresser l'image de son héritier ou, au contraire, attirer davantage l'opprobre sur le nom des Nguyen. Il s'agissait d'un jeune homme qu'il avait longtemps considéré comme un membre de la famille et qu'il n'avait pas eu l'occasion de voir depuis plus de trois ans. Il se sentait redevable envers lui, car il se doutait qu'il avait dû souffrir énormément des frasques de son fils.

La présence de sa femme, sur le seuil de la porte, le tira de ses réflexions. En bonne épouse, elle avait attendu que son mari pose les yeux sur elle pour lui adresser la parole.

« Stéphane Dumas est arrivé, annonça-t-elle.

– Fais-le attendre cinq minutes, puis laisse-le entrer », répondit-il sans un mot de remerciement.

Après les cinq minutes protocolaires, Stéphane eut le privilège d'être reçu dans la salle de séjour.

« Je suis content de te revoir.

– Moi aussi, monsieur Nguyen, répondit Stéphane, non sans réserve.

– Laisse-moi d'abord t'offrir mes condoléances pour ton pauvre père. J'ai veillé personnellement à ce qu'il ait des funérailles dignes de l'excellent homme qu'il était. Je me suis fait un devoir de me charger de tout et de soulager ta mère de cette tâche pénible. J'ai été heureux d'apprendre qu'elle a pu refaire sa vie.

– On ne refait pas une vie. On ne fait qu'en commencer une autre.

– Je vois que tu t'es bien tiré d'affaire en prison, continua Nguyen qui ne souhaitait pas s'attarder sur la mort du père de Stéphane, son ancien comptable. Je m'y attendais. Tu as une nature forte. »

Stéphane n'avait cure de la bonne conscience du vieil homme. Il réalisait parfaitement que son fils était responsable de son emprisonnement et il savait que le vieux savait, même s'il ne voulait pas l'admettre, ne serait-ce qu'à lui-même.

« Je n'aurais pas moisi trois ans dans une prison si…, commença Stéphane, résolu à lui faire connaître sa façon de penser.

– Je suis certain que Kim Dee n'y est pour rien dans ce qui s'est passé, protesta An Nguyen. Sinon… »

Lui non plus n'acheva pas sa phrase, mais Stéphane perçut la terrible colère qui couvait dans les yeux du vieil homme, une colère qui, contrairement à la sienne propre, commandait plutôt l'oubli que la vengeance.

« Éviter le déshonneur à tout prix, n'est-ce pas, monsieur Nguyen ? Il vaut mieux ne pas savoir.

– Tu peux savoir. Tu peux te souvenir, mais je veux que tu pardonnes.

– Avez-vous la moindre idée de ce que j'ai enduré ?

– C'est moi qui ai payé les frais d'avocat pour te sortir de prison. Si Kim Dee avait une dette envers toi, j'en ai remboursé une partie. »

Stéphane se calma un peu. Après tout, M. Nguyen s'était comporté en allié dans cette affaire, mais, Stéphane s'en doutait, sa démarche avait été motivée avant tout par le besoin de s'assurer que son nom n'y serait pas mêlé.

« Merci. Maman me l'avait dit, reconnut Stéphane. Ne soyez pas inquiet, je vais vous rembourser votre argent.

– Tu ne dois pas. Si jamais Kim Dee n'a pas été loyal envers toi, j'aurai payé.

– Monsieur Nguyen, mon père a travaillé pour vous pendant quinze ans. J'ai grandi avec Kim Dee. Pourquoi a-t-il flanqué de la dope dans mes valises? Pourquoi s'est-il servi de moi? J'étais son meilleur ami, on a passé toute notre enfance à jouer ensemble...

– Arrête! Ne parle pas ainsi si tu veux être accueilli en ami dans cette maison! Jamais mon fils... »

Juste à ce moment, alors que la conversation semblait sur le point de s'envenimer, un ange apparut qui mit fin à la discorde. Cet ange avait des cheveux de jais, la peau dorée, des yeux en amande, un nez délicat et légèrement retroussé, une bouche menue mais aux lèvres pulpeuses, de petits seins parfaitement ronds, des hanches juste assez amples pour ne pas être celles d'une gamine. Elle était vêtue d'une jolie robe de soie brodée de fleurs, à la fois simple et charmante, décente mais qui mettait en valeur ses genoux lisses et ses mollets galbés. Des sandales sobres, sans talons, laissaient voir de coquins orteils semblables à des fruits roses. L'ange représentait la féminité asiatique dans toute sa coquetterie, un volcan de sensualité dormant sous des airs de petite fille.

Le sang qui battait aux tempes de Stéphane reflua vers une autre partie de son corps. Ce n'est qu'à ce moment qu'il reconnut Thi Tram, l'adolescente maigrichonne qui portait jadis des broches, des lunettes et une queue de cheval, et qu'il avait taquinée pour la dernière fois il y avait bien quatre ans. La petite écolière studieuse était devenue une ravissante jeune femme. Thi Tram lui fit son plus beau sourire, comme pour lui montrer le résultat de tous ces soins dentaires.

« Oh ! pardon, s'excusa-t-elle, en constatant que son père avait un invité.

– Tu te rappelles de Stéphane, dit-il, indifférent à l'échange de regards qui venait de se produire.

– Bien sûr », répondit-elle, sans quitter Stéphane des yeux. Elle lui tendit la main et serra la sienne très doucement, plus longtemps que ne le veut l'usage. Un coup d'œil furtif vers son père la convainquit de ne pas aller trop loin dans ce petit jeu. Ses yeux noirs n'en cessèrent pas de briller pour autant. Stéphane parvint à balbutier quelques mots.

« C'est moi qui ai failli ne pas te reconnaître.

– Tu passais ton temps à me jouer des tours et à me faire de la peine...

– Je ne le ferai plus, c'est promis ! »

Thi Tram se contenta de lui décocher un autre sourire ravageur. Connaissant l'impatience de son père, elle n'imposa pas sa présence plus longtemps et quitta la salle de séjour.

« Thi Tram a déjà commencé sa maîtrise en administration. Si Kim Dee... », fit An Nguyen, sans achever sa phrase, une fois encore. Il poussa un soupir de découragement et se laissa aller à exprimer de la déception dans son regard. Stéphane savait que le vieil homme devait être sérieusement ébranlé pour se montrer aussi communicatif.

« Parfois, Kim Dee me cause des soucis. »

Il se dirigea vers un petit coffre-fort camouflé derrière un magnifique dessin à l'encre de chine réalisé sur un somptueux papier vélin, mis en valeur par un cadre de bois de rose. Il en sortit une valise qu'il ouvrit devant Stéphane. Une quantité appréciable de billets de banque s'y trouvaient, soigneusement disposés en liasses.

« Il y a vingt-cinq mille dollars. C'est à toi, avec mes excuses… les excuses de la famille Nguyen.

– Je ne veux pas de votre argent, monsieur Nguyen. Vous le savez…

– Prends… Ça va compenser un peu pour les trois ans de misère… Et puis, j'ai un service à te demander. »

Curieusement, les rôles s'étaient inversés. An Nguyen paraissait maintenant fragile et suppliant, tandis que Stéphane demeurait fier, droit, impassible. Le vieil homme tendit l'argent vers Stéphane, dans un geste qui rappelait paradoxalement celui d'un mendiant quémandant quelques pièces.

« Je suis inquiet pour Kim Dee. Il est comme un chien fou… Il ne m'écoute pas. Je voudrais que tu me tiennes au courant…

– Je vous aime bien, mais je ne suis pas un agent double. Ce n'est pas mon style. Vous avez vos hommes…

– Ils ont peur de lui… Ils n'osent pas me dire la vérité… Si tu es encore son ami… Si tu as du respect pour un vieil homme… Prends… »

Stéphane, qui aurait pourtant bien eu besoin de cet argent, ne pouvait s'empêcher de voir le geste d'An Nguyen comme une tentative d'acheter une paix non méritée, de corrompre en lui ce pour quoi il avait dû lutter si fort. Accepter cet argent, c'eût été renoncer à toute possibilité d'assouvir sa vengeance contre Kim Dee. En fait, un tel geste venant d'un homme qui attachait autant d'importance à l'honneur ne pouvait certainement pas être considéré comme une marque de respect.

Stéphane prit une décision qui lui coûtait vingt-cinq mille dollars, mais qui en valait beaucoup plus.

« Monsieur Nguyen, vous me décevez », dit-il d'une voix glaciale. Il lui tourna le dos et quitta la maison sans ajouter un mot, laissant le vieil homme, humilié, avec son pot-de-vin sur les bras.

♠

Maria Delluci ne savait pas encore qu'une journée de chien l'attendait. Elle préparait le document de présentation des nouvelles politiques qu'elle entendait proposer à la direction du casino. La rencontre avec Monique Parent, quelques jours plus tôt, l'avait convaincue qu'il fallait modifier la façon dont les machines à sous versaient les gains aux joueurs. Elle considérait, plus que jamais, que le prétendu taux de retour de quatre-vingt-douze pour cent n'était qu'une supercherie.

Ce taux était exact si on calculait l'argent remis virtuellement sur le solde des crédits des machines par rapport à celui misé, mais elle avait adressé une note de service afin de connaître le pourcentage des sommes remises physiquement par rapport à celles insérées dans la fente des machines, le seul chiffre qui comptait vraiment. La direction avait refusé de lui faire part de cette information, prétextant qu'elle ne compilait pas ce genre de données, ce qu'elle savait être faux. Elle évaluait ce pourcentage, qu'elle appelait le taux de retour *réel*, à moins de dix pour cent, en se fondant sur le fait que la grande majorité des individus ne cessent de jouer qu'après un gain considérable (ou après avoir perdu tout l'argent pour la mise) et que, par conséquent, les innombrables gains de moindre importance n'étaient qu'une façon commode de garder les clients plus longtemps devant les machines tout en redressant les chiffres d'une manière qui faisait l'affaire de la direction.

La mauvaise foi du service des finances l'avait laissée dans une colère blanche, qu'elle tentait de maîtriser au mieux de ses capacités professionnelles. Il s'agissait pour elle d'une malhonnêteté intellectuelle flagrante, puisque ce qui importait, tant pour le joueur que pour le casino, c'était l'argent que le client avait dans les poches en entrant et celui qu'il avait en sortant, et non les chiffres qui avaient pu transiter dans les puces de mémoire des machines à sous. La mesure qu'elle mettait en avant consistait à séparer le solde des crédits du solde des gains, afin que le joueur puisse plus facilement garder le compte des montants qu'il misait. Une solution possible était de verser immédiatement les gains dans le dévidoir, pour forcer le joueur à poser le geste physique de remettre son argent dans la machine et ainsi l'aider à prendre conscience de ce qu'il faisait.

Cette mesure n'était qu'une parmi de nombreuses autres, qui ne touchaient pas que les machines à sous. Le sens profond de la réflexion qu'elle voulait provoquer en haut lieu était que le jeu compulsif découlait d'une perception erronée de la nature du hasard et que refuser de prendre toutes les mesures nécessaires pour corriger cette perception relevait purement et simplement de la fraude à grande échelle. Maria prônait ouvertement que la promotion des jeux de hasard, y compris les loteries, était aussi immorale que la promotion du tabac. Les nouveaux millionnaires triomphants qu'on nous montrait continuellement à la télévision étaient aussi représentatifs de ce qu'étaient les jeux de hasard que les valeureux cowboys fumant des clopes de Virginie sur fond de soleil couchant l'étaient du tabagisme.

Maria n'était pas particulièrement populaire auprès de la haute direction, ou même de certains sous-fifres qui semblaient s'imaginer que la cause du casino était juste et noble et qui voyaient la clientèle comme un docile troupeau de moutons qui se laissaient tondre en échange d'un fugace moment de rêve et d'espoir. Juste à l'instant où ces réflexions lui traversaient l'esprit, Aurélien Lalancette, qu'elle voyait comme l'archétype même de ces sous-fifres, se pointa à la porte de son bureau avec sa mine renfrognée habituelle. Maria, qui tentait de se montrer conciliante avec tous ses collègues, autant par professionnalisme que par amabilité naturelle, ne pouvait s'empêcher de voir en l'assistant d'Antoine Caron l'équivalent d'un portier minable de club de danseuses (et encore, si elle avait mieux connu ce genre d'établissement, elle se serait rendu compte qu'un portier se doit de faire preuve d'un minimum de politesse et de tact, ce qui n'était pas le cas d'Aurélien).

« Maria, on a un pépin à régler, déclara-t-il sans la saluer. On a besoin de toi au stationnement. »

Le ton était péremptoire, comme à l'accoutumée, mais compte tenu qu'il était rare qu'Aurélien daigne faire appel à ses services (il niait férocement son utilité à l'intérieur de la boîte – une réaction typique d'un névrosé refoulé) elle le suivit sans discuter. Des drames pathétiques se déroulaient parfois au stationnement et elle savait que son intervention pouvait aller jusqu'à sauver une vie. Elle préféra cependant faire demi-tour quand ils croisèrent un surveillant qui accompagnait Monique Parent, pâle et hagarde, à son bureau.

« Pas le temps, on a un problème plus important à régler », décréta Aurélien sans se soucier de la présence de Monique.

Maria s'abstint d'exprimer sa contrariété devant un tel manque de tact envers une patiente en crise. Elle promit à Monique de venir la rejoindre le plus rapidement possible, puis poursuivit son chemin jusqu'au stationnement. Aurélien ne put s'empêcher de faire quelques remarques mesquines :

« Je t'aime bien, Maria, dit-il sans conviction, mais je vois pas pourquoi un casino paye une psychologue pour aider des joueurs à ne pas dépenser leur argent dans la boîte.

– Ça donne quoi, un suicide ? Ça donne quoi, une mauvaise presse ? Le casino fait plus de profits que les politiciens en ont jamais rêvés. Vous trouvez pas qu'il y en a qui payent cher pour tout ce clinquant ?

– Ils flamberaient leur argent ailleurs. Ce serait la coke, l'alcool ou le gambling dans des barbotes. On leur rend service en leur offrant un bel environnement, de la sécurité et de la classe. En plus, on est assez niaiseux pour leur payer une psychologue.

– Bon, dit-elle, désireuse de changer de sujet, quel est le problème au stationnement ?

– Convaincre une enfant de trois ou quatre ans, qui n'a pas l'air de parler anglais ni français, de déverrouiller les portes d'une Mercedes.

– Je suppose qu'elle parle italien !

– Je ne pense pas. C'est une Chinoise ou une Vietnamienne », expliqua Aurélien comme ils arrivaient à la voiture en question.

Une jolie fillette s'amusait tranquillement avec un jeu vidéo portatif. Elle jetait à l'occasion un regard distrait aux adultes qui tournaient autour de la voiture, sans trop paraître leur accorder d'importance. Elle avait de la nourriture et des jus de fruits à portée de la main, ainsi qu'une poupée et quelques livres pour enfants qui semblaient rédigés en chinois, mais personne ne connaissait suffisamment l'Asie pour en être sûr.

« Pourquoi vous n'appelez pas un serrurier ? demanda-t-elle.

– C'est un système de verrouillage électronique, expliqua le surveillant qui avait trouvé la fillette. On a appelé la compagnie... Rien à faire.

– Ça fait déjà deux heures que l'enfant est seule..., ajouta Lalancette.

– Vous n'avez toujours pas trouvé ses parents ?

– On vérifie... mais on dit quoi aux clients ? Bonsoir, vous n'auriez pas oublié une enfant dans une Mercedes ?

– Vous pourriez faire appeler le propriétaire de la voiture dans l'interphone..., suggéra Maria.

– On a essayé, penses-tu, répondit Lalancette. On n'est pas idiots. Les parents n'ont pas dû comprendre. »

Aurélien poussa un profond soupir de découragement. Pour autant que Maria pût en juger, il n'avait visiblement pas l'habitude des enfants et se sentait totalement dépassé par les événements. Il lança un regard meurtrier à la petite fille qui osait le placer ainsi dans une situation qui lui échappait complètement. Son sentiment passa si bien dans ses yeux que la fillette, jusqu'alors impassible, éclata en sanglots.

« Pas mal, Lalancette, railla Maria. Vous avez fini par établir le contact. »

Aurélien n'essaya même pas de répondre et se contenta d'afficher son dépit.

« Si vous ne pouvez pas m'aider, allez donc me chercher une tablette de chocolat.

– Vous pensez vraiment que c'est un bon moment pour prendre une collation ?

– Il faut vraiment tout vous expliquer, vous… », soupira Maria, en désignant la fillette des yeux. Lalancette finit par comprendre où elle voulait en venir et obtempéra à la demande de la psychologue.

Maria mit à profit ces quelques minutes de répit pour établir un contact visuel avec la petite fille. On dit que les enfants sont sensibles à l'harmonie des traits et le joli visage de Maria inspirait certainement confiance avec son grand sourire et ses yeux francs. Elle entama une comptine en balançant doucement la tête, en essayant d'encourager l'enfant à y participer. La petite fille se risqua à répondre d'un sourire timide.

Lalancette reparut avec la friandise demandée.

« Elle a déjà de la bouffe, lança-t-il, de mauvaise foi.

– Taisez-vous, vous lui faites peur. Allez, ma douce… *come here, my sweetie*… viens… tante Maria a du bon chocolat… »

Elle lui tendit un morceau de la tablette par une mince ouverture laissée à la vitre de la portière. « Au moins, les parents avaient pensé à ses besoins en oxygène », songea Maria.

« Si tu veux le reste, ouvre la porte, prends le loquet… »

L'enfant hésitait, visiblement tiraillée entre les recommandations de ses parents et son envie de chocolat. De son côté, Lalancette, qui détestait l'impression qu'il avait d'être inutile en cet instant précis, appela l'un de ses hommes de son téléphone cellulaire.

« Voulez-vous me trouver un couple de Chinetoques, ordonna-t-il, des Viets, je ne sais pas… L'enfant a trois ou quatre ans, ils doivent être dans la vingtaine ou la trentaine… Ça ne doit pas être compliqué… »

Pendant qu'il donnait ses instructions, Maria réussit enfin à convaincre la fillette d'ouvrir la portière de la voiture. Lalancette et le surveillant poussèrent un soupir de soulagement en voyant Maria prendre la petite dans ses bras et lui donner le reste de la tablette.

« Je ne m'y serais pas pris autrement pour faire sortir un rat d'un trou, commenta Aurélien avec sa mauvaise foi habituelle, sans toutefois parvenir à cacher son sourire.

– C'est une clientèle qui vous conviendrait très bien, riposta Maria du tac au tac.

– C'est qui le criminel qui a laissé cette enfant dans un parking ?

– Elle a l'habitude de rester seule. Elle a eu peur quand nous sommes arrivés, mais elle ne panique plus du tout. Tu parles quelle langue, ma chouette ? »

L'enfant répondit dans un babillage aussi charmant qu'incompréhensible à leurs oreilles d'Occidentaux.

« Ce n'est pas de l'italien ! constata Maria en riant.

– On fait quoi avec elle ? demanda Lalancette, plus prosaïque.

– Quand je vous dis qu'on aurait besoin d'une garderie ! Je vais demander à Ginette de s'en occuper, le temps qu'on trouve ses parents. Elle doit avoir soif. Ginette pourrait l'emmener au restaurant. Moi, je dois rencontrer la cliente de tout à l'heure. J'espère qu'elle ne s'est pas sauvée. Une psychologue, c'est pas si inutile que vous le pensiez, avouez-le.

– J'aurais jamais vu ça à Vegas», dit-il, en s'autorisant à sourire devant la jolie frimousse de la fillette.

Maria devina la gêne de Lalancette, qu'elle savait peu habitué à montrer son côté humain, et ne fut pas surprise de voir l'adjoint d'Antoine Caron lui fausser compagnie à la première occasion. Elle allait maintenant pouvoir s'occuper de Mme Parent.

Quand elle revint au bureau avec la petite fille dans ses bras, la première chose que fit Ginette en l'apercevant fut d'insister pour veiller sur elle jusqu'à ce qu'on retrouve ses parents, ce qui ne pouvait pas mieux convenir à Maria, qui avait prévu cette réaction.

La psychologue, heureuse de voir que Monique l'attendait toujours, l'invita à la suivre dans une petite salle de réunion. Elle prit au passage le formulaire d'autoexclusion sur son bureau. Cette fois, elle ne laisserait pas s'échapper sa patiente si facilement. Elle referma la porte derrière elle et se composa une attitude la plus ferme possible. Elle savait que Monique avait besoin d'une figure d'autorité à cet instant critique, une personne qui se révélerait plus forte que le démon qui l'avait asservie.

«Si vous êtes ici, c'est que vous avez encore perdu. Une grosse somme.

– Cinq cents piastres… Mon mari va me tuer.

– Pourquoi vous a-t-il laissé cet argent s'il sait que vous avez un problème de jeu?»

Monique ne répondit pas. Maria soupçonna que la joueuse compulsive en était maintenant à emprunter de l'argent sous de faux prétextes. Ou alors, il y avait des usuriers en activité au casino, malgré les centaines de caméras qui scrutaient en permanence chaque pied carré. Elle tâcherait d'en parler à Antoine Caron.

« Avez-vous tenté de le joindre ?

– Oui, mais il ne répond pas... Il ne veut plus me parler... Je n'ai plus un sou... S'il me met dehors... Je veux mourir, je suis bonne à rien...

– Je vous interdis de dire ça, l'interrompit Maria. Vous êtes une femme très bien et je suis sûre que votre mari vous aime encore. Mais vous avez un problème et je vais vous aider à le régler. Est-ce que vous me comprenez ?

– Qu'est-ce que vous pouvez faire ? Vous ne pouvez pas m'aider. Je suis une nullité complète. Je mérite ce qui m'arrive. Je suis une mauvaise épouse. Je suis vieille et moche et je gaspille son argent. Il serait tellement plus heureux sans moi. »

Elle s'était exprimée d'une voix froide, comme si elle lisait un énoncé mathématique. Cela confirma l'impression de Maria : Monique avait une perception extrêmement négative d'elle-même et son comportement était motivé par le désir de se punir. La quarantaine avancée, encore belle mais qui avait dû l'être beaucoup plus dans sa jeunesse, Monique avait probablement vécu dans une cage dorée toute sa vie d'adulte, protégée par un mari bien nanti qui n'avait jamais tenu à ce que sa femme soit autonome financièrement, peut-être par désir de demeurer le seul maître de son foyer. Au seuil de la ménopause, Monique devait affronter la compétition de femmes de vingt ans plus jeunes qu'elle pour l'affection de son mari, que Maria devinait être un professionnel actif, très occupé par sa carrière et sans doute aussi par une ou plusieurs aventures extraconjugales, dont une qui finirait sûrement par ruiner leur mariage.

En observant l'extrême passivité de Monique, Maria comprit qu'elle était arrivée à un stade où elle n'avait plus de volonté propre. Elle profiterait de sa faiblesse pour lui imposer le salut. Elle prit le ton le plus autoritaire, le plus intimidant dont elle était capable.

« Maintenant, vous allez cesser de pleurer sur votre sort ! Signez ici, et je ne veux pas vous entendre discuter !

– Mais…, bafouilla Monique, surprise par l'éclat de voix de la psychologue.

– Il n'y a pas de mais ! répliqua Maria, haussant le ton d'un cran. Pensez-vous que le casino me paye pour perdre mon temps avec des mauvaises mères qui préfèrent flamber leur argent au lieu de s'occuper de leurs enfants ? Arrêtez vos salades et signez le foutu papier ! »

Monique, totalement prise de court par la dureté de l'attaque, se mit à sangloter. Maria vit d'un bon œil que sa protégée soit de nouveau capable de ressentir des émotions, mais elle n'avait pas encore obtenu ce qu'elle voulait.

« Si tu signes pas le papier, Monique, je te garantis que ton mari va te sacrer là ! rugit Maria, sans aucune retenue cette fois. Et puis, il n'y a pas un juge qui va accorder la garde d'enfants à une junkie du gambling ! Ce papier-là, c'est ta bouée de sauvetage ! Si tu signes pas ça, c'est sûr que tu coules au fond. Signe !

– Je vais signer, pleurnicha Monique, mais arrêtez de crier, je vous en supplie… »

D'un geste brusque, Maria déposa un stylo devant Monique, qui signa enfin le formulaire, tout en le tachant de ses larmes. Soulagée, la psychologue put enfin sortir de son rôle de dure à cuire. Complètement vidée par cet accès de colère qui ne lui ressemblait pas, elle pouvait redevenir elle-même. Elle prit la femme dans ses bras et se mit à pleurer avec elle.

Ginette entrouvrit la porte à ce moment, alertée par le niveau de bruit inhabituel. Elle toussota pour signaler sa présence. Maria se retourna, gênée par la situation.

« M. Parent vient d'appeler, l'informa Ginette. Il va être là d'ici une demi-heure. »

La relationniste eut la délicatesse de ne pas attendre de réponse et referma la porte derrière elle.

« Maintenant qu'on vous a sauvé la vie, dit Maria, on va voir ce qu'on peut faire pour votre mariage.

– Merci… »

Il eût fallu bien plus qu'une demi-heure et une boîte de mouchoirs pour venir à bout des larmes que Monique avait à verser, mais elle avait retrouvé une bonne partie de sa contenance pour affronter son mari quand celui-ci se présenta. Comme Maria plus tôt, Maurice était en colère, mais une colère beaucoup plus sérieuse et moins bien intentionnée que celle qui avait animé la psychologue. Hors de lui, il refusait de ramener sa femme à la maison.

« Pourquoi je partirais avec toi, hein ? Pourquoi ? Donne-moi une seule bonne raison !

– Votre femme a signé sa demande d'autoexclusion, expliqua Maria. Elle ne pourra plus venir jouer au casino au cours de la prochaine année. C'est une bonne raison.

– Arrête de crier ! fit Monique en se levant pour fuir la colère de son mari.

– Tu restes ici ! ordonna-t-il.

– Lâche-moi !

– On se calme, on se calme, s'interposa Maria. Madame, vous voulez arrêter de jouer. Vous êtes sincère, vous me l'avez dit. On a passé un contrat vous et moi. Une fois que vous serez sortie d'ici, votre vie vous appartiendra. Si madame veut venir me rencontrer, enchaîna-t-elle à l'intention du mari, ça va me faire plaisir… Qu'elle me téléphone, on prendra des dispositions…

– Vous pensez que ça peut s'arranger ? demanda Maurice, dont la fatigue venait tranquillement à bout de la colère.

– Ça vaut la peine d'essayer. Mais le jeu peut devenir une dépendance très pernicieuse. Souvent, cette dépendance cache d'autres problèmes beaucoup plus profonds. Peut-être que le mieux serait de consulter…

– On a passé dix-sept ans ensemble…

– Je veux m'en aller chez nous… je suis tellement fatiguée… »

Maurice fit appel à ce qui restait en lui d'attachement pour sa femme et la prit par le bras. Elle voulut se réfugier contre lui, mais il se montra réticent à toute marque d'affection. Maria savait que l'homme agissait par devoir plus que par amour. Elle ne pouvait pas lui en vouloir. La Monique qui pleurait sur son épaule n'avait probablement plus grand-chose en commun avec la jeune femme qu'il avait épousée. Maria pouvait seulement s'apitoyer sur le sort de sa patiente, qui avait un chemin ardu devant elle. La psychologue se doutait bien que ce mariage ne tiendrait pas un an.

Maria retourna voir Ginette, qui avait fini par endormir la petite asiatique. La relationniste regardait la fillette en lui caressant doucement les cheveux. On voyait bien qu'elle se mourait d'envie de fonder une famille. Elle n'avait cependant toujours pas trouvé le père qu'il fallait, un peu par maladresse mais surtout, tristement, par manque de charme…

« Enfin, elle s'est endormie, constata Maria.

– Pauvre petite chouette ! C'est donc compliqué de trouver un bol de riz dans un casino !

– C'est stressant, un enfant qui pleure ! Quand les femmes nous arriveront épuisées dans nos bureaux, je saurai pourquoi à l'avenir.

– Ça fait rien, je serais prête à endurer le braillage d'un bébé si ça va avec un bel homme… »

Sur ces entrefaites, Antoine Caron, le directeur de la sécurité, entra dans les bureaux accompagné d'un couple d'Asiatiques dans la trentaine. Ceux-ci poussèrent un soupir de soulagement en voyant leur fille dans les bras de Ginette. La jeune mère se précipita pour reprendre l'enfant en jetant un coup d'œil désapprobateur à la relationniste. Le mari semblait hésiter entre la honte et la contrariété. D'un geste, Antoine les invita à s'asseoir.

Il avait eu bien du mal à les retrouver, puisqu'ils ne comprenaient aucun mot de français et seulement quelques phrases courantes en anglais, et encore… Il avait fallu montrer au père le numéro d'immatriculation de sa voiture pour qu'il comprenne enfin ce qu'on lui voulait. Antoine décida de faire fi de la barrière linguistique et leur dit, en français, ce qu'il pensait de leurs compétences parentales, considérant que son expression, dans le contexte, lui suffirait à se faire comprendre.

« On a autre chose à faire dans le casino que de jouer les bonnes d'enfants, commença-t-il, mécontent.

– *Sorry, sorry*, fit l'homme en sautant ses *r*.

– Voulez-vous rire de moi ? s'impatienta Antoine. Laisser une petite fille de quatre ans dans un char au milieu d'un parking pour aller jouer toute la journée ? Je sais pas ce qui me retient d'appeler la police. »

Comme il l'avait prévu, son expression suffit à exprimer sa pensée par-delà la barrière linguistique. Par contre, il fut surpris par la réaction de son interlocuteur, qui sauta à son tour la clôture du langage. L'homme lui lança au visage une tirade bien sentie, dans un taïwanais impeccable, dont voici la traduction :

« Vous ne savez pas élever vos enfants. Notre petite était bien dans l'auto, elle avait tout ce qu'il fallait. C'était prévu que ma femme aille la voir toutes les deux heures. Les enfants sont autonomes quand on sait les éduquer. De quoi vous mêlez-vous ? Si vous pensez qu'on va revenir jouer dans votre trou ! »

Il prit sa femme par la main. Celle-ci réveilla leur petite fille, qui lui sourit, et la serra contre son épaule. Ils quittèrent sans même dire merci. Antoine resta figé.

« C'est toi la psychologue, dis quelque chose !

– Sous réserve d'un diagnostic plus approfondi, j'émettrais l'opinion que le monsieur était fâché », plaisanta Maria.

Ses collègues éclatèrent de rire, somme toute soulagés de voir le problème réglé. Antoine se permit un regard affectueux à l'égard de Maria, accompagné d'un compliment sur son bon travail. Elle s'empressa de changer de sujet en surprenant le soupir d'envie de sa collègue Ginette. Elle avait pour principe de ne jamais mêler vie professionnelle et vie sentimentale. Le hic était que la première prenait toute la place…

♠

Dans la maison des Nguyen, le père et le fils s'affrontaient une fois de plus. An avait passé la journée à examiner les comptes de l'entreprise et avait constaté de nombreuses pertes imprévues et difficilement explicables. Toutes concernaient des affaires qu'il avait confiées à Kim Dee.

« Il faut que ça cesse ! Tu dépenses trop. Nos pharmacies ne sont pas des banques.

– Je nous ai fait économiser cent mille dollars lors du dernier contrat avec les Chinois.

– Je n'aime pas faire affaire avec ces gens. La médecine chinoise n'est pas reconnue ici. Et puis, il manque trente-cinq mille dollars ! Où sont-ils ? As-tu encore donné des pots-de-vin ? Tu sais que je ne veux pas. L'honneur de la famille est plus important que des profits réalisés avec du ginseng.

– Il faut graisser la patte des intermédiaires. Tu dois le savoir mieux que moi. »

Le ton arrogant de Kim Dee aurait eu raison de la patience de n'importe quel père de famille. Mais An Nguyen s'accrochait toujours à l'illusion que son fils avait hérité d'un peu de son bon sens et que des arguments logiques viendraient à bout de sa mauvaise foi. Contenant sa colère encore une fois, il se lança patiemment dans une nouvelle explication :

« Sais-tu pourquoi les Nguyen n'ont jamais eu de problèmes avec l'impôt ou le gouvernement ? Parce que nos entreprises d'importation de médicaments et d'aliments asiatiques sont parfaitement administrées. Les revenus justifient cette maison, ainsi que ma Mercedes…

Mais comment peux-tu expliquer ta Ferrari avec ton salaire de vice-président? Quand mes frères posent la question, je ne sais pas quoi leur dire. Tu sais ce que j'ai dû faire pour assurer l'avenir et l'honneur de la famille?»

Kim Dee n'offrit comme réponse qu'une moue boudeuse.

«Et comment tu vas expliquer tes pertes au casino si l'impôt te tombe dessus?

– J'ai gagné au casino, s'obstina Kim Dee.

– Tu es mon fils! rappela le vieil homme, rouge de rage. Tu portes mon nom, tu as mon sang dans tes veines. Mais sache que j'ai horreur du mensonge.»

Kim Dee se raidit devant le ton solennel et sans équivoque de son père. An Nguyen ne le soupçonnait plus. Il savait. Pour ajouter au malaise, l'impertinente Thi Tram entra dans la pièce à ce moment et s'installa dans un coin sans dire un mot.

«Tu t'es fait mourir à monter ton réseau de pharmacies. À servir des petites vieilles qui veulent de l'Ativan pour ne pas être obligées d'affronter la réalité. L'argent de la famille, c'est avec la compagnie d'importation et de distribution qu'on l'a fait. Comment penses-tu qu'on va survivre dans dix ans contre Jean Coutu et les autres grosses chaînes de pharmacies? Le vrai profit n'est pas dans la vente de pilules et de pâte dentifrice!

– De quel droit peux-tu te permettre de parler ainsi à notre père? intervint sa jeune sœur.

– Thi Tram, ne te mêle pas de ça!

– Tu ne m'as jamais fait confiance, s'exclama Kim Dee. Tu te prends encore pour le grand ancêtre vietnamien! La famille, l'honneur, ce que vont penser les gens de la communauté... Les affaires ont changé, il faut être plus audacieux si on veut gagner. On est au Canada. En Amérique ! Ce n'est plus pareil. Ouvre-toi les yeux ! »

Il se dirigea vers la sortie, naïvement convaincu d'avoir rivé le clou à son père.

« Reste ici, ordonna celui-ci. Je n'ai pas terminé !

– Moi, j'ai fini ! »

Alors qu'il allait franchir le seuil de la porte, il se retourna vers Thi Tram.

« Je le sais que tu essaies de savoir ce que je fais. Tu veux ma place dans la famille. Fais attention. Je pourrais me fâcher pour de vrai. »

Il quitta en claquant la porte, comme si cela pouvait donner plus de poids à ses arguments. An était blême de rage et d'humiliation. Thi Tram en profita pour faire valoir son point de vue.

« Papa, Kim Dee a un gros problème. Tu dois voir la vérité en face. Il est sur la coke depuis au moins deux ans.

– Je vais le tuer de mes mains plutôt que de le laisser déshonorer la famille. »

Thi Tram ne souhaitait pas autant de mal à son frère, mais elle aurait bien voulu que son père envisage d'autres options en ce qui avait trait à sa succession.

♠

Ce soir-là, Stéphane Dumas et Marc Sylvain se trouvaient de nouveau face à face. Le joueur n'avait pas remarqué le croupier, mais ce dernier avait depuis longtemps repéré le compteur de cartes. Marc Sylvain était passionné par les mathématiques, plus particulièrement par les probabilités, les statistiques et la théorie du chaos.

Pour lui, travailler au casino était un pur loisir. Il s'amusait à compter les cartes et à jauger les capacités des joueurs qui s'essayaient à cet art dangereux car soumis au hasard. Son esprit était constamment occupé à calculer les probabilités de gain des clients et il leur attribuait une cote en fonction de leurs succès. Stéphane conservait depuis une semaine la plus haute cote qu'il eût jamais accordée : 99,87 % ; ce qui signifiait que Stéphane, après un nombre de donnes représentant 10 % du sabot, avait toujours pris la décision que lui-même aurait prise, sauf dans 0,13 % des cas. Un pareil score méritait bien quelques égards, par exemple de ne pas se faire dénoncer à la sécurité.

Stéphane, en plus de compter les cartes pratiquement à la perfection, bénéficiait jusqu'à maintenant d'une chance miraculeuse. Même le meilleur compteur au monde avait besoin de chance pour gagner, car ces techniques n'augmentaient que de très légèrement les probabilités de gain et la différence n'apparaissait qu'au bout de plusieurs centaines de mises. De plus, il fallait continuer à jouer un certain nombre de mises après chaque brassage de cartes avant de se retirer, histoire de ne pas éveiller les soupçons.

Les deux cents dollars qu'il avait en poche lors de sa première visite avaient rapporté plusieurs milliers de dollars. Stéphane était conscient qu'un pareil résultat était hautement improbable et que sa chance ne pourrait pas durer éternellement, mais, au fond de lui-même, une petite voix perverse avait commencé à se faire entendre. Il se surprenait à croire que la chance qui lui avait souri jusque-là était méritée, qu'elle lui était due en retour des malheurs qui avaient frappé sa famille. La partie rationnelle de son cerveau, celle qui comptait inlassablement les cartes, restait indifférente à cette voix surgie de son subconscient. Toutefois, il se surprenait à rêver de gloire et de vengeance rendues possibles grâce à une divinité abstraite que l'on appelait la Chance. Il savait que la seule vraie chance dont il jouissait était le talent qu'il avait découvert et développé en prison grâce aux conseils du vieux Joe, mais l'énergie indescriptible qui lui procurait un frisson à chaque mise gagnante devait bien avoir un nom…

Stéphane ne se doutait pas que l'homme qui distribuait les cartes était l'une des rares personnes au monde qui le surpassait dans l'art de compter. Le croupier y était si à l'aise que, contrairement à Stéphane, il demeurait conscient du monde extérieur et pouvait se permettre de scruter les réactions des joueurs sans jamais perdre le compte. Marc était parvenu à un stade de maîtrise tellement élevé qu'il n'avait même plus besoin de réfléchir ou de se concentrer. C'était son subconscient qui comptait, pendant que son esprit observait la valse fébrile des cartes, les expressions sur le visage des clients, le tremblement de leurs mains, la sueur qui perlait sur leur front.

Ce double jeu d'observation durait depuis plusieurs heures déjà sans que personne s'en fût rendu compte. Il se demandait à quel moment son « poulain » perdrait sa concentration. L'arrivée d'une jolie Asiatique lui fournit la réponse.

Thi Tram Nguyen avait cru comprendre, en entendant son frère parler à sa petite amie au téléphone, qu'elle aurait de bonnes chances de trouver Stéphane au casino. Kim Dee s'imaginait qu'il s'y rendait dans l'espoir de reconquérir Sandra, ce qui constituait pour Thi Tram une raison de plus de venir voir ce qui s'y passait. Cette fois, elle avait fourbi ses armes. Ce n'était pas l'ange que Stéphane avait vu quelques jours plus tôt à la maison des Nguyen qui s'approcha de lui, mais une véritable femme fatale. Elle avait enfilé une petite robe de soirée noire moulante, décolletée, courte. Une coiffure sophistiquée, un maquillage appuyé, presque vulgaire bien que réussi, des bas de nylon foncés et quelques bijoux étonnamment clinquants complétaient sa mise. Comme bien des jeunes filles à leurs premières tentatives de séduction, Thi Tram ne savait pas modérer ses effets. Heureusement pour elle, une aussi jolie fille pouvait se permettre à peu près n'importe quoi en matière vestimentaire.

Les hommes qui l'admiraient avec plus ou moins de discrétion à cet instant – dont Marc, mais pas Stéphane, qui ne l'avait pas encore aperçue – n'auraient pas deviné que Thi Tram était une élève surdouée et studieuse jusqu'à la compulsion. Elle avait sauté deux années au primaire, une autre au secondaire, rongé son frein au cégep, qu'elle avait terminé dans les délais normaux (à seize ans!) mais avec une moyenne astronomique, pour ensuite obtenir en deux ans son bac en économie, ce qui lui permettait d'entreprendre, dès la prochaine rentrée, un MBA à l'âge de dix-huit ans.

Un pareil parcours scolaire supposait bien des sacrifices, principalement dans sa vie sociale et amoureuse. Quand on est nettement plus jeune que ses camarades de classe et qu'on les domine d'une manière si écrasante, il peut être très difficile de se faire des amis ou de rencontrer l'âme sœur. À dix-huit ans, Thi Tram n'avait jamais pensé à elle. Elle souffrait secrètement de l'absence totale de reconnaissance de la part de l'être le plus important de son existence : son père. L'autre grand problème de sa vie, qu'elle comptait bien régler dans de brefs délais, était sa virginité toujours intacte. Elle avait beau avoir quatre ans d'avance sur tous ses camarades de classe, cela ne l'empêchait pas de connaître un sérieux retard sur le plan sexuel. Pour une perfectionniste comme elle, la situation était inadmissible.

Cependant, il était hors de question qu'elle se satisfasse d'un petit dépucelage à la sauvette. Elle n'acceptait aucune autre note que A+ dans ses cours ; elle ne se contenterait de rien de moins que de l'extase totale pour sa première relation amoureuse. Il lui fallait un homme au corps parfait, avec une gueule de tombeur, dont elle serait follement amoureuse et qui le lui rendrait et, surtout, qui la mènerait aux plus hauts sommets de l'exaltation sexuelle. Elle avait souvent entendu ses camarades plus délurées se vanter du nombre d'éjaculations qu'elles avaient réussi à provoquer en une nuit. Elle était bien décidée à battre tous ces records dès la première tentative. Elle allait décrocher son doctorat ès baises avec une mention d'excellence et sa thèse porterait sur l'asservissement du mâle par la conquête amoureuse. Et qui d'autre ferait un meilleur cobaye que son tout premier fantasme, le mythique copain-du-grand-frère, celui à qui elle rêvait lors de sa toute première séance de masturbation réussie, le catalyseur de son tout premier orgasme ?

Stéphane Dumas aurait l'honneur d'accepter le présent le plus précieux qu'elle pouvait offrir à un homme. En échange, il l'aimerait pour la vie. C'est du moins ce qu'elle s'imaginait. Elle n'avait jamais échoué dans aucune entreprise, pourquoi celle-ci s'avérerait-elle plus difficile ?

Elle avait étudié cette matière mieux qu'aucune autre auparavant. Elle avait commencé par des romans d'amour à l'eau de rose, qui l'avaient rapidement lassée. Tous les magazines de mode y étaient ensuite passés, puis les revues féminines et leurs articles passionnants sur l'art de faire bander les hommes, suivis des magazines et films pornos les plus vulgaires, afin d'avoir la version des hommes sur la question. Elle avait lu avec passion les écrits d'Anaïs Nin, et avec méthode *The Joy of Sex* de Masters et Johnson. Elle avait fait tout cela durant les vacances d'été qui tiraient maintenant à leur fin. Elle avait mérité une note parfaite pour la partie théorique du cours. L'heure était venue de passer aux travaux pratiques.

Elle s'approcha de Stéphane qui lui tournait le dos et lui caressa la nuque d'une main assurée. Ce geste inattendu lui fit perdre le compte des cartes. Marc s'en aperçut et décida, magnanime, de ne plus relever les performances de Stéphane à partir de ce moment. Stéphane se retourna, agacé, mais son irritation s'évanouit devant l'apparition sulfureuse qui se trouvait devant lui.

« Thi Tram ! s'exclama-t-il, ébloui. Qu'est-ce que tu fais ici ?

– Ce qu'une fille majeure vient faire dans un casino. S'amuser un peu… »

Pour lui donner un avant-goût de ce qu'elle entendait par là, elle se mit à lui masser les épaules. Il demeura tendu, essayant désespérément de se concentrer de nouveau sur les cartes. Il dut se rendre à l'évidence que sa soirée de travail était maintenant terminée. Toutefois, la suite s'annonçait prometteuse.

« Mon Dieu que tu es tendu ! J'espère que ce n'est pas moi qui te stresse tant que ça !

– Je suis fatigué. Tiens, joue à ma place.

– Je veux que tu m'aides. J'ai vu que tu gagnais souvent.

– J'ai été chanceux. Il n'y a pas de truc. Il faut juste éviter les erreurs flagrantes. »

Il lui expliqua les principes de base, en prenant soin de ne pas mentionner la possibilité de compter les cartes. Au bout d'une vingtaine de minutes, Thi Tram montra des signes de lassitude. Après tout, il était évident pour tout le monde qu'elle n'était pas venue au casino pour jouer, du moins pas à des jeux de hasard.

« On pourrait peut-être aller prendre un verre, proposa Stéphane. Je n'ai pas mis les pieds au Blue Note Café depuis mon retour. J'aimerais bien savoir si c'est toujours mon copain Éric qui gère la boîte.

– Ça me plairait, acquiesça Thi Tram, ravie. Mais je prendrais une bouchée avant. J'ai entendu dire qu'il y avait un très bon restaurant ici. »

Thi Tram avait bien retenu les leçons des magazines et de ses copines : cueillir tout ce qu'on pouvait sur le chemin de la conquête. Cela permettait de jauger l'intérêt de l'homme et c'était déjà ça de pris si on changeait d'idée en cours de route. Sa dernière remarque était cependant de trop, car elle supposait une négociation, ce qui engageait moralement la femme. Elle aurait dû seulement mentionner la possibilité d'un repas et laisser Stéphane décider de l'endroit. Elle s'en voulut de cet instant de faiblesse et se pénalisa de deux points. Sa première erreur.

Stéphane ne releva pas sa maladresse et l'invita de bonne grâce au restaurant haut de gamme du quatrième étage. Malgré son look d'enfer, il la voyait toujours comme la petite sœur de son ancien ami et ne prenait pas encore son jeu tout à fait au sérieux. Une sérieuse démangeaison au niveau du bassin commençait cependant à le tarabuster et Thi Tram ne faisait absolument rien pour la calmer.

Ils s'installèrent à une table du très chic Tapis vert et se mirent à discuter. Thi Tram se donnait du mal pour se montrer plus mature qu'elle n'était et cela ne faisait qu'ajouter à son charme. Stéphane avait presque envie de lui dire de cesser son petit jeu, mais cela lui plaisait de plus en plus, et le souvenir de la petite fille maigrichonne s'estompait graduellement dans son esprit. Quelques verres de vin lui permirent de l'oublier complètement.

« Tu avais quatorze ans, la dernière fois que je t'ai vue !

– Tu te trompes, j'en avais quinze. Et aujourd'hui, j'ai dix-huit ans et demi. La demie, c'est bien important quand je veux tenir tête à mon père.

– J'ai trouvé qu'il avait vieilli.

– C'est Kim Dee. Il va le faire mourir.

– Il va succéder à ton père ? Reprendre les affaires de la famille ?

– Mon frère est trop con ! s'exclama Thi Tram, un peu pompette. L'entreprise de papa ne l'intéresse pas. C'est trop compliqué, trop forçant. Pourquoi se faire chier avec des comptables, des avocats, des employés quand c'est si facile de vendre de la coke, de contrôler des shylocks et de monter une agence de putes.

– Tu as l'air d'en savoir beaucoup pour une fille de dix-huit ans, constata Stéphane, à la fois amusé et impressionné.

– Dix-huit ans et demi. Je te l'ai dit, c'est la demie qui fait la différence. Mon père se bouche les yeux. Moi, je suis pas obligée. »

Elle se permit de mettre sa main sur celle de Stéphane. Celui-ci la retira, mal à l'aise.

« Qu'est-ce que tu as ?

– Rien…

– Je pensais devenir folle tellement j'étais désespérée, confia-t-elle. Quand j'ai su que papa s'occupait de te trouver de bons avocats, je me suis dit que tu t'en sortirais, que c'était impossible que tu aies été assez con…

– Ça sera plus jamais pareil…

– Toi et Kim Dee ?

– Kim Dee ? Si ce n'était pas de ta mère, de ton père et de tout ce qu'il a fait pour ma famille après la mort de mon père…

– Ne t'occupe pas de Kim Dee, il est trop dangereux. C'est mon frère, mais des fois je me dis que ce qui pourrait lui arriver de mieux, ce serait de mourir honorablement. Ça sauverait la vie de mes parents.

– Toi, Thi Tram, c'est quoi ta vie ? » demanda-t-il, désireux de donner à la conversation un ton moins sinistre.

Elle éclata d'un rire merveilleusement féminin, quoique très étudié.

« Moi ? À la maison, je suis vietnamienne. J'attends que les invités aient mangé avant de m'asseoir à la table, je ne contredis jamais mon père, j'ai terminé mon bac avec 98,5 % de moyenne, je vise la perfection pour que mes parents soient fiers de leur fille.

– Ça, c'est à la maison…

– Dans ma vie de Québécoise, je danse, je ris, je sors avec des copains. J'étudie fort à l'université en administration pour remplacer mon père un jour…

– Remplacer ton père ? Dans l'entreprise familiale ?

– Oui. Dans toutes ses entreprises, ajouta-t-elle, résolue. J'ai dix-huit ans et demi, je te l'ai dit.

– C'est un gros projet…

– Je suis amoureuse aussi… »

Stéphane commençait à trouver que la jeune fille brûlait les étapes, mais avant d'avoir la chance d'ajouter quoi que ce soit ils furent interrompus par l'arrivée impromptue de Kim Dee.

« Thi Tram…, gronda le grand frère. Je t'ai déjà dit que je voulais pas te voir ici. »

Elle se leva et lui fit face avec un aplomb qui lui allait à ravir.

« Répète après moi…, commença-t-elle. Allez, répète : "Thi Tram… à l'avenir, je vais me mêler de mes affaires". »

Stéphane, à voir l'expression sévère de Kim Dee, eut l'impression très nette qu'il s'apprêtait à gifler sa sœur. Il préféra s'interposer avant que la situation dégénère.

« Du calme…, dit-il, en se levant à son tour. J'allais justement partir. Je n'ai pas de voiture. Ta sœur a offert de me ramener en ville.

– Thi Tram est ma sœur. Ne te mêle pas des affaires de la famille.

– Sandra Johnson, ce n'est pas encore assez pour toi ? Es-tu amoureux de ta sœur en plus ? »

Cette fois, il avait frappé en plein dans le mille. Stéphane se permit de sourire en observant l'effet de l'insulte sur le visage de l'importun. L'arrivée du serveur, qui apportait l'addition, empêcha le grand frère de répliquer. Stéphane se dépêcha de régler la note pendant que Kim Dee se demandait comment réagir à l'injure qu'il venait de subir.

«Viens, dit Thi Tram, je vais te reconduire.»

♠

Un fait peu connu du public à propos des casinos est qu'on y recrute des agents de surveillance spécialement pour leur capacité à se souvenir et à reconnaître des visages. Ces agents passent de longues heures à étudier les photos de grands tricheurs, de croupiers d'autres casinos et, au moins à Montréal, de joueurs ayant signé un contrat d'autoexclusion.

L'un de ces agents, exerçant sa mémoire autant que son instinct, fut frappé par la nervosité d'une cliente en face d'une machine à sous, tout au bout d'une allée, à l'écart de la circulation qui animait l'endroit en quasi-permanence. Elle portait des verres fumés et sa coiffure ne semblait pas très naturelle. L'agent se rendit à la salle de monitorage pour effectuer les vérifications d'usage.

Il consulta la base de données du casino et découvrit que la joueuse qu'il avait remarquée s'appelait Monique Parent et était inscrite au programme d'autoexclusion, comme il l'avait soupçonné. Elle s'était déguisée à l'aide d'une perruque et de lunettes de soleil. Il en fit aussitôt rapport à son directeur, Antoine Caron, qui prit sur lui d'aller rencontrer la joueuse.

«Madame Parent, dit-il, à la fois ferme et poli. Madame Monique Parent, vous vous êtes engagée dans notre programme d'autoexclusion. Vous n'avez pas le droit d'être ici…

– Vous vous trompez, répondit-elle, tremblante. Je ne m'appelle pas Monique…

– Ne m'obligez pas à faire venir la sécurité. On vous a reconnue. Suivez-moi… »

La femme ne persista pas dans son jeu. Elle se contenta de regarder Caron fixement et perdit toute assurance. En trois secondes, elle s'était mise à pleurer de nouveau.

« Mon mari veut divorcer, se lamenta-t-elle. Je ne veux pas rentrer à la maison. Il va divorcer s'il sait que je suis revenue.

– Écoutez, madame, bafouilla Caron. Je vais vous appeler un taxi… »

Il suivait ainsi la politique habituelle, mais il sentait bien que la malheureuse avait besoin d'un soutien professionnel. Il composa le numéro du bureau de Maria sur son cellulaire. Elle ne répondait pas. Il consulta sa montre. Elle avait probablement déjà quitté le casino. Il raccompagna Monique à l'entrée et veilla à ce qu'elle entre bel et bien dans un taxi. Il lui souhaita bonne chance, sans se rendre compte de l'ironie de ces mots en un pareil contexte.

♠

Pendant ce temps, Thi Tram et Stéphane, encouragés par les quelques verres de vin qu'ils avaient bus en mangeant, avaient décidé de braver la colère fraternelle en se rendant, comme prévu, au Blue Note Café, l'ancien bar de prédilection de Stéphane à l'époque où il gagnait sa vie comme musicien. Éric, un gros balourd sympathique, gérant de la boîte et bassiste émérite, fut ravi de voir arriver son ancien partenaire qu'il tenait toujours en haute estime. Il jeta un coup d'œil à la fois admiratif et soupçonneux à la ravissante Asiatique qui l'accompagnait, en se demandant s'il ne ferait pas mieux de vérifier son âge… Il décida de fermer les yeux ; après tout, elle était en bonne compagnie et Stéphane n'était pas le genre à fréquenter une mineure. Il trouva lui-même les meilleures places possible pour ses deux invités et prit ensuite Stéphane à part un instant pour lui demander de ses nouvelles. Ils s'installèrent au bar, laissant Thi Tram seule à sa table. Elle se sentit un peu négligée, mais cela ne fit qu'exacerber son désir de plaire.

« J'ai entendu parler de ce qui t'est arrivé, dit Éric. Je n'ai jamais cru que tu avais fait quoi que ce soit d'illégal… J'aimerais bien savoir ce qui s'est vraiment passé.

– Moi aussi, figure-toi. Mais j'en ai une bonne idée. Kim Dee Nguyen.

– Kim Dee ? Une tête brûlée. Je t'avais dit de ne pas le prendre comme gérant.

– Je sais… j'ai eu ma leçon. C'était mon ami d'enfance, et puis, il m'avait décroché un contrat en or.

– Trop beau pour être vrai, hein ? Tu aurais dû te méfier. Je sais que je ne paye pas des fortunes, mais ici c'est un endroit honnête. Ça fait dix ans qu'on roule et c'est le rendez-vous des vrais amateurs. Tu vois le type là-bas ? C'est un V.-P. chez BGM, collection Jazz. Dans l'autre coin, c'est Roland Sot-Niais, du journal *M'as-tu-vu*.

– Éric, tu ne peux pas savoir combien je me suis ennuyé du Blue Note. C'était l'enfer.

– J'ai des engagements à respecter pour les trois prochains mois, mais dès que j'ai de la place je te prends dans mes meilleures plages horaires, au tarif maximum du patron.

– Peut-être dans trois mois… En attendant, j'ai un projet à réaliser.

– Là, tu me fais plaisir, dit Éric. Tu t'es enfin décidé à sortir un album ?

– Non… Le casino…

– Tu vas jouer au casino ? Avec Sandra Johnson ? Après ce qu'elle t'a fait ? Je ne te savais pas maso.

– Non, j'ai des comptes à régler avec eux…

– Avec le casino ? Je ne comprends pas…

– Mon père… »

Éric resta silencieux un instant. Il avait entendu parler du décès tragique du père de Stéphane, mais n'avait pas cru bon d'aborder le sujet. Il se demanda comment Stéphane pouvait bien tenter de régler des comptes avec une institution telle que le casino. Il n'aima pas la lueur maligne qu'il perçut dans le regard de Stéphane.

« Oui, j'ai su pour ton père. Désolé… Qui c'est, la princesse ? s'enquit-il en désignant Thi Tram des yeux, pressé de changer de sujet.

– Elle ? Thi Tram Nguyen. Dix-huit ans. Et demi, ajouta Stéphane avec un sourire en coin.

– Pas la sœur de…, s'exclama Éric après quelques secondes d'hésitation. La vengeance est douce au cœur de l'Indien !

– Arrête-moi ça, protesta Stéphane. C'est une jeune fille merveilleuse. Viens, je vais te la présenter. »

Les deux camarades allèrent rejoindre Thi Tram qui les accueillit avec un sourire démenti par une pointe d'impatience dans l'œil.

« Je commençais à m'ennuyer, dit-elle.

– Voyons, Thi Tram, ça fait trois ans que j'ai pas vu mon vieux copain Éric. Un excellent bassiste.

– Enchanté, Thi Tram, fit Éric, un peu gauche car peu à l'aise avec les filles. C'est la maison qui vous invite, prenez ce que vous voulez.

– Je vais prendre un Singapore Sling, fit Thi Tram.

– Oh ! Mademoiselle connaît ses classiques ! s'amusa Éric en reconnaissant le nom du cocktail qui datait de l'âge d'or du jazz. Toi, Stéphane ?

– Je vais y aller avec un spécial John Lee Hooker…

– Bien sûr ! Un scotch, un bourbon, une bière ! Pareil pour moi ! »

Les deux bluesmen, tout contents de se retrouver, enfilèrent leurs trois consommations en un temps record, tout en échangeant de bons souvenirs imbibés d'alcool. Pendant ce temps, mine de rien, Thi Tram siffla deux Singapore Sling et enchaîna avec un Planter's Punch.

« Je t'ai jamais entendu jouer, Stéphane, et je suis une maniaque de jazz et de blues…

– Ah oui ? s'étonna Éric. Je ne voudrais pas qu'on pense que j'ai des préjugés, mais il me semble que tu ne ressembles pas vraiment à notre clientèle type…

– Maudit Québécois niaiseux borné ! s'exclama Thi Tram en riant. Tu sauras que c'est pas parce que je suis vietnamienne que je peux pas avoir une âme de bluesman ! Je suis aussi fière d'être noire que toi ! »

Les trois compères éclatèrent de rire, aidés par l'alcool qui coulait à flots.

« Stéphane, déclara Éric solennellement, je crois qu'il serait fort approprié que tu viennes avec moi sur la scène et que tu démontres tes talents à la demoiselle.

– Oh oui, Stéphane, montre-moi tes talents! Tu me ferais tellement plaisir!»

Les deux amis se regardèrent, amusés, croyant déceler un double sens dans cette demande. Ils grimpèrent sur la scène maladroitement, non sans susciter quelque contrariété chez le groupe qui était en train de se produire. Le bassiste et le pianiste laissèrent finalement leur place avec un peu de réticence, après qu'on eut promis de la leur rendre avant un quart d'heure.

Le quart d'heure dura trente minutes et la performance déchaînée du duo, appuyé par un trompettiste et un batteur étonnés du brio de Stéphane, fit pâlir les deux musiciens qui sirotaient une bière sans grand plaisir, cachant mal leur humiliation. Éric et Stéphane avaient commencé par deux petits standards sans fioritures, puis s'étaient lancés dans une improvisation sulfureuse qui fit appel à toute la virtuosité dont étaient capables leurs deux partenaires d'occasion. Ils mirent fin à leur numéro dans un tintamarre orgasmique et, trempés de sueur, saluèrent l'assistance qui leur fit une ovation. Stéphane ne s'était pas senti aussi bien depuis longtemps.

Il regagna sa place auprès de Thi Tram, qui applaudissait, hystérique, la prestation de son cavalier. Elle était passée du Planter's Punch au schnaps aux pêches et tout indiquait qu'elle serait bientôt mûre pour une crème de menthe – elle avait lu quelque part qu'une soirée réussie devait se terminer avec une crème de menthe pour bien préparer la nuit. Elle se jeta au cou de Stéphane, absolument pas gênée par la transpiration abondante qui le couvrait des pieds à la tête. Il s'était battu vaillamment et aurait de toute évidence droit au repos du guerrier.

Alors qu'il venait tout juste de s'asseoir, un jeune homme s'approcha et lui tendit la main. Sa tête lui disait quelque chose, mais il ne le replaça pas immédiatement.

« Bonsoir, Stéphane. J'étais un de tes fans dans le temps du trio Dumas. Tu n'as vraiment rien perdu depuis cette époque. Mon nom est Marc…

– Oui ? Euh, merci, Marc, dit-il poliment mais sans encourager l'autre à poursuivre la conversation.

– On s'est vus aussi au casino, insista Marc. Je suis croupier. »

Cette fois, Stéphane porta plus d'attention à son interlocuteur. Il reconnut finalement celui avec qui il avait passé de nombreuses heures en tête-à-tête ces dernières semaines. Thi Tram l'observa avec méfiance. Marc se pencha à l'oreille de Stéphane.

« J'aimerais qu'on se parle en privé, dit-il. Je sais que tu comptes les cartes au black-jack. »

Stéphane resta coi quelques secondes, puis se tourna vers Thi Tram.

« Il faudrait que je discute un moment avec Marc, dit-il. Je pense que c'est important. Ça ne sera pas long.

– Ça va, j'ai compris, rouspéta-t-elle, irritée. Je vais me taper une crème de menthe en attendant. Tu as le tour de t'occuper d'une femme quand tu sors, toi… »

Stéphane bafouilla un mot d'excuse incompréhensible et rejoignit le croupier au bar. Ce type espérait peut-être le faire chanter, ou encore monter une combine… Dieu sait à quel point un croupier pouvait l'aider dans ses projets.

« As-tu l'intention de me dénoncer ? demanda Stéphane d'emblée.

– Non… Je ne suis pas d'accord avec eux. Un compteur de cartes ne fait rien d'illégal. Selon moi, un joueur a le droit de calculer ses pourcentages et de jouer la moyenne.

– Même en comptant, on n'est pas certain de gagner. On court encore un gros risque.

– Toi, tu es fort. Et j'en connais des bons compteurs. Le casino a banni trois Américains en les harcelant. Je pensais que c'étaient les meilleurs au monde…

– Ils ont pas eu la chance d'aller à mon université.

– Tu étais retourné aux études ? demanda Marc, ignorant le séjour de Stéphane en prison. C'est pour ça que je ne te voyais plus nulle part. Je suis un maniaque de jazz…

– Je ne joue plus… pas en professionnel.

– T'es pas sérieux ? Tu étais le meilleur pianiste de jazz au Québec depuis Oscar Peterson. »

Stéphane, tout éméché fût-il, n'était pas dupe des flatteries du croupier. Il savait très bien que le personnel du casino n'était pas autorisé à fréquenter les clients en société. Il se souvenait aussi d'avoir mentionné le Blue Note Café devant lui. Sa présence n'était donc pas un hasard. Stéphane évalua longuement son interlocuteur du regard.

« Quelles sont tes intentions ?

– Ils vont te pincer. Je ne te donne pas une semaine. C'est impossible de cacher ta concentration. Et puis ta façon de jouer des petites mises suivies de grosses.

– Je me suis juré que je leur ferais la peau, avoua franchement Stéphane, que je ferais sauter la banque !

– Impossible. Tout est prévu et calculé.

– Je fais quoi, alors ? Des suggestions ?

– Je te disais que j'étais un maniaque de jazz. Je ne t'ai pas dit que j'étais un génie.

– Rien que ça ! Un génie ! ricana Stéphane.

– Oui, répondit calmement Marc. Mon père est professeur de mathématiques intégrales à l'université. Il n'est plus capable de discuter avec moi, je le bouche. L'autre jour, quand Sandra Johnson est arrivée, tu as manqué deux cartes, ton pourcentage a diminué de deux pour cent, tu n'as pas fait l'ajustement…

– Tu es vraiment doué, constata Stéphane, ébahi.

– C'est pour ça que je travaille au casino. Le gambling, c'est juste des maths.

– C'est pour ça que je vais les avoir.

– Tu te trompes. T'auras pas le temps de te rendre aux grosses mises, ils vont te repérer avant. Ce qu'il faut, c'est arriver au salon des hautes mises et vider le casino en un soir. »

Stéphane demeura bouche bée.

« Impossible de tricher. Ils ont tout prévu. Sauf une façon.

– Stéphane, prononça une voix dans son dos, ce n'est pas une manière de traiter une femme lors d'un premier rendez-vous. »

Thi Tram commençait sérieusement à s'impatienter. Elle avait fini sa crème de menthe. La nuit était censée commencer…

« Excuse-moi, fit Marc, j'avais oublié que tu avais de la compagnie…

– Marc, voici Thi Tram. Thi Tram…

– Je sais qui c'est ! s'exclama Thi Tram, complètement soûle. Depuis quand les croupiers suivent-ils les clients dans les bars? Allez-vous sortir un jeu de cartes un coup parti?

– Bon, je vais y aller, s'excusa Marc. Je travaille demain.

– C'est ça, à demain, monsieur le croupier! railla Thi Tram.

– Il va falloir qu'on se reparle, dit Stéphane.

– D'accord, mais pas au casino. Je vais revenir ici.

– D'accord.»

Stéphane, voyant le piteux état de sa compagne, décida de la ramener chez elle sur-le-champ. Elle ne protesta pas, contente d'avoir enfin l'occasion de se retrouver seule avec l'élu de son cœur. Si elle avait été moins pompette, elle se serait rendu compte qu'elle avait perdu bien des points dans les différents questionnaires qu'elle avait lus dans les magazines féminins...

Une fois revenue à sa New Beetle rose, Thi Tram dut bien admettre qu'elle n'était pas en état de conduire.

«Je suis paf! Va falloir que tu conduises mon char jusque chez nous. S'il fallait que ma mère me voie... je serais mûre pour une bonne fessée.

– Une fessée! À dix-huit ans! Et demi, ajouta-t-il, prudent. Attends, je vais te trouver un taxi.

– Non! Prends mes clés. Conduis.»

Elle lui tendit son trousseau. Il hésita. Il était nettement plus sobre qu'elle, mais il savait très bien qu'il dépassait la limite permise d'alcoolémie. Il n'avait pas du tout envie de lâcher maintenant la petite Vietnamienne, surtout s'il songeait à l'attitude extrêmement coopérative qu'elle avait eue tout au long de la soirée... Il ne pouvait pas l'emmener chez sa mère et encore moins se rendre chez les Nguyen ! Dans ces circonstances, une voiture pouvait s'avérer un havre tout à fait acceptable. Il se décida à déverrouiller la portière. Ils prirent place dans le véhicule. Un silence s'installa. Stéphane hésitait à mettre le moteur en marche.

« Sais-tu, j'ai pas mal bu moi-même…

– On n'est pas pressés, relaxe. »

Du siège du passager, elle tourna la clé de contact, juste pour pouvoir mettre le lecteur de CD en marche. Un air de blues se fit entendre. Stéphane reconnut *Saviour* de Kevin Coyne, mais ce n'était pas la version originale.

« Je te l'avais dit que j'aimais le blues…, dit-elle.

– Qui chante ?

– Colin James… Il est mignon, en plus.

– Ah oui… »

Il connaissait l'interprète. Un jeune bluesman talentueux mais au style très conservateur. « Pas le choix, quand on est distribué par Columbia », songea-t-il. Il s'étonna d'entendre le chanteur reprendre Kevin Coyne, un Britannique peu connu, novateur, qui avait travaillé dans un asile psychiatrique avant de se lancer dans une carrière musicale. Stéphane se promit d'initier la jeune fille à des jazzmen plus aventureux que Colin James. Bill Frisell serait un bon point de départ… En supposant qu'elle connût déjà les classiques comme Coltrane ou Davis.

Thi Tram posa sa tête sur l'épaule de Stéphane, persuadée de l'avoir épaté avec son choix musical.

« Laisse-moi me reposer une minute. »

Ce contact était le signal de départ que Stéphane attendait. Il lui caressa les cheveux, puis, voyant qu'elle s'abandonnait, se risqua à déposer un baiser à la base de son cou, qui embaumait la mangue. « Curieux et charmant, ce goût des Asiatiques pour les parfums de fruits », se dit-il.

À la surprise de Stéphane, c'est elle qui fit le geste suivant. Elle posa la main sur sa cuisse, à une hauteur qui ne laissait pas beaucoup de marge de manœuvre. Un dernier scrupule incita Stéphane à démarrer la voiture, histoire de laisser à la jeune fille une ultime occasion de changer d'avis.

« Stéphane, soupira-t-elle. Je n'ai plus quinze ans. Je suis une femme, bien plus que tu penses. Ma mère m'a tout montré ce qui pouvait plaire à un homme.

– Fais attention… tu pourrais me convaincre de vérifier les méthodes de maman… »

Elle coupa le contact, attira Stéphane à elle et l'embrassa sans retenue, sa langue fouillant avidement la bouche de son partenaire, comme si elle espérait y trouver les réponses d'un examen de fin de session. Il la laissa faire, sentant l'arôme de la crème de menthe chasser les relents de Jack Daniel's.

Il se décida à lui caresser les seins, qu'il trouva merveilleusement ronds et fermes. Elle répondit à ses attouchements en se cambrant sur son siège, de façon à faire paraître sa poitrine plus grosse. Totalement absorbés par le plaisir des sens, ils ne portèrent pas attention au claquement d'une portière non loin d'eux.

La lumière intense des phares de l'importun finit cependant par les déranger. Stéphane grommela un juron. On ouvrit la portière de son côté.

C'était Kim Dee, visiblement furieux, accompagné de deux de ses fiers-à-bras.

« Merde ! » grogna Stéphane.

La fin de soirée s'annonçait moins agréable que prévu.

CHAPITRE III

L'espace d'un instant, Stéphane se revit en prison durant les semaines suivant son arrivée, alors que, ne bénéficiant pas encore de la protection du gros Zak, il devait lutter quotidiennement, sinon pour sa survie, du moins pour la virginité de son cul. Le milieu carcéral constitue une belle illustration des théories de Charles Darwin, il brise les faibles et révèle les forts. Stéphane s'était révélé fort. Il avait chèrement défendu ses fesses jusqu'au jour où il s'était trouvé un garde du corps pour le faire à sa place.

Il avait appris que la meilleure défense consiste en une attitude ferme, courageuse, mais dénuée d'arrogance, afin de faire comprendre à l'adversaire qu'on ne lui faciliterait la partie en aucune façon. Stéphane sortit calmement de la voiture et se planta devant Kim Dee, encadré de ses deux gorilles. Un troisième acolyte se tenait à distance, probablement armé, prêt à intervenir si cela s'avérait nécessaire.

« Tu as un problème ? demanda Stéphane.

– Qu'est-ce que tu faisais avec ma petite sœur ?

– Thi Tram est majeure. Ce qu'elle fait, ça la regarde.

– Stéphane, Stéphane, répéta Kim Dee, toi et moi, je sens que ça va mal finir. Tu passes ton temps à jouer avec mes nerfs... »

Stéphane se retint de sourire. Kim Dee n'avait pas tout à fait tort. Le plaisir de le contrarier n'était pas totalement étranger à l'intérêt qu'il portait à sa sœur. Il n'aurait fait aucun geste de lui-même pour séduire la jeune fille, mais, comme elle s'était spontanément jetée dans ses bras, il n'avait pas pu résister. Une baise de premier ordre doublée d'une vengeance cinglante, ça ne se refuse pas, surtout pas après trois ans de prison.

Cependant, Kim Dee, furieux, était certainement armé en plus d'être accompagné de trois armoires à glace. Stéphane tenta donc la conciliation.

« Si tu as des problèmes avec moi, on pourrait les régler en se parlant.

– Je ne suis pas sûr. »

Alors que les deux hommes se défiaient du regard, Thi Tram vint s'interposer.

« Fiche-lui la paix !

– Voyons, petite sœur...

– Ta petite sœur, elle voudrait que tu arrêtes de l'achaler. Que tu te mêles de tes affaires.

– Tu ne peux pas te laisser tripoter comme ça. C'est honteux pour la famille.

– Je vais me laisser tripoter par qui je veux ! Ce n'est pas toi qui vas me dire qui je peux embrasser.

– Tu oses me tenir tête, à moi, ton frère ! »

Stéphane tenta de profiter de l'altercation entre le frère et la sœur pour remonter en voiture. Kim Dee l'en empêcha en flanquant un violent coup de pied sur la portière. Stéphane se plaça en position de combat, mais Thi Tram s'obstina.

« Attention à mon auto ! C'est papa qui me l'a donnée. Il ne serait pas content si je revenais avec une bosse. »

Kim Dee écarta sa sœur d'une poussée de la main et fit face à Stéphane, prêt à bondir. Il savait qu'il affrontait un adversaire de taille, car les deux hommes avaient longuement étudié les arts martiaux ensemble dans leur adolescence. C'était d'ailleurs l'un des liens sur lesquels reposait leur amitié dans le passé. L'Asiatique n'aurait pas osé attaquer le Québécois dans un combat singulier. Comme tous les criminels, son désir de dominer s'appuyait sur la peur d'être dominé. Il trouvait dans le plaisir d'imposer sa volonté par la force brute la confiance et l'estime de soi qui lui manquaient si cruellement tout au fond de son être. Derrière sa façade de caïd se cachait un lâche. Stéphane en était parfaitement conscient.

Kim Dee usa d'une méthode de lâche. Il avait retourné du côté de sa paume la pierre tranchante de la bague qu'il portait au doigt. Il fit mine de caresser la joue de Stéphane, qui sentit le diamant taillader son visage et le sang se mettre à couler abondamment. Il ne broncha pas.

« Kim Dee, dit-il calmement, je vais monter dans l'auto et je vais reconduire Thi Tram comme prévu. Je sais que tu vas nous suivre, mais ce n'est pas grave. »

Il ouvrit la portière et se retourna une dernière fois avant de monter.

« Je veux te dire : quatre gars, ça ne me fait pas peur. J'ai vu bien pire... grâce à toi. »

Stéphane fit le trajet jusque chez les Nguyen en tenant un mouchoir contre sa joue. Thi Tram était trop enragée pour prononcer un seul mot. La quantité appréciable d'alcool qu'elle avait absorbée était en train de faire son œuvre et menaçait de remonter à la surface. Son orgueil lui permit de maîtriser son diaphragme jusqu'à la demeure familiale. Elle quitta la voiture en titubant et se dépêcha de rentrer.

Stéphane voulut redémarrer, mais Kim Dee lui bloqua le passage avec sa Ferrari.

« Tu t'en vas où, comme ça ? demanda l'Asiatique par la vitre baissée.

– À l'urgence.

– Tu ne pars pas avec l'auto de ma sœur. Je vais t'appeler un taxi. »

Kim Dee n'agissait pas par bonté, Stéphane le savait bien, mais il accepta tout de même le taxi que celui-ci appela avec son cellulaire. Il se fit conduire à l'hôpital le plus proche.

Il fut reçu par une femme médecin qu'il trouva immédiatement charmante. Emmanuelle Caron s'amusa de voir ce beau jeune homme éméché essayer de lui faire croire que sa coupure était due à un simple accident. Elle soigna la blessure avec doigté à l'aide d'une colle chirurgicale dernier cri.

« Tu es chanceux, commenta-t-elle. Il n'y a que l'épiderme qui a été coupé. Il n'y aura pas de cicatrice. On dirait que c'est dû à une lame de rasoir. Drôle d'heure pour se faire la barbe…

– Un faux mouvement. Ça arrive quand on est stressé…

– Autrement dit, docteure, mêlez-vous de vos affaires…

– Je ne veux pas être impoli. C'est juste que c'est une histoire personnelle entre un ami et moi… »

Emmanuelle le regarda avec un sourire. Elle n'avait pas souvent l'occasion de côtoyer des chats de gouttière comme Stéphane Dumas dans le milieu médical. Elle s'ennuyait un peu avec tous ces messieurs trop sérieux obsédés par leur carrière. Elle n'avait que vingt-huit ans, était célibataire, et ne recherchait pas nécessairement un homme bien nanti et engoncé. Une veste de cuir lui semblait plus attrayante qu'un complet gris. Totalement autonome dans tous les domaines de sa vie, elle pouvait se permettre de choisir un homme sans se soucier de sécurité ou de stabilité. Un sexy petit macho qui ne craignait pas la bagarre n'avait rien pour lui déplaire. C'était peut-être en réaction à son père qui avait fait carrière dans la police, mais elle avait toujours eu un faible pour les voyous…

« Tu ne seras pas trop défiguré. Je peux même dire que je suis assez fière de mon œuvre. La prochaine fille qui va tomber en pâmoison devant toi devra me remercier.

– C'est moi qui devrai avoir une bonne pensée pour ma docteure.

– Pas de problème, c'est une nuit tranquille. Un vrai miracle.

– Je m'excuse, je n'ai pas ma carte d'assurance-maladie. Je viens de passer trois ans aux États-Unis.

– Travail ?

– Pas vraiment.

– Tu m'as l'air un peu jeune pour te payer trois ans de vacances…

– Pourtant, j'étais en Floride tout ce temps-là», dit-il, énigmatique.

Elle l'observa un instant. Visiblement, il avait conscience de lui plaire et jouait la carte du mystère. Elle en avait vu d'autres et n'était finalement pas si pressée de s'embarrasser d'un prétendant. Elle lui donna congé sans cérémonie. Après tout, il connaissait son nom et savait où elle travaillait. S'il voulait la revoir, il trouverait bien un prétexte.

«Allez, on va oublier la carte pour aujourd'hui, mais, la prochaine fois, je te facture le plein prix. Si tu reviens des États, tu dois avoir une idée du coût d'une chirurgie esthétique.

– D'accord. Merci.»

Il quitta l'hôpital, complètement épuisé, vers quatre heures du matin. Il prit un autre taxi et alla s'effondrer sur le canapé-lit dans le bureau de sa mère. Il s'endormit rapidement, malgré la migraine qui le gagnait, en repensant aux yeux verts de la femme qui venait de le soigner. Il se souvenait à peine d'avoir passé la soirée avec Thi Tram.

♠

Thi Tram, en dépit de ses désirs d'émancipation, était une jeune fille disciplinée. Malgré la gueule de bois carabinée qui l'affectait en ce lendemain de brosse, elle se leva à l'heure habituelle, prit une douche et descendit déjeuner avec sa mère comme si de rien n'était. Seuls les cernes sous ses yeux et sa pâleur inhabituelle laissaient deviner ses excès de la veille. Ses précautions s'avérèrent cependant bien inutiles quand sa mère, Thi

Mung, aborda le sujet de son retour tardif de la veille, ou plutôt du matin.

« Je t'ai entendue quand tu es entrée, dit la mère. Que s'est-il passé avec Kim Dee ?

– Il ne se mêle pas de ses affaires.

– Tes affaires, ce sont tes amours ? »

Thi Tram jeta un coup d'œil craintif vers sa mère. Elle n'avait jamais eu de petit ami sérieux et redoutait par-dessus tout de se voir imposer un mariage de convenance avec un fils d'une autre famille « honorable » de la communauté vietnamienne. Elle avait trop d'ambition pour se retrouver enfermée à faire le ménage et la popote pour un mari qui la traiterait en servante. Elle n'aurait jamais osé le lui dire dans ces termes, mais elle ne voulait surtout pas finir comme sa mère.

« Ça ne me dérange pas que Kim Dee soit le fils de la famille, dit-elle après une hésitation, mais je ne veux pas qu'il mène ma vie. Il y a bien assez de papa.

– Ne parle pas ainsi. Tu sais ce que ton père a fait pour vous offrir tout ce que vous avez. Sais-tu combien de pantalons j'ai cousus à un dollar la paire ?

– Je sais, maman. Je n'oublierai jamais. Vous serez toujours fiers de votre fille. Mais Kim Dee…

– C'est Stéphane ?

– Pourquoi tu dis ça ? demanda Thi Tram, les joues en feu.

– Tu es attirée par Stéphane depuis que tu es petite fille. »

Thi Tram baissa les yeux, décontenancée par la perspicacité de sa mère. Celle-ci reprit :

« Nous n'avions pas besoin de ça. J'ignore ce qui s'est vraiment passé, mais Kim Dee et Stéphane…

– Tu sais ce qui s'est passé. Papa le sait aussi. Vous ne voulez pas le voir, c'est différent. »

Elle se tut en voyant son père entrer dans la cuisine. Il n'avait pas l'habitude de les accompagner pour le petit-déjeuner. Il avait quelque chose à dire. Il salua son épouse en vietnamien puis, contrairement à ce que lui dictait sa culture, il posa les yeux sur sa fille : son regard n'augurait rien de bon.

« Tu fréquentes qui tu veux, dit-il d'une voix menaçante, sauf Stéphane Dumas, il n'en est pas question.

– Mais de quel droit..., protesta-t-elle faiblement, sans oser finir sa phrase.

– Je n'ai pas à t'expliquer. Je ne veux pas. »

Thi Tram était bouleversée. Son tempérament bouillant l'incitait à la révolte ; cependant le respect profond qu'elle vouait à son père, héritage d'innombrables générations de filles soumises et dociles, la paralysait. Elle le fixa durant de longues secondes, tremblante de colère, mais les mots restèrent pris dans sa gorge. Puis elle se retourna et quitta la pièce en résistant péniblement à l'envie de claquer la porte.

♠

De son côté, Stéphane eut droit à un réveil plutôt brutal, après trois malheureuses petites heures de sommeil. Sa mère avait radicalement changé d'attitude à son égard depuis qu'il avait annoncé qu'il se trouverait bientôt un appartement, mais il se doutait bien que ses fréquentes visites au casino étaient la cause réelle du froid qui s'était installé entre eux.

Marianne l'avait tiré du lit, à sept heures du matin, sous prétexte qu'elle avait besoin du bureau pour faire sa comptabilité. Stéphane avait à peine fini de cuver son alcool et ne tenait vraiment pas à prendre un petit-déjeuner. Sa mère ne lui laissa pas le choix et il gagna la cuisine. Marcel, qui d'habitude quittait l'appartement dès six heures du matin, se trouvait attablé devant un café. De toute évidence, il avait droit à un conseil de famille. Sa mère s'assit à son tour et commença son laïus.

« Pendant trois ans, je me suis demandé chaque jour si j'allais finir par te revoir. Je me suis traînée aux pieds d'An Nguyen pour qu'il m'aide à te sortir de ta prison…

– C'est quoi le problème ce matin ? » bougonna Stéphane en se frottant le crâne. Il avait mal aux cheveux et ne se sentait pas d'attaque pour subir un sermon. Marianne pointa la cicatrice toute fraîche qu'il avait sur la joue.

« Ça ! dit-elle. Qu'est-ce qui se passe avec Kim Dee Nguyen ? Dis-le-moi, je t'en supplie…

– Rien de spécial. Nous avons certains désaccords.

– C'est un pourri. Il te hait depuis des années. Dès qu'il a réalisé que tu valais mieux que lui…

– Maman, je suis assez grand pour régler mes affaires moi-même.

– J'ai vécu l'enfer en subissant le mépris d'An Nguyen pour ton père, son comptable, parce qu'Armand ne travaillait jamais assez fort, parce qu'il n'était jamais assez compétent, parce que toi et ta sœur n'étiez jamais assez bons à l'école ! Puis, le jeu, le crisse de jeu. Je n'ai plus les nerfs pour endurer ça une autre fois. Je suis heureuse, j'ai un bon chum, je n'ai pas le goût de revivre ça avec mon fils! J'ai fait ma part!»

Stéphane se sentit mal à l'aise devant la réaction de sa mère. Il savait qu'il était inutile de lui expliquer que, contrairement à son père, il ne se ruinerait pas. Il aurait fallu pour cela lui raconter qu'il avait l'intention de tricher de toutes les manières possibles et ne croyait pas que cet aveu rassurerait sa mère. Il prit le parti de ne rien dire. Ce fut Marcel qui reprit la parole, sur un ton plus modéré:

«Ta mère est une femme merveilleuse. Elle aurait pu se remettre à l'enseignement, mais elle a préféré venir m'aider au restaurant parce que les temps étaient difficiles. C'est une femme de cœur. Tu devrais la ménager.

– Je vais avoir mes meubles aujourd'hui. Tu n'auras plus de raisons de te morfondre, dit Stéphane à sa mère.

– Des meubles, un appartement, ça ne change rien à une situation. Il faut bien payer pour tout ça.

– C'est fait… c'est pas grand-chose…

– L'argent, tu l'as trouvé où? Tu as été obligé d'en emprunter à Mme Morissette pour aller au casino…»

Il décida d'éviter la question en se faisant charmeur. Il se leva pour prendre sa mère dans ses bras.

«Je ne suis plus un petit garçon. Et j'ai été très bien élevé par une mère formidable.»

Il l'embrassa et s'en alla préparer ses bagages. Il était plus que temps de quitter le nid.

«Il a raison, dit Marcel. Laisse-le partir. Tu as fait ce que tu avais à faire.»

♠

Marc Sylvain était arrivé au travail un peu plus tôt que d'habitude. Il flânait près des docks de réception des diverses marchandises et denrées nécessaires au fonctionnement du casino. Beaucoup d'alcool, de la nourriture pour les restaurants, mais aussi des fournitures pour le jeu lui-même : jetons, cartes à jouer, parfois de plus gros morceaux comme de nouvelles tables ou des machines à sous. C'était là le genre de fournitures qui justement l'intéressaient. Les jetons étaient traités comme de l'argent comptant : des gardes armés surveillaient leur livraison. La livraison des cartes, par contre, se faisait avec moins de précautions, quoique dans la plus grande discrétion. Il se doutait, par une déduction fondée sur son observation des cycles de remplacement des cartes, qu'une de ces livraisons devait avoir lieu incessamment.

Ce matin-là, un camion lourdement chargé se présenta aux docks. À voir la façon dont les hommes peinaient pour soulever les caisses, pourtant pas très grosses, que le véhicule contenait, Marc sut que celles-ci renfermaient des cartes à jouer. Mine de rien, il s'approcha des livreurs et entama la conversation.

« On dirait un camion de la Brinks ! s'exclama Marc, admiratif.

– La Brinks, c'est rien, renchérit l'un des livreurs. Ils sont maniaques au casino avec leurs jeux de cartes, c'est pas possible.

– Les nouvelles cartes en plastique sont bien meilleures. Plus résistantes…

– Moi, je conduis un camion, répondit le chauffeur. Le reste, c'est pas mes oignons.

– Toujours en ville, ça doit être plate !

– Non, pas toujours en ville… Victo, c'est quand même un bon bout…

– Si j'avais le droit, je vous donnerais un coup de main. »

Le contremaître de l'entrepôt avait remarqué le manège du croupier et s'approcha, le regard inquisiteur.

« Marc, c'est toi qui as la belle job, viens pas salir tes belles mains avec le peuple.

– Prenez soin de mes cartes, fit Marc avant de s'en aller. Il faut les laisser vieillir une couple de semaines.

– T'inquiète pas, elles ne moisiront pas longtemps. »

Marc s'esclaffa et s'éloigna comme si de rien n'était, sous le regard intrigué de l'équipe de livraison. Il avait obtenu les informations qu'il voulait. À présent, il pourrait instruire son élève correctement.

Son élève, c'était Stéphane Dumas, qu'il avait revu à quelques reprises depuis leur rencontre au Blue Note Café et qu'il avait commencé à former dans l'art de tricher efficacement. Il admirait son habileté à compter les cartes, mais cette technique requérait un capital de base important qu'il n'avait pas encore et une quantité de temps dont il ne disposerait pas indéfiniment. Sa chance finirait par attirer l'attention, surtout si elle s'exprimait toujours de la même manière et au même jeu. Ce qu'il fallait à Stéphane, c'était une grosse rentrée de fonds immédiate qu'il pourrait réinvestir au black-jack. Il fallait également forcer la main du Destin en écartant le Hasard.

Aujourd'hui, Marc était affecté à une table de roulette, un jeu qu'il maîtrisait infiniment mieux que ce que ses patrons pouvaient soupçonner. Il avait convenu avec Stéphane que ce jour-là aurait lieu la première étape d'un plan qui permettrait à l'ex-détenu d'assouvir sa vengeance. Il n'avait pas expliqué à son partenaire ce qui le motivait à l'aider et n'avait pas l'intention de le faire.

Stéphane se présenta au casino en début d'après-midi. L'endroit était toujours tranquille à cette heure durant la semaine. Il avait pris pour plus de deux mille dollars en jetons, la presque totalité de ce qu'il lui restait après les dépenses qu'il venait de faire pour se loger et se meubler. Il espéra que la confiance qu'il avait eue en Marc s'avérerait justifiée. Il prépara une mise de cinquante dollars et observa attentivement le croupier, à l'affût des signes convenus entre eux. Marc était censé poser sa main sur la roulette de façon à ce que son index pointe sur le numéro qui devait sortir. Stéphane devait être bien attentif car, à ce moment, il ne disposait que de quelques secondes pour déposer sa mise.

Marc s'apprêta à lancer la roulette, l'index pointé vers le 6. Stéphane se dépêcha de miser sur le 6.

« Les jeux sont faits, rien ne va plus ! » annonça le croupier selon la formule traditionnelle.

Le miracle ne se produisit pas. La bille vint atterrir sur le 27. Stéphane ne put s'empêcher d'interroger Marc du regard, malgré ses instructions contraires. Le croupier resta parfaitement indifférent. Le moindre signe de connivence pouvait lui coûter son emploi. Stéphane retrouva son calme. Après tout, le génie autoproclamé des probabilités ne lui avait parlé d'un taux de réussite que de un sur quatre ou cinq, ce qui était amplement suffisant pour réaliser des gains appréciables.

Stéphane prépara une nouvelle mise de cinquante dollars. Marc posa sa main vis-à-vis du 14. Il fit tourner la roulette et lança la bille. Le 12 sortit. Stéphane commença à s'inquiéter, puis se rassura en se disant que le croupier avait sans doute besoin d'une période de réchauffement ou, encore, peut-être était-il nerveux à l'idée de frauder consciemment son employeur. Il persévéra, mais après six autres mises perdantes il se mit sérieusement à douter du talent présumé de Marc à influencer la chute de la bille. Il avait déjà flambé quatre cents dollars. Il misa une fois de plus, sur le 25.

Le 25 sortit. Marc rendit mille huit cents dollars à Stéphane.

Les deux autres mises furent perdantes, suivies d'un nouveau gain. Cette fois, Stéphane fut définitivement rassuré. Après deux heures de jeu, il avait empoché plus de quinze mille dollars de gains. Il s'arrêta à ce moment, car Marc devait laisser sa place à un autre croupier. Il quitta la table avec une certaine tristesse: il savait que lui et son complice ne pourraient répéter l'exploit, de peur que leur manège soit découvert. Ils avaient fort probablement déjà attiré les soupçons de la sécurité. De toute façon, avec maintenant près de dix-huit mille dollars de capital, il pourrait se permettre de placer de plus hautes mises au black-jack. Mais Marc lui avait fait miroiter des possibilités encore plus alléchantes...

Le soir venu, ils se retrouvèrent au Blue Note Café. Le croupier s'était changé et portait des verres fumés. Il risquait bien plus que son emploi en l'aidant comme il le faisait. Ils s'installèrent dans un coin tranquille, à l'abri des regards. Stéphane se permit de féliciter Marc pour l'habileté incroyable qu'il avait démontrée au cours de l'après-midi.

« Je n'en croyais pas mes yeux!

– Je te l'avais dit. On est au moins trois ou quatre au casino capables de le faire. Si tu pars de zéro, tu peux frapper la zone d'un numéro sept fois sur dix, le numéro lui-même une fois sur cinq environ. Quand ça fait trois ans que tu fais rouler la bille…

– Et les repoussoirs ? Ne sont-ils pas censés empêcher toute chance de viser un chiffre ?

– Si la bille touche le repoussoir à la même vitesse au même moment, elle va rebondir à la même place. Question de physique.

– C'est dommage, on peut pas tenter le coup souvent et longtemps. Le chef de table commençait à zieuter pas mal de notre côté.

– Combien t'as gagné ?

– J'ai gagné dix fois mille huit cent, soit dix-huit mille. Moins cinquante-deux mises de cinquante dollars, soit deux mille six cent, ça donne un gain net de quinze mille quatre cents dollars. Il te revient donc sept mille sept cents dollars… »

Stéphane avait la somme en liquide sur lui, dans une enveloppe qu'il déposa sur la table. Marc la repoussa.

« Tu n'as pas encore compris ? Je n'ai pas besoin d'argent.

– Qu'est-ce que tu fais au casino ? Il faut que tu m'expliques si tu veux que je comprenne.

– Je te l'ai dit, je suis un génie… »

Le croupier commençait à énerver Stéphane avec ses grands airs. Quelqu'un qui permet à un étranger de gagner plus de quinze mille dollars sans rien lui réclamer avait certainement une idée en tête. Stéphane se sentait devenir méfiant. Il avait déjà été trahi par son meilleur ami, il pouvait l'être par un parfait inconnu.

« Tu es fatigant avec tes histoires de génie.

– Tu ne me crois pas ? J'ai quatre logiciels sur le marché. J'empoche des droits d'auteur qui valent des dizaines de fois mon salaire de croupier.

– Alors, le casino ?

– Je tripe. Ça me donne des frissons partout quand j'entre et que j'entends le bruit des machines et que je vois les tapis verts. Ils sont doux. J'aime l'éclairage. J'aime voir des minables dilapider leur argent. Les bonzes de la direction se pensent tellement intelligents. Ce qui me plairait, ce serait un poste de mathématicien, comme ceux qui calculent les probabilités. Ils ne sont pas mauvais, mais on pourrait faire bien mieux.

– Et moi là-dedans ?

– Toi ? Je t'aime. Je trouve que tu es un formidable pianiste. Pas besoin de raison pour aimer quelqu'un. Je t'ai choisi pour fausser leurs calculs. Ça fait longtemps que j'attends de voir un vrai gagnant au casino. Toi, tu as une tête de gagnant. Quelqu'un qui compte aussi bien les cartes mérite d'empocher le gros lot. Je suis sûr que tu aurais pu devenir un bon mathématicien. Tu sais qu'il y a de nombreux points communs entre les maths et la musique ? Les logarithmes, la trigonométrie, les séquences de toutes sortes, ça trouve des applications musicales… Bach l'avait compris mieux que personne… Les jazzmen l'ont compris aussi à leur façon, ils ont créé une musique qui transpose la théorie du chaos, c'est pour ça que le jazz est tellement difficile à analyser… »

Stéphane était resté muet devant le monologue exalté de son interlocuteur. Le croupier avait beau être doué pour les maths, il lui manquait une coche, ça paraissait évident. À moins que son attitude ne fasse partie d'un jeu… Un jeu de séduction?

« T'es pas homo? ne put-il s'empêcher de demander.

– Pas besoin d'être homosexuel pour aimer un gars, ricana-t-il. Vois-tu, tu as un compte à régler avec le casino, mais tu ne seras pas capable tout seul. Moi, de mon côté, je pense qu'ils méritent une bonne leçon.

– Notre plan va fonctionner, ils n'y ont jamais pensé. As-tu les informations que je t'ai demandées?

– Pas toutes, mais tu vas pouvoir les compléter sur place… Les cartes sont imprimées à Victoriaville. J'ai pris d'autres notes. »

Marc lui remit une enveloppe.

« Tout est dedans. J'ai été obligé de prendre des risques.

– J'ai passé trois ans à me préparer. Toi, ce n'est pas pour l'argent. Moi non plus. L'argent, je m'en fous. Mais mon père est mort à cause d'eux. Toute la famille était déjà ruinée. Il avait même vendu ses polices d'assurance pour pouvoir continuer à jouer. Moi, j'étais en prison, ma sœur était encore aux études. Ma mère s'est retrouvée dans un quatre et demie dans l'est de la ville, à travailler dans une gargote. Ils ont détruit nos vies et on n'est pas les seuls.

– Je te comprends, répondit Marc d'une voix étrangement monocorde, comme si ce que lui racontait Stéphane n'avait pas d'importance. Pour les prochains jours, je te conseille d'éviter le casino. Je te ferai signe. »

♠

Sandra Johnson chantait un classique de Billie Holiday, *It Had To Be You*, devant sa clientèle habituelle, souvent constituée des joueurs les plus chanceux, qui avaient décidé qu'ils avaient assez gagné et pouvaient terminer la soirée en musique, devant un verre. Au fond, elle aurait pu travailler n'importe où en ville, mais elle savait bien que Kim Dee, souvent affairé au casino, préférait la garder à l'œil.

Le petit tyran faisait justement son entrée dans le piano-bar, encadré par ses deux gardes du corps. Il adressa un sourire à sa « fiancée », comme il s'obstinait à l'appeler, mais elle devinait à son attitude nerveuse et son regard mauvais qu'il était venu au bar pour affaires. Elle le vit se diriger vers un client qu'elle savait être son « employé », un quadragénaire peu sympathique qui rôdait constamment dans le casino mais ne semblait pas jouer très souvent. Il s'agissait d'Albert, un usurier sans envergure. Kim Dee vint s'asseoir à ses côtés.

« Comment ça va, Albert ?

– Comme tu vois, répondit l'autre, agréablement éméché, ça ne peut pas aller mieux.

– C'est super, le casino. La bouffe est bonne, les poissons sont nombreux… Et puis, Sandra chante tellement bien. Penses-tu qu'elle mériterait de chanter au cabaret du casino ? Sur la scène principale ? C'est quoi, ton opinion ? »

Albert, à travers les brumes de l'alcool qui lui brouillaient l'esprit, commença à se rendre compte que son patron n'était pas content.

« Je pense qu'elle chante bien, approuva-t-il prudemment.

– Penses-tu que c'est une bande de pourris ?

– C'est toute une gang de pourris…, acquiesça Albert, sans trop savoir de qui il parlait.

– Pas aussi pourris que toi, Albert, pas aussi pourris…

– Qu'est-ce que tu veux dire? demanda-t-il, angoissé.

– Tu es avachi ici, à moitié soûl, au lieu d'essayer de gagner l'argent que tu me dois.

– Je vais tout te rembourser, ce n'est pas gros, dix mille piastres, je vais me refaire…

– C'est pas gros, dix mille piastres? répéta Kim Dee, furieux. Face de rat, ce sont mes dix mille piastres, c'est sûr que c'est pas gros. Qu'est-ce que j'ai dit à propos du jeu? Tu joues des petits montants, juste assez souvent pour pouvoir dire que tu es un client ordinaire. Les grosses pertes, c'est pour nos pigeons, pas pour nous. »

Comme la plupart des patrons, Kim Dee ne suivait pas toujours les directives qu'il imposait à ses employés…

« Je voulais pas, se défendit Albert. C'est une fille qui m'a emmené jouer aux grosses mises, j'ai perdu la tête…

– C'est quoi ton travail pour moi? demanda Kim Dee, implacable.

– Prêter de l'argent…

– Et le récupérer, avec les intérêts. C'est l'argent de qui, Albert, que tu prêtes?

– Je vais te rembourser…

– Ça se peut. Ça se peut aussi que tu n'aies pas le temps. »

Tout au long de la conversation, Kim Dee avait haussé le ton et s'était fait plus agressif, au point que les clients avaient commencé à s'éloigner discrètement, sentant l'orage arriver. Sandra ne chantait plus et le pianiste continuait à jouer seul, préférant ne pas ajouter au malaise en créant le silence dans le bar.

Heureusement pour Albert, Tiger, l'imposant agent de sécurité, arriva sur ces entrefaites. Les caméras de surveillance avaient capté la discussion, et la sécurité, qui ne prenait aucun risque avec Kim Dee, avait envoyé leur plus solide gaillard sur les lieux avant que la situation ne dégénère. Tiger s'interposa.

« Excusez-moi, dit-il poliment mais fermement.

– La paix ! protesta Kim Dee sans se retourner.

– Monsieur Nguyen... », reprit l'agent.

L'autre ne réagit pas.

« Kim Dee ! rugit Tiger, de moins en moins patient. Ça serait encore le temps d'éviter les ennuis. »

L'un des gardes du corps de Kim Dee s'avança vers l'agent de sécurité et, stupidement, tenta de l'intimider en lui posant la main sur l'épaule. Tiger n'apprécia pas qu'on envahisse ainsi son espace et répliqua instantanément d'un solide coup de poing en plein plexus. Le gorille s'affaissa sur un fauteuil en suffoquant.

« Monsieur Nguyen, s'il vous plaît... »

Kim Dee dut se rendre à l'évidence : il n'aurait pas le dessus dans ce contexte. Il se pencha à l'oreille d'Albert pour lui chuchoter :

« Ce soir. Tu sais où.

– Oui, je vais être là, répondit Albert, blême.

– Il faut toujours être poli avec vos clients, crâna Kim Dee à l'intention de Tiger.

– Monsieur... », se contenta de rétorquer l'agent en faisant signe à Kim Dee de le suivre vers la sortie.

Kim Dee obtempéra, mais se permit tout de même d'embrasser Sandra avant de quitter les lieux, histoire de montrer qu'il avait toujours le contrôle de la situation. Il n'avait cependant convaincu personne d'autre que lui-même.

♠

Ce soir-là, Stéphane était résolu à passer aux actes avec la petite Thi Tram Nguyen. Il avait emménagé quelques jours plus tôt dans son nouvel appartement, un loft spacieux situé dans le Vieux-Montréal, avec une vue impressionnante sur les immeubles du centre-ville. Il avait payé trois mois comptant au propriétaire pour le convaincre qu'il avait amplement les moyens de s'offrir cet appartement à onze cents dollars par mois. Au pire, il pourrait toujours déguerpir si ses plans ne se réalisaient pas au casino. La prison avait curieusement émoussé son sens moral. Le sentiment d'avoir été victime d'une injustice peut parfois amener à être plus tolérant à l'égard des injustices que l'on commet soi-même.

Stéphane n'était pas un ange, loin de là. Il avait offert à Thi Tram la soirée romantique qu'elle estimait mériter, mais il s'attendait à recevoir son dû sans trop de complications. Peut-être les trois ans de prison, durant lesquels il avait été privé de toute présence féminine, lui avaient-ils fait oublier certaines subtilités de la psychologie du beau sexe… Si Thi Tram avait paru si directe dans son approche, c'était avant tout par inexpérience. Contrairement à ce que Stéphane s'imaginait, elle s'attendait à beaucoup plus que la simple friction de leurs deux épidermes. Il allait le constater bientôt.

Thi Tram et Stéphane entrèrent dans le loft, après un voyage en ascenseur agrémenté de baisers et de caresses en guise de hors-d'œuvre. L'appartement était presque vide, l'ensemble de salle à manger dormait toujours dans ses boîtes, pas encore assemblé, et un large futon était posé à même le sol du coin salon, faisant office à la fois de canapé et de lit. C'était beaucoup mieux que tout ce à quoi il avait eu droit en prison, et même un peu mieux que le bureau de sa mère. Le loft n'était éclairé que par les lumières du centre-ville qui entraient par les vastes fenêtres sans rideaux. Une garçonnière tout à fait honorable, en somme, qui sembla enchanter sa première visiteuse.

« Bouge pas... Il y a une lampe... Je te l'avais dit, je suis en train de m'installer...

– C'est génial... »

« Tant mieux », se dit-il, content que le décor minimaliste plût à la petite. Le loft était génial, sans contredit. À ce prix, c'était un minimum. Thi Tram se laissa choir sur le futon pendant que Stéphane choisissait un disque de circonstance. Éric lui avait prêté sa collection de bootlegs et avait même eu la prévenance de préparer une section de « musique pour baiser ». Stéphane avait remarqué la façon dont Éric zieutait la petite Vietnamienne lors de ses visites au bar et il se doutait bien que son vieux copain exigerait quelques détails croustillants sur ses exploits sexuels. Il hésita devant un récital d'Anouar Brahem, secondé par Dave Holland et John Surnam, mais il se dit que ce serait peut-être un peu trop solennel. Il opta plutôt pour un récent concert de Kenny Wheeler à Londres, appuyé par Lee Konitz et Bill Frisell. Il plaça le disque compact dans la minichaîne bon marché (compromis provisoire) et fut aussitôt satisfait de son choix musical en entendant la trompette se mettre à gémir langoureusement. Les trois jazzmen traitaient leur instrument avec probablement plus de douceur qu'ils ne traitaient leur petite amie.

Il se dirigea vers la cuisine pour y chercher des bougies et une bouteille de porto, deux atouts majeurs dans un pareil contexte. Il calcula qu'il pouvait espérer lui avoir enlevé sa robe soit avant la fin du disque soit avant la moitié de la bouteille, de préférence la plus courte des deux échéances.

« Je m'excuse, j'ai seulement des verres en plastique…

– Stéphane…, minauda-t-elle.

– J'arrive… »

Il installa ses bougies dans le goulot de quelques bouteilles de bière vides – il avait retenu au moins cela de ses années de cégep – et entreprit de servir un porto à son invitée, lorsqu'il remarqua un changement dans son attitude. Elle se tenait le dos droit, les jambes serrées, et le regardait avec une expression grave. Il eut un mauvais pressentiment.

« On dirait que tu as peur de moi ?

– Je n'ai pas peur…

– Personne ne va le savoir…

– On va jaser un peu… Tu as tellement de choses à me raconter… »

Il n'aima pas du tout ce qu'il venait d'entendre. La jeune fille délurée qui lui avait lancé toute la soirée des sous-entendus d'une grivoiserie frôlant parfois la vulgarité avait subitement envie de « jaser ». Il n'avait rien contre les conversations, mais il préférait quand celles-ci avaient lieu après le coït. Si elle avait envie d'échanger sur leurs états d'âme respectifs, elle aurait dû le faire au cours de la soirée au lieu de passer son temps à lui adresser des clins d'œil cochons. Il tenta d'exprimer son point de vue avec tout le tact dont il était capable (c'était peu), et accompagna ses paroles d'un sourire charmeur pour qu'elles passent mieux.

« Thi Tram, j'ai perdu trois ans de ma vie en prison. Je n'ai pas le goût de jaser… »

Pendant qu'il disait cela, il la prit par les mains et lui lança un regard qu'il voulait intense, magnétique. Au fond, c'était tout ce qu'elle désirait, et la jeune fille délurée reprit le dessus sur la sage écolière en embrassant l'ex-détenu avec passion. Elle laissa même échapper un gémissement qui rassura momentanément Stéphane sur l'issue de la soirée. Elle se détacha pourtant de lui et le regarda dans les yeux, son visage ayant retrouvé la gravité de l'instant précédent.

« Stéphane, dit-elle sur un ton presque dramatique, je veux que tu saches que pour moi c'est très important. »

« Merde ! » pensa-t-il, retenant de justesse un juron. Elle allait parler de sentiments avant l'acte sexuel, ce qui lui enlèverait la possibilité d'évoquer le malentendu lorsque les choses tourneraient au vinaigre. Sa dernière petite amie l'avait trahi et humilié et la sœur de son pire ennemi s'imaginait qu'il accepterait de s'engager avec elle dans une relation sentimentale. Une mesure d'urgence s'imposait devant la tournure des événements. Il tendit la main vers la bouteille de porto. Il était évident qu'elle n'avait pas encore assez bu et qu'il devait la soûler le plus vite possible.

Il tenta de remplir son verre, mais elle commença à déboutonner sa chemise et à poser de délicieux petits baisers sur ses pectoraux. Il grinça des dents en sentant le sang affluer dans son pénis. Si seulement elle pouvait se taire pendant leurs ébats, il réussirait peut-être à s'en tirer. C'est à ce moment qu'elle fit une déclaration qui le laissa pantois.

« Stéphane, je n'ai jamais fait l'amour. »

En disant cela, elle était venue se frotter contre lui, et il sentait ses mamelons qui pointaient à travers sa robe. Elle l'embrassa de nouveau avec une maîtrise qui lui faisait mettre en doute sa dernière déclaration. Elle basculait son bassin vers l'avant tout en fouillant sa bouche avec sa langue et il était sûr qu'elle sentait son érection contre son bas-ventre. Elle le regarda d'un air suppliant.

« Tu es mon premier amour, lança-t-elle d'une voix rauque. Je ne veux pas que tu sois pressé. Laisse-moi m'habituer. Quand je serai prête, ça va être encore meilleur, je te le promets. »

Totalement décontenancé, il se demanda si elle avait tout planifié pour que les choses se passent ainsi, ou si elle avait été sincère et spontanée. Peu importait, elle l'avait coincé d'une manière impériale. Il n'était plus en état de se défendre. Elle le menait désormais par le bout de la queue.

Elle était amoureuse de lui et il ne pouvait plus prétendre ne pas être au courant. Non seulement il ne la sauterait pas ce soir, mais elle allait le faire languir aussi longtemps qu'elle le souhaiterait. Pour couronner le tout, elle était pucelle et lui réservait son hymen en récompense lorsqu'il aurait prouvé hors de tout doute la sincérité de ses sentiments.

S'il avait été en état de réfléchir, il aurait crié à l'arnaque et lui aurait montré la sortie illico. Malheureusement, il était bandé.

« T'es belle… Mon Dieu que t'es belle…, murmura-t-il, hypnotisé comme un cobra devant une mangouste.

– Tu ne m'en veux pas ? demanda-t-elle d'un air qu'il ne pouvait croire tout à fait innocent. Pas tout de suite, c'est trop vite…

– Je ne te violerai pas, échappa-t-il. Je n'ai pas trop le choix. »

Il se demanda un instant si elle voulait une confirmation écrite, mais ce fut elle qui reprit les ébats en l'embrassant de nouveau. Il se plongea encore une fois dans le ravissement que lui procuraient la douceur de sa peau et l'odeur de ses cheveux. Il se permit de lui caresser les seins, les hanches, les cuisses. Elle l'arrêta avec un sourire qu'il soupçonna d'être moqueur.

« Patience, mon amour… », murmura-t-elle.

S'il y avait deux mots qu'il n'avait pas envie d'entendre à cette étape de sa vie, c'était bien ceux-là…

♠

Antoine Caron et son adjoint Aurélien Lalancette assistaient à une réunion hebdomadaire avec la directrice générale du casino, Marie-Ève Turcotte. Celle-ci s'inquiétait des incidents des jours précédents.

« J'ai révisé les chiffres de cette semaine, dit-elle. Qu'est-ce qui s'est passé sur la table de roulette, la 18 ?

– Un client qui a été très chanceux, répondit Lalancette.

– J'ai vérifié les bandes magnétoscopiques, expliqua Caron. Tout est régulier. Il jouait sur des segments. Il a été chanceux. »

Ce qu'il ne disait pas, et qui n'avait sans doute pas vraiment d'importance à son avis, c'est qu'il avait identifié le joueur comme étant Stéphane Dumas, le fils d'Armand Dumas, l'un des plus mauvais souvenirs de sa carrière au casino. Malgré les années qui s'étaient écoulées depuis, il revoyait encore parfaitement le cadavre du comptable, en plein milieu du stationnement souterrain, défiguré par une balle de .38, ainsi que les morceaux de cervelle qui avaient éclaboussé le béton. Que le fils de cet homme fréquentât ainsi le lieu du suicide de son père l'intriguait au plus haut point et il se promettait bien de tenir le jeune homme à l'œil. Il n'y avait cependant pas lieu d'informer la directrice de ce fait. De toute façon, une certaine culpabilité latente l'aurait retenu de causer des ennuis à ce jeune homme, du moins sans raison valable.

« Jean-Michel Johnson s'est fait crever ses pneus ? poursuivit la directrice.

– C'est qui ça, Jean-Michel Johnson ? demanda Lalancette.

– C'est Tiger, expliqua Caron. Je suis au courant. Il a dû intervenir pour calmer Kim Dee Nguyen. L'embêtant, c'est que le surveillant a choisi ce moment pour aller aux toilettes et que la caméra ne fonctionnait pas justement durant ces quinze minutes, sans aucune raison valable. Il n'a même pas été foutu de camoufler son geste correctement. Nous en avons tiré nos conclusions : le surveillant a été congédié.

– Vos conclusions, c'est quoi ?

– Il a probablement accepté un pot-de-vin pour disparaître au bon moment. Ce qui veut dire que notre personnel ne peut plus être considéré comme totalement fiable.

– Cette petite crapule de Kim Dee devrait être barrée du casino..., dit Lalancette.

– Le jour où on aura quelque chose de solide, la police fera son travail, répondit Antoine.

– Sais-tu combien il a perdu l'an dernier ? demanda la directrice. Je ne dis pas joué, non, perdu ?

– Presque un demi-million, précisa Antoine. Et on ne parle pas de blanchiment d'argent...

– Pour l'instant, on va se contenter de limiter les dégâts, déclara la directrice, sous le regard désapprobateur d'Antoine.

– C'est quand même un bon client..., se risqua Lalancette, plus pour faire plaisir à sa patronne que par conviction personnelle.

– Tu penses que Kim Dee Nguyen a les moyens de perdre cinq cent mille dollars en vendant des aspirines et des bas-culottes ? »

Antoine regarda sa supérieure et son subalterne avec découragement. Il travaillait pour un établissement qui entretenait un petit mafieux de la pire espèce, lequel n'avait même pas l'intelligence de se discipliner dans ses propres habitudes de jeu et intimidait régulièrement les employés. L'argent qu'il perdait et qui venait remplir la cagnotte du casino, c'était de l'argent sale, qui provenait de la drogue, de la prostitution et des usuriers qui gravitaient autour du casino. En somme, on tolérait les petits parce qu'ils menaient aux gros et on tolérait les gros parce qu'ils étaient de bons clients. Il savait que ces compromis étaient inévitables – il avait passé vingt-cinq ans dans la police –, mais il pouvait difficilement accepter de voir ses patrons et collègues faire ainsi l'autruche.

Le sentiment d'inutilité qui avait commencé à empoisonner sa vie depuis quelque temps augmenta d'un cran. Il limita ses interventions au strict minimum pendant le reste de la réunion. Sa supérieure s'en rendit compte mais s'abstint de tout commentaire. Elle l'appréciait trop pour vouloir le contrarier sciemment. Ce n'était pas dans ses habitudes de bouder ainsi, lui d'ordinaire si affable. Elle était suffisamment stressée par son travail sans que son lieutenant le plus fidèle se mette à ronchonner.

Elle le prit à part à la fin de la réunion, histoire de s'assurer que le malaise ne durerait pas. Ils marchèrent un peu à travers le casino tout en discutant et ils passèrent près d'un groupe de gens âgés qui semblaient s'amuser comme des gamins dans un parc d'attractions. Antoine sourit en entendant leurs exclamations joyeuses.

« C'est ce que j'aime le plus, confia-t-il. Voir des gens normaux qui viennent se divertir. Ils ont un budget, ils savent qu'ils peuvent dépenser cinquante ou cent dollars, mais ils ont décidé de passer une belle journée.

– Je suis d'accord avec toi, répondit-elle, mais c'est pas avec nos clubs de l'âge d'or qu'on va verser trois cents millions par année dans les coffres de l'État.

– Au moins, ils s'épivardent aux machines. C'est là qu'on fait soixante-dix pour cent de nos recettes. Et pas de croupier à payer.

– Parlant de recettes… »

Elle fut interrompue par un éclat de voix. L'un des surveillants physionomistes avait repéré une cliente autoexclue et lui demandait de l'accompagner. Antoine reconnut Monique Parent, qu'il avait dû expulser à plusieurs reprises depuis quelques semaines. Elle protestait en invoquant l'erreur sur la personne. Il faut dire qu'elle mettait une imagination étonnante à se grimer de toutes les façons possibles.

« Fichez-moi la paix ! Vous vous trompez ! Je ne connais pas cette femme…

– Madame, je vous reconnais. Veuillez me suivre pour identification. »

Monique était lentement mais sûrement en train de perdre les pédales. Elle n'avait jamais autant joué que depuis la signature de son contrat d'autoexclusion. Elle avait vendu ses bijoux, quelques objets de valeur et avait même encaissé une partie de son fonds de retraite, le tout à l'insu de son mari. Elle se mit à fuir l'agent en courant dans le casino comme un rat de laboratoire dans un labyrinthe, pour tomber directement dans les bras d'Antoine Caron.

« Lâchez-moi…

– Je vous reconnais… Madame Parent, c'est ça ?

– Je ne m'appelle pas Parent, je m'appelle…

– Voulez-vous voir Mme Delluci ? Vous avez un contrat avec le casino, vous le savez. Mme Delluci peut vous aider.

– Non, ça va, répondit-elle, subitement plus calme. J'ai fait une erreur. J'avais le goût de venir faire un tour. Je n'aurais pas dû. Excusez-moi…

– Si vous préférez que je vous accompagne, soyez à l'aise.

– Non… non… ça va… merci… »

Elle se dirigea calmement vers la sortie. Caron et sa directrice l'observèrent tristement, découragés par les ravages que pouvait causer le casino dans la vie de certains clients. En fait, Antoine se sentait plus touché que Marie-Ève, qui eut cette réaction toute rationnelle :

« Un casino géré par l'État, ça donne lieu à ce genre d'absurdités. Je finance des campagnes de publicité monstres pour attirer les joueurs et je paye une psychologue pour aider les obsédés à s'en sortir.

– D'une façon ou d'une autre, l'État payerait, répliqua Caron. C'est l'autoexclusion et une psy, ou l'aide sociale et l'institut psychiatrique. Maria Delluci coûte encore moins cher et elle est vraiment géniale.

– J'ignorais que la GRC formait des sociodémocrates, ricana la directrice. J'admire ta conscience sociale, mon Antoine. »

♠

Stéphane avait une fois de plus entraîné Thi Tram dans son loft. Il avait finalement pris le parti d'accepter la curieuse relation qu'elle lui proposait. L'habileté qu'elle déployait dans certaines caresses et techniques de massage compensait amplement, du moins pour l'instant, l'interdiction qu'elle avait décrétée d'accomplir l'acte lui-même. La promesse de pouvoir éventuellement savourer le fruit défendu était cependant d'un grand secours pour aider Stéphane à supporter la situation. Ses trois années d'abstinence forcée l'avaient doté d'une patience qu'il ne se connaissait pas.

Il était étendu sur le ventre, vêtu seulement d'un caleçon, et Thi Tram lui massait le dos et les épaules. Elle portait un ravissant ensemble de lingerie que sa mère aurait sans doute désapprouvé ; celle-ci n'avait sûrement pas été consultée sur la question. Stéphane n'avait jamais vu une femme se donner autant de mal pour plaire à un homme. Il était clair qu'elle était en train de s'accrocher sérieusement. Il se sentait vaguement mal à l'aise, mais son côté chat de gouttière l'incitait à aborder la situation avec philosophie. Si seulement elle pouvait cesser de lui dire qu'elle l'aimait...

« Je t'aime, déclara-t-elle pour la vingtième fois de la soirée. Je suis folle... »

Pour la vingtième fois de la soirée, il s'abstint de répondre à la question implicite que comportait cette déclaration. Il se contenta de rouler sur le dos et de la regarder tendrement tout en lui caressant la joue.

« Es-tu déçu ?

– Non, c'est merveilleux. Bien trop merveilleux... je ne savais pas qu'on pouvait être aussi bien sans avoir fait l'amour. Tu devrais dormir ici...

– C'est impossible. Je ne peux pas.

– Va falloir que je parle à ton père. Je ne résisterai pas longtemps. Sa fille est trop belle... trop douce...

– Chez nous, c'est différent. Vas-tu être capable d'être patient ? »

Stéphane baissa les yeux devant le regard de braise qu'elle posait sur lui. Le problème n'était pas de patienter, mais plutôt de lui expliquer, après avoir attendu tout ce temps, qu'elle se faisait peut-être des illusions sur l'avenir de leur couple. Par chance, Thelonious Monk était là pour combler le silence.

Il consulta sa montre qui traînait sur le plancher. Il était plus de trois heures du matin. Il avait rendez-vous à l'aube avec Marc, son complice du casino. Il avait deux bonnes heures à tuer, mais les passer avec Thi Tram serait une véritable torture. Il résolut de la mettre gentiment à la porte.

« Tu as raison, tu devrais rentrer.

– Je ne passerai pas toute ma vie avec mon frère à mes trousses.

– Embrasse-moi. Ça, au moins, tu peux le faire ? »

Elle l'embrassa avec un art qui n'avait fait que s'affiner depuis le début de leur amourette. Stéphane sentit l'excitation monter et repoussa doucement Thi Tram.

« Si on veut se revoir, il faut que tu partes…

– Est-ce qu'il y a des choses que je ne sais pas et que je devrais savoir ?

– Fais-moi confiance, je ne peux pas en dire plus. »

Elle se rhabilla avec un air sceptique, ayant compris que la nuit de Stéphane n'était pas tout à fait terminée. Il la raccompagna à sa voiture et remonta se préparer un plein récipient de café. Il en aurait besoin pour la journée qui s'annonçait. Après quelques tasses bien serrées et un petit-déjeuner extrêmement matinal, il décida d'aller marcher le long des quais en attendant son rendez-vous.

À cinq heures trente, il se trouvait à l'endroit convenu avec Marc, le stationnement d'une compagnie de location de voitures. Le croupier, au volant d'un véhicule loué, portait un chapeau et des verres fumés. Il invita Stéphane à s'asseoir à ses côtés. Marc lui remit une enveloppe rembourrée.

« Je t'ai fabriqué une fausse carte d'inspecteur du casino, mais garde-la pour le plan B. Il vaut mieux éviter que l'imprimerie fasse des vérifications. Une tournée d'inspection, ça ne passe jamais inaperçu. Le plan A ?

– J'ai rendez-vous au journal local avec le rédacteur en chef et j'attends la dernière minute pour me présenter à l'imprimerie.

– Es-tu sûr que c'est la bonne ?

– Pratiquement. Il y a trois imprimeries dans le coin et je les ai appelées toutes les trois en demandant si je pouvais y faire imprimer un jeu de tarot. Seule l'imprimerie Leduc possède l'équipement nécessaire.

– Bonne histoire, approuva Marc. Ça pourra toujours servir de plan de rechange. Dans l'enveloppe, tu as l'équipement pour marquer les cartes. Je vais te montrer... C'est important de toujours bien aligner le tampon sur la coche vers le haut de la carte. Le tampon laisse des motifs minuscules au moyen d'une encre qui ne reflète qu'un mince spectre lumineux visible seulement à travers un verre spécialement polarisé. Imagine-toi un hologramme comme sur les billets de banque, mais en beaucoup plus pâle. »

Stéphane fut impressionné par le raffinement de la technologie utilisée dans le procédé. Au point de voir ses soupçons s'éveiller de nouveau à l'endroit de Marc. Cet homme avait des ressources importantes à sa disposition. Il se demanda quel serait le prix de son aide quand il se déciderait à jouer cartes sur table.

Il était près de six heures maintenant et Stéphane put prendre possession de la voiture qu'il avait louée pour lui-même. Il fila vers Victoriaville à toute allure et fit le trajet en moins d'une heure. Il connaissait un peu le coin pour avoir déjà assisté au Festival de musique actuelle à quelques reprises. Il avait toujours trouvé ironique qu'un événement aussi avant-gardiste ait lieu dans un coin aussi perdu.

Il avait repéré l'emplacement de l'imprimerie sur une carte de la ville et se stationna devant celle-ci quelques minutes avant sept heures. L'endroit était désert. Les premiers employés se présentèrent vers sept heures vingt, à la grande satisfaction de Stéphane. Non seulement l'imprimerie était fermée durant la nuit, mais elle ouvrait relativement tard. Cela lui laisserait plus de temps pour faire son travail.

Son dernier repas remontant à plus de quatre heures, il s'offrit un nouveau petit-déjeuner plus solide dans un restaurant du coin, arrosé de plusieurs cafés. À neuf heures, il se présenta à l'hebdomadaire local, après s'être rasé dans la voiture avec un rasoir électrique. Un veston et une cravate venaient compléter son personnage de jeune homme d'affaires dynamique et ambitieux.

Il servit au directeur de l'hebdo le petit numéro qu'il avait répété avec Marc. Il venait de fonder une entreprise et comptait acheter de l'espace publicitaire au journal local, en échange d'une couverture journalistique bienveillante, comme c'était la pratique dans le milieu.

«C'est parfait, conclut Stéphane après une courte discussion. Notre campagne publicitaire va pouvoir couvrir l'ensemble du territoire métropolitain avec votre journal. Vous avez combien de journalistes pour la ville seulement?

– *Le Clairon* est un hebdo sérieux. Nous sommes trois. Plus un petit nouveau qui va commencer la semaine prochaine.

– J'aimerais bien connaître vos journalistes. Vous avez leurs noms, ou encore leurs cartes d'affaires ?

– Ouais, je dois avoir des cartes du journal. À Victoriaville, on ne s'en sert jamais, car tout le monde nous connaît.

– Est-ce que *Le Clairon* est imprimé à l'imprimerie Leduc ?

– Non, ils ont trop de contrats d'impression de la ville, et puis, il y a Loto-Québec qui est un de leurs gros clients. De toute façon, nous faisons partie du groupe Transbecor, on n'a pas vraiment le choix de notre imprimeur. Ça ne nous empêche pas de parler à l'occasion de l'imprimerie Leduc, remarquez. Justement, ils seraient mûrs pour qu'on fasse leur portrait d'entreprise annuel ! Tenez, notre carte d'affaires. »

Stéphane l'accepta avec un grand sourire. Il avait maintenant tout ce qui lui fallait pour la suite de son plan. Il serra chaleureusement la main du directeur et quitta les lieux sans s'attarder.

L'étape suivante consistait à se présenter directement à l'imprimerie Leduc, en prétextant un reportage pour l'hebdo local. Il avait songé à prendre rendez-vous à l'avance, ce qui aurait été plus crédible, mais le risque d'une vérification était trop grand. Il tenterait de faire passer la maladresse de sa démarche sur le compte de l'inexpérience.

La chance lui souriait. Le propriétaire était en voyage et le directeur était un bon bougre pas méfiant pour deux sous. Stéphane lui parla du portrait d'entreprise annuel qui devrait paraître dans le journal local. Le directeur s'étonna de voir un journaliste inconnu se présenter ainsi à l'improviste.

« C'est parce que je suis le nouveau. J'aimerais bien impressionner M. Gilbert. J'ai vu les maquettes des prochains numéros au bureau et je me suis dit que je pourrais prendre les devants, histoire de ne pas me retrouver aux chiens écrasés…

– Comme ça, on a de l'ambition ? approuva le directeur. D'habitude, c'est M. Leduc qui s'occupe de recevoir les journalistes…

– Personnellement, j'ai toujours eu plus de sympathie pour les hommes de terrain… »

Le directeur mordit à l'hameçon. Il savait très bien qu'il était le pilier de cette entreprise et il méritait, pour une fois, d'avoir son nom dans le journal.

« D'accord ! Viens-t'en, le jeune, je te fais faire la tournée. »

La visite se déroula dans la bonne humeur et Stéphane se fit un point d'honneur de se montrer passionné par tout ce que disait le directeur. Il enregistrait mentalement la disposition des lieux et portait attention aux moindres détails. Il nota par exemple qu'il n'y avait pas de caméras de surveillance. Il trouva enfin ce qu'il cherchait : une porte munie d'un dispositif d'ouverture par carte magnétique. Il tenta de garder un air détaché en demandant :

« Qu'est-ce que c'est ?

– C'est là qu'on imprime le matériel pour Loto-Québec et le casino. Il n'y a que moi et deux de mes hommes qui peuvent y aller…

– On va pouvoir prendre des photos ?

– Je ne pense pas. Je peux demander la permission aux gens de Loto-Québec.

– Dans le fond, ce sont des presses comme les autres ? »

Stéphane fit l'indifférent, posa quelques questions banales, puis revint à l'attaque.

« Je pourrais jeter un coup d'œil ? De loin et avec vous...

– Si tu n'entres pas... », répondit le directeur, bon prince.

Il passa sa carte dans le lecteur et appuya sur trois touches du petit clavier numérique. Stéphane les enregistra mentalement. Le directeur ouvrit la porte et laissa le jeune homme regarder.

« Ça va, merci. Vous aviez raison, il n'y a rien de spécial. Merci beaucoup, je vais vous appeler pour le photographe. Vous avez été très sympathique, monsieur, vous ne pouvez pas savoir le coup de pouce que vous venez de donner à ma carrière ! »

Stéphane serra la main du directeur avec vigueur et se permit même de lui taper l'épaule de son autre main. Un peu plus et il lui faisait l'accolade. Le bonhomme sembla trouver toute naturelle cette marque d'affection de la part d'un inconnu. Il ne remarqua pas la disparition de son portefeuille.

La chance continuait de sourire à Stéphane. Il se dépêcha de quitter les lieux et alla louer une chambre de motel. Complètement épuisé par sa nuit blanche, il dormit jusqu'en fin de soirée. Il se réveilla, frais et dispos, prêt à passer à l'étape cruciale de son plan.

Il retourna discrètement à l'imprimerie, plongée dans l'obscurité. Le gros chien de garde qu'il avait aperçu le matin était là, bien réveillé. Il avait prévu le coup. Il lui lança une belle boulette de viande hachée assaisonnée au Valium. Le chien ne résista pas longtemps à la tentation et, après quelques minutes, il roupillait du sommeil du juste.

Stéphane eut l'occasion de mettre en pratique certaines compétences acquises durant ses années de prison. Par exemple, l'art de crocheter une porte. Il manquait d'expérience, mais en vint tout de même à bout après quelques minutes. Il soupira de soulagement en constatant que la serrure n'était pas reliée à un système d'alarme.

Il utilisa la carte dérobée au directeur pour se rendre jusqu'à la section abritant les presses de Loto-Québec. Là, il trouva des grandes feuilles prêtes à être découpées sous forme de cartes. Il pouvait enfin se mettre à l'œuvre.

♠

Antoine, ayant aperçu sa fille sur les écrans de surveillance, décida d'aller lui dire un mot. Emmanuelle se trouvait à une table de baccara et elle semblait d'excellente humeur. Une belle pile de jetons se trouvait devant elle. Elle gagnait, ce qui n'était pas pour plaire à Antoine. Il savait très bien par quels mécanismes le jeu réussissait à accrocher ses victimes.

« Excusez-moi, mademoiselle, dit-il en posant la main sur l'épaule de sa fille.

– Vous ne devez pas déranger les clients, monsieur », le nargua-t-elle.

Elle compléta sa main, encore gagnante, et se leva pour serrer son père contre elle.

« Tu vois, je gagne.

– C'est dans ce temps-là que c'est le plus dangereux… Viens, je t'invite à prendre une bouchée. »

Il l'entraîna loin de la table, comme s'il voulait la protéger d'un danger imminent. Ils passèrent près d'une petite vieille occupée à gaver une machine à sous de pièces de un dollar. Si Antoine avait été plus attentif, il aurait peut-être reconnu l'une des nombreuses incarnations de Monique Parent, mais il désirait avant tout s'asseoir un peu avec sa fille et profiter d'un rare instant de répit. Le déguisement de Monique était fort réussi et échappa également à l'attention des experts du casino.

Le père et la fille s'installèrent au restaurant. Antoine avait besoin de confier ses états d'âme et Emmanuelle l'écouta de bonne grâce.

« Tu te lamentes, mais tu aimes ça comme un fou ! dit-elle, après qu'il lui eut exposé ses remords de conscience.

– Quand tu as passé vingt-cinq ans dans la GRC, le casino, c'est plutôt divertissant, admit-il.

– N'empêche que je te trouve fatigué. Tu travailles beaucoup trop.

– C'est ce que j'aime le plus. Qu'est-ce que tu veux que je fasse tout seul à la maison ?

– Tu es bel homme, fort comme un cheval, tu as toujours eu du succès auprès des femmes...

– Correction, j'étais un mari fidèle. Je ne peux pas en dire autant de ta mère...

– Papa, tourne la page. Ça fait deux ans...

– La page, je l'ai tournée. Ça ne me fait plus trop mal en dedans... mais j'ai encore besoin de me retrouver.

– En tant que ta docteure, je te prescris une nouvelle blonde le plus vite possible. Tu peux la prendre jeune si tu veux, ajouta-t-elle en riant.

– Que ta mère soit tombée amoureuse d'un autre, passe encore. Que ce soit un policier, un chef de police, je suis incapable de le prendre, lâcha-t-il enfin, visiblement encore sous le coup de la frustration. Je suis juste pas capable de l'avaler…

– Je te comprends, mais il faut guérir les peines d'ego comme on guérit les peines d'amour…

– Dis-moi donc… quel âge as-tu pour être aussi sage ? »

Pour toute réponse, elle lui décocha un sourire. Le téléphone d'Antoine sonna à cet instant.

C'était Lalancette qui l'informait qu'une cliente venait de tenter de se suicider dans les toilettes des femmes. Il s'agissait de Monique Parent, qu'Antoine ne connaissait que trop bien.

« Viens, je vais avoir besoin de toi », dit-il à sa fille après avoir rempoché son cellulaire.

Ils se précipitèrent vers les toilettes où avait eu lieu le drame. À leur arrivée, ils virent un surveillant qui avait adossé Monique contre un mur. Ses poignets étaient tailladés et saignaient abondamment. Emmanuelle grommela un juron devant le manque de formation en premiers soins du personnel de sécurité, mais le temps n'était pas aux remontrances.

Elle se dépêcha de retirer la cravate de son père pour faire un premier garrot à la pauvre femme. L'agent eut la présence d'esprit d'ôter la sienne sans qu'on le lui demande pour le second garrot.

« Tenez-lui les bras en l'air par les poignets, ordonna-t-elle en prenant son cellulaire. Ici la docteure Emmanuelle Caron, dit-elle dans l'appareil. J'ai besoin d'une ambulance d'urgence au casino, aux toilettes pour femmes de l'étage principal. Envoyez-moi aussi trois ou quatre unités de sang. »

Dans de pareils moments, l'entraînement professionnel d'Emmanuelle prenait le dessus et elle entrait dans une sorte d'état second où seuls comptaient son patient et les facteurs pouvant influencer sa survie. Elle ne fit plus attention ni à son père ni au reste du personnel. Elle accompagna la pauvre femme dans l'ambulance pour observer son état de santé et effectuer une première transfusion sanguine. Les garrots tenaient bon, mais la malade respirait faiblement. Un choc nerveux avait dû aggraver son état.

Une fois à l'urgence, tout se déroula sans trop de problèmes. Après avoir terminé les points de suture et installé un cathéter au bras de la patiente, Emmanuelle se permit de sortir dans le couloir pour souffler un peu et pour laisser retomber son niveau d'adrénaline. Une femme attendait près de la porte. L'infirmière l'informa qu'il s'agissait d'une psychologue.

« Je suis Maria Delluci, psychologue. Je travaille au casino, au service à la clientèle. Comment va-t-elle ?

– Elle va s'en tirer. Elle est faible, mais elle devrait se réveiller dans une heure et demie environ.

– Est-ce que je vais pouvoir lui parler ?

– Je ne pense pas qu'elle ait envie de parler…

– Cette femme a besoin d'aide. Désespérément. Vous lui avez sauvé la vie, mais si vous ne voulez pas la revoir ici dans quelques mois… »

La psychologue fut interrompue par la sonnerie de son cellulaire. Elle s'éloigna de quelques pas pour prendre son appel. Emmanuelle entendit tout de même la conversation.

« Maria Delluci… À l'urgence. Mme Parent est sauvée… »

La psychologue afficha un air contrarié. Emmanuelle devina qu'elle était en train de se faire passer un savon. Maria reprit la conversation sur un ton ferme.

« Je vous entends. Je suis désolée, mais je reste ici. Cette femme a besoin d'aide. Je n'ai pas encore joint son mari, rien ne dit qu'il va venir à son chevet, elle est désespérée… Elle a tenté de se suicider, savez-vous ce que ça veut dire ? Tenter de se suicider, ce n'est pas un appel au secours, je suppose ? »

Elle coupa la communication sans prendre la peine de saluer son interlocuteur. Emmanuelle fit comme si elle n'avait rien entendu, mais elle éprouva tout de même une sympathie spontanée pour la psychologue.

♠

Pendant ce temps, au casino, Antoine avait demandé à visionner toutes les bobines qui pourraient le renseigner sur ce qui avait pu arriver à Monique dans les instants précédant sa tentative de suicide. Il trouva rapidement ce qu'il cherchait. Une cassette montrait une altercation entre elle et Albert Labrie, un client régulier que l'on soupçonnait d'œuvrer comme usurier au casino. L'individu venait presque tous les jours, jouait habituellement peu et était aperçu à l'occasion en compagnie de Kim Dee Nguyen. Les agents de sécurité lui mirent promptement la main au collet et le convoquèrent au bureau d'Antoine Caron. Ils lui montrèrent l'enregistrement incriminant et attendirent sa réaction. Ils ne pouvaient l'arrêter pour avoir provoqué une tentative de suicide, mais ils espéraient profiter de l'occasion pour lui faire avouer ses activités d'usurier.

« Vous n'avez pas le droit, protesta faiblement Albert.

– Écoute-moi bien, fit Antoine d'un ton menaçant, ça fait des mois qu'on sait que tu prêtes de l'argent dans le casino. On pouvait toujours vivre avec tes combines… mais là, tiens, regarde… t'es la dernière personne à avoir parlé à une femme qui a tenté de se suicider…

– C'est pas défendu de parler à une femme… »

Tiger entra à ce moment, accompagné de deux policiers et d'une inspectrice en civil, Sophie Marchand, une ancienne collègue d'Antoine.

« Vous avez préparé mon colis ? demanda la policière.

– Je vous ai fait un montage vidéo de ses transactions. Vous avez le nom et l'adresse de trois clients qui ont accepté de porter plainte. De plus, une dame a tenté de se suicider ce soir et monsieur est la dernière personne à lui avoir parlé.

– Les policiers vont s'occuper de l'affaire de shylock… mais le suicide, ça me regarde. Si c'est un suicide, hein, beau gosse ?

– Comment, si c'est un suicide ? Certain que c'est un suicide. Hé… vous essayerez pas de me coller un meurtre sur le dos, j'ai rien à voir là-dedans ! »

Albert était tombé dans le piège. Sophie prit Antoine à part et lui demanda s'il était sûr qu'il s'agissait d'une tentative de suicide, ce qu'il confirma sans hésitation.

« Je vais le laisser mijoter quand même, dit-elle avec un sourire. Il va confesser tout le reste pour éviter les problèmes… »

Antoine acquiesça, non sans une certaine fierté. Il avait formé sa jeune collègue à l'époque et constatait que son enseignement était utilisé à bon escient. L'espace d'une seconde, le métier de policier lui manqua cruellement.

Chapitre IV

Thi Tram, malgré ses amours avec Stéphane, trouvait le temps de se tenir à jour dans ses études, mais l'acharnement qu'elle y avait mis depuis sa plus tendre enfance s'était considérablement émoussé. La session était commencée depuis quelques semaines et la passion qu'elle éprouvait habituellement avait fait place à de la distraction. L'image du beau Stéphane s'interposait entre elle et ses livres. La finance et la comptabilité n'ont jamais été particulièrement excitants…

Ce fut un travail pratique qui ranima la flamme de la future comptable. Un professeur avait demandé aux étudiants de vérifier les livres d'une véritable entreprise pour qu'ils puissent se familiariser avec leur métier. Thi Tram s'était tout naturellement adressée à son père afin d'utiliser les rapports comptables de son réseau de pharmacies. Loin d'être découragée par l'ampleur de la tâche (il y avait tellement de livres qu'elle ne pouvait tous les déplacer en un seul voyage), elle s'était découvert une nouvelle passion en constatant de curieuses anomalies dans les chiffres de l'entreprise. Quelqu'un les avait-il maquillés ?

Elle vit d'abord dans ce problème apparent l'occasion qu'elle attendait depuis toujours de se faire valoir aux yeux de son père. Son ardeur au travail redoubla lorsqu'elle identifia la cause probable des anomalies. Elle ne pouvait cependant lui faire part de ses soupçons d'une manière trop directe, car elle risquait d'avoir l'air de vouloir nuire indûment à la personne concernée. Elle allait lui présenter les éléments qu'elle avait recueillis sans émettre d'hypothèse. Elle laisserait ainsi son père échafauder lui-même ses propres théories, quitte à lui révéler la pénible vérité lorsqu'elle aurait plus de preuves, si cela s'avérait nécessaire.

Elle se décida à aborder le sujet un après-midi de semaine où elle n'avait pas de cours et se rendit au bureau de son père. Il n'aimait pas être dérangé au travail, mais elle n'avait pas choisi cet endroit pour rien : elle voulait justement lui signifier qu'il s'agissait d'une question professionnelle.

« Tu as quelque chose à me dire ? demanda-t-il distraitement alors qu'elle se trouvait dans son bureau depuis deux bonnes minutes.

– Si on veut…

– Je n'aime pas ce genre de réponse. Ce sont tes études ?

– Non, c'est autre chose. C'est au sujet de mon travail de recherche pour l'université.

– Nos livres comptables ne doivent pas être si compliqués à vérifier. Tout est correct, non ? »

Il avait posé la question sur un ton désinvolte, mais son regard se fit plus attentif en voyant l'expression de sa fille. Malgré son air soucieux, Thi Tram sentit une bouffée de joie l'envahir intérieurement. Enfin, son père commençait à la prendre au sérieux.

« J'ai passé les derniers jours à vérifier les états comptables des compagnies d'import-export et des pharmacies, ainsi que mon prof me l'a montré.

– J'ai hâte que tu aies enfin ton diplôme, personne ne devrait fouiner dans nos livres en dehors de la famille. Il y a bien assez des bandits de l'impôt.

– Je retiens de toi, répondit-elle, encouragée par la disposition inhabituelle de son père à son égard. J'ai le sens des chiffres. Je lis les colonnes de chiffres comme si c'était un roman d'amour. Je trouve ça beau, avoir des chiffres dans la tête.

– Quand on a quitté le Viêtnam, personne n'a pris avec lui ses livres comptables. Ce qu'on a réussi à emporter n'était écrit nulle part... Qu'est-ce que tu as vu ?

– Quelque chose cloche. Les livres ont été bien maquillés, mais il manque au moins trois cent mille dollars dans les transactions internationales. Et au moins cent mille dans les transferts entre les pharmacies. Des sommes se sont volatilisées...

– Quatre cent mille ! s'exclama le vieux Nguyen. C'est énorme ! D'où ça peut venir ? Le nouveau comptable ? Ça ne remonte quand même pas à Armand Dumas ?

– Le nouveau comptable est un incompétent, répondit-elle avec aplomb. Il ne sait même pas encore que l'argent a été sorti des compagnies. Tu devrais le foutre à la porte, de toute façon.

– As-tu une idée de ce qui s'est passé ?

– Pas encore, mentit-elle. Ça peut être très compliqué. Il y a tellement de façons de sortir de l'argent d'une compagnie comme la nôtre. Chaque pharmacie appartient à un franchisé indépendant, qui achète ses produits de notre réseau de distribution, qui se fournit auprès de nos compagnies d'import-export… Je suis sûre d'une chose : le maquillage a été bien fait, par quelqu'un qui connaît bien les rouages de l'entreprise et qui a accès aux livres. »

Rien dans ce qu'elle venait de dire n'aurait pu être déduit par son père lui-même, mais le coup avait porté. Elle pouvait observer dans son regard les soupçons qu'elle avait fait naître.

♠

Une réunion spéciale avait lieu à la direction du casino. La tentative de suicide de Monique Parent en avait dérangé plus d'un et certaines réactions avaient pris Maria de court. La directrice, Marie-Ève Turcotte, lui apparut comme un bel exemple de transfert de culpabilité. Mme Parent, en attentant à ses jours dans le casino, accusait symboliquement l'établissement d'être responsable de ses malheurs. Marie-Ève, par ses fonctions, ne pouvait accepter cette culpabilité ; elle la rejetait donc sur Maria en lui reprochant de s'être déplacée pour rendre visite à Monique dans sa chambre d'hôpital. La psychologue subissait un sermon qu'elle considérait comme absolument injuste et d'autant plus humiliant que la directrice la prenait à partie devant ses collègues et plus particulièrement devant Antoine Caron, dont le respect professionnel lui tenait à cœur.

« C'était entendu, ronchonnait la directrice. Le casino offre les services d'une psychologue pour aider les joueurs qui en ont besoin. Mais ça se passe ici et il n'est pas question de faire un suivi en dehors du casino. Les risques sont trop grands.

– Mais quels risques ? C'est un cas exceptionnel, nous n'avons pas des tentatives de suicide dans le casino toutes les semaines.

– Le simple fait d'offrir les services d'une psychologue, expliqua doucement Antoine, c'est reconnaître les dangers du jeu.

– Nous vivons une situation particulière, tu dois le savoir mieux que quiconque. Nous existons pour que l'argent des joueurs retourne à l'État au lieu de se retrouver à l'étranger ou dans les mains de la mafia.

– J'ai très bien compris, rétorqua Maria. Il s'agit d'empocher le plus d'argent possible sans créer de problèmes encore plus coûteux au gouvernement…

– Le gouvernement, c'est le monde ordinaire, dit Antoine.

– Tant que tout se passe ici, on garde le contrôle, ajouta Marie-Ève. J'ai pas le goût de retrouver nos histoires dans les journaux ou à la radio.

– Tout ce que je demande, c'est le droit à l'exception. Monique Parent est dans une situation de désespoir. Elle est en danger, elle reste en danger.

– Maria, reprit Antoine d'une voix douce, tous les obsédés du jeu sont en danger. Penses-tu que c'est notre première tentative de suicide ? Crois-tu que c'est le premier ménage qui sera brisé à cause du jeu ?

– Mais notre travail…

– Notre travail, reprit la directrice, c'est de gérer cette entreprise, c'est de faire compétition aux grands casinos de Las Vegas et d'Atlantic City. Notre travail, c'est le jeu.

– Je ne peux accepter…

– Lis ça, dit Marie-Ève Turcotte en pointant une liste devant elle. Ce sont les cent trente-cinq psychologues qui se sont portés candidats pour ton poste. À ta place, avant de prendre une décision, je réfléchirais encore un peu. »

Cette fois, la brutalité de l'argument laissa Maria sans voix. Elle jeta un coup d'œil à Antoine, qui lui parut mal à l'aise devant la dernière déclaration de sa supérieure. Il demeura cependant neutre et ne dit plus un mot du reste de la réunion, qui s'acheva rapidement. On avait vidé la question.

Antoine alla rejoindre Maria à son bureau peu après. Elle avait l'air sérieusement secouée. Il s'en voulait un peu de ne pas l'avoir défendue, mais il savait très bien que cela n'aurait fait qu'envenimer la situation. Elle leva les yeux vers lui et sembla s'apaiser un peu. Il sentit une bouffée de chaleur l'envahir en observant le sourire qui se dessinait sur le visage de la psychologue.

« Non, je ne vous en veux pas, monsieur Caron », dit-elle.

Il tiqua devant son entêtement à le vouvoyer tout en admirant sa perspicacité. Elle avait un talent naturel pour exercer son métier, mais souffrait d'un excès de sensibilité face aux problèmes de ses clients. Pourtant, cette sensibilité n'était-elle pas nécessaire ? Il lui fallait apprendre à se protéger, tout en préservant sa merveilleuse empathie. Il s'assit devant elle et inspira profondément. Maria, qui lisait en lui comme dans un livre, se fit attentive.

« Tu sais, Maria, dit-il enfin en choisissant soigneusement ses mots, quand j'étais dans la police, il m'arrivait par moments de ne plus savoir où j'en étais. La plupart de mes collègues ne se posaient pas beaucoup de questions et je m'arrangeais pour ne pas trop étaler mes états d'âme. Mais, parfois, je tombais sur un cas vraiment pathétique. Des petits gars à peine majeurs, complètement perdus, qui n'avaient pas réfléchi deux secondes aux conséquences de leurs actes. Des enfants sans père, qui s'étaient battus toute leur adolescence juste pour survivre et qui se faisaient prendre à tuer un caissier de dépanneur pour trente-cinq piastres. Dans les journaux du lendemain, on voyait leur photo, leur mine sinistre, avec des gros titres rageurs qui les présentaient comme des bêtes sauvages. Une nuit en cellule, ça change un visage. Mais moi, la veille, je les avais vus bouleversés, au bord de l'effondrement. Ils savaient qu'ils venaient de franchir un point de non-retour, mais personne n'avait jamais pris la peine de leur montrer la bonne direction. Il fallait que je fasse mon travail, leur passer les menottes, leur faire comprendre qu'ils n'avaient plus aucune chance de s'en sortir. Au fond de moi, j'avais juste envie de les prendre dans mes bras. Je suis sûr que si quelqu'un les avait pris dans ses bras au bon moment, juste une fois dans leur vie, ils auraient évité la prison… »

À ces mots, sa voix s'érailla. Il n'avait pas l'habitude de s'ouvrir ainsi. Il déglutit péniblement. Maria ne laissa pas le silence s'installer.

« Je suis sûre que vous étiez un bon policier.

– Oui, je pense, mais ce que je voulais dire, c'est que je ne pouvais pas me permettre de me laisser attendrir. Il était déjà trop tard pour eux. Rendu là, il fallait être ferme. J'avais la société à protéger, mais il fallait aussi que je me protège moi-même, pour bien faire mon travail.

– Qu'est-ce que vous essayez de me dire ?

– Je veux dire que tu ne peux pas te permettre de couler avec tes clients. Je respecte beaucoup ta sensibilité, mais je pense que tu devrais cesser de prendre le poids du monde sur tes épaules. Une psychologue en dépression, ça fait un cordonnier très mal chaussé, tu ne penses pas ?

– Je ne pense pas que ça m'empêche de me déplacer pour rendre visite à Monique Parent, protesta Maria.

– Je n'ai jamais dit ça. Quant à Mme Turcotte, elle ne peut pas t'empêcher de faire ce que tu veux en dehors des heures de travail, dit-il avec un air entendu. Et puis, juste en passant, je te rappelle que le médecin traitant de Mme Parent est ma fille Emmanuelle. Ce n'est pas elle qui va te dénoncer ! Si je t'ai raconté tout ça, c'est que j'avais peur que tu te laisses miner par toute cette histoire…

– Avouez qu'il y a de quoi…

– Peut-être. Mais j'ai vu pire. »

Maria haussa les sourcils, intriguée. Antoine se leva, sous le coup d'une impulsion subite.

« Viens, je vais te montrer quelque chose. »

Il l'emmena dans son propre bureau et ordonna qu'on ne les dérange pas. Il sortit deux cassettes vidéo d'un tiroir et inséra la première dans son magnétoscope. C'était un enregistrement d'une caméra de surveillance placée dans le stationnement intérieur. Le contenu remontait à plus de trois ans, avant l'embauche de Maria. Antoine lui indiqua de surveiller le coin inférieur droit de l'écran.

Un homme traversa l'image et se rendit à sa voiture, dans le coin désigné par Antoine. Il s'installa au volant, mais laissa sa portière ouverte et ne démarra pas la voiture. Maria pouvait voir son air hébété à travers le pare-brise. Au bout de deux longues minutes, il sortit quelque chose de sa boîte à gants. C'était un revolver. Maria ne put s'empêcher de poser sa main sur l'épaule d'Antoine, pressentant ce qui allait se passer. L'homme inséra le canon de l'arme dans sa bouche, hésita encore quelques secondes. Maria resserra sa prise sur Antoine. L'homme appuya sur la détente. Sa cervelle éclaboussa sa voiture, le pare-brise et le pilier de béton du côté de la portière ouverte. Antoine appuya sur le bouton d'arrêt. Les deux collègues demeurèrent silencieux un moment.

« Ce n'est pas le seul, finit par dire Antoine, mais celui-là, c'est moi qui l'ai trouvé.

– C'est tragique.

– Oui, j'imagine que c'est le bon mot. Sauf que la tragédie continue. Je vais te montrer une autre cassette.

– Je ne suis pas sûre que…

– Rassure-toi, il n'y a rien de bouleversant sur celle-là. »

L'autre bande montrait une table de black-jack comme il y en a des dizaines dans le casino. La date indiquait que l'enregistrement était récent. Les joueurs étaient concentrés, l'ambiance paraissait bonne, si on faisait abstraction de la curieuse absence de sourires qui caractérisait la clientèle de l'établissement. L'un des joueurs, un beau jeune homme à l'expression déterminée, avait accumulé un pile impressionnante de jetons.

« Celui-là a l'air d'avoir une bonne soirée, commenta Maria.

– C'est vrai, il est très chanceux. Il a gagné quelques dizaines de milliers de dollars depuis deux mois. À ton avis, est-ce qu'il peut continuer à gagner indéfiniment ?

– C'est statistiquement impossible. Tôt ou tard, les probabilités reprendront le dessus et il va se mettre à perdre à un taux comparable à la moyenne. C'est d'ailleurs plutôt étonnant qu'il ait gagné autant sur une période aussi étendue. D'habitude, les gains importants se font sur un seul tirage ou sur une suite de tirages particulièrement chanceuse.

– Bien dit. Mon service l'a à l'œil. D'après toi, que va-t-il se passer quand il va se mettre à perdre ?

– D'après mes connaissances et l'avis des experts, plus un individu a été chanceux lors de ses premières expériences de jeu, plus sa perception de la réalité est faussée. Il se croit probablement invulnérable et s'imagine avoir le contrôle de la situation. Il a recours à un système de comptage complexe et à des martingales étriquées. Lorsque son système lui fera défaut, il se mettra à paniquer et perdra toute discipline. À moins qu'il n'ait réellement trouvé une façon de gagner à coup sûr.

– Si c'est le cas, nous le découvrirons. Maintenant, je vais te dire une chose que je suis le seul à savoir pour l'instant. Ce jeune homme, c'est le fils du suicidé de l'autre cassette. »

Maria demeura bouche bée devant cette révélation. Elle savait que bien des joueurs compulsifs vivaient une forme d'autochâtiment à travers leurs habitudes de jeu, mais elle avait rarement vu un pareil cas de masochisme.

« Tu imagines ce qui peut se passer dans la tête de ce garçon ? reprit Antoine. Ça fait quelques semaines que je le surveille. Il a le regard dur, il ne s'occupe de personne, il est totalement concentré sur ce qu'il fait.

– Il compte les cartes ?

– Sûrement, mais ce n'est pas illégal en soi. J'espère seulement qu'il va se fatiguer de lui-même. Je n'ai pas envie de lui causer de problèmes. Ça me décourage de voir un jeune homme plein d'avenir se torturer comme ça.

– Plein d'avenir ? Comment pouvez-vous dire ça ?

– Je me suis renseigné un peu… C'est l'ex de Sandra Johnson, la chanteuse du bar du casino. On m'a dit que c'était un pianiste brillant. Sa carrière a été interrompue quand on l'a arrêté aux États-Unis. Il a passé trois ans en prison avant d'être relâché. Les accusations avaient été retirées. Il n'a pas assisté aux funérailles de son père.

– Ça cadrerait avec son attitude actuelle. S'il revient ici continuellement, c'est qu'il n'a pas fait son deuil, c'est évident.

– Je fais quoi ? Je ne vais quand même pas l'aborder et lui dire que je m'inquiète pour lui ? Je n'ai pas le choix. Il faut que je le laisse aller, quitte à le regarder se détruire. Tu comprends ce que je voulais dire, maintenant ? Il y a des moments où il faut laisser son cœur à la maison… »

La voix d'Antoine s'était étranglée une fois de plus. Maria l'observa sous un jour nouveau. Elle se rendit soudainement compte que cet homme qu'elle avait pris pour un roc traversait une période difficile. Il avait joué les figures paternelles trop longtemps et, derrière tous ces conseils qu'il prodiguait, se trouvait un homme en profonde remise en question. Elle prit conscience à cet instant qu'elle éprouvait peut-être plus que du respect à son égard.

♠

Monique flottait dans une sorte de brouillard de l'âme. Elle pouvait voir les murs de sa chambre d'hôpital avec clarté et, si chaque détail de son existence apparaissait à sa conscience avec une netteté inhabituelle, une espèce de voile camouflait ses émotions. Elle était comme engourdie, incapable de ressentir la moindre joie ou la moindre douleur. Elle errait sur ces terres grisâtres où vont ceux qui ont renoncé à la vie mais ont échoué à se donner la mort. On ne reste pas longtemps dans cette zone crépusculaire, et la voix de sa docteure, Emmanuelle Caron, vint briser le silence qui l'habitait.

«Alors, ça va mieux?» demanda la jeune femme, visiblement sincère.

Monique reprit alors contact avec la réalité, comme si deux fils électriques s'étaient reconnectés. Non, ça n'allait pas mieux. Ça allait très mal et rien n'indiquait que ça irait mieux. Si personne ne lui avait posé la question, elle ne se la serait pas posée elle-même, du moins pas dans l'immédiat, mais le seul fait d'avoir à se demander «comment je vais?» lui fit monter les larmes aux yeux. Elle s'efforça cependant de répondre.

«Je me sens pas très en forme.

– C'est normal. Vous avez bien mangé, vous allez reprendre vos forces, vous allez voir, ça va aller vite...

– Je suis pas certaine que j'ai le goût que ça aille vite...

– Pression stable... sutures bien cicatrisées... vous guérissez comme une championne. Reste à savoir si le moral suit...

– Je suis découragée... mon mari... j'ai perdu mon mari... j'ai plus rien...

– Votre mari a téléphoné. Il s'est informé. Il va venir vous voir aujourd'hui.

– Je veux pas qu'il me voie comme ça…

– On va vous apporter de quoi vous maquiller, vous faire une beauté… Madame Parent, cette fois, on vous a sauvée. La prochaine fois, rien ne dit que vous allez être aussi chanceuse. Moi, je peux vous coudre partout dans le corps, mais je peux pas m'occuper de ce qui vous fait mal en dedans… vous me comprenez ?

– C'est comme un feu… je suis toujours certaine que je vais gagner… je peux pas résister. C'est vous qui pouvez pas comprendre.

– En tout cas, j'en ai une bonne idée. Pas mal plus que vous le pensez… Tenez, l'infirmière vous a apporté du rouge à lèvres et un peu de poudre… »

Emmanuelle aida Monique à se refaire une beauté, ou plutôt à réduire les dégâts causés par le récent désastre, telle une grande sœur donnant des leçons de maquillage à sa cadette. Quand le résultat leur parut acceptable, Emmanuelle la laissa se reposer et Monique finit par s'assoupir, grâce à l'effet des calmants qu'on lui avait donnés.

Le contact d'une main sur la sienne la tira du sommeil. Maurice, son mari, était là, dégageant un calme qui la rassura. Elle sentait bien pourtant que c'était le sens du devoir qui l'amenait près d'elle et non le souvenir lointain de l'amour qu'il avait jadis eu pour elle. Maurice, par sa profession d'avocat, savait quels gestes faire en toutes circonstances pour n'avoir rien à se reprocher par la suite.

« Maurice…

– Je n'ai pas pu venir avant.

– Ça va mieux. Un peu.

– Je le sais. Mais tu vas commencer par te remettre sur pied. Après, on réglera les problèmes.

– Tu dois te demander ce que tu fais avec moi.

– Disons qu'on est loin de la femme que j'ai mariée.

– Si tu veux divorcer, je te ferai pas de trouble.

– Écoute, on ne parlera pas de divorce dans une chambre d'hôpital quand tu récupères d'une tentative de suicide. Il y a bien d'autres problèmes à régler avant.

– Je vais faire ce que tu veux.

– Tu vas suivre une thérapie, une vraie. Avec des spécialistes, ça coûtera ce que ça coûtera.

– Je sais pas si je vais être capable.

– Il le faut. Divorce ou pas, les enfants méritent mieux qu'une mère accro du jeu.

– Appelle-moi pas comme ça, gémit-elle. Les enfants, tu leur as dit?

– Je leur ai dit que tu avais été malade. Une chute de pression. Je ne pense pas que Nadia ait cru à mon histoire. À treize ans, c'est plus difficile de leur en passer.

– Mes cicatrices… ils vont les voir…

– On va leur dire que ce sont les marques des transfusions…

– Quand est-ce que je vais les voir?»

Maurice sourit et se rendit à la porte.

«Venez, soyez sages.»

Ses deux fils, de sept et neuf ans, s'avancèrent timidement vers elle. L'aînée était absente, mais la présence des deux cadets la bouleversa. Un sentiment d'indignité lui perça cruellement le cœur. Elle avait envie à la fois de se cacher et de les prendre dans ses bras. Ils étaient peut-être les deux seules personnes sur terre dont elle pouvait encore espérer de l'affection. Elle tendit les bras vers eux et pleura dans leurs cheveux.

♠

La curieuse idylle entre Stéphane et Thi Tram poursuivait son cours. Ils se voyaient un peu moins souvent depuis le début de la session universitaire, ce dont Stéphane ne se plaignait pas. Il commençait à se lasser du jeu de la petite Asiatique mais, en même temps, elle exerçait sur lui une étrange fascination. Elle parlait constamment de sentiments tout en jouant la carte de l'érotisme, sans jamais lui céder ses faveurs.

Il était allé trop loin pour faire demi-tour. Il savait qu'elle se leurrait sur les sentiments qu'il éprouvait pour elle, mais elle l'avait suffisamment titillé depuis deux mois pour qu'il estime avoir droit à son dû. Il savait très bien qu'il n'avait qu'à lui murmurer les trois petits mots magiques à l'oreille pour qu'elle écarte les cuisses, mais il préférait la laisser se convaincre par elle-même qu'il était trop timide pour s'y résoudre. Après tout, la plus grande partie du travail de séduction d'un homme consistait à éviter de dissiper les illusions de l'objet de son désir.

Cette fois-là, ils s'étaient donné rendez-vous au chalet de la famille Nguyen, une résidence secondaire très confortable qui valait plus que bien des résidences principales de la classe moyenne. Thi Tram semblait compenser son refus de l'acte sexuel en s'acharnant à rendre leurs soirées aussi parfaites que possible. Elle lui mitonnait de bons petits plats à la vietnamienne, établissait avec soin une ambiance feutrée, propice aux confidences et aux déclarations d'amour. S'il avait fait l'erreur de parler de son plan concernant le casino, il avait cependant réussi à éviter de s'engager de quelque façon que ce soit sur le plan sentimental.

Chaque fois, ils terminaient la soirée avec quelques vêtements de moins sur le dos, quand Thi Tram décidait qu'elle ne pourrait retenir les ardeurs de Stéphane plus longtemps. Ce soir-là, elle avait poussé l'audace jusqu'à le faire se déshabiller complètement pour lui prodiguer un massage, au demeurant très agréable. Il se demandait si le grand soir était enfin arrivé, quand, fidèle à ses récentes habitudes, elle déclara :

« Va falloir y aller bientôt. »

Si Thi Tram avait pu voir l'expression de Stéphane, elle aurait peut-être compris qu'elle approchait dangereusement des limites de sa patience.

« C'est rendu compliqué, dit-il. Kim Dee, ton père, le casino.

– C'est vrai ce que tu m'as raconté ?

– Oublie ça. On parle trop quand on ne fait pas l'amour. Thi Tram, tu es en train de me rendre fou. C'est un supplice, ce que tu me fais. Je peux même pas me retourner.

– J'espère bien ! se moquait-elle. Tu veux vraiment faire sauter le casino ?

– As-tu connu mon père ? Tu étais une toute petite fille quand il a commencé à travailler chez Nguyen. C'était un homme formidable. C'était toujours joyeux à la maison… »

Pour une rare fois, il s'ouvrait un peu à elle, ce qui sembla la toucher. Elle ne pouvait pas savoir qu'il se mentait à lui-même au sujet de son père, que celui-ci avait négligé sa mère durant la majeure partie de leur mariage, que sa bonne humeur occasionnelle était surtout due au scotch et qu'il était un homme totalement dénué d'imagination, incapable d'apprécier l'immense talent de son fils. Sa mort brutale et, surtout, le dernier regard qu'il avait posé sur lui, empli de doute et de déception, avaient effacé tous les mauvais souvenirs, laissant place à une image idéalisée d'un homme qui ne valait certainement pas les risques que son fils s'apprêtait à courir. Le mythe d'Armand Dumas hantait Stéphane et allait dicter sa conduite jusqu'à un dénouement logique.

« Je sais, je suis au courant de ce qui s'est passé, dit-elle au bout d'un moment, sensible à son tourment.

– Il a tout perdu. Moi, j'étais pris dans ma cellule en Floride. Il avait même emprunté sur ses polices d'assurance-vie. Ma mère s'est retrouvée sans rien…

– Tu ne récriras pas l'histoire. Penses-tu que mon père n'a pas été obligé de tout oublier quand il est arrivé au Québec ? Là-bas, il était propriétaire d'une trentaine de pharmacies. Le premier lundi de son arrivée, il travaillait comme commis à l'étalage chez Pharmacopie. C'est ton père qui a perdu, c'est pas le casino qui l'a volé.

– Ils le savent ce qui se passe. Ils savaient pour mon père. Il a tenté de se faire autoexclure deux fois. Ils s'en foutent. Ils se pensent au-dessus de tout.

– Il est tard, oublie donc. Il y a juste dans les films de mafia que la vengeance est honorable…

– Toi, c'est quoi ton avenir ?

– Faire l'amour avec toi. Tous les jours… jusqu'à quatre-vingt-cinq ans ! »

Il demeura un peu perplexe devant cette déclaration, qui expliquait probablement pourquoi elle n'était pas pressée de s'y mettre.

« Quand est-ce que la loi vietnamienne va nous le permettre ? se risqua-t-il à demander.

– Pourquoi les Québécois sont-ils si pressés ? Je vais prendre soin de toi comme ma grand-mère a pris soin de mon grand-père.

– C'est un bon programme, concéda-t-il, mais, pour le casino, essaie pas de m'empêcher.

– Arrête, embrasse-moi au lieu de parler. Je suis toute douce, toute chaude. J'ai les mains encore pleines d'huile. »

Il s'autorisa à se retourner – il est difficile d'embrasser quelqu'un allongé sur le ventre –, sans se soucier de cacher son sexe. « Qu'elle voie donc l'effet qu'elle me fait, se dit-il, cela la décidera peut-être à passer à l'action. » Ils s'embrassèrent longuement, avec passion, puis, juste quand il commença à espérer, elle se remit à discuter comme si de rien n'était.

« Je suis tellement heureuse. Je me sens une vraie Québécoise. Je me marierais et j'aurais une flopée d'enfants.

– On a le taux de natalité le plus bas au monde ! Mais ça ne fait rien, je jouerais aux cartes le soir pendant que tu coucherais les enfants et je reviendrais à la maison pour t'enlever ta robe et te faire l'amour. Ouais, c'est pas mal comme vie...

– Mais ça n'arrivera pas comme dans le rêve. Pas tout de suite. Mon père va avoir besoin d'aide. Je ne pense pas que mon frère soit l'homme qu'il faut... pour la relève.

– Tu me caches des choses...

– Je ne suis certaine de rien. J'aime mieux attendre...

– Tu m'intéresses.

– Disons que j'ai constaté des failles dans les finances de l'entreprise...

– Ah ! Fiston avait besoin d'un peu d'argent de poche ?

– Kim Dee va mal finir...

– Je ne sais pas combien ton père le paye, mais il conduit une Ferrari et il doit sniffer pour mille dollars de coke par jour.

– Il ne consacre même pas vingt heures par semaine à la compagnie. Il a des filles qui travaillent pour lui, une espèce d'agence d'escortes, des putes de luxe.

– Les vraies affaires de Kim Dee, c'est la coke. C'est aussi payant que c'est dangereux.

– Tu ne devrais jamais lui tenir tête. Il est fou. Tu n'as pas idée de son orgueil. Tu n'es pas vietnamien, tu ne peux pas savoir.

– Je ne peux pas céder, sinon aussi bien dire qu'il va contrôler nos vies.

– Je ne t'ai rien dit. La seule chose que je veux, c'est que mon père prenne conscience de tout ce que je suis capable de lui apporter.

– On a chacun son destin. Ça sonne comme des grands mots mais c'est vrai.

– Toi, ton destin, c'est le casino ? Venger ton père ? Ça ne te le redonnera pas. Ta mère va continuer à vivre avec son nouveau chum. Puis toi, tu vas payer quel prix ?

– Thi Tram, je veux être heureux dans la vie. Je ne le serai pas tant que je n'aurai pas réglé mes comptes. Un moment donné, un homme arrive au pied du mur. Il peut en faire le tour, il peut le défoncer ou il peut essayer de sauter par-dessus. Ou bien encore, il peut s'asseoir devant et ne rien faire.

– Tu as vingt-huit ans, du talent, la vie devant toi. Tu ne pourrais pas laisser dormir les morts, non ?

– J'ai ça en dedans de moi. Je dois le faire. »

La tournure sérieuse qu'avait prise la conversation avait refroidi l'atmosphère. Stéphane alla prendre une douche, seul, et ils quittèrent les lieux, songeurs.

♠

Maria Delluci s'était permis d'inviter Antoine à dîner à l'un des restaurants du casino, pour des raisons purement professionnelles, bien entendu. La psychologue semblait préoccupée. Elle lui parlait du projet de politique de prévention qu'elle voulait proposer à la direction, même si elle se doutait bien qu'elle devrait faire face à de la résistance, d'autant plus que sa position s'était affaiblie depuis le savon qu'elle avait subi lors de la dernière réunion. Antoine, qui buvait ses paroles, sentait qu'elle voulait en arriver à autre chose.

« Vous êtes gentil de m'écouter, fit Maria en se rendant compte qu'elle avait parlé presque sans interruption tout le long du repas.

– *Tu* es gentil de m'écouter, corrigea-t-il. Je ne suis quand même pas si vieux.

– Vous n'êtes pas vieux, au contraire, je m'épuise à essayer de vous suivre. Mme Parent m'a rappelée, reprit-elle au bout d'un silence. Elle veut me voir.

– Au casino ?

– Non, dans un restaurant. Et je vais aller à ce rendez-vous. »

Elle le regarda avec un air de défi dans les yeux. Toutefois, Antoine devina qu'elle cherchait une approbation.

– Et pourquoi tu me le dis ?

– Parce que j'ai confiance en vous. Je vous sens solide, mais sensible.

– Tu as bien fait, ta confiance me touche. J'aime parler avec toi.

– Les psychologues savent écouter, plaisanta-t-elle.

– Ça n'a rien à voir avec la psychologie. Si je voulais jaser avec des psychologues, ça serait facile, j'ai une couple de chums là-dedans...

– Vous avez traversé votre divorce sans vous faire aider? On m'a dit que l'expérience avait été pénible?

– Bon, ça potine dans les bureaux! s'exclama-t-il, amusé, bien qu'un peu gêné. Je me suis dit que ce qui arrivait devait arriver, pour le meilleur. Aujourd'hui, je me sens mieux. J'ai compris qu'aimer une femme ne veut pas dire faire ce qu'elle veut.

– Moi aussi, j'aime bien parler avec vous. C'est vrai ce que vous venez de dire. J'ai remarqué que, entre ce que les femmes disent vouloir d'un homme et ce qu'elles s'arrangent consciemment ou non pour obtenir, il y a une énorme différence. C'est probablement la raison pour laquelle on se permet de traiter aussi souvent les hommes de menteurs, mais au fond on se ment surtout à nous-mêmes. »

Antoine trouva cette déclaration des plus honnêtes et porteuse de développements intéressants. Il s'apprêtait à demander à Maria quelles pouvaient être ses propres attentes envers les hommes, quand le téléphone cellulaire de celle-ci sonna.

« Allô... Madame Parent? Oui... »

Antoine lui fit un clin d'œil pour la rassurer. Il garderait le silence.

♠

Le lendemain soir, Stéphane profita d'un instant de répit dans sa relation avec Thi Tram pour passer la soirée au Blue Note Café. La jeune fille était de plus en plus occupée par ses études ; son obsession de la performance était trop profondément ancrée en elle pour qu'elle les néglige trop longtemps. Stéphane rejoignit donc son vieux copain Éric, qui réussit à rassembler un batteur et un saxophoniste à la dernière minute pour former un petit groupe d'improvisateurs improvisé.

Les quatre compères fortuits, habitués à travailler sans filet, s'amusèrent à varier des mélodies compliquées sur des thèmes empruntés à gauche et à droite. De Max Roach à Soft Machine en passant par Ornette Coleman, toutes les formes de jazz se trouvèrent hybridées dans un melting-pot fumeux, tout aussi enchanteur qu'anarchique. Stéphane renoua, l'espace de quelques heures, avec le plaisir de la création artistique, à piocher sur le vieux Fender Rhodes de la boîte. Il en oublia la prison, la mort de son père et les caprices de Thi Tram. Le public, clairsemé, se trouva fort gâté pour un lundi soir.

Après deux heures d'une jam-session dionysiaque, les musiciens, vidés mais comblés, se séparèrent en se promettant de remettre ça dans un cadre plus formel, regrettant de ne pas avoir eu la prévoyance d'enregistrer cette soirée mémorable. Éric prit son vieil ami à part et lui offrit à boire.

« Stéphane, je ne comprends pas ce que tu peux bien foutre au casino, dit-il franchement. Tu as du talent à revendre et, au lieu de faire quelque chose de ta vie, tu passes ton temps à jouer au black-jack. Ça faisait longtemps que je voulais te présenter ces deux gars-là et il y a un guitariste extraordinaire que je n'ai pas encore réussi à joindre.

– J'ai des comptes à régler, je te l'ai dit.

– Arrête tes conneries! protesta Éric. Je t'ai vu, toute la soirée, tu étais en transe, la fumée te sortait par les oreilles. Le Fender Rhodes était en train de fondre. Tu aurais donné des complexes à Herbie Hancock ce soir! Toi, tu as pu t'exercer en prison, je me trompe?

– Tu parles! Je servais d'écran sonore aux séances de sodomie de mon garde du corps.

– Bien, j'imagine que ça vaut mieux que de lui servir de partenaire...

– C'était le but de la chose.

– Écoute. On forme un groupe, on commence à répéter en fin de semaine, on se loue un studio pendant trois jours dans deux mois et on sort un album au printemps. On fait le Festival de jazz l'été prochain et on part en Europe dans un an, jour pour jour. On peut devenir les nouveaux Uzeb. On peut signer avec un gros label. On n'est pas juste bons, on a quelque chose d'original à apporter. J'ai déjà un nom pour le groupe: Les Ours bipolaires. Ou peut-être les Bipolar Bears, ça se traduit bien.»

Stéphane regarda son ami, un grand balourd aux humeurs changeantes, avec un sourire moqueur. Le gros Éric prenait encore son lithium, semblait-il.

«Ouais, on ne va pas vendre les disques des Ours avant de les avoir enregistrés. Mais j'admets que ça sonne bien: Stéphane Dumas and his Bipolar Bears...»

Éric sembla s'offusquer un instant de la prétention de Stéphane, puis éclata de rire en se rendant compte que celui-ci plaisantait. Il s'abstint cependant de lui dire qu'il aurait accepté cette exigence si elle avait été sérieuse… Il cessa de sourire en voyant entrer un personnage indésirable dans son établissement. Stéphane remarqua son changement d'humeur.

« Voilà ton frère de lait, grogna Éric.

– Merde, pas moyen d'avoir la paix. Pour une fois que je ne suis pas avec sa sœur… »

Kim Dee, comme à son habitude, présentait la fébrilité typique des cocaïnomanes. Il semblait toutefois faire des efforts louables pour rester calme et souriant et n'avait pas amené de gorilles avec lui. On pouvait quand même douter de la persistance de ses efforts.

« Restons calmes…, commença Kim Dee. Je veux te parler.

– Assieds-toi, c'est un endroit public. »

Éric consulta Stéphane du regard. Le pianiste paraissait disposé à accorder un entretien à l'emmerdeur aux yeux bridés. Éric se leva lentement en toisant longuement Kim Dee, qui s'assit devant Stéphane.

« Je ne veux plus de chicane, dit l'Asiatique. On a grandi ensemble…

– On ne se chicane pas. Tu ne fais plus partie de ma vie, c'est tout. On est six milliards sur la planète, on n'est pas tous obligés de se fréquenter. Tu fais tes affaires, je fais les miennes, on n'a pas à se croiser.

– Je regrette ces années en prison… mais c'était pas de ma faute.

– Parfait. Tu en parles souvent pour quelqu'un qui a si bonne conscience, mais ce n'est pas mon problème. Si tu permets, j'étais en train de discuter avec Éric…

– Attends..., fit Kim Dee, étonnamment conciliant. J'ai des gros projets. J'ai besoin d'un gars comme toi. Je peux te faire confiance...

– Écoute, Kim Dee, on va se dire les vraies affaires. Tu as voulu te servir de moi pour faire entrer de la dope au pays, c'est moi qui ai payé, je peux vivre avec ça. Là, t'es gelé, t'es coké à l'os. Ça me tente pas de parler avec un coké, c'est assez clair, non?

– Si t'es pas avec moi...

– Je vais être contre toi, c'est ça? Tu penses que la vie est un film de karaté? Tu penses que tu me fais peur? Tu vas faire quoi? Me faire casser les jambes? Écœurer ma mère? Faire sauter leur restaurant? Je t'ai couvert pendant trois ans en prison, j'ai fermé ma gueule, j'aurais pu sortir n'importe quand juste en disant que je savais qui avait mis la drogue dans mes bagages, mais je n'ai rien dit, parce que j'espérais qu'en sortant j'allais retrouver mon ami et qu'il allait me convaincre que c'était une erreur, un malentendu. Tu t'es épargné la prison, tu as eu Sandra, ton père te laisse cacher tes magouilles en t'offrant une situation que tu ne mérites pas... Maintenant, tu vas t'ouvrir les yeux et admettre que tu as reçu plus que ta part dans la vie. Tu ne peux pas prendre, prendre et prendre encore sans jamais rien donner en retour. Un jour, la roue va finir par tourner dans l'autre sens et ça va faire mal. En attendant, tout ce que je te demande, c'est d'oublier que j'existe. Disparais de ma vie!»

Kim Dee demeura bouche bée pendant la tirade de Stéphane, habituellement peu bavard. Encore une fois, il se sentait inconsciemment dominé par la maturité dont faisait preuve son ancien ami, et ses vieux complexes enfouis menaçaient de faire surface. Il s'accrocha à un dernier argument pour sauver la face.

« On va au moins s'entendre sur un point. Thi Tram…

– Thi Tram, c'est pas de tes affaires non plus.

– Laisse-moi parler… Thi Tram, c'est ma petite sœur. Elle ne connaît pas les hommes. Elle pense qu'elle sait tout et qu'elle peut apprendre le reste dans les livres, mais tu sais aussi bien que moi à quel point elle est naïve. Je veux juste que tu comprennes que j'aime ma sœur. Elle est la seule chose pure dans ma vie. Si tu te sers d'elle pour te venger de moi, tu auras beau te donner tous les grands airs que tu voudras, tu ne vaudras pas mieux qu'un maquereau, un shylock ou un vendeur de coke. »

Ce fut au tour de Stéphane de rester bouche bée. L'Asiatique venait de frapper juste, et il se demanda un instant si l'ancien Kim Dee qu'il avait aimé comme un frère pendant toute sa jeunesse ne vivait pas encore derrière la sinistre façade du minable trafiquant qu'il avait devant lui. Mais cette impression s'envola rapidement. Kim Dee, regrettant sans doute d'avoir montré une ombre de vulnérabilité, se leva et reprit aussitôt son rôle d'emmerdeur chevronné alors qu'Éric approchait.

« Si n'importe qui peut jouer dans ton trou, cracha Kim Dee à Éric, tu devrais t'inquiéter. Chez nous, pour chasser la vermine, rien de mieux que le feu… »

Il quitta l'endroit dans une attitude orgueilleuse, comme s'il venait de remporter une épique joute oratoire, et se permit de briser une lampe sur le chemin de la sortie.

« Oh ! Je suis désolé. Un accident est si vite arrivé… »

Éric et Stéphane se regardèrent, découragés. Si Kim Dee n'avait pas été si dangereux, ils se seraient contentés d'en rire.

♠

Ce que ni Stéphane ni Kim Dee ne savaient au sujet de Thi Tram, c'est qu'elle avait passé la soirée non pas à terminer un devoir quelconque ou à étudier pour un examen, mais à préparer le dossier sur lequel son père allait se fonder pour faire le grand ménage dans la comptabilité de son entreprise, une opération qui allait, tôt ou tard, avoir des répercussions dans la vie de Kim Dee.

Le coup de balai eut lieu le lendemain. An avait convoqué son comptable dans son plus grand bureau, celui qui servait à épater les clients et à intimider les employés. Il en avait un autre, plus petit, dans une pièce adjacente, où il faisait le gros de son travail réel d'administration. Thi Tram s'était installée dans un coin avec un magazine, pas pour lire, mais pour pouvoir suivre discrètement l'entretien qui allait avoir lieu.

Le comptable se présenta devant An. Le vieux Nguyen lui montra d'un geste le document préparé par Thi Tram. L'employé le parcourut des yeux et, au bout d'un moment, devint blême. Il sembla tituber et voulut s'asseoir. An Nguyen le reprit brutalement.

« Lionel, personne ne t'a invité à t'asseoir.

– Mais, balbutia le pauvre homme, vous me regardez comme si je vous avais volé. Je vous jure…

– Tu ne m'as pas volé… tu m'as laissé me faire voler, c'est pire. Ça veut dire que ce petit jeu aurait pu continuer des années et que je ne l'aurais jamais su.

– Je ne comprends pas. Quelqu'un a trafiqué mes livres…

– Tu gagnes quatre-vingt-dix mille par année pour une job qui en vaut soixante. Ça aurait dû t'ouvrir les yeux. Si je suis prêt à payer plus cher, c'est parce que je veux le meilleur.

– Je vais tout revérifier, protesta le comptable. Je vais trouver où l'argent est passé…

– Tu ne vas rien faire, Lionel. Vois-tu les caisses dans le coin ? Ce sont tes affaires personnelles. Tu peux garder ta clé, les serrures ont été changées. Voilà deux mois de salaire. As-tu une idée de ce que j'ai enduré depuis que je suis ici pour ramasser mon argent sou par sou, jour après jour ? Et toi, tu te permets d'être incompétent ?

– Vous savez que j'ai été honnête. Vous ne m'empêcherez pas de me trouver un autre emploi ? J'ai deux enfants…

– Je sais que tu as deux enfants. Et tu sais que les enfants de mes comptables sont importants à mes yeux. Quand les enfants vont bien, le comptable va bien. Tu vas partir et tu ne diras jamais un mot de ce qui s'est passé. Je serais déshonoré qu'on sache que je me suis fait voler.

– Qui est le comptable qui a trouvé les erreurs ? Je n'ai pas essayé de frauder, je n'ai rien à voir là-dedans. Je voudrais lui expliquer…

– Vous n'avez pas fraudé, monsieur Tremblay, intervint tranquillement Thi Tram sans lever le nez de son magazine. Vous avez été incompétent.

– Ce n'est quand même pas toi qui… »

Puis il empila ses caisses sans dire un mot et sortit, humilié comme jamais il ne l'avait été dans sa vie.

Thi Tram lança un regard triomphant en direction de son père, mais celui-ci s'était déjà replongé dans ses livres. Il n'eut ni un regard ni un mot pour elle. Elle devrait se contenter d'avoir eu le privilège d'assister à l'entretien. Elle sortit à son tour, aussi déçue et attristée que le comptable avait été humilié.

♠

Kim Dee, loin de se douter de ce qui se tramait dans l'entreprise familiale, était en train de préparer le plus gros coup de sa carrière. Il faisait, pour ainsi dire, son entrée dans le grand monde. À force d'écouler de la cocaïne, il s'était taillé une bonne réputation chez ses fournisseurs, le club de motards les Evil Riders. Kim Dee, étant donné son volume de vente, avait désormais droit d'audience auprès de leur chef.

Ce jour-là, il avait l'honneur d'effectuer sa première visite dans le repaire des Riders, un affreux bloc de béton qui défigurait une petite ville de banlieue qui se serait bien passée de ce douteux fleuron. Kim Dee, par contre, savourait ce moment comme s'il était en train de recevoir la Légion d'honneur des mains du président de la République française. Cela ne l'empêchait pas de se laisser aller à ses mauvaises manières habituelles. Son arrogance naturelle était renforcée par un atout majeur qu'il détenait dans ses négociations avec les Riders.

Les motards étaient des hommes d'affaires, comme lui, et des hommes d'affaires trouvent toujours un terrain d'entente si la possibilité d'un profit pour toutes les parties existe. Le tout est de savoir évaluer avec précision la possibilité en question. Une erreur de calcul peut s'avérer désastreuse avec le genre de partenaires que Kim Dee fréquentait maintenant.

Les deux caïds étaient accompagnés de leurs gardes du corps respectifs, qui observaient un silence prudent. Le chef des Riders, « Daddy » Girard, accueillit Kim Dee avec une plaisanterie dénuée d'affection :

« Plus ça va, plus t'as l'air de ce que t'es : un Jaune !

– Plus ça va, plus t'as l'air d'une moumoune ! » répliqua Kim Dee dans un québécois impeccable.

Il tenta d'évaluer l'effet de sa repartie. Il voulait jouer au dur, mais il lui restait encore une once de bon sens. Il tendit la main à Daddy, qui l'accepta sans chaleur.

« J'ai l'argent, fit Kim Dee.

– Moi aussi. Ma moitié est prête.

– Les deux restaurants de Saint-Sauveur attendent les nouveaux investissements...

– Notre hôtel est prêt pour des rénovations...

– Je peux mettre six gars sur l'opération.

– Cinq avec moi. Moka, Garnotte pis deux autres.

– Daddy, faut que tu réalises que l'opération peut nous coûter très cher. Le casino, c'est pas un bureau de change...

– On s'en câlisse. Ce qui compte, c'est les chèques que le casino va nous remettre. »

Les motards conduisirent Kim Dee et ses hommes dans une luxueuse salle de billard. Des piles de billets de banque usagés étaient disposées sur le velours vert. Les hommes de Kim Dee ouvrirent les lourdes mallettes qu'ils avaient apportées et placèrent leurs propres billets sur la table.

« On a onze piles de cinquante mille dollars, dit Kim Dee après un décompte soigneux.

– On sait compter.

– On procède comme la dernière fois. Jamais plus de dix mille d'un coup. Toujours dans les machines à cent dollars, deux cents ou cinq cents.

– Le Jaune, ça me fatigue quand tu joues au boss…

– Tu aimes ça, Daddy, avoir des business honnêtes… propres, propres, propres…

– Ça va… Moka, tu surveilles pour pas qu'on se fasse fourrer. Les hosties de machines sont supposées retourner quatre-vingt-dix pour cent du cash. Faudrait être badlucky en calvaire pour que ça donne pas la moyenne.

– Quand vous partez, vous demandez un chèque. Le chèque, c'est la preuve qu'on est tous d'honnêtes hommes d'affaires…

– Moka ? Ça marche pour toi ?

– Faut juste que je rentre dans mon habit…

– On commence demain… »

♠

Maria se trouvait en compagnie de Monique Parent dans un bistro de la rue Saint-Denis. La pauvre femme avait maigri et ses traits étaient tirés. La psychologue se mit à douter de la certitude qu'elle avait eue à l'hôpital : le pire n'était pas passé pour la banlieusarde. Le jeu n'était pas la cause de tous ses malheurs, il n'était qu'une manifestation d'un problème plus profond qu'elle n'avait même pas commencé à aborder.

Maria avait une autre question à résoudre : elle avait accepté de poursuivre la relation thérapeutique en dehors de son cadre formel. L'insensibilité de sa directrice et les encouragements d'Antoine l'incitaient à croire qu'elle avait raison de s'opposer à la politique officielle du casino, mais elle commençait à se demander si elle n'avait pas agi par orgueil plutôt que par conscience professionnelle. Après tout, elle aurait pu, et probablement dû, confier le dossier à un confrère de l'extérieur…

« J'avais dit que je ne pouvais pas vous rencontrer en dehors du bureau. Je risque de me faire mettre à la porte, déclara Maria d'emblée.

– C'est fou, je ne peux quand même pas aller au casino pour te rencontrer. Penses-tu que je suis capable de sentir les machines et de résister ? Le penses-tu sincèrement ?

– Je me doute bien que c'est difficile.

– C'est pas faisable. J'ai recommencé à aller dans les bars où il y a des machines à poker. C'est plus fort que moi.

– Est-ce que vous jouez pour gagner ?

– Je me dis qu'un jour… je sais pas… que je pourrais être chanceuse… devenir riche…

– En êtes-vous certaine ? Vous pensez devenir riche en jouant ?

– Pourquoi ces questions ?

– Parce qu'il faut aller plus loin si on veut espérer vous aider. C'est rare que les joueurs compulsifs jouent pour gagner. C'est autre chose…

– C'est effrayant comment c'est bon. À un moment donné, t'as deux ou trois machines, tu sais plus où t'es…

– C'est vraiment bon ? Pourtant, vous avez essayé de vous suicider ?

– C'est bon quand tu joues.

– Vos parents étaient divorcés ? demanda Maria, se fiant autant à son intuition qu'à son expérience.

– Qui t'a dit ça ? s'étonna Monique.

– Et votre mère a obtenu la garde légale.

– Oui, mais j'aimais mon père... même si...

– Même s'il vous aimait trop...

– C'est... c'est quasiment terrifiant, murmura Monique, désarçonnée. Qui t'a parlé de tout ça ?

– Personne, Monique, personne. Je ne sais rien de vous. Je sais seulement que ça va vous prendre beaucoup d'aide et beaucoup de courage pour vous en sortir... »

Maria eut un mouvement de tendresse envers Monique et posa sa main sur la sienne.

♠

Stéphane n'avait pas écouté les conseils d'Éric ni attendu le signal de son complice Marc et était retourné jouer au casino. Il s'était dit que les cartes marquées allaient sortir bientôt et qu'il aurait avantage à se trouver sur place quand cela se produirait. Sans se l'avouer, pour la première fois depuis son retour, il était allé jouer pour répondre à une pulsion intérieure. Il rêvait de cartes à jouer, il comptait continuellement des jeux de cartes imaginaires. Le black-jack lui manquait. Il s'était installé à une table à cent dollars la mise minimale. Comme d'habitude, l'univers extérieur se dérobait à ses sens et plus rien d'autre n'existait que les chiffres et les figures.

« Je suis malchanceuse, fit sa voisine de table, après un black-jack du croupier. Je perds tout le temps. »

Stéphane eut à peine conscience de cette voix. Emmanuelle Caron, qui l'avait reconnu en passant près de lui par hasard, avait décidé de s'arrêter pour tenter d'en savoir plus sur ce beau ténébreux.

« Stéphane Dumas, c'est bien ça ? insista-t-elle.

– Qu'est-ce qu'il y a, madame ? demanda-t-il brusquement après avoir tenté de l'ignorer. Ah ! c'est vous ! »

Stéphane venait enfin de reconnaître la docteure et surtout la jolie femme qui l'avait soigné à l'hôpital.

« Tu peux me tutoyer, on n'est pas à l'hôpital. Moi, c'est Emmanuelle, et la belle petite cicatrice que t'as, c'est grâce à moi. Si t'as une blonde, il faut qu'elle me dise merci.

– Merci...

– Enfin, je gagne quelque chose ! s'exclama-t-elle. Ton merci, c'est pour ta blonde ?

– À vrai dire, je ne sais pas trop. Ça se peut...

– Autrement dit, tu ne sais pas si t'as une blonde ou pas ! Ça va bien... »

Emmanuelle l'embêtait un peu avec ses questions, en plus de lui avoir fait perdre le compte des cartes. Il décida d'aller casser la croûte. Si ça l'intéressait, elle prendrait cela comme une invitation et il pourrait lui conter fleurette, sinon, il aurait la paix. Il détestait l'idée de se trouver à une table de black-jack et de jouer sans compter les cartes. Il y voyait quelque chose d'indécent.

« J'ai faim, dit-il en se levant.

– Moi aussi », enchaîna-t-elle aussitôt.

Il accepta sa compagnie avec philosophie. Elle était belle, intelligente, indépendante et semblait passionnée par son travail. S'il n'avait pas été engagé dans cette curieuse relation avec Thi Tram, il n'aurait pas hésité une seconde à lui faire des avances plus concrètes. Dans les circonstances, il se contenta de lui faire la conversation et y prit un grand plaisir. Emmanuelle s'avérait une femme absolument charmante et sympathique.

« Personne n'a idée du stress d'une salle d'urgence un vendredi soir ! racontait-elle. C'est fou. Des drogués qui hallucinent, des femmes battues, des putes, des enfants… Tu te demandes pourquoi on dit que le bon Dieu est infiniment bon et infiniment aimable !

– Tu es médecin. Tu sembles passionnée par ce que tu fais.

– Certain…

– Pourquoi tu viens au casino si tu tripes dans ton urgence ?

– C'est pas compliqué : parce que j'aime ça. Je trouve l'ambiance extraordinaire. Le bruit, l'éclairage, les odeurs… Toi, qu'est-ce que tu fais ici si tu n'aimes pas le casino ?

– C'est pas pareil. »

Il n'eut pas le temps de poursuivre, car ils furent interrompus par l'arrivée d'un solide gaillard dans la cinquantaine qui salua la jeune femme et l'embrassa sur la joue. L'homme semblait faire partie du personnel et Stéphane pensait l'avoir croisé à quelques reprises. Le costaud regarda fixement Stéphane avec une drôle d'expression, comme s'il le connaissait.

« Salut, papa, lança Emmanuelle.

– Salut, Stéphane, fit le quinquagénaire.

– Je ne vous connais pas. Je m'excuse.

– Antoine Caron, dit Emmanuelle. Mon père est le grand patron de la sécurité au casino. »

Stéphane conserva son calme, mais un frisson d'inquiétude lui parcourut la colonne vertébrale.

« On t'a remarqué, en haut, expliqua Antoine sans donner de détails. Tu sembles avoir la chance de ton bord.

– Je me débrouille. J'essaie de jouer de façon intelligente.

– Je t'ai vu aller. Tu joues bien. Tu joues même très bien... »

Stéphane n'avait pas envie d'étirer la conversation. Il se leva.

« Ça m'a fait plaisir, conclut-il le plus poliment possible. Je dois aller me coucher, j'ai du travail demain.

– Moi aussi, enchaîna Emmanuelle. Je dois y aller. »

Elle embrassa son père et accompagna Stéphane à la sortie. Elle envisageait de l'inviter à prendre un « dernier verre » chez elle, quand une petite voix stridente se fit entendre.

« Stéphane ! »

Une jeune Asiatique vêtue d'une robe trop sexy pour être élégante venait de faire son entrée au casino. Emmanuelle se demanda si elle avait bien l'âge légal pour entrer dans une maison de jeu. L'adolescente la toisa d'un air hautain et embrassa Stéphane à pleine bouche sans la quitter des yeux. Elle trouva cette vulgarité attristante chez une aussi jolie jeune fille. Ainsi, c'était elle la petite amie qu'il n'était pas sûr d'avoir. Elle le comprenait de ne pas s'en vanter. Tant pis.

« Je connais la sortie, dit-elle, ne vous dérangez pas pour moi.

– Salut, à la prochaine », fit Stéphane d'un air gêné.

Emmanuelle s'éloigna à pas lents. Elle était partagée entre la déception de voir sa proie lui échapper et le soulagement d'avoir appris assez tôt qu'elle avait probablement affaire à un trou de cul. Elle pouvait accepter qu'un homme s'intéresse à une fille aussi jeune et vulgaire, mais elle s'irritait du fait qu'il ait ainsi évité de répondre à ses questions sur le sujet. C'était probablement le genre d'homme à collectionner les aventures. Bon débarras.

« C'était qui, elle ? demanda Thi Tram.

– La docteure qui m'a soigné. Une chic fille…

– Ça ne lui donne pas le droit de te tourner autour…

– Thi Tram, franchement…

– Les Vietnamiennes sont très fidèles. Leur chum aussi. C'est comme ça.

– Tu m'excuseras, dit-il assez froidement. J'attends le feu vert pour tu sais quoi d'un moment à l'autre… Je vais rentrer me reposer… »

Thi Tram fit la moue en le laissant partir. Elle avait l'impression d'avoir commis une erreur.

♠

Pendant ce temps, l'opération mise sur pied par Kim Dee et ses copains à moto démarrait dans la section réservée aux machines à sous à hautes mises. Moka, Garnotte et quelques autres hommes de main des deux organisations, spécialement douchés et cravatés pour l'occasion, se présentaient au comptoir avec les poches bourrées d'argent comptant.

« Des jetons de cinq cents dollars », demanda Moka d'une voix bourrue, pas tout à fait à l'aise dans son rôle d'homme respectable.

Le préposé lui donna les jetons. Moka eut l'air d'hésiter. Puis il tendit une autre liasse de billets.

« Donne-m'en dix autres… »

Au même moment, à une autre caisse, Garnotte échangeait lui aussi des billets de cinquante et cent dollars contre des jetons.

« Des jetons de cent. J'en veux pour quatre mille piastres. »

Une cliente s'approcha, visiblement pressée de refaire sa provision de munitions pour retourner au combat. Les joueurs ne sont pas exactement des modèles de patience, mais celle-ci allait devoir attendre. Garnotte lui lança un regard meurtrier, malgré un immense effort pour rester poli.

« Excuse-moi mais, calvaire, j'ai pas fini.

– Faut pas se fâcher..., répliqua la femme. Tu te prends pour qui ? »

Le regard de Garnotte se durcit à un point tel que la femme blêmit et recula. Elle décida de battre en retraite.

« Je reviendrai. Je m'excuse. »

Content, Garnotte alla s'installer aux machines à cent dollars. Moka, de son côté, jouait à coups de cinq cents dollars. Il ne lui restait plus que quelques jetons, quand, soudain, la machine afficha un gain. Il venait de regagner la majeure partie de ses dix mille dollars. Il héla le chef de quart.

« Hé ! Viens icitte !

– Monsieur ?

– Je viens de gagner neuf mille six cents dollars. Je veux un chèque, je joue plus...

– Vous ne préféreriez pas du comptant ? Pour un montant quand même raisonnable...

– J'aime mieux un chèque. Je suis un homme honnête, je n'ai pas besoin de cash. Je n'ai rien à cacher à l'impôt, moi...

– C'est comme vous voudrez. »

Le préposé posa un sceau sur la machine, le temps d'émettre le chèque. Il prit le montant en note et invita Moka à le suivre.

« Venez, monsieur… »

Moka le suivit avec toute la dignité que lui conférait cette bouffée d'argent propre.

♠

Stéphane et Thi Tram, confortablement enfoncés dans un tout nouveau divan de cuir, écoutaient un disque de jazz, un concert quasi historique de Dizzy Gillespie. Comme s'il accompagnait le jazzman en imagination, Stéphane ne pouvait s'empêcher de pianoter sur l'épaule de Thi Tram, qui s'était allongée, la tête posée sur ses cuisses. Il était tard et une torpeur agréable le gagnait tranquillement. Thi Tram ricana.

« Tu me chatouilles ! »

Le téléphone sonna. Stéphane voulut répondre mais Thi Tram l'en empêcha.

« Ce n'est pas le moment », décréta-t-elle.

Pendant ce temps, Marc, le croupier, jurait dans les toilettes du casino. Il lui fallait vite joindre Stéphane. Il décida d'utiliser le système de courrier électronique du téléphone, en espérant que l'appareil de Stéphane pouvait afficher les textes. Il se contenta d'un bref message, le clavier numérique se prêtant mal à cet exercice.

Le téléphone sonna de nouveau, émettant un seul coup bref. Stéphane jeta un œil à l'écran de son appareil pour voir l'origine de l'appel. Le petit rectangle affichait :

« Elles sont sorties. Viens vite. »

Stéphane bondit littéralement hors du divan, bousculant Thi Tram au passage. La jeune fille lui demanda ce qui se passait.

« Es-tu devenu fou ? Où vas-tu ?

– Au casino, je ne peux pas t'expliquer.

– Mais on y est allés, au casino. Tu es déjà fatigué de moi, c'est ça ? Je vais demander aux hommes de mon père de te transformer en yawoha… »

Il revint l'embrasser.

« Je pensais que ton père était un honnête pharmacien ?

– Le yawoha, c'est un médicament. Ça chauffe ! »

Elle se remit à sourire. Elle était au courant de son plan et trouvait l'aventure palpitante. Elle le laissait partir sans arrière-pensée. Stéphane entra dans la salle de bains, ferma la porte et mit les verres de contact spéciaux que lui avait fournis Marc. Il les testa sur un jeu de cartes marquées qu'il avait préparé à cette fin. Cette technologie relevait de la magie pure et simple. Il se sentait totalement surexcité.

Le trajet en voiture fut presque dangereux en raison de sa fébrilité et de l'assombrissement de sa vision provoqué par les lentilles. Il se dirigea vers le salon des hautes mises, tout essoufflé et en sueur. Sur son chemin, il aperçut Sandra Johnson qui venait de terminer sa soirée de travail. Il ne parvint pas à l'éviter.

« Belle heure pour arriver, dit-elle en le voyant.

– Quand on sent que la chance est de notre bord, il n'y a pas d'heure.

– J'aimerais ça qu'on aille manger. Je pense que t'as des choses à me conter.

– Quand tu voudras…

– C'est vrai, toi et la sœur de Kim Dee ?

– C'est Kim Dee qui est parti en peur. Thi Tram est bien trop jeune… »

Stéphane ne tenait plus en place, Sandra le sentait.

« Je te dérange, on dirait…

– Non, non. C'est juste que je sens ma chance… »

Elle l'embrassa avec une affection empreinte de tristesse.

« Bonne nuit, je suis sûre que ta chance va être au rendez-vous… »

Elle le laissa filer vers le comptoir des hautes mises.

« Je veux jouer, dit-il un peu brusquement.

– Vous avez la carte d'invitation ? demanda le préposé.

– Non, mais j'ai quarante mille dollars comptant ! On peut s'entendre ?

– Si vous me donnez les informations pertinentes pour remplir une fiche… »

Stéphane se plia de mauvaise grâce à cette formalité bureaucratique. Elle le retardait, en plus de créer des preuves contre lui si l'aventure tournait mal. Au bout de quelques minutes, il put entrer dans le Saint des Saints. Il aperçut Marc qui sembla soulagé de le voir arriver. Le croupier ne lui prêta plus attention par la suite. Il était occupé avec un prince du pétrole qui jouait sur les sept tableaux de sa table.

Stéphane examina les tables voisines, à la recherche de cartes marquées. Elles étaient partout ! Son cœur battait violemment dans sa poitrine. Il allait réaliser le fantasme de tous les joueurs de toutes les époques : il allait racheter les malheurs de tous les paumés de tous les tripots de l'humanité. Il allait venger la mort d'Armand Dumas.

Il s'assit à une table où ne se trouvaient que quatre joueurs.

«Je peux jouer sur les trois tableaux libres? demanda-t-il nerveusement.

– Bien sûr, monsieur.»

La partie de sa vie venait de commencer.

Chapitre V

Aurélien Lalancette, fidèle à son habitude, était arrivé à l'avance au travail, non pas par zèle, mais un peu par désœuvrement (sa vie personnelle était aussi vide que terne) et surtout dans l'espoir de prendre son patron, Antoine Caron, en défaut. Lalancette, qui se targuait d'avoir travaillé vingt ans dans les casinos de Las Vegas, avait longtemps souhaité porter l'uniforme de la police, un vieux rêve d'enfance, et enviait maladivement Antoine qui avait pris sa retraite de la GRC avec tous les honneurs dus à un gardien de la paix émérite.

Aurélien vivait dans un univers darwinien où il n'existait pas de position intermédiaire entre les forts et les faibles. Il aimait croire que sa place parmi les forts était incontestée et rien ne le dérangeait plus que de voir un être fort ne pas imposer sa puissance aux faibles. Une telle attitude constituait un affront à sa philosophie de vie. Antoine était l'archétype de ces prédateurs dénaturés qui refusaient d'assumer leur supériorité et se laissaient pourrir par une sensiblerie indigne de leur fonction naturelle. Rien que sa façon de protéger Maria, cette décortiqueuse de cervelles, lui soulevait le cœur. Il détestait les psychologues autant que les policiers bienveillants, deux espèces de parasites qui s'imaginaient pouvoir guérir tous les déchets humains de leur médiocrité.

À vrai dire, il détestait à peu près tout le monde et seule la peur l'amenait à contenir cette haine. Le casino faisait partie des rares choses qui lui tenaient à cœur. Il voyait en lui un véhicule pour s'élever au-dessus de la masse ainsi qu'une merveilleuse machine à composter les rebuts de la société. Les usuriers, les proxénètes, les prostituées (et ces autres femmes qui n'en portaient pas le titre mais s'en montraient dignes) et, par-dessus tout, les croupiers eux-mêmes étaient autant de bactéries qui digéraient lentement des particules humaines en décomposition, lesquelles contribuaient à enrichir le terroir de l'État.

Son rôle lui paraissait simple : veiller au bon fonctionnement de la machine et traquer sans merci les tricheurs, petits et grands. Le casino n'admettait pas le partage. L'abondance entraîne l'avarice plus facilement que ne le fait la disette. Les esprits bien pensants y auraient vu une forme d'injustice envers tous ces honnêtes pigeons qui se laissaient plumer si facilement. Au fond de lui, Aurélien respectait plus les tricheurs que les joueurs ordinaires : ils constituaient une proie beaucoup plus intéressante.

La proie par excellence aurait été un autre chasseur et c'était pour cette raison qu'Aurélien se tenait à l'affût des moindres faits et gestes de son supérieur hiérarchique. Il avait remarqué les échanges de regards entre Antoine et Maria, il avait noté la compassion d'Antoine pour cette pauvre femme qui s'était ouvert les veines dans les toilettes et il avait surtout constaté la réticence de son patron à agir dans le cas Stéphane Dumas.

Or, ce matin-là, à sa grande surprise, Antoine était arrivé avant lui et observait justement Stéphane Dumas sur trois écrans de surveillance. Caron avait été visiblement tiré du lit d'urgence. Le jeune homme avait un tas de jetons et de plaquettes de taille impressionnante devant lui et Lalancette reconnut le salon des hautes mises en arrière-plan. La nuit avait coûté cher au casino. Irrité, Aurélien harponna l'un de ses subordonnés.

« Pourquoi n'ai-je pas été prévenu ? demanda-t-il, furieux.

– Parce que je suis assez grand pour m'occuper de la sécurité moi-même, intervint Caron d'une voix bourrue. Dans les cas de gains de plus de cent mille dollars, les employés doivent me contacter directement, mes instructions sont claires.

– Plus de cent mille ? répéta Aurélien. Il est à combien ?

– Il vient de passer les trois cent cinquante mille.

– Je l'avais dit que c'était un tricheur.

– Pour l'instant, on n'a aucun indice.

– Il compte.

– S'il compte, il a un système qu'on ne connaît pas, répondit l'employé que Lalancette avait interpellé plus tôt.

– Il a un arrangement avec le croupier..., dit Aurélien.

– Ce serait notre deuxième hypothèse, mais il a passé trois croupiers durant la nuit et il a gagné autant avec les trois...

– On va avoir du visionnement à faire, rouspéta Lalancette.

– On a déjà commencé », répondit Caron.

L'ancien policier observa la réaction de son adjoint. Ce dernier était manifestement contrarié d'avoir trouvé son supérieur déjà au poste. Antoine était habitué aux rapports de force dans un milieu hautement hiérarchisé et il savait bien que son sous-fifre était frustré de ne pas avoir eu l'occasion de rapporter lui-même la nouvelle des gains suspects de Stéphane Dumas. « Tant pis pour lui », se dit Caron en retenant un sourire moqueur. Il ne pouvait que se réjouir que Lalancette n'ait jamais pu joindre les rangs de la vraie police. Hargneux comme il l'était, il ferait moins de dommage en tant qu'agent de sécurité.

« Il joue encore ? demanda Lalancette.

– Oui, mais il a l'air épuisé. Il était là hier soir, il est parti vers dix heures, puis il est revenu vers deux heures du matin.

– Ça, c'est bizarre. Il jouait aux hautes mises hier soir ?

– Non, dans les cent dollars la mise. Il n'a pas joué longtemps. »

Aurélien surprit une sorte de malaise dans le regard de son supérieur, comme si celui-ci ne lui disait pas tout. Effectivement, Antoine s'abstenait de mentionner que Stéphane Dumas était allé manger un morceau avec sa fille Emmanuelle avant de rentrer chez lui. Il l'avait vu partir ensuite en compagnie de la jeune Asiatique qu'il semblait fréquenter régulièrement. Antoine ne pensait pas à mal en négligeant de signaler la conversation entre Dumas et sa fille, il était convaincu que cela n'avait pas de lien avec les gains spectaculaires qui avaient suivi durant la nuit. Les deux hommes reportèrent leur attention sur les écrans de surveillance, dont le contenu était sélectionné par un préposé parmi les centaines de caméras camouflées dans le casino.

« Regarde comme il se frotte les yeux, fit l'adjoint. Il tient à peine debout. Il a dû se gorger de café toute la nuit.

– Il va en être quitte pour une conjonctivite, on peut voir d'ici à quel point il a les yeux rouges.

– Drogue ? On pourrait peut-être le prendre avec ça ?

– C'est mince. Et puis, on n'est pas de la police. On n'arrête pas quelqu'un parce qu'il a les yeux rouges. Ensuite, je me demande bien quel genre de drogue pourrait augmenter ses chances au black-jack. Ce n'est pas de nos affaires s'il a pris de la coke ou des amphétamines pour rester éveillé.

– Je pense qu'il a son compte, déclara Aurélien en voyant Stéphane se lever. Il va peut-être seulement aux toilettes... Non, il se dirige vers la sortie. »

Le préposé à la console, habitué à ce genre de manœuvre, changea de caméra afin de suivre les mouvements de Stéphane, qui s'étirait tout en marchant, courbaturé par son incroyable nuit. Après avoir échangé ses jetons contre un chèque, il croisa une jolie blonde et s'arrêta pour lui faire la conversation. De toute évidence, les deux se plaisaient mutuellement. Lalancette crut la reconnaître.

« Dis donc, Antoine, ce serait pas ta fille ? »

Antoine se renfrogna, pris de court devant l'apparition d'Emmanuelle. Que pouvait-elle bien faire au casino à sept heures trente du matin ?

♠

Emmanuelle venait de vivre la pire nuit de sa jeune carrière d'urgentologue. On l'avait fait rentrer vers minuit, à cause d'un grave accident de la route, et deux de ses patients lui avaient claqué entre les mains. Elle était complètement épuisée, mais en même temps surexcitée du fait de l'adrénaline. Sachant qu'elle serait incapable de dormir avant plusieurs heures, elle avait décidé d'aller tuer le temps au casino, où elle aurait l'occasion de discuter un peu avec son père lorsque celui-ci se présenterait pour son quart de travail.

Elle fut surprise d'y rencontrer Stéphane Dumas, qu'elle avait pourtant vu sur le point de partir la veille au soir. Le jeune homme avait sans nul doute passé une nuit aussi épuisante que la sienne, comme le laissaient voir ses yeux rouges et cernés. Il n'en paraissait pas moins beau… Emmanuelle se surprit à se demander depuis combien de mois elle n'avait pas fait l'amour. Depuis qu'elle avait laissé tomber son dernier emmerdeur, comme elle surnommait intérieurement ses ex-petits amis, elle avait passé trop de temps au travail pour recruter un nouveau toutou. Stéphane Dumas lui semblait tout aussi séduisant que superficiel, deux qualités essentielles pour le rôle de bouillotte occasionnelle qu'elle envisageait de lui confier. Elle consulta sa montre, calcula que son père ne se présenterait pas avant une heure ou deux. Elle savait qu'elle devait travailler le soir même et n'aurait pas l'occasion d'attraper un autre matou avant Dieu sait quand. Avant que Stéphane n'ait ouvert la bouche, elle avait déjà établi son plan de match.

« Docteure Caron, fit Stéphane, étonné.

– Emmanuelle, corrigea-t-elle. Comme l'héroïne porno.

– On dirait que tu aimes bien le casino, décidément…

– Je viens de passer une nuit horrible, expliqua-t-elle. Je venais me détendre un peu en attendant l'arrivée de mon père. J'avais envie de parler à quelqu'un. Et puis, les déjeuners sont aussi bons ici que n'importe où en ville. Toi aussi, tu sembles attiré par l'endroit.

– Je sentais ma chance hier soir, j'ai passé la nuit à jouer.

– Tu as gagné ?

– Oui, dit-il avec un étrange sourire.

– On déjeune ?

– D'accord, mais pas ici.

– Tu as raison, ça manque d'intimité.

– Qu'est-ce qui te plairait ? Je suis affamé et épuisé. Si je ne me sentais pas si stressé, j'irais me coucher directement.

– On pourrait aller chez moi. Je soignerais tes yeux, je connais un excellent calmant naturel… »

Elle avait dit cela avec un petit sourire suggestif, sans le quitter des yeux. Cette femme savait ce qu'elle voulait, et cela correspondait assez bien aux désirs de Stéphane. Il la suivit sans ajouter un mot et ils décidèrent de prendre la berline d'Emmanuelle plutôt que le tas de ferraille de Stéphane. Dans la voiture, elle se risqua à demander :

« Alors, on ne t'a pas encore arrêté ?

– M'arrêter ? répéta-t-il, pris de panique. Pourquoi ?

– Pour détournement de mineure. Ta petite pute aux yeux bridés d'hier soir. Je suis surprise qu'on l'ait laissée entrer.

– Thi Tram ? Sois plus gentille avec elle. Ce n'est pas une pute. Elle est tout juste majeure et c'est une étudiante très sérieuse.

– C'est ta blonde ?

– Elle te dirait probablement que oui…

– Ça n'a pas l'air clair, votre affaire.

– Elle me voit comme une sorte de prince charmant.

– On a bien des illusions à cet âge.

– Elle est pucelle.

– Pardon ?

– Elle est vierge et elle s'imagine qu'on va se marier et avoir des enfants.

– Eh bien, moi, je suis sexuellement active, je prends la pilule et je n'attends plus rien des hommes depuis belle lurette.

– Parfait. »

Ils ne dirent plus un mot jusqu'à l'appartement d'Emmanuelle, situé dans un bel immeuble du centre-ville. À peine la porte refermée, ils se jetèrent l'un sur l'autre avec une passion frôlant la violence. Ils firent l'amour à plusieurs reprises, frénétiquement, sans interruption. Au bout d'une heure, ils s'effondrèrent sur le lit, complètement vidés, et sombrèrent dans un sommeil de plomb.

♠

Aurélien se fit un devoir, sinon un plaisir, de questionner son supérieur au sujet des rapports qu'entretenait Stéphane Dumas avec sa fille. Antoine estimait qu'il n'avait rien à se reprocher, ni à lui ni à sa fille, pour autant qu'il le sût, mais un malaise s'était installé dans la salle de monitorage et Lalancette semblait s'en délecter. Antoine, en homme d'expérience, ramena la discussion vers des considérations plus professionnelles et reprit avec son adjoint tous les aspects du processus de vérification qui s'imposait en cas de gains suspects.

Les jeux de cartes étaient conformes, et les enregistrements de la veille montraient qu'ils avaient été descellés selon les procédures en vigueur. Aucun signe de connivence n'avait été détecté avec les croupiers. Seul Marc Sylvain avait eu une attitude inhabituelle, mais il n'avait pas eu affaire à Stéphane. Il avait été occupé avec un milliardaire saoudien qui avait joué toute la nuit sur les sept tableaux de la table. Marc s'était plaint de maux d'estomac, mais avait gardé son poste, sauf pour se rendre aux toilettes en quelques occasions, dont la plupart avaient eu lieu avant l'arrivée tardive de Stéphane au salon des hautes mises.

« Il va falloir revisionner la nuit entière en prenant des notes, soupira Antoine.

– Je suis sûr qu'il triche, répéta Aurélien. Sinon, ça ne tient pas debout. Il a joué durant deux mois en gagnant régulièrement, avec des mises de plus en plus hautes. Il disparaît pendant deux semaines, réapparaît soudainement hier soir. Il va se coucher, dort trois heures à peine, se relève à deux heures du matin, se présente avec quarante mille piastres cash au salon des hautes mises et fait sauter la banque pendant la nuit. Pour finir, il repart avec ta fille au matin. Bizarre, non ?

– Aurélien, laisse ma fille en dehors de ça. Elle a passé l'âge de me présenter ses copains si ça ne lui tente pas. Elle fréquente qui elle veut. Je sais qu'elle l'a soigné l'autre fois à l'hôpital.

– Admettons que ce soit une coïncidence. Pourquoi est-il allé se coucher pour revenir à deux heures du matin ?

– Peut-être qu'il y avait trop de monde à son goût. Sa petite amie asiatique est venue le rejoindre hier soir. Il est allé tirer un coup.

– Il se tape une petite Chinoise la veille au soir et une grande blonde le matin, après une nuit blanche au black-jack ? Tout un étalon !

– Ta gueule, Lalancette ! »

Antoine regretta de s'être emporté ainsi. Il venait de perdre le contrôle alors qu'il voyait très bien que c'était ce qu'Aurélien cherchait.

« J'aimerais bien revoir les cassettes d'hier soir, avant son départ, reprit Aurélien, satisfait de son effet. Je serais curieux de voir à qui il a parlé avant d'aller sauter sa Chinoise.

– Il a mangé un morceau avec ma fille, raconta Antoine, préférant prendre les devants, et je suis allé les rencontrer. C'est là qu'il a décidé de partir.

– Quoi ? jubila Lalancette. Tu fréquentes les clients maintenant ?

– Arrête-moi ça, tu commences à m'énerver. Je les ai vus sur les moniteurs et j'ai voulu savoir comment ils se connaissaient. C'était la première fois que je lui parlais. Je lui ai dit que j'étais directeur de la sécurité et il a détalé comme un lapin.

– De mieux en mieux ! La Chinoise, c'est qui ?

– Je ne sais pas. On peut vérifier. On pourrait demander à Sandra Johnson, la chanteuse de blues.

– Pourquoi ? Elle connaît Dumas ?

– Elle sortait avec lui il y a quelques années… »

Aurélien fit les yeux ronds en entendant cette révélation.

« Antoine, Sandra, c'est la blonde de Kim Dee Nguyen.

– Je sais.

– C'est important comme information. Pourquoi tu as gardé ça pour toi ?

– Les histoires de cœur de nos clients, ça ne me regarde pas. Et cesse d'insinuer que j'ai quelque chose à voir là-dedans, je n'aime pas ton air. Je n'ai pas passé vingt-cinq ans dans la GRC pour me faire interroger par un gardien de sécurité raté ! »

Cette fois, Lalancette perdit son sourire narquois. Ce n'était qu'une mince consolation pour Antoine, qui sentait que son adjoint ne le lâcherait pas de sitôt avec cette histoire.

« Écoute, Aurélien, on va faire notre travail en professionnels et mettre de côté les histoires personnelles. Si on trouve quelque chose contre Dumas, tu peux être sûr qu'on ne va pas le laisser filer, mais on ne peut pas arrêter quelqu'un juste avec des impressions et des pressentiments, ou parce que le gars est déjà sorti avec la blonde d'un présumé dealer. T'es pas à Hollywood ici, ni à Las Vegas. Si tu voulais entrer dans la police, il fallait réussir l'examen et te tenir propre toi-même. »

Antoine fit suivre sa tirade d'un reniflement exagéré et d'un regard entendu, pour bien faire comprendre à son adjoint qu'il était au courant de ses anciennes habitudes de consommation, qui lui avaient d'ailleurs valu un aller simple vers Montréal à partir du Nevada.

« Je sais très bien pourquoi tu ne travailles plus aux États-Unis, ajouta-t-il pour river son clou une fois pour toutes à Lalancette. Ce n'est pas par choix personnel et ça explique aussi pourquoi tu ne seras jamais policier. »

Son adjoint ne répliqua pas, sinon par un regard noir. Il avait réveillé le mâle alpha qui sommeillait au fond d'Antoine et s'en mordait maintenant les doigts. Il battit en retraite.

« On va regarder les cassettes encore une fois », fit-il sur un ton plus conciliant.

Malgré tout, Aurélien avait semé le doute dans l'esprit de son patron. Qu'est-ce que sa fille pouvait faire avec Stéphane Dumas ?

♠

Pendant son incroyable nuit, sans le savoir, Stéphane avait donné un bon coup de pouce à l'opération de blanchiment d'argent de Kim Dee Nguyen, en attirant sur lui l'attention du personnel de sécurité. Personne n'avait remarqué la dizaine de gorilles en complet et d'Asiatiques qui avaient acheté pour environ cent mille dollars de jetons, en payant comptant, et qui s'étaient contentés de jouer juste assez pour repartir avec la majeure partie de leur mise de départ, sous forme de chèques, cette fois.

Les nouveaux partenaires faisaient leurs comptes au repaire des Evil Riders. Kim Dee jubilait un peu plus que ne le justifiait la performance de la nuit – la cocaïne exacerbait son enthousiasme, et il tenait à conserver un air victorieux. Il tombait sur les nerfs des motards, mais Daddy tolérait son impertinence. Le chef des Riders aurait très bien pu se passer de lui, mais Kim Dee possédait d'excellents contacts en Asie du Sud-Est et Daddy Girard cherchait depuis longtemps une source d'approvisionnement fiable pour de l'héroïne de qualité, une drogue qui se vendait dix fois plus cher que la cocaïne et qui créait une dépendance beaucoup plus forte. Le fait que Kim Dee pouvait la faire passer à travers les importations de l'entreprise familiale était un autre point qui jouait en sa faveur. Il avait les contacts, et Girard avait le capital, en plus du réseau de distribution. En attendant la grande transaction, le jeune dealer se permettait une attitude qui lui aurait valu de sérieux ennuis en d'autres circonstances.

« C'est-y beau de l'argent propre, s'exclamait Garnotte. Ça sent bon, s'tie.

– C'est une bonne opération pour commencer, affirma Kim Dee, comme pour se convaincre lui-même. On est partis avec cent mille dollars en cash et on a soixante-seize mille dollars en chèques.

– Tu trouves que c'est une bonne opération ? ronchonna Daddy. Ciboire, vingt-quatre pour cent de perte ! C'est pire que tes shylocks.

– Je t'ai déjà expliqué, Daddy, c'est sur la moyenne qu'il faut se fier. Si on joue assez gros, un million par exemple, normalement ça devrait pas nous coûter plus que huit pour cent. Gros max. Il s'agit juste que tes gars soient disciplinés. Faut pas rejouer les gains, c'est là qu'on perd de l'argent.

– Le Jaune, l'apostropha Moka, faudrait pas que t'oublies que tu commandes rien ici... c'est nous autres qui t'utilisons, t'as pas d'affaire à avoir l'air baveux... »

Kim Dee se retint de jouer les durs à cuire, malgré sa nature orgueilleuse. Il se trouvait au cœur de l'organisation criminelle la plus violente du pays. Par contre, il avait les moyens de se faire respecter. Il s'adressa directement au chef de la bande.

« Daddy… veux-tu expliquer à Moka…

– Le Jaune pis moi, on est des partners.

– J'y aime pas la face, s'obstina Moka en se retournant vers Kim Dee. T'as compris, le Jaune, je t'aime pas la face.

– C'est pas grave, Moka, crâna Kim Dee. Moi, j'aime pas ton odeur… tu sens la vieille charogne pis je t'aime pareil. »

Moka, lui-même sous l'effet de la cocaïne, fonça sur Kim Dee avec l'intention de lui écraser son poing dans la figure. Il n'avait pas calculé que Kim Dee, en dépit de son air chétif, maîtrisait admirablement plusieurs formes d'arts martiaux. L'Asiatique se pencha pour éviter le coup, pivota sur lui-même en étendant la jambe de façon à faire trébucher son adversaire et se redressa assez rapidement pour lui asséner un violent coup de poing sous le nez, au moment même où Moka tentait de se relever. Un craquement sinistre se fit entendre et le sang se mit à couler abondamment des narines du motard.

« Calme-toi, Moka, ordonna Daddy, étonné de la prouesse de Kim Dee. Calme-toi ou bien je le laisse finir la job.

– On recommence ce soir comme prévu… », conclut Kim Dee en s'essuyant le poing.

L'Asiatique toisa Daddy d'un air satisfait, puis se dirigea vers la sortie, pareil à un jeune coq.

♠

La journée de Maria et de Ginette avait commencé comme tant d'autres, mais un événement était bientôt venu y ajouter un peu de piquant. Maria avait reçu, de la part d'un admirateur anonyme, une boîte de chocolats portant la marque d'une confiserie haut de gamme. Elle avait une bonne idée de l'identité de l'expéditeur, mais préférait feindre l'ignorance, de peur de faire de la peine à sa copine de travail. Celle-ci, plutôt gourmande, était d'ailleurs en train de vider la boîte à elle seule. Maria ne lui en tenait pas rigueur, car elle avait reçu dernièrement plus que sa part de fleurs et de chocolats du même admirateur anonyme. Elle savait que sa collègue souffrait sur le plan sentimental et la laissait volontiers vivre un peu de romance par procuration.

« Pourquoi c'est si bon, le chocolat ? demanda Ginette en se délectant.

– Il y a une substance dans le cacao qui active les mêmes neurotransmetteurs que le coup de foudre. Voir un bel homme et manger du chocolat, c'est du pareil au même.

– C'est pour avoir le coup de foudre que t'as acheté cette belle boîte ? Mon Dieu, Chocolaterie Andrée, on rit plus…

– C'est un cadeau…

– De qui ? Pourquoi c'est toujours pour les autres ?

– Pas de signature, juste une carte blanche. Un mystère, ma Ginette…

– Faut que ce soit quelqu'un du casino. Ça doit être un jeune qui est trop gêné et qui a peur de faire rire de lui. Ou bien un superviseur ou un chef de quart s'il est assez raffiné pour aller acheter des chocolats de qualité… »

Antoine Caron entra dans le bureau à ce moment-là. Il jeta un coup d'œil furtif à la boîte de chocolats et Maria nota l'absence de surprise dans ses yeux, ainsi qu'une légère rougeur qui lui montait au visage. Sentant le regard de Maria, il se reprit et lâcha, d'une voix qui sonnait légèrement faux :

« La Saint-Valentin est pourtant passée…

– Je suis en train de tomber amoureuse d'un homme qui me couvre de fleurs et de chocolats, déclara Maria en le regardant droit dans les yeux.

– Mais on ne sait pas qui c'est », ajouta Ginette, qui en pinçait pour Caron.

Antoine détourna son regard et prit un chocolat dans la boîte. Il sembla en choisir un en particulier, comme s'il connaissait les formes utilisées par cette chocolaterie.

« Ils sont à quoi ceux-là ? demanda Maria avant qu'il ait eu le temps de porter le chocolat à sa bouche.

– Au café », répondit-il sans réfléchir.

Antoine comprit le but de la question tout en croquant le chocolat. « Elle aurait fait une bonne enquêteuse », se dit-il. Elle se permit un sourire en coin en devinant la pensée du directeur de la sécurité, puis remarqua sa fatigue évidente.

« Vous avez l'air épuisé, constata-t-elle. Un peu de glucose et de caféine, ça ne vous fera pas de tort.

– Je sais, je me suis fait réveiller aux petites heures. Il y a eu des gains très suspects aux hautes mises… On aimerait avoir ton avis quand tu auras une minute. Le type a une drôle d'attitude. C'est celui que je t'ai montré l'autre fois.

– Il est rendu aux hautes mises ? Intéressant.

– Très. »

Ils furent interrompus à ce moment par une secrétaire qui tentait d'empêcher une femme hystérique d'entrer dans le bureau.

« Elle a dit qu'elle me recevrait en tout temps ! cria la femme. Je veux voir Mme Delluci !

– Je ne voulais pas vous déranger, s'excusa la secrétaire, mais… »

Maria avait reconnu la voix de Monique Parent. Elle fit signe à ses collègues de les laisser seules. Ginette et Antoine quittèrent la pièce en emportant un dernier chocolat. Monique s'assit lourdement sur le fauteuil des visiteurs, visiblement en état de panique.

« Qu'est-ce qu'il y a, madame Parent ? demanda Maria.

– J'ai besoin d'aide… je m'en sortirai pas…

– Qu'est-ce qu'il y a ?

– J'ai… je suis allée dans un casino de la Rive-Sud…

– Et…

– Je voulais pas… je voulais pas jouer gros… »

Elle déglutit péniblement, mais se retint de fondre en larmes, encouragée par le calme de la psychologue.

« J'avais pris la carte de crédit de mon mari. J'ai dépassé la limite. Hier, un shylock est allé le voir à son bureau… Il m'a jetée dehors… Il a rencontré un avocat ce matin. Il demande la garde des enfants… »

Deux semaines plus tôt, au moment de la tentative de suicide de Monique, Maria aurait pu jurer que celle-ci avait touché le fond et que les choses iraient en s'améliorant à partir de là. Ce qui se produisait maintenant ébranlait toutes ses convictions professionnelles. Une fois de plus, Monique s'effondra devant elle, éclatant en sanglots, des sanglots violents et douloureux qui semblaient ne plus vouloir finir. Maria se sentait au bord d'un gouffre sans fond, luttant pour garder son équilibre.

Cette fois, elle refusa de plonger et s'abstint de la prendre dans ses bras. Elle resta de son côté du bureau, observant, effarée, la pauvre Monique en train de s'étouffer dans ses larmes. Celle-ci ne se calma un peu qu'au bout de plusieurs minutes qui parurent interminables à Maria.

« Madame Parent, dit-elle doucement, masquant avec peine son propre désarroi, vous êtes parvenue à un stade où mon aide ne suffit plus. Il y a un mal très profond en vous qui vous pousse à vous détruire. Si ce n'était pas le jeu, ce serait sans doute autre chose. Vous avez besoin d'une aide psychiatrique, probablement de médicaments, et peut-être même d'une hospitalisation. »

Monique avait cessé de pleurer, mais son état paraissait pire que l'instant précédent, alors qu'elle était secouée de sanglots. Ses yeux vitreux semblaient regarder à travers Maria sans la voir. La psychologue commençait à se demander si les névroses de Monique n'étaient pas en train de tourner à la psychose. Tendances schizoïdes ? La pauvre femme avait l'air complètement déconnectée.

« Je pourrais vous diriger vers un centre privé, mais il est clair que vous n'en avez pas les moyens. Il vous faudra passer par le réseau public. Le mieux serait de voir d'abord un généraliste, qui vous orientera vers un psychiatre. Ensuite, celui-ci pourra vous faire admettre dans un centre psychiatrique ou un hôpital pourvu d'une aile psychiatrique. Vous devez accomplir ces démarches par vous-même. Je n'ai pas l'autorité ni la responsabilité de les faire à votre place. Vous êtes gravement malade, Monique. »

Monique respirait maintenant régulièrement, comme sous l'effet d'un puissant calmant. Maria savait qu'une crise de larmes pouvait affecter la chimie du cerveau en libérant certains neurotransmetteurs, comme le font la plupart des émotions violentes. Monique recherchait peut-être ces effets psychotropes naturels en provoquant ces émotions. La peur, la colère, le désespoir, autant de drogues que le cerveau pouvait produire sans aide extérieure.

« Au fond, je ne suis pas vraiment malade, déclara Monique d'une voix monocorde. Je suis juste une merde. Je mérite ce qui m'arrive.

– Non, vous vous trompez, protesta Maria. Vous êtes dévorée par un cancer de l'âme. Vous devez lutter. Il faut chercher de l'aide. Votre famille…

– Je n'ai plus de famille. Mon mari va garder les enfants.

– Je veux dire vos parents, des frères, des sœurs…

– Personne.

– Vous avez sûrement des amis.

– Ils se sont tous poussés quand j'ai commencé à jouer régulièrement.

– Ils se sont poussés ou c'est vous qui les avez négligés ?

– Oh, c'est sûrement de ma faute. Tout est de ma faute, il n'y a personne d'autre à blâmer. »

Maria hésitait à contredire Monique sur ce point. Admettre ses torts était une étape importante vers la guérison, mais Maria doutait que Monique fût parvenue à ce stade. Ses propos tenaient sans doute plutôt de l'autodénigrement. La psychologue opta pour un compromis.

« Ne parlons pas de faute. Vous vivez des difficultés qui vous dépassent. Vous devez chercher de l'aide. Si vous voulez, je pourrais recontacter le médecin qui vous a soignée à l'hôpital, elle m'avait semblé très compréhensive. Elle pourra sûrement vous orienter vers les bonnes personnes.

– Tu veux me laisser tomber, ma belle? railla Monique d'une voix glaciale. T'as plus envie de sortir de ton beau bureau?

– Votre cas dépasse mes compétences, se défendit Maria. Il existe des ressources pour vous aider, mais vous devez faire les premiers pas.

– Je pensais que tu étais mon amie… Je te regarde dans ton casino et tu me fais penser à une thérapeute pour toxicomanes qui leur vendrait de la drogue pendant les pauses-café. Belle job, tu es sûre de ne jamais manquer de clients.»

La remarque de Monique eut l'effet d'une gifle sur Maria. Cette dernière tenta de se défendre de son mieux.

«Je n'ai pas été engagée pour faire un suivi à l'extérieur du casino. J'ai tenté plusieurs fois de vous trouver un spécialiste… Monique, je suis psychologue. Je vous aide parce que c'est mon travail. Mais c'est le casino qui paye mon salaire… Je comprends votre point de vue, vous n'avez pas complètement tort, c'est pour ça que je vous recommande d'aller chercher de l'aide à l'extérieur.

– T'en fais pas, je te comprends, soupira Monique en se levant. Moi non plus, je ne voudrais pas être prise avec moi sur les bras. Je te fiche la paix, maintenant.

– Monique, s'il vous plaît, promettez-moi que vous irez chercher de l'aide. Appelez la docteure de l'hôpital. Je peux vous trouver son numéro. Téléphonez-moi à la maison, je vous donnerai le nom des personnes-ressources…»

Monique avait quitté le bureau, apparemment indifférente au geste de bonne volonté de Maria. La psychologue lutta contre le sentiment de culpabilité qui l'envahissait. Elle savait que les toxicomanes – dont les joueurs compulsifs faisaient partie – pouvaient s'avérer des manipulateurs habiles et même cruels. Elle se rassit, découragée. Elle n'avait aucune autorité pour intervenir, et d'ailleurs la direction lui avait expressément défendu de le faire. Elle ne pouvait que regarder Monique continuer à se détruire. Elle poussa un profond soupir et porta son attention sur la boîte de chocolats. Tout à fait le genre de remontant dont elle avait besoin.

Après avoir avalé quatre ou cinq chocolats, qu'elle fit fondre sous son palais en les savourant les yeux fermés, elle remarqua enfin la présence d'Antoine, appuyé contre le cadre de la porte. Le directeur la contemplait avec un sourire ravi, qu'il réprima dès qu'elle ouvrit les yeux. Le visage angélique de Maria, en train de déguster un chocolat, lui avait fait l'effet d'une vision céleste, porteuse de promesses d'extase et de volupté, et l'avait laissé totalement sans défense.

« Ils te plaisent ? demanda-t-il maladroitement.

– Qu'est-ce que ça peut bien vous faire ? répondit-elle, jouant l'innocente.

– Je disais ça comme ça, bafouilla-t-il comme un collégien. J'ai fait reconduire Mme Parent, ajouta-t-il, pressé de changer de sujet. Elle n'a pas l'air d'aller mieux…

– De mal en pis. Le pire cas de ma carrière. Je ne peux plus l'aider, il lui faut un soutien médical, psychiatrique. De toute façon, je vais me faire crucifier par la grande boss si je continue de m'en mêler. Et puis, je ne suis pas sûre d'avoir l'énergie qu'il faut. Elle m'a complètement vidée… »

Maria se contenta de pousser un autre soupir et pigea de nouveau dans la boîte de chocolats, qui était maintenant presque vide.

« Je ne sais pas qui m'a envoyé ça, déclara-t-elle en fixant Antoine avec insistance, mais il ne pouvait pas mieux choisir son moment. Il va avoir droit à une belle bise le jour où il se fera connaître.

– Il faut être un peu vieux jeu pour envoyer des chocolats à une femme, non ? dit-il doucement.

– Vieux jeu ? Peut-être. »

Maria l'observa avec amusement et se lança dans une description détaillée du « suspect », en parodiant allègrement le style des romans policiers :

« Il faut être timide pour ne pas signer la carte, ou encore être marié, probablement les deux… Non, se ravisa-t-elle, il n'est pas marié. Un homme marié ne se lancerait pas dans de tels excès de romantisme. Par contre, il a été longtemps marié, et probablement fidèle, mais est maintenant veuf ou divorcé.

– Comment peux-tu dire ça ?

– À cause de la maladresse de la démarche. Cet homme s'est marié jeune et n'a pas eu l'occasion d'apprendre à courtiser les femmes. Il ne cherche pas l'aventure, sinon il aurait regardé du côté des croupières ou des clientes.

– Je connais plein d'hommes mariés qui envoient des chocolats à leurs maîtresses, sans signer la carte, évidemment.

– Est-ce que vous me soupçonnez d'entretenir une relation avec un homme marié ? questionna Maria, coquine. Je continue. Il faut avoir du goût pour choisir une aussi bonne confiserie. L'adresse nous renseignera un peu sur l'itinéraire quotidien du suspect. Il faut avoir aussi les moyens de se l'offrir, donc l'individu a une bonne situation. Il a insisté sur la qualité plutôt que sur la quantité. Il aurait pu prendre une boîte plus grosse, mais il ne cherche pas à faire de l'esbroufe et a assez de bon sens pour ne pas insulter sa « victime » en laissant entendre qu'elle est le genre de femme à s'empiffrer de tonnes de sucreries entre les repas. Par contre, il y avait suffisamment de chocolats dans la boîte pour qu'elle puisse les partager avec ses amis, ce qui laisse supposer une certaine générosité.

– Ça me paraît raisonnable, admit Antoine.

– Il s'agit probablement d'un collègue de travail, étant donné que je n'ai plus d'existence à l'extérieur du boulot. C'est sans doute son cas également. Tout le monde sait que les relations en milieu de travail, ça donne généralement lieu à des catastrophes déplorables et que seuls les workaholics en phase terminale envisagent sérieusement une relation stable avec un collègue.

– Tu ne généralises pas un peu ? protesta faiblement Caron. J'ai lu plein d'articles dans des magazines féminins qui prétendaient le contraire.

– Vous lisez les magazines féminins ? s'esclaffa Maria.

– J'ai été marié trente ans et nous avons eu deux filles, se défendit Caron, rouge comme une tomate. Il n'y avait que ça qui traînait dans les toilettes.

– Pauvre de vous ! se moqua Maria. Et en trente ans, vous n'avez pas compris qu'il ne faut jamais croire ce que disent les magazines féminins ? »

Antoine s'empêtra dans une tentative de réponse cohérente. Maria poursuivit impitoyablement son analyse :

« On peut donc considérer que l'individu est : soit inexpérimenté avec les femmes, sans toutefois être jeune, car ce serait incompatible avec le caractère désuet de son approche ; soit un peu idiot, ce dont je doute, étant donné son goût exquis en matière de femmes et de chocolat ; soit qu'il est sérieusement accroché, pour ne pas dire désespérément amoureux. Un homme d'âge moyen ne perdrait pas son temps de cette façon et m'aurait draguée ouvertement. Le suspect est donc d'âge mûr, travaille ici même au casino et n'a pas refait sa vie depuis son divorce ou la mort de sa femme. Il a les yeux cernés à cause de ses longues journées de travail. Il est habitué à contenir ses émotions, peut-être par déformation professionnelle. On pourrait supposer que son métier l'a toujours placé en position d'autorité et qu'il panique à l'idée de se trouver dans une position de vulnérabilité.

– Il t'a quand même envoyé des chocolats, murmura Antoine, intimidé par l'intelligence de Maria.

– Mais il n'a rien fait inscrire sur la carte. Il aurait pu laisser un mot sans sortir de l'anonymat.

– Qu'est-ce que tu en déduis ?

– Qu'il n'est pas encore prêt à lâcher le morceau. »

Ni l'un ni l'autre n'osèrent ajouter un mot. Un silence s'installa. Un silence non pas froid ou embarrassant, mais plutôt chaleureux et agréable, qui semblait résonner d'une harmonie muette et paisible. Ils traversaient l'un de ces instants magiques où les mots deviennent inutiles, où les yeux deviennent des portes donnant directement sur l'âme. Puis, Ginette, ignorant totalement ce qui se passait dans le bureau de sa collègue, entra avec fracas, rompant le silence comme on brise une coupe de cristal échappée par inadvertance.

♠

Stéphane s'éveilla vers quatre heures de l'après-midi et put à peine ouvrir les yeux tellement ceux-ci étaient gonflés et irrités. Privé de repères visuels, il se fia à son nez et à ses oreilles pour se souvenir du lieu où il se trouvait. Il pouvait sentir le parfum délicat d'Emmanuelle et entendre sa voix dans une pièce voisine. Courbaturé, il se leva péniblement et enfila ses sous-vêtements. La lumière lui faisait mal aux yeux. Il se rendit compte qu'il n'avait toujours pas ôté les verres de contact spéciaux qui lui avaient permis de gagner une petite fortune durant la nuit. Sa mémoire s'éclaircit et une profonde satisfaction l'envahit. En moins de seize heures, il avait gagné plus de trois cent mille dollars et fait l'amour à une femme merveilleuse. Il se dirigea vers le salon.

Emmanuelle y était installée dans un chic fauteuil de cuir, vêtue d'un joli peignoir de soie qui laissait voir ses jambes d'albâtre. On pouvait deviner qu'elle marchait beaucoup mais n'avait pas le temps de prendre du soleil. Elle discutait au téléphone.

« Je vais voir ce que je peux faire, disait-elle. Ce n'est pas ma branche, mais je vais parler aux psychiatres de l'hôpital. Je te préviens tout de suite que tant qu'elle ne fera pas de demande de sa propre initiative, on ne peut à peu près rien pour elle... On ne peut pas apprendre à nager à quelqu'un qui se noie... »

Elle contempla Stéphane qui sortait de la chambre, en caleçon et camisole, les cheveux ébouriffés et les yeux bouffis, avec sa barbe d'une journée. Un sourire gourmand se dessina sur ses lèvres.

« Écoute, papa, il faut que je commence à me préparer, je travaille ce soir… Oui, quoi ? Qui ? Stéphane Dumas ? Non, ça ne me dit rien…, mentit-elle, embarrassée. Ah ! le type d'hier soir. Tu me surveilles, maintenant ? Pourquoi je perdrais mon temps avec un joueur de black-jack ? Oui, je suis d'accord, ça ne regarde que moi… Moi aussi, je t'aime… quand même. Bye. »

Elle raccrocha en soupirant, se demandant à quel âge on cessait d'être un enfant aux yeux de ses parents. Elle reporta son attention sur sa capture matinale. Le beau matou s'étirait langoureusement et la dévorait du regard, dans la mesure où ses yeux injectés de sang le lui permettaient.

« Dis donc, ça ne va pas, les yeux ! Jamais vu une pareille conjonctivite. Tu portes des verres de contact ?

– Non ! Euh, oui.

– C'est comme pour ta blonde ? Tu n'es pas sûr d'en avoir ? En passant, ton cellulaire n'arrêtait pas de sonner, alors je l'ai éteint.

– Tu as bien fait. J'ai des verres de contact, mais c'est nouveau, se reprit-il. Je ne suis pas habitué.

– Si j'ai bien compris, je vais encore te soigner gratis. Viens dans la salle de bains, j'ai ce qu'il faut. Mon ex était ophtalmo… »

Il l'accompagna docilement et lui confia sans hésiter la prunelle de ses yeux, qu'elle soigna avec douceur et tendresse. Il pouvait sentir ses seins contre lui pendant qu'elle retirait ses verres et lui mettait des gouttes. Il se permit de l'enlacer. Elle déposa les verres dans une solution nettoyante, puis ils s'empressèrent de sauter dans la douche, où ils firent de nouveau l'amour, avec la même passion qu'au matin, mais avec une connaissance accrue des désirs de l'autre. Malgré tout, dans un coin de son esprit, la partie rationnelle d'Emmanuelle gardait le contrôle et ne pouvait s'empêcher de penser que le fougueux jeune homme était un bien trop bon amant pour faire un petit ami convenable…

Sitôt sorti de la douche, Stéphane fut surpris du changement d'attitude d'Emmanuelle. Elle s'enveloppa dans une immense serviette et alla s'habiller dans sa chambre sans dire un mot. Elle ne le laissa entrer pour récupérer ses vêtements qu'une fois qu'elle eut fini. La fête était terminée. Avec une cordialité un peu raide, elle lui proposa du café et quelques sandwiches vite faits.

« Tu m'excuseras, j'ai une grosse nuit de travail devant moi. De toute façon, ta future épouse doit t'attendre, ajouta-t-elle d'un ton glacial.

– Ah, merde ! Thi Tram ! »

Le changement d'attitude d'Emmanuelle et le rappel de l'existence de la jeune Asiatique lui firent l'effet d'une douche froide après les moments délicieux qu'il avait passés. Il avait parfois agi comme elle venait de le faire avec des amantes d'un soir, mais c'était la première fois de sa vie qu'il subissait ce traitement. Il refusa poliment les sandwiches, suffisamment perspicace, malgré son désenchantement, pour comprendre qu'il était plus que temps de battre en retraite.

« Tu n'oublieras pas tes verres de contact, lui rappela-t-elle pendant qu'il se préparait à partir. Je connais ce genre de truc, tu sais. On oublie un petit quelque chose chez la demoiselle et on est obligé de revenir le chercher...

– Oui, mes lentilles... Merci de me le rappeler. »

Il retourna à la salle de bains où il remit ses verres sur ses yeux encore douloureux.

« Tu ne devrais pas les reporter s'ils ont déjà causé une infection, conseilla-t-elle en l'observant.

– Je n'ai pas tellement le choix..., répondit-il sans autre explication.

– Tu ferais mieux de garder les gouttes alors. Tu vas en avoir besoin. »

Cette fois, il était prêt à partir. Le brusque revirement de situation l'attristait vivement et il fit une dernière tentative pour recoller les morceaux avant de quitter la jeune femme.

« Tu me laisses ton numéro ? demanda-t-il calmement, en essayant de garder un air détaché.

– Écoute, mon grand, dit-elle sur un ton proche de la condescendance. Tu es un beau matou, affectueux, agréable à caresser, mais tu as encore tes griffes et tes couilles et tu es plus habitué aux ruelles qu'aux salons. Alors, tu m'excuseras, mais j'ai pas envie que tu laisses tes poils et tes odeurs dans mon appart. Va vivre ta vie. Si ta Vietnamienne s'imagine qu'elle va te dompter, c'est son problème. Moi, je connais trop bien les hommes.

– Et les chats...

– Et les chats. »

Stéphane la regarda une dernière fois dans les yeux et crut apercevoir une lueur qui l'éclaira vaguement : elle avait peur de tomber amoureuse. Elle le poussa gentiment hors de son appartement et referma la porte derrière lui. Il s'en alla, le pas lourd, et se mit à réfléchir à ce qu'il allait raconter à Thi Tram.

♠

Contrairement à l'opinion peu charitable que Stéphane pouvait avoir d'elle, Thi Tram n'avait pas passé la journée à attendre passivement l'élu de son cœur. Le roman d'amour qu'elle s'imaginait vivre avec lui ne l'empêchait pas de mener à bien ses propres projets. Elle avait passé la journée dans les bureaux de l'entreprise familiale à apporter la dernière touche au rapport qu'elle avait préparé pour son père. Elle avait rassemblé toutes les preuves nécessaires pour porter le coup de grâce à celui qui lui avait empoisonné l'existence depuis tant d'années. Elle allait enfin établir sa place au sein de l'entreprise et, surtout, dans l'estime de son père.

Elle se présenta à lui et déposa le document sur son bureau. Elle percevait l'anxiété de son père sous ses dehors impassibles. Il savait que le nombre de suspects potentiels était limité.

« Tu as fini ? demanda-t-il laconiquement.

– J'ai fini.

– Combien de copies ?

– Une seule. Pour toi. À partir de maintenant, tu sauras. C'était très compliqué…

– Qui a détourné l'argent ?

– Toutes les données sont là… »

Elle n'osait pas le lui dire de vive voix. D'ailleurs, c'était inutile, car il interpréta son refus de répondre comme une confirmation de ses soupçons. An Nguyen sembla soudainement vieillir de plusieurs années. Il s'assit et hésita à ouvrir le document, comme si celui-ci allait le brûler.

« Laisse-moi seul. »

Elle acquiesça à sa demande sans discuter. Elle se mit soudain à douter de la valeur de son initiative. Elle n'avait pas prévu que son père prendrait la chose aussi mal, et se rendait compte également qu'il s'en doutait depuis longtemps. Avait-elle eu raison de jouer les oiseaux de mauvais augure ? Elle avait seulement souhaité que son père ouvre les yeux sur la réalité de sa famille et prenne conscience qu'il plaçait sa confiance dans la mauvaise personne. Maintenant, elle craignait que la rigidité de son père n'apparaisse comme sa plus grande faiblesse, tel le chêne qui se rompt tandis que le roseau plie.

Peut-être aurait-elle dû laisser quelqu'un d'autre faire ce sale travail ? En tirerait-elle les avantages qu'elle avait escomptés ? Elle se sentit subitement bien égoïste. Elle ne voulut pas quitter les bureaux de l'entreprise tout de suite et attendit que son père ait fini d'étudier le dossier. Dans le désarroi qui le guettait, peut-être oserait-il enfin se confier à elle ?

Elle tenta de joindre Stéphane sur son téléphone cellulaire, mais elle tomba directement sur la boîte vocale. Il avait probablement désactivé son appareil et dormait à poings fermés après avoir joué toute la nuit. Elle n'avait pas tort sur ce point, mais ne se doutait pas qu'il dormait dans le lit d'une autre femme qu'il connaissait à peine.

Au bout d'une demi-heure, elle entendit la voix de son père qui n'avait pu retenir un juron dans sa langue maternelle, événement rarissime. Plus qu'un juron, l'exclamation tenait à la fois du blasphème et de la menace de mort. Elle l'observa par l'ouverture de la porte. Elle ne l'avait jamais vu dans un tel état. Son visage était rouge de colère. Il tremblait légèrement, les poings crispés. Elle se risqua à se présenter de nouveau devant lui. Il reprit son calme, incapable de supporter l'idée que sa fille le vît perdre son sang-froid. Il inspira profondément.

« J'ai tout vérifié.

– Je suis désolée…

– Je suis déshonoré.

– Ce n'est pas toi. Tu n'as rien à voir…

– Tais-toi, ordonna-t-il sèchement. Kim Dee est mon fils. C'est mon sang, c'est moi qui en suis responsable devant la famille, devant la communauté.

– Père…, gémit-elle, désespérée de la tournure des événements. On est au Québec, on n'est plus au pays…

– Nous sommes au Québec, mais nous portons le Viêtnam en nous. N'oublie jamais qui tu es et d'où tu viens. Un père est toujours responsable de ses enfants.

– Si je peux me permettre…, implora-t-elle. Avec tout le respect que je vous dois, je suis née ici…

– Non. Je ne veux pas t'entendre. »

Il fixait le mur devant lui, honteux comme il ne l'avait jamais été dans sa vie. Son fils unique avait osé le voler, et il devrait se résigner à confier l'œuvre de sa vie à une fillette à peine nubile ? De quoi se mêlait-elle, cette écolière mal élevée qui venait ainsi l'exposer à l'opprobre ? Jamais une fille n'aurait osé attaquer ainsi l'honneur de son frère aîné dans le pays de sa jeunesse, même si toutes les preuves étaient contre lui. Elle aurait dû le laisser découvrir la chose par lui-même. Qu'espérait-elle donc ? Une récompense ? Il se tourna vers elle, contenant difficilement une nouvelle bouffée de colère.

« Sais-tu ce que nous avons enduré, ta mère et moi ? »

Elle s'abstint prudemment de répondre à cette question, qui n'en était pas vraiment une. Devant le malheur qu'elle lisait sur les traits de son père, elle aurait fait n'importe quoi pour revenir en arrière et ne pas lui apporter elle-même la mauvaise nouvelle. Elle aurait voulu pouvoir le prendre dans ses bras à cet instant, comme elle avait vu d'autres le faire dans d'autres familles, mais ce n'était pas dans les habitudes des Nguyen de verser dans une familiarité aussi vulgaire. Au bout d'un lourd silence, An Nguyen lâcha :

« Si tu dis un mot à qui que ce soit, c'est toi que je maudirai. »

Thi Tram demeura estomaquée un moment, puis quitta les lieux presque à la course. Elle n'aurait jamais cru que les choses tourneraient ainsi. Elle se sentait coupable, sale, minable. Elle pensa spontanément à Stéphane pour se réconforter et tenta de le joindre une nouvelle fois. L'après-midi tirait à sa fin et elle commençait à s'inquiéter de ce qui avait pu lui arriver. Elle ne pouvait pas se douter qu'en cet instant il prenait une douche avec la belle blonde qu'elle avait vue la veille en sa compagnie. Il valait mieux qu'elle n'en sût rien. La journée avait été suffisamment pénible.

Après une heure à tourner en rond, elle décida d'aller le rejoindre à son loft, en se disant qu'il apprécierait peut-être la surprise à son réveil. Elle le trouva bien réveillé. Il venait de se changer et semblait absent, sinon mal à l'aise.

« Tu as les yeux rouges…, remarqua-t-elle. On dirait que tu as pleuré.

– T'en fais pas, je n'ai pas pleuré. Regarde. »

Il lui montra le chèque qu'il avait ramené du casino. Elle poussa un sifflement admiratif, mais sans se réjouir autant qu'il l'aurait cru.

« J'ai essayé de te joindre aujourd'hui, dit-elle d'une voix neutre.

– J'ai dormi toute la journée, après la nuit que j'ai eue.

– Je n'ai pas vu ta voiture en bas… J'ai failli faire demi-tour.

– Je suis rentré en taxi. J'avais trop mal aux yeux pour conduire. Tu es sûre que ça va ? demanda-t-il nerveusement.

– Je viens de passer une journée de merde, soupira-t-elle. Tu te souviens de la petite recherche que j'ai menée dans les livres comptables de mon père ?

– Oui. Tu soupçonnais ton frère…

– Je lui ai présenté des preuves aujourd'hui. Kim Dee a détourné quatre cent mille dollars des comptes de l'entreprise. Je n'ai jamais vu mon père dans un état pareil. »

Elle retenait difficilement ses larmes en lui disant cela. Stéphane comprit qu'elle avait besoin de réconfort. Il la prit dans ses bras.

« Ce n'est pas de ta faute. Tu as bien fait de le prévenir. Il valait mieux que ça vienne d'un proche.

– Je sais pas… J'aurais pu me contenter de lui mettre la puce à l'oreille et de le laisser découvrir le reste par lui-même. Il était tellement humilié. Je pense qu'il m'en veut autant qu'à Kim Dee…

– Pourquoi il t'en voudrait ?

– Son maudit orgueil de patriarche vietnamien ! Sa fille de dix-huit ans a découvert avant lui qu'il se faisait voler ! Tout ça parce que je voulais me venger de Kim Dee ! »

Elle se mit à pleurer pour de bon. Il se sentait mal à l'aise et, surtout, coupable de son escapade. Il l'avait laissée devenir amoureuse, et maintenant elle avait besoin de lui dans un moment critique. Stéphane ne savait plus quelle attitude adopter.

« Toi au moins tu me respectes, dit-elle. Si tu savais comme je t'aime… »

Elle se mit à l'embrasser avec une passion décuplée par son désespoir. Le goût des larmes sur son visage ne faisait qu'attiser le désir de Stéphane. Allait-elle choisir cette occasion pour s'offrir à lui ? Avant de se retrouver dans un état d'excitation incontrôlable, il la repoussa le plus gentiment possible, aidé en cela par le fait que ses ébats de la journée avaient considérablement émoussé sa libido.

« Thi Tram, dit-il doucement, ce n'est peut-être pas le meilleur moment… Je dois repartir pour le casino. Je ne sais pas combien de temps les cartes vont durer…

– Quoi ? Trois cent soixante mille dollars, ce n'est pas assez ? De combien tu as besoin pour faire ressusciter ton père ? Tu vas le faire cloner chez les raéliens ? »

En effet, le temps était mal choisi. Il l'avait blessée. Il se défendit du mieux qu'il put. Il ne pouvait pas lui dire qu'il préférait s'éloigner d'elle à cet instant précis, qu'il ne pouvait assumer la confiance qu'elle plaçait en lui.

« Ils ont tué mon père. Ils l'ont réduit à l'esclavage, ils l'ont ruiné et, quand ils ont eu fini de le presser comme un citron, ils l'ont laissé terminer le travail lui-même dans leur stationnement. Je n'arrive pas à pardonner. Je suis pas capable. Il faut que je les baise jusqu'au bout.

– Jusqu'au bout ? Ça veut dire quoi ? Combien de centaines de millions ils récoltent par année ? Combien tu penses leur prendre avant de te faire pincer ? Un million ? Deux ? Ça va t'avancer à quoi de retourner en prison ?

– Je ne retournerai pas en prison, je te le jure, dit-il d'une voix solennelle.

– Stéphane, tu m'inquiètes. Tu sais que les bons joueurs quittent la table quand ils gagnent. Tu peux vivre plusieurs années avec ton chèque, tu peux offrir une belle maison à ta mère, tu peux investir cet argent et refaire ta vie.

– Je m'en fous de refaire ma vie ! Le casino, c'est une machine à voler le monde. Je veux pas juste venger mon père, je venge tous ceux qui se sont fait détruire par lui !

– Tu te prends pour Robin des Bois, mais tu tiens plus de Don Quichotte. Les gens savent ce qu'ils font. Ton père était comptable ! Il comprenait parfaitement les chiffres, les probabilités, les statistiques. Il n'a jamais fait une faute dans les livres de mon père, et tu vas me faire croire qu'il ne savait pas qu'il allait perdre son argent au casino ?

– Tu peux bien parler ! s'emporta-t-il. Ton père savait que ton frère est un voyou, il l'a quand même laissé le voler. Qui est coupable, ton père ou ton frère ?

– Mon frère est coupable de vol. Mon père a fait une erreur de jugement. Tu compares des pommes avec des oranges. Quand ton père a vendu votre maison sans le dire à ta mère pour aller perdre l'argent le soir même, penses-tu que quelqu'un l'a forcé? Est-ce qu'un croupier s'est pointé chez vous avec une arme pour l'emmener au casino? Ouvre-toi les yeux, Stéphane, ton père était un joueur compulsif, pas un héros.

– Mon père était un homme honnête, hurla Stéphane, un homme qui prenait soin de sa famille! Il travaillait fort tous les jours, souvent jusqu'aux petites heures du matin pour que ton père soit content de lui!

– Tu parles, il jouait aux cartes avec mes oncles en buvant du whisky et du Red Bull pour rester réveillé!

– Thi Tram, tu m'excuseras, je dois y aller, déclara-t-il en reprenant son calme. Pendant un temps limité, j'ai un pouvoir magique qui me permet de deviner quelle carte va sortir. C'est le rêve de tous les joueurs du monde depuis la nuit des temps. Je ne peux pas ne pas m'en servir. J'ai perdu une journée à dormir, maintenant j'y retourne. Quand je reviendrai, on s'offrira la plus belle fête de notre vie et on décidera de ce qu'on va faire avec cet argent.

– Stéphane, es-tu d'accord pour dire que cet argent, tu l'as volé?

– Non. Je reprends ce qui m'est dû.

– Stéphane, j'ai besoin de toi, maintenant, supplia-t-elle. Reste.

– Non, je ne peux pas.

– Alors, dis-moi que tu m'aimes avant de partir. »

Elle le fixa droit dans les yeux. Il inspira profondément, incapable d'accéder à sa demande. La bouée à laquelle elle tentait de s'accrocher était en fait un boulet. Il se contenta de la prendre dans ses bras de nouveau et de la serrer contre lui. Elle ne fut pas dupe de son silence. Elle le laissa partir sans autres protestations. Elle avait enfin compris que sa haine l'emportait sur tout autre sentiment, qu'il tenait à cette vengeance plus qu'à elle, ou même qu'à sa propre vie.

♠

Le même soir, Kim Dee et ses partenaires poursuivaient l'opération de blanchiment qu'ils avaient entamée la veille, ce qui n'empêchait pas Kim Dee de garder un œil sur ses affaires courantes. L'un de ses usuriers l'agaçait sérieusement et il n'avait pas l'intention de se laisser flouer par un shylock de pacotille juste au moment où il commençait à s'imposer auprès du gang criminel le plus dangereux du pays. Il repéra Albert, qui traînait à un jeu de loto destiné à la classe ouvrière, comme s'il espérait faire des affaires avec ce menu fretin. « Il se cache de moi », en déduisit Kim Dee. Il s'approcha de l'usurier avec un air menaçant, pour lui signifier qu'il n'accepterait aucun compromis cette fois.

« Le délai est passé. T'as l'argent ?

– J'ai pas encore pu me refaire, bafouilla Albert. Sois patient… je vais t'ajouter deux mille piastres.

– Tu sais pas compter, Albert, c'est pour ça que je me suis toujours méfié…

– Kim Dee… T'as dit que tu me donnerais une chance… tiens, j'ai quinze cents piastres. »

Albert sortit les billets de son portefeuille, puis s'arrêta net devant le rictus de l'Asiatique. Sa nervosité lui avait fait commettre cette erreur de débutant. Il se mordit les lèvres.

« T'es vraiment cave... toutes les caméras sont en train d'enregistrer ton geste... Albert, qu'est-ce que je vais faire avec toi ? »

Kim Dee afficha un sourire énigmatique, intimidant. Il aperçut Stéphane Dumas qui s'approchait du salon des hautes mises. Il avait eu vent de ses exploits de la nuit précédente et désirait garder le contact avec lui, ne serait-ce que pour garder un œil sur sa sœur et éviter les coups fourrés. Il ne croyait pas que Stéphane lui avait pardonné son séjour en prison et craignait toujours une vengeance.

« Je vais m'occuper de toi plus tard, Albert... »

Kim Dee laissa l'usurier à son angoisse et partit à la rencontre de Stéphane.

« Tu as l'air d'un homme chanceux, dit-il sur un ton relativement amical. J'ai entendu dire que tu avais ramassé le jackpot.

– Disons que c'est un début. La chance est de mon côté, j'en profite.

– Tant mieux. Je suis content pour toi. Tu vois bien que je suis ton ami.

– Qu'est-ce que tu veux ? demanda sèchement Stéphane.

– Rien. Je veux juste savoir si tu as réfléchi à ce qu'on s'est dit l'autre soir.

– À propos de quoi ? Non, je ne veux pas travailler pour toi. De toute façon, je suis brûlé pour le trafic de coke.

– Je parlais de ma sœur. Tu vas la laisser tranquille ? »

Stéphane n'arriva même pas à se fâcher face à l'impertinence de Kim Dee. Il ne pouvait que soupirer devant ce pauvre gamin attardé qui jouait les durs. Il décida de s'amuser un peu à ses dépens.

«Ah oui! Ta sœur. Je voudrais bien la laisser tranquille, mais elle semble avoir une vie de famille insatisfaisante…

– Fais pas le malin.

– Peut-être que son grand frère lui manque? C'est peut-être pour ça qu'elle s'intéresse aux garçons à un âge si précoce. Ce n'est pas normal, elle a seulement dix-huit ans, elle devrait encore jouer à la poupée avec ses copines de l'université.

– Très drôle.

– Je pense qu'elle se sent négligée par les hommes de sa famille. Le frère n'est jamais là, le père ne dit jamais un mot…

– Fais attention à ce que tu vas dire sur mon père…

– Tu es drôlement chanceux de l'avoir, ton père. Tu devrais mieux t'occuper de ses affaires…

– Que veux-tu dire? questionna Kim Dee, soudainement inquiet.

– J'ai cru comprendre que les livres n'étaient pas aussi bien tenus que du temps de mon père…»

L'insinuation avait déstabilisé Kim Dee. Il savait que son père venait de congédier son comptable et que sa sœur s'était mise à traîner dans les bureaux de l'entreprise. Il n'aima pas du tout le sourire narquois que Stéphane affichait. Sa première impulsion aurait été de recourir à la menace, mais sa curiosité avait été piquée.

«Je t'offre un verre…, proposa-t-il, conciliant.

– J'ai la main ces jours-ci… je sens que ma chance va m'être fidèle… Tu m'excuseras.»

Stéphane poursuivit son chemin et se rendit au salon des hautes mises. Un homme l'attendait à l'entrée. Antoine Caron l'accueillit avec un large sourire. Stéphane se demanda si Emmanuelle lui avait parlé de lui. En tout cas, la sécurité le tenait à l'œil.

« On prend goût au grand monde ? dit le directeur.

– Vous savez, monsieur Caron, une fois qu'on sait comment fonctionnent les 1, les 2, les 5 ou les 10, le nombre de zéros après, ça fait pas de différence. Jouer cent piastres ou cent mille, c'est la même chance…

– À condition que ce soit de la chance, précisa Antoine, tout en bloquant le passage.

– Je ne suis pas le bienvenu ?

– Au contraire, je suis toujours heureux d'apprendre. Tu joues trop bien, t'es trop chanceux, je sens qu'il faut que je m'instruise. »

Antoine l'invita à entrer d'un geste courtois, accompagné d'un regard dur. Stéphane savait que ce serait sa dernière nuit magique. Même s'il y avait encore des cartes marquées en circulation le lendemain, la direction ne le laisserait plus entrer. La possibilité qu'il se fît prendre devint tout à coup bien réelle dans son esprit. Une giclée d'adrénaline se propagea dans ses veines. Il réalisa que, contrairement à ce qu'il avait cru, il risquait beaucoup plus en trichant qu'en jouant honnêtement. Il prit brusquement conscience de l'ivresse qu'il ressentait à l'idée de se faire prendre.

« Je suis un joueur compulsif, constata-t-il. Comme mon père. Ce n'est pas de l'argent que je joue. C'est ma vie. »

Chapitre VI

Alors que Stéphane entrait de nouveau dans le salon des hautes mises pour y répéter ses exploits de la veille, une autre joueuse, moins chanceuse, venait également régler ses comptes au casino. Monique Parent avait encore une fois changé son apparence, s'était teint les cheveux en rouge flamboyant et avait déniché une robe décolletée un peu trop serrée pour elle, ce qui lui donnait un air affreusement vulgaire. Elle avait réussi à subtiliser l'ordinateur portable de son mari et à le mettre au clou pour trois cents dollars, qu'elle comptait investir dans les machines à sous. Avec un peu de chance, elle réussirait à gagner de quoi rembourser cet horrible usurier qui ressemblait à son oncle Roger. Après tout, sa chance devait nécessairement être sur le point de tourner.

Malheureusement, le shylock la repéra avant qu'elle n'ait pu atteindre ses machines préférées (elle s'entêtait à croire que cela faisait une différence), à l'écart des allées les plus passantes. Albert la harponna sans ménagement, avec un zèle aiguisé par les menaces de Kim Dee. Seule la crainte d'être embêté par la sécurité le retint de crier.

« Je te connais, toi ! Tu me dois quatre mille piastres ! Je les veux tout de suite !

– Je les ai pas, glapit Monique. J'ai juste trois cents…

– Trois cents ? rugit Albert. Veux-tu rire de moi ?

– Je sens que je vais gagner… Je te jure, Roger, je vais gagner ce soir.

– C'est Albert, mon nom, pas Roger ! Puis à part de ça, ton mari a menacé mes gars d'appeler la police. Je pensais que tu lui avais parlé…

– Je m'excuse, dit-elle en tremblant. Si tu veux, je peux t'offrir autre chose… »

Elle se surprit à le regarder d'un air entendu, en se passant le bout de la langue sur les lèvres. Il saisit l'allusion. Cela ne l'avancerait pas, mais un petit moment de détente ne lui ferait pas de tort. Monique n'était pas vraiment une beauté, mais pour ce genre d'interlude, ça n'avait pas beaucoup d'importance. Qui sait, peut-être qu'il pourrait convaincre Kim Dee de la prendre dans son « agence » si elle se montrait vraiment douée ? Il doutait fortement que Monique trouve sa place parmi les jeunes Asiatiques qui travaillaient pour son patron ; toutefois, il s'accrocha à cette idée pour rationaliser le petit impair qu'il s'apprêtait à commettre.

Il se dirigea avec Monique vers le stationnement sous-terrain. Une fois à sa voiture, il l'emmena dans un coin tranquille de l'île Sainte-Hélène, puis ils s'y installèrent pour « régler leurs comptes ».

« On va mettre ça au clair, annonça Albert. Tu t'achètes une couple de jours de plus pour trouver l'argent. Ça ne rembourse rien, et je prends ton cash. »

Monique haussa les épaules. Au point où elle en était, cela n'avait plus d'importance. Elle ne faisait pas ça pour le rembourser, encore moins pour se faire plaisir. Elle obéissait à un rituel profondément enfoui dans son subconscient, auquel elle ne s'était pas adonnée depuis l'âge de dix ans. Son mari avait toujours mis son refus de la fellation sur le compte de sa nature scrupuleuse et elle n'avait jamais tenté de lui en expliquer les raisons réelles. Elle aurait été incapable d'en parler. À une époque qu'avec le recul elle jugeait heureuse, elle avait même cru que ces mauvais souvenirs étaient le fruit de son imagination.

Alors que le shylock baissait son pantalon pour exposer son sexe à moitié érigé, ses vieux cauchemars d'enfance refaisaient surface avec une clarté douloureuse. Elle savait maintenant pourquoi l'usurier lui rappelait tant son oncle Roger. Il était à la fois le bourreau et le complice, le châtiment et la récompense, une belle pièce de vingt-cinq cents déposée sur la langue à la manière d'une hostie, à la fin du rituel. Et chaque fois, elle jurait sur la tête de sa mère qu'elle ne dirait rien à personne, jamais. Elle avait respecté son serment.

« Oui, mon oncle », murmura-t-elle en approchant sa bouche du pénis d'Albert. Elle se livra à la fellation en fermant les yeux, laissant sa conscience dériver vers d'autres lieux, comme le faisait la petite fille de jadis.

Albert n'eut pas le temps d'éjaculer. Sa portière s'ouvrit brusquement. Un jeune Asiatique, élégant, dans une colère terrible, l'empoigna par le collet. Monique, paniquée, se heurta la tête contre le volant en se relevant. Elle profita de l'occasion pour quitter les lieux en vitesse.

« On se fait sucer par la clientèle ? Puis tu me dois dix mille piastres ? T'es encore plus sale que je pensais...

– Elle va rembourser... ça change rien...

– C'est toi qui vas payer, Albert… »

D'un geste rapide, Kim Dee frappa le visage d'Albert avec sa bague acérée. Le sang gicla. Il tira le shylock hors de la voiture et se mit à lui cogner dessus avec un sang-froid et une cruauté inouïs, en mesurant la portée de ses coups. Il attendit quelques secondes et, d'un mouvement violent, cassa le nez d'Albert, trop terrifié pour se défendre, ce qui de toute façon n'aurait fait qu'aggraver son cas. Le visage dégoulinant de sang, il fixait bêtement Kim Dee, le pantalon sur les chevilles, prêt à recevoir le coup de grâce.

« Comme ça, tu te faisais sucer au lieu de payer tes dettes… »

Kim Dee mit la main dans le slip d'Albert en affichant un sourire sadique. Il lui entailla la verge avec la pierre de sa bague. Albert poussa des hurlements terribles et se laissa tomber sur le sol. Kim Dee le toisa avec mépris, lui cracha dessus et retourna calmement vers sa voiture.

♠

Monique courut pendant quelques minutes, puis, voyant qu'on ne la suivait pas, se mit à marcher, prenant subitement conscience d'une vive douleur aux pieds. Dans sa panique, elle avait abandonné ses talons hauts et s'était retrouvée pieds nus. Elle avait couru dans l'herbe sur une certaine distance, mais se tenait maintenant sur l'asphalte, essoufflée et éclopée. Elle n'avait plus vingt ans et sa fuite l'avait épuisée. La sueur mouillait sa robe trop serrée et son maquillage outrancier avait coulé sur son visage. Elle n'avait jamais été aussi misérable de toute sa vie.

Elle se mit à marcher, sans but précis, sinon celui de s'éloigner du casino. Elle traversa le pont de la Concorde, puis aboutit dans le Vieux-Montréal, où les touristes la regardèrent d'un air dégoûté. Ses bas de nylon s'étaient percés sous la plante des pieds et s'étaient retroussés jusqu'aux chevilles, lui donnant un air à la fois pathétique et ridicule. Elle marcha jusqu'à une station de métro, où elle trouva des téléphones publics. Elle fouilla dans son sac à main, qui avait miraculeusement survécu à sa mésaventure, pour se rendre compte qu'il ne lui restait même pas de quoi téléphoner. Il était plus de onze heures du soir et l'endroit était presque désert. Elle s'adressa à quelques jeunes punks qui finissaient de fumer un joint, des marginaux qu'elle aurait feint de ne pas voir quelques mois auparavant.

« J'ai besoin de vingt-cinq cents pour téléphoner… juste vingt-cinq cents…

– Qu'est-ce que tu vas nous donner pour trente sous ? répondit l'un des jeunes, hilare.

– Écœure-la pas, tu vois bien qu'elle est gelée… », intervint un autre, compatissant.

Ce dernier lui donna une pièce de vingt-cinq cents et ils continuèrent leur chemin en haussant les épaules. Monique s'approcha du téléphone, fébrile, usant de toute sa concentration pour réussir à glisser la pièce…

« Pourvu que je tombe pas sur le répondeur… Mon Dieu… je vous en supplie…

– Allô ? répondit Maria au bout d'un moment qui avait paru interminable à Monique.

– Allô… c'est Monique… Monique Parent… faut que je te voie tout de suite… ça va pas… ça va pas pantoute… »

Son désespoir était tel que Maria se laissa convaincre de la recevoir chez elle. Elle lui donna son adresse, sachant très bien qu'elle regretterait probablement sa trop grande générosité. Par chance, Monique avait encore un billet de métro dans son sac. Maria l'attendit patiemment durant une demi-heure et resta bouche bée en voyant dans quel état la pauvre banlieusarde s'était mise. Celle-ci était hébétée, visiblement en état de choc.

« Asseyez-vous..., l'invita Maria. Commencez par reprendre votre souffle, ensuite vous irez vous nettoyer un peu et je vous trouverai une paire de chaussures... »

Maria compara son pied à celui de Monique. La psychologue chaussait un peu plus grand, ce qui valait mieux que l'inverse. Devant la passivité de Monique, elle décida d'appeler du renfort. Elle prit le téléphone et composa le numéro de téléavertisseur d'Antoine Caron, sachant qu'il le laissait ouvert la nuit en cas d'urgence. Elle espéra qu'il se montrerait compréhensif: il était maintenant près de minuit.

Il rappela presque tout de suite et accepta de bonne grâce de venir lui donner un coup de main. Monique n'avait toujours pas prononcé un mot et fixait le plancher devant ses pieds écorchés. Maria lui apporta une paire de chaussures de toile bon marché qu'elle n'avait presque pas portées.

« Aimeriez-vous prendre une douche en attendant M. Caron ? » proposa Maria.

Monique ne réagit pas.

« Il faut téléphoner à votre mari, reprit la psychologue.

– J'ai trop honte... Il m'a sacrée dehors... J'ai tellement honte...

– Si vous me racontiez ?… Vous avez joué ? »

Monique fit signe que oui, mais son visage suggéra qu'il y avait pire encore…

« Que s'est-il passé ?

– Roger… Non ! Albert…

– Qui est Albert ?

– Un homme… il m'a prêté de l'argent.

– Un shylock ? Il veut se faire rembourser… et vous n'avez pas l'argent ?

– Il m'a dit… il m'a dit… je suis allée avec lui… »

« Monique commençait à montrer des signes d'émotion. Les événements de la soirée avaient été des plus pénibles », se dit Maria. Elle posa sa main sur l'avant-bras de Monique.

« Il vous a agressée ? »

Monique s'était déjà repliée sur elle-même. Maria comprit qu'elle n'en tirerait plus rien.

« Je veux m'en aller…, déclara Monique.

– Ça ne sera pas long… Antoine Caron s'en vient… on va aller vous reconduire… Demain, on verra ce qu'il y a à faire… mais vous devez vous reposer.

– Je peux pas rentrer chez nous. »

Maria décida d'ignorer cette remarque et alla s'habiller. Elle était toujours en peignoir et Antoine ne tarderait pas à arriver.

« Attendez-moi quelques minutes, je m'habille… »

Elle se dirigea vers la chambre et laissa la porte entrouverte.

« M. Caron est un homme généreux, vous n'avez rien à craindre… »

Pendant qu'elle lui disait cela, le sac à main de Maria tomba sous le regard de Monique. Elle se leva sans bruit, fouilla dedans, prit l'argent qui s'y trouvait puis enfila en vitesse les chaussures que lui avait données Maria. Elle ouvrit la porte sans bruit et s'enfuit dans la nuit.

« Nous allons vous aider, mais on n'arrivera à rien si vous ne vous décidez pas à suivre une vraie thérapie…, continua Maria, ignorante de ce qui venait de se passer. Monique ? Monique ? »

Elle sortit de la chambre à moitié habillée. Elle vit la porte ouverte et son sac sur le plancher. Elle retint avec peine un soupir de découragement et se précipita à la suite de Monique, dévalant les marches de son appartement. Celle-ci avait déjà disparu. Maria s'arrêta quelques secondes pour réfléchir : logiquement, Monique avait dû retourner vers la station de métro la plus proche.

Maria poussa une exclamation joyeuse en apercevant la voiture d'Antoine qui s'arrêtait à côté d'elle. Le quinquagénaire en sortit, vêtu d'un pantalon sport et d'un polo qui le changeaient sensiblement de son apparence habituelle.

« Antoine ! Vous arrivez juste à temps !

– Elle est où ?

– Elle m'a volé de l'argent dans mon sac… je sais pas où elle est partie…

– Beaucoup d'argent ?

– Non… une dizaine de dollars… pas plus.

– Elle ne peut pas aller loin. T'as pas vu de taxis dans les environs ?

– Non… j'ai pas remarqué…

– Dans quel état était-elle ?

– Désespérée… Elle s'est prostituée, si j'ai bien compris son histoire.

– Elle a déjà tenté de se suicider…

– J'ai peur…

– Il est une heure moins dix… le métro est encore ouvert…

– Il y a une station à côté… j'ai un mauvais pressentiment… »

Les deux montèrent dans la voiture d'Antoine et se dépêchèrent d'arriver au métro. Après une brève discussion avec le préposé au guichet, ils se dirigèrent vers les quais. Ils allèrent sur celui qui menait en direction sud, se disant que Monique voudrait probablement retourner vers sa banlieue. Erreur, Monique ne voulait pas rentrer chez elle. Ils l'aperçurent sur le quai opposé, tout près du bord, en train de contempler les rails électrifiés. Un grondement doublé d'un courant d'air signala l'arrivée d'un train, justement du côté où elle se trouvait.

« Monique ! » cria Maria, craignant le pire pour sa protégée.

Son cri fut rapidement enterré par le bruit de la rame qui entrait dans la station. L'angoisse s'empara de Maria et Antoine. La rame les empêcha de voir ce qui se passait, mais ils constatèrent que Monique n'était pas montée dans le wagon.

« J'ai rien entendu, fit Maria.

– C'est bien long…

– C'est parce que c'est le dernier train… »

Le métro redémarra. Une fois qu'il eut fini de défiler sous leurs yeux, ils aperçurent enfin Monique, toujours prostrée, qui n'avait pas bougé d'un pouce.

« Attendez, on arrive… on va vous aider », cria Maria.

Ils repartirent vers l'escalier pour passer de l'autre côté des rails. Ils allèrent chercher Monique, qui les suivit sans protester jusqu'à la voiture d'Antoine.

« On va où ? demanda Antoine.

– Vous habitez sur la Rive-Sud, non ? demanda Maria.

– Je peux pas rentrer chez nous… Mon mari m'a mise dehors.

– On va bien voir ce qu'on peut faire… Je vais lui téléphoner. »

Maria appela le mari de Monique sur son cellulaire. Il ne répondit qu'au bout de trois tentatives. Il avait pris de l'Ativan pour s'endormir et semblait d'humeur massacrante. Maria ne se laissa pas démonter et insista jusqu'à ce qu'il accepte de recueillir Monique.

Le trajet se fit dans un silence pesant. Monique ne semblait pas particulièrement reconnaissante des efforts de Maria et Antoine pour l'aider à surmonter ses difficultés. La psychologue s'inquiétait de ce qui avait pu arriver à sa protégée plus tôt dans la soirée. Elle avait franchi une autre étape dans son œuvre d'autodestruction et Maria doutait qu'elle fût capable de tomber encore plus bas sans commettre une autre tentative de suicide. Le silence obstiné de Monique ne faisait qu'ajouter à son inquiétude. Les rues étaient dégagées à cette heure tardive et ils arrivèrent en un temps relativement court.

« Votre mari va sortir dans une minute. J'ai fait ce que j'ai pu.

– Demain, faut que je trouve une place. »

Maria fouilla dans son sac et remit une carte à Monique.

« C'est une clinique pour toxicomanes. Ils acceptent des joueurs compulsifs à l'occasion. C'est vous et vous seule qui devez téléphoner. Je vais les prévenir ce matin… ils vont vous attendre. »

Monique accepta la carte. L'entrée de la maison s'éclaira. Maurice apparut, en jeans et t-shirt. Maria s'approcha de lui.

« Je lui ai donné cette carte. Elle doit s'y rendre dans la journée.

– Je veux plus rien savoir.

– Vos enfants, ce ne sont pas les miens. Je peux pas être responsable de votre vie. Donnez-lui une dernière chance. »

Maurice prit la carte et y jeta un coup d'œil. La tendresse qu'il avait eue jadis pour sa femme avait été depuis longtemps balayée par la colère, la rancune et la déception. Monique ouvrit la portière, hésitante. Maria lui fit son sourire le plus encourageant. Antoine observait la scène sans dire un mot. La psychologue remonta en voiture, ne pouvant qu'espérer que Monique parviendrait à se reprendre en main.

Sur le chemin du retour les deux collègues gardèrent un silence gêné. La journée les avait fatigués et leur conversation au sujet de la boîte de chocolats résonnait encore à leurs oreilles, comme une progression harmonique qui demandait à être résolue par quelque accord final. Antoine retourna des dizaines de phrases dans sa tête sans en trouver une seule convenable pour démarrer la conversation. À un certain moment, Maria se pencha pour ramasser quelques bouts de papier qui traînaient sur le plancher de la voiture. Antoine grommela un mot d'excuse sur ses habitudes de vieux garçon. Ce fut à peu près tout ce qu'ils se dirent durant le trajet.

À la grande surprise d'Antoine, Maria l'invita à monter chez elle.

La radio jouait un air de jazz en sourdine. Maria n'avait pas eu le temps de l'éteindre avant de partir. En fait, elle n'avait même pas verrouillé la porte.

« Bon, fit Antoine, je pense que tu vas pouvoir dormir quelques heures…

– Je suis claquée. Vous devez être fatigué, vous aussi…

– Maria… quand est-ce que tu vas me tutoyer ?

– Si je préparais un bon café… avec des toasts et de la confiture… ça vous tenterait avant de retourner chez vous ?

– À l'heure qu'il est, je passerais le reste de la nuit ici que ça ne ferait pas une grosse différence. »

Il se mordit les lèvres aussitôt cette phrase prononcée. Elle n'allait peut-être pas l'interpréter comme un sous-entendu volontaire, mais elle y trouverait certainement une quelconque interprétation freudienne. Au lieu de froncer les sourcils, elle afficha un léger sourire et s'avança doucement vers lui. Elle lui montra les bouts de papier qu'elle avait cueillis dans sa voiture. Il s'agissait de reçus de fleuristes et de confiseurs. Décidément, elle aurait fait une enquêteuse redoutable. Un instinct sûr, une logique implacable et le don de dénicher des preuves pour étayer ses hypothèses.

« Alors les fleurs, les chocolats, c'était vous ?

– J'aurais pas dû, bafouilla Antoine. Je suis un vieux fou.

– Ce que tu aurais dû faire, c'est de signer les cartes. »

L'expression sur le visage de Maria confirma à Antoine ce qu'il n'osait comprendre.

« Maria… depuis la première semaine… ça a grandi tout seul… c'est plus fort que moi. »

Elle fit un autre pas vers lui. Puis, elle posa sa tête sur la large poitrine d'Antoine, enserrant sa carrure massive.

« Si solide…, murmura-t-elle, si solide… »

Il glissa son doigt sous son menton et, délicatement, lui releva la tête pour l'embrasser. Au même moment, son téléavertisseur se mit à vibrer à sa ceinture. Maria éclata de rire devant le comique de la situation. Antoine jeta un coup d'œil à l'appareil.

« Lalancette ! Pas encore ! Pas ce soir ! » Il projeta l'appareil sur un fauteuil dans le coin du salon et appuya sa joue contre l'épaule de Maria. Après de longues minutes, ils s'installèrent sur la causeuse. Maria posa sa tête sur la cuisse d'Antoine, qui lui caressa doucement les cheveux. Ils s'endormirent rapidement, dans un bien-être paisible.

♠

Dans la salle de surveillance vidéo du casino, les mines étaient basses et les yeux, cernés. L'aube s'était levée après une nuit fort coûteuse pour l'établissement. Aurélien Lalancette, qui n'avait pas quitté le casino depuis la veille au matin, avait ragé toute la nuit devant un moniteur qui montrait Stéphane Dumas en train d'accumuler des gains pratiquement aussi importants que le jour précédent. Il avait tenté à maintes reprises de joindre son supérieur, en vain. Il avait besoin de son autorisation pour expulser Dumas sans preuve de tricherie.

Personne dans l'équipe n'avait pu mettre le doigt sur sa méthode, sur une irrégularité flagrante qui aurait permis de l'arrêter. Le jeune homme semblait doué d'une chance inébranlable, comme s'il était béni des dieux. La nouvelle avait circulé dans le casino et, malgré l'heure tardive, une vingtaine d'oiseaux de nuit s'étaient attroupés autour de lui, désespérant de comprendre comment on pouvait gagner d'une manière aussi constante au blackjack. La présence de ces curieux rendait encore moins probable une expulsion pour quelque motif que ce soit. Aurélien ne pouvait plus qu'attendre que Dumas abandonne de lui-même, épuisé par le manque de sommeil.

Les subordonnés de Lalancette avaient passé la nuit à marcher sur des œufs, craignant les foudres de leur supérieur. Le directeur adjoint n'avait cessé de grogner en faisant les cent pas tel un lion en cage. Ce fut un soulagement général quand Antoine Caron se présenta enfin au travail, les yeux bouffis de fatigue et les vêtements fripés.

« Te voilà, toi ! l'apostropha Lalancette. Où étais-tu ? J'ai passé la nuit à te pager. On a eu des gros problèmes.

– Bonjour, Aurélien, déclara Antoine sur un ton sarcastique. Est-ce que je me trompe ou tu es en train de terminer un quart de travail de vingt-quatre heures ?

– Vingt-quatre ? répéta Aurélien. Plutôt vingt-six. Encore Stéphane Dumas. Il a gagné un autre trois cent mille durant la nuit.

– Ah. C'est bizarre, commenta Antoine presque nonchalamment. Toujours aucun signe de tricherie ?

– Aucun, à part l'impossibilité mathématique d'être aussi chanceux sur une aussi longue période.

– Et ça aurait changé quoi que je vienne le regarder gagner en plein milieu de la nuit ?

– Tu aurais pu donner l'ordre de le faire expulser.

– Ça aurait été très mauvais pour l'image du casino. »

Antoine porta son attention sur un moniteur devant lui.

« Ce n'est pas notre milliardaire arabe préféré sur cet écran ?

– Oui, c'est Omar Farouf, mais je ne vois pas le rapport.

– Il a perdu ou gagné ?

– Il a perdu environ cent cinquante mille.

– Bon, on a déjà récupéré la moitié des gains de Dumas. Maintenant, pourrais-tu me dire l'effet qu'aurait eu sur Farouf l'expulsion d'un joueur en train de gagner, ou sur n'importe quel joueur présent à ce moment-là ?

– Ça va, j'ai compris.

– Si le jeune a triché, on va le coincer. Sinon, le bruit va circuler qu'on peut gagner gros au casino et ça nous fera de la pub. »

Tout en remettant son adjoint à sa place, Antoine avait parcouru le rapport des activités de la nuit. Certaines anomalies lui sautaient aux yeux. Les hommes de Kim Dee et de Daddy Girard avaient laissé des traces plus visibles qu'ils ne l'avaient escompté.

« Dis-moi, tu ne trouves pas bizarres les chiffres de la nuit aux machines à sous à hautes mises ? On dirait presque qu'il y a un zéro de trop.

– Ça se peut, j'ai pas fait attention, se défendit Aurélien.

– Tu ne peux pas te permettre de faire une fixation sur un joueur en particulier et négliger le reste… Je vais étudier le cas Dumas et je repasserai les cassettes des machines à cent dollars. Maintenant, Lalancette, tu ferais mieux d'aller te coucher. Je te donne congé jusqu'à demain matin. »

Aurélien voulut protester, mais il dut admettre son épuisement complet. Sur le moniteur, Stéphane Dumas se levait, éreinté lui aussi.

« De toute façon, le gibier s'éloigne, grommela Lalancette. On dirait presque que vous coordonnez vos mouvements, toi et lui.

– Ah ! la ferme, Lalancette. Va te coucher. Le casino peut se passer de toi durant vingt-quatre heures, fais-moi confiance. »

Les autres employés soupirèrent d'aise lorsque Aurélien quitta la salle. Déjà au départ Lalancette n'avait pas une très haute cote de popularité, mais il devenait carrément une plaie quand son humeur tournait au vinaigre.

Antoine effectua les vérifications d'usage, sans enthousiasme. Le souvenir de la nuit l'empêchait de se concentrer et il désespérait de voir arriver l'heure de la pause-café pour pouvoir aller visiter la psychologue à son bureau. Il lui paraissait cependant évident que les gains de Dumas n'étaient pas le seul événement inhabituel de la nuit. Les machines à sous à mises élevées avaient connu une hausse d'activités spectaculaire depuis deux jours et personne n'avait rien remarqué. Le plus intrigant était que les joueurs semblaient prudents. Ils misaient beaucoup mais n'attendaient pas d'avoir perdu la totalité de leur argent avant de se retirer. Tous avaient demandé des chèques. Antoine vérifia les liquidités des guichets à l'étage concerné. Le solde était anormalement élevé. On avait misé de l'argent comptant, joué le moins possible et on était reparti avec des chèques. L'ancien policier de la

GRC reconnut la combine. Une drôle d'odeur flottait dans le casino, une odeur de lessive et d'eau de javel. Cela l'inquiéta beaucoup plus que le cas Stéphane Dumas.

♠

Le héros de la nuit rentra chez lui dans le courant de la matinée. Il aurait probablement pu jouer encore quelques heures, mais les cartes marquées commençaient à se raréfier et ses yeux lui faisaient horriblement mal. Il retira ses verres de contact dans sa voiture, avant de prendre le volant, et régla une facture de stationnement plutôt salée : sa vieille bagnole avait traîné près de trente-six heures dans le sous-sol du casino.

En entrant dans son appartement, il constata que Thi Tram avait quitté les lieux, sans doute pour aller à ses cours. Elle avait laissé un billet doux sur la porte du frigo, auquel il ne jeta qu'un bref coup d'œil. Il était trop fatigué pour se sentir coupable du malentendu qui grandissait chaque jour entre eux. Il se laissa tomber sur son futon et s'endormit aussitôt.

Thi Tram le réveilla en début de soirée avec des odeurs parfumées de cuisine vietnamienne. Il se demanda une fois de plus pourquoi il lui avait laissé un double de la clé, mais apprécia néanmoins la délicate attention. Ses yeux lui faisaient un peu moins mal. Il avait faim et se sentait revigoré par ces quelques heures de sommeil. Thi Tram remarqua qu'il était réveillé et vint le rejoindre avec empressement. Elle semblait lui avoir pardonné son départ précipité de la veille.

« Comment va Robin des Bois ? demanda-t-elle en l'embrassant.

– Ça va bien. Bonne récolte, mais les cartes commencent déjà à disparaître de la circulation. Je crois que le casino se doute de quelque chose.

– Tu parles du casino comme si c'était une personne… On appelle ça une personnification.

– Non, dans ce cas-ci, c'est une simple métonymie. Je parlais du casino pour englober les gens qui y travaillent. Essaie pas de m'avoir, ma mère était prof de français.

– En parlant de ta mère, quand est-ce que tu me présentes ?

– C'est qu'il y a eu comme un froid la dernière fois qu'on s'est vus. Remarque, j'ai une belle surprise pour elle qui devrait réchauffer l'atmosphère…

– J'ai un petit cadeau pour toi, moi aussi », fit Thi Tram en lui tendant un paquet amoureusement enveloppé.

Elle lui avait acheté quelques disques compacts, des classiques du jazz particulièrement bien choisis, à son grand étonnement. Sa collection s'était perdue dans les limbes durant son emprisonnement et la présente sélection constituait un excellent point de départ à sa reconstruction. Il y avait *Kind of Blue* de Miles Davis, *A Love Supreme* de John Coltrane, *Maiden Voyage* de Herbie Hancock, *Out to Lunch* d'Eric Dolphy et *Mingus Ah Um* de Charlie Mingus. Que des chefs-d'œuvre. L'âge d'or du jazz moderne, alors que le rock'n'roll gagnait peu à peu la faveur du grand public. Thi Tram faisait des progrès. Elle avait évité les compilations bon marché et les nouveautés à la guimauve mises en avant par les grandes maisons de disques.

« Tu deviens une experte. En plein dans mes goûts.

– Je me suis fait aider par ton ami Éric. Il a appelé cet après-midi et j'en ai profité pour lui demander ce qui te plairait. Je suis allée faire un tour au centre-ville pendant que tu dormais.

– Tu as bien choisi ton conseiller, il possède une des plus belles collections en ville. Sans parler de ses bootlegs ! Il y a des artistes qui refusent de jouer dans son bar de peur de se faire pirater ! Qu'est-ce qu'il voulait ?

– Il te fait dire que, quand tu en auras marre de jouer aux cartes, il a monté un groupe du tonnerre auquel il ne manque plus qu'un pianiste.

– Ouais, j'imagine que je pourrais prendre des vacances du casino, histoire de me faire oublier un peu…

– Et puis, tu es tellement beau quand tu joues du piano…

– On aurait pu commander…, fit remarquer Stéphane en jetant un coup d'œil vers la cuisine. Je ne suis pas habitué à voir une fille préparer la cuisine. Ma mère enseignait à plein temps…

– La nourriture fait partie de l'amour…

– À propos de l'amour…

– Ce soir…

– Ce soir ? T'as décidé ? C'est ce soir que je me fais agresser ?

– Ris pas de moi… je sais que mes principes sont vieux jeu. C'est pas de ma faute… c'est mon éducation.

– C'est de la faute à ta mère si je sèche depuis des semaines ? Je vais lui dire deux mots, à elle…

– Tu restes avec moi, ce soir ?

– Je ne sais pas… Il y avait encore des cartes marquées, mais ce serait risqué de me pointer là une troisième journée d'affilée…

– C'est la seule chose qui te ferait rester ? s'emporta-t-elle brusquement. Je parle de t'offrir ma virginité et toi tu l'accepterais peut-être parce que tu n'as rien de mieux à faire de ta soirée ?

– J'ai gagné beaucoup, mais ce n'est pas fini, répondit-il maladroitement.

– Pourquoi tu continues ? On est ensemble… T'as empoché une grosse somme d'argent. Et moi, sérieusement, je suis un vrai génie en administration. Ensemble, on deviendrait millionnaires en moins de deux ans. On ferait des affaires partout dans le monde.

– Mais Thi Tram, je vais être millionnaire… et ça ne prendra pas deux ans. Je vais les saigner…

– Pourquoi je ne te comprends plus ? T'as le casino dans le sang… il n'y a plus que ça…

– D'accord, je reste avec toi ce soir, céda-t-il. C'est notre soirée à nous deux. On ne sort pas d'ici et on ne répond pas au téléphone. Ça te va ?

– Oui, mais je ne veux pas que ça te coûte un trop grand effort…

– Arrête ça, gémit-il. J'ai très envie de passer la soirée avec toi, à écouter toute cette belle musique, à déguster ta divine cuisine et peut-être même à rendre l'hommage suprême à ta beauté sublime, si tu daignes enfin m'en trouver digne.

– Ah ! s'exclama joyeusement Thi Tram. Voilà le genre de discours que j'avais envie d'entendre ! »

Toute l'angoisse de Thi Tram s'en trouva dissipée instantanément. « C'est tellement facile de rendre une femme heureuse, se dit Stéphane. Il suffit de lui mentir. »

Ils s'offrirent le petit souper aux chandelles dont Thi Tram avait tant envie. Stéphane lui murmura à l'oreille tous les mots doux qu'elle voulait entendre, en lui tenant gentiment la main et en la contemplant avec des yeux humides. Elle lui parla des projets qu'elle caressait pour eux et des enfants qu'elle voulait avoir de lui ; il la laissa rêver, se contentant d'accueillir ses élucubrations avec un sourire mielleux.

Thi Tram s'accrochait désespérément à ses illusions, mais au fond d'elle-même elle savait bien que, si elle ne couchait pas avec Stéphane ce soir-là, elle le perdrait rapidement. Elle avait senti qu'elle avait une rivale. Ce qu'elle ne comprenait pas, c'est qu'elle avait déjà perdu Stéphane.

Ils firent enfin l'amour, en écoutant *A Love Supreme*, et quand ils eurent fini, ils s'endormirent sur *Kind of Blue*. Stéphane avait sombré dans le sommeil bien avant Thi Tram, sans se rendre compte qu'elle pleurait sur son oreiller.

♠

Le lendemain, la première chose que fit Stéphane fut de reprendre contact avec sa mère. Il l'avait négligée depuis quelques semaines et s'en voulait un peu de la manière dont ils s'étaient laissés. Il l'appela au restaurant et elle parut ravie d'entendre sa voix. Il lui demanda simplement si elle pouvait le recommander pour l'ouverture d'un compte, et elle lui proposa de le rencontrer à sa banque en milieu d'après-midi, durant la période creuse au resto.

Stéphane avait toujours les deux chèques du casino en sa possession et il avait hâte de les mettre en sûreté. Il avait vécu avec de l'argent comptant depuis sa sortie de prison et désirait maintenant régulariser sa situation. Il n'avait pas vraiment besoin de sa mère pour cela, cependant. Ce n'était qu'un prétexte pour lui faire la surprise dont il rêvait depuis longtemps, depuis la mort de son père et le naufrage financier qui s'était ensuivi.

Le gérant trouva curieux qu'on prenne rendez-vous avec lui pour une simple ouverture de compte et qu'un homme de vingt-huit ans se fasse accompagner de sa mère dans cette démarche. Il se fit beaucoup plus obséquieux quand Stéphane lui montra les deux chèques totalisant environ six cent cinquante mille dollars.

« J'aurais une autre chose à vous demander, déclara Stéphane. Mme Marianne Dumas a une hypothèque à votre banque...

– Stéphane..., l'arrêta sa mère, mal à l'aise.

– À combien s'élève l'hypothèque ? s'obstina-t-il.

– Est-ce que madame m'autorise à divulguer cette information ? demanda le gérant.

– Pas pour l'instant, répondit Marianne, sur un ton qui se durcissait.

– Maman...

– Monsieur, j'ai bien peur...

– Est-ce que quelque chose m'empêche de rembourser cette hypothèque, avec ou sans l'accord de Mme Dumas ? s'entêta-t-il.

– Votre requête est assez inhabituelle, répondit le gérant, gêné de se retrouver ainsi impliqué dans une affaire de famille qui ne le regardait pas.

– Ton compte est ouvert. Je n'ai plus rien à faire ici, déclara Marianne en se levant. Vous avez été bien aimable, monsieur.»

Stéphane, dépité, n'eut d'autre choix que de suivre sa mère, pris de court par sa réaction inattendue. L'explication vint quand ils se retrouvèrent sur le trottoir, en face de la banque.

«Est-ce que je t'ai demandé la charité? éclata sa mère, visiblement outrée.

– Maman… Je voulais te faire plaisir. Ça fait trois ans que tu payes une hypothèque sur une maison qui a été saisie, en plus d'un loyer…

– L'hypothèque, je la paye parce que je suis une citoyenne responsable. J'aurais pu déclarer faillite, mais je m'étais engagée avec ton père à rembourser cette hypothèque et je la rembourse.

– Si papa n'avait pas été ruiné par le casino…

– Si ton père ne s'était pas ruiné au casino, j'aurais demandé le divorce de toute façon!» lança-t-elle.

Stéphane resta pantois quelques secondes devant cette révélation. Des passants commençaient à s'intéresser à leur conversation. Le fils et la mère se mirent à marcher vers le restaurant de Marcel.

«Qu'est-ce que tu veux dire?

– Ça faisait des années qu'on ne s'aimait plus. Il passait ses soirées et ses fins de semaine à jouer et à boire avec ses copains. Tu me fais bien rire quand tu parles de lui comme d'un héros ou d'un martyr. C'est nous qui étions les martyrs. Armand était un petit comptable sans envergure et sans imagination. Le piano sur lequel tu as appris à jouer, je l'ai payé toute seule parce qu'il considérait que c'était une dépense inutile. Est-ce que tu l'as déjà vu se pointer à un seul de tes récitals ?

– Non, il travaillait tout le temps…

– Qu'est-ce que tu peux être naïf! s'exclama sa mère. Il faut dire que c'est de ma faute, c'est moi qui te racontais ça pour que tu ne sois pas trop déçu. S'il avait fallu que je t'avoue que ton père préférait jouer au poker dans le sous-sol d'une brasserie plutôt que de venir t'encourager, tu aurais lâché le piano.

– Pourquoi tu me racontes ça maintenant ? Si tu lui en veux tellement, tu devrais être contente d'avoir la chance de te débarrasser de l'hypothèque.

– Si je pensais que tu as gagné cet argent honnêtement, j'aurais peut-être accepté, admit sa mère. Mais cet argent, c'est l'argent du jeu. J'en veux pas. Et puis, je ne sais pas comment tu t'y es pris, mais j'ai l'impression qu'on va te le réclamer bien vite.

– Qu'est-ce que tu veux dire ? demanda encore Stéphane.

– Tu as triché, mon grand. C'est évident.

– Ils nous le doivent. Ils ont détruit nos vies.

– Faux. Armand a détruit nos vies. Et même ça, c'est faux. Je suis bien plus heureuse aujourd'hui que dans le temps d'Armand. Et toi, si tu peux faire la paix avec toi-même, tu vas te rendre compte que les meilleures années de ta vie sont devant toi. Arrange-toi pour ne pas retourner en prison. Fais de la musique, tombe amoureux, essaie d'apporter quelque chose au monde. Ne retourne pas jouer et essaie de ne pas trop dépenser, au cas où il te faudrait rembourser. J'ai peur pour toi, Stéphane. Armand, je l'ai oublié depuis longtemps, mais toi, je t'ai encore. Je ne veux pas te perdre.

– Ne me dis pas que j'ai fait tout ça pour rien…

– On ne fait jamais rien pour rien. Moi, je rembourse une hypothèque sur une maison qui ne m'appartient plus. Qu'est-ce que ça me donne ? Je sais pas, mais je n'ai pas honte quand je me regarde dans le miroir… Je peux pas te dire comment vivre ta vie, Stéphane, j'ai passé l'âge de tout savoir…

– Ce qui n'est pas mon cas…, compléta Stéphane.

– Pas vraiment, non, constata Marianne avec un sourire.

– Je fais quoi, maintenant ?

– Tu fais ce que tu veux. Tu as la chance d'avoir un talent, exploite-le.

– Marianne ?

– Oui ?

– Tu es la meilleure mère que j'ai jamais eue. »

Il la laissa retourner au resto et rentra chez lui pour réfléchir. Les pensées se bousculaient dans sa tête. Il avait si longtemps désiré cette revanche sur le casino, et maintenant qu'il l'avait en partie obtenue, elle lui paraissait bien fade, pour ne pas dire amère. Sa mère avait refusé son offrande du revers de la main, et il se doutait bien que la direction du casino ferait une enquête des plus exhaustives sur ses gains miraculeux. Il n'arrivait cependant pas à se résoudre à aller voir les responsables et leur dire tout bonnement : « Salut, les copains, je vous ai piqué six cent mille dollars, mais c'était juste pour rire. Alors on est quittes ? Sans rancune, hein ? »

Si tout ce bel argent ne faisait pas plaisir à sa mère, rien ne l'empêchait d'en profiter lui-même. Quelle était la chose qui lui tenait le plus à cœur, à part ruiner le casino, ce qui était impossible, et envoyer Kim Dee en prison, ce qui finirait bien par arriver sans lui ? Il prit le téléphone et composa le numéro d'un vieil ami.

« Éric ? Comme ça, tu te cherches un pianiste ? »

♠

Emmanuelle Caron était retournée traîner au casino ce soir-là, avec l'intention consciente d'aller bavarder avec son père, et peut-être aussi avec le désir inconscient de recroiser « par hasard » le beau matou qui avait réchauffé son lit quelques jours plus tôt. La conversation avec son père était plutôt décousue. Comme elle, Antoine semblait ailleurs.

« Holà, je te parle ! dit-elle.

– Je m'excuse, je suis plutôt préoccupé ces jours-ci.

– Ça, c'est nouveau, railla-t-elle. Mon père, préoccupé ?...

– Toi, tes malades ?

– C'est justement au sujet d'un de mes malades que je voulais te parler. Un dénommé Albert Labrie...

– Albert Labrie ? Connais pas...

– J'ai pensé que de savoir que cet Albert avait les poches bourrées de jetons du casino pouvait t'intéresser...

– Ouais, peut-être...

– Le pénis ensanglanté...

– Ça dépend de la fille...

– Papa...

– Excuse-moi, je ne suis qu'un vieux mal élevé... donc, des jetons, le pénis en sang...

– Et une liste de noms... avec des chiffres... ça ressemblait curieusement à une comptabilité...

– Ah oui, je pense savoir qui c'est… Un minable. Il travaille pour un plus gros. Je soupçonne quelqu'un, mais je n'ai pas de preuve… Si j'étais encore dans la GRC, des fois, je te jure…

– Si tu étais encore dans la GRC, tu serais enfin à la retraite et tu te reposerais.

– Et je m'ennuierais… Dis donc, t'es pas liée par le secret professionnel ?

– Un carnet de comptabilité, des jetons de casino, c'est pas une maladie…

– Je te remercie… tu me rends un grand service… bien plus que tu penses… J'ai faim, tu viens ?

– Juste une petite salade, je suis sur le marché des agents libres, je peux pas avoir une livre de trop, la compétition est féroce…

– Dix livres de trop, ça rend une femme encore plus belle… Viens, je me sens généreux… »

Une fois qu'ils furent installés au restaurant, Antoine se permit de ramener le cas Stéphane Dumas sur la table.

« Tu sais, notre petit pianiste de jazz a fait sauter la banque…

– Pardon ?

– Stéphane Dumas. Tu discutais avec lui l'autre soir…

– Stéphane Dumas ? C'est son nom ? Je lui ai parlé quelques minutes à peine.

– Vous sembliez bien vous entendre…, dit Antoine sur un ton faussement distrait.

– Bah, un petit dragueur de pacotille, comme il y en a des milliers dans les bars en ville… Tu aurais dû voir la petite dévergondée avec qui il est reparti. Une

Asiatique à peine majeure. Je ne lui aurais même pas donné quinze ans…

– Comme tu dis, la compétition est féroce, la taquina Antoine.

– Oh! Tu m'enrages quand tu fais ça! Je n'ai plus quinze ans pour me faire interroger de cette façon!

– Du calme, je disais ça comme ça…

– Il a gagné gros?

– Six cent cinquante mille en deux soirs, ou plutôt deux nuits.

– Tant que ça? Comment il a fait? Je l'ai rencontré à une table à cinquante dollars la mise…

– Je sais… Il est revenu plus tard et s'est fait admettre au salon des hautes mises. Un drôle de garçon.

– Tu disais qu'il était pianiste? questionna Emmanuelle.

– C'est ce que j'ai entendu dire… Il était en train de se bâtir une belle réputation dans les milieux du jazz avant de se retrouver en prison il y a trois ans.

– Ce n'est pas pour déplaire à un vieil amateur de jazz comme toi…

– J'ai déjà arrêté Charlie Mingus dans un bar de Montréal en 1970…

– Et tu l'as relâché en échange d'une dédicace sur un de ses albums, compléta Emmanuelle. Tu me l'as raconté cent fois…

– Pauvre de lui, c'était déjà un has been à cette époque-là…

– Et maintenant, c'est ton tour…, échappa Emmanuelle.

– Ça, c'est pas gentil, s'insurgea Antoine. Tu sauras que ton père a toujours la cote…

– Auprès de qui ?
– De… Ah ! Tu essaies de me faire parler.
– Tu as quelque chose à me confier ?
– Pas tout de suite… Et d'ailleurs, j'ai l'impression que nous avons chacun nos petits secrets, en ce moment. »

Ils échangèrent un sourire narquois devant leur pudeur respective. Leurs assiettes arrivèrent juste à temps pour faire dévier la conversation vers de plus confortables banalités. Antoine pouvait sentir que la soirée serait calme. De toute façon, son quart de travail était officiellement terminé. Il ne restait que parce que sa fille lui avait proposé un rendez-vous, et aussi dans l'intention d'aller flairer ce qui se passait du côté des machines à cent dollars. Il parvint à se détendre un peu, d'autant plus que ce sale cabot d'Aurélien Lalancette n'était pas sur ses talons.

♠

Kim Dee se trouvait à son appartement avec sa « fiancée » Sandra Johnson. Il avait été peu présent dernièrement, ce dont elle ne se plaignait pas, espérant même qu'il s'agît là du prélude à une éventuelle rupture dont elle ne pouvait prendre l'initiative. Cependant, une partie d'elle-même s'était habituée à Kim Dee, comme on s'habitue au goût immonde de la cigarette, et envisageait mal de se séparer de lui. Autant elle le craignait, autant elle dépendait de lui. Il était devenu sa nicotine en quelque sorte.

Kim Dee était en train de s'habiller avec sa fébrilité habituelle. Elle l'avait entendu renifler bruyamment et savait qu'il était sous l'influence de la cocaïne. Il se préparait probablement pour l'un de ses rendez-vous « d'affaires » avec ces horribles motards. Elle trouvait assez comique qu'il se présente tiré à quatre épingles devant ces voyous hirsutes habillés en jeans et en veste de cuir, mais se gardait bien de lui en faire la remarque.

Dans ces circonstances, elle se tenait tranquillement au salon, sage comme une image, et attendait qu'il lui accordât une seconde d'attention si tel était son désir. Elle avait vu le père de Kim Dee agir ainsi avec sa femme et avait rapidement compris qu'elle avait intérêt à reproduire le comportement de Thi Mung Nguyen, épouse soumise et fidèle.

On sonna à la porte.

« Attends-tu quelqu'un ? » demanda Kim Dee, contrarié.

L'Asiatique prenait tous ses rendez-vous à l'extérieur et défendait à Sandra de voir qui que ce soit. Celle-ci se leva et alla répondre. Elle resta un instant figée par la surprise en apercevant son beau-père sur le pas de la porte.

« Monsieur Nguyen ! Mon Dieu ! Quelle surprise ! C'est la première fois... »

An Nguyen se tenait dans le vestibule, raide, mal à l'aise.

« J'aimerais parler à mon fils...

– Bien... entre..., fit Kim Dee, humble malgré l'effet de la coke. Sandra, veux-tu préparer du thé ?

– Non... pas de thé... nous devons discuter... seuls, répondit le père en jetant un coup d'œil sans équivoque à Sandra.

– Je vois... Une petite minute, j'ai justement des courses à faire...

– Non, ne te dérange pas. Je crois que je vais aller faire un tour avec mon fils. »

Le père et le fils quittèrent l'appartement et se mirent à marcher d'un pas régulier, sans dire un mot. Kim Dee avait toujours détesté les airs de sphinx qu'affichait son père dans les moments de tension et cette petite promenade impromptue lui tomba rapidement sur les nerfs. Il savait qu'il devait attendre que son père prenne la parole avant de pouvoir ouvrir la bouche. Or, il était clair que celui-ci l'entraînait vers une destination précise et qu'il devrait garder le silence jusque-là. Au bout d'une demi-heure qui parut interminable à Kim Dee, son père s'arrêta enfin devant une petite pharmacie arborant la bannière Nguyen. Ainsi, le vieux voulait simplement parler de l'entreprise familiale. Comme entrée en matière, on avait déjà vu plus expéditif. Kim Dee se décida à briser le silence.

« Tu viens à la maison, tu veux qu'on parle. On se retrouve dans ce quartier et tu ne dis pas un mot. »

Malgré son anxiété et son mode de vie déréglé, Kim Dee était incapable d'agressivité envers son père. Le ton demeura neutre.

« Tu vois cette pharmacie ?

– Oui, et alors ?

– C'est ici que j'ai commencé à travailler quand je suis arrivé au Canada. Je balayais le plancher le soir et je remplissais les tablettes la nuit.

– Je sais… maman me l'a déjà raconté.

– Si j'entre dans l'établissement, le vieux M. Nguyen qui est encore propriétaire va me regarder avec respect.

– J'espère ! Tu as fondé la deuxième plus grosse chaîne de pharmacies en importance au Québec, et la compagnie d'import-export double nos profits. »

An se retourna vers Kim Dee. Ses yeux étaient durs, bien que voilés de tristesse.

« Si jamais il apprenait que mon fils, mon propre fils, mon sang et ma chair, a volé quatre cent mille dollars à son père pour aller le perdre dans je ne sais quelle combine… »

La voix du vieil homme s'étrangla sous le coup d'une colère retenue.

« … alors M. Nguyen me regarderait comme le dernier des balayeurs, poursuivit-il, ce que j'étais quand tu étais encore un enfant… Et toute la communauté ferait comme lui.

– Qu'est-ce que c'est que cette histoire ? se défendit Kim Dee avec mauvaise foi. Je n'ai jamais volé une cenne à la compagnie !

– Je sais comment tu as fait. Je suis prêt à excuser ce vol parce que tu es mon fils. Aussi, je te donne six mois pour retrouver l'argent et le remettre dans nos caisses.

– Six mois ? Mais pourquoi ? De toute façon, c'est moi qui vais hériter des compagnies. C'est mon argent que j'ai investi…

– Que tu as investi ? Tu me prends pour un idiot ! s'indigna le vieil homme.

– Qui est le fou qui t'a monté la tête contre ton propre fils ?

– Je te donne six mois. »

Écrasé par la douleur, An Nguyen se retourna après un dernier regard à son fils et repartit dans la rue animée. Kim Dee resta figé un long moment, insensible à l'activité urbaine qui l'entourait.

Il se sentait misérable et profondément stupide. Ses combines, ses usuriers, ses prostituées et la vente de coke lui rapportaient des sommes considérables et seules ses pertes faramineuses au casino avaient rendu ce détournement nécessaire. Il avait emprunté successivement de petits montants, en se promettant de les remettre dans les jours ou les semaines qui suivraient, puis, voyant que personne n'avait rien remarqué, il avait cru s'en tirer indemne et avait finalement rejoué l'argent qui aurait dû servir à rembourser l'entreprise.

En ce moment, avec l'opération de blanchiment qu'il avait organisée au casino et l'importation d'héroïne thaïlandaise qu'il préparait, rembourser cet argent ne serait pas un problème. La véritable blessure qu'il ressentait était celle de son amour-propre. Il n'avait jamais perçu aussi intensément l'immense déception qu'il représentait aux yeux de son père.

Une pensée tordue lui traversa l'esprit : son père lui avait donné six mois pour remettre l'argent, pourtant il devait sûrement se douter que s'il ne l'avait pas déjà fait, c'était qu'il ne l'avait plus. Or, An Nguyen savait qu'il ne pourrait pas réunir cette somme à l'aide seulement de ses activités légales. Son père était donc conscient que l'unique façon pour lui de récupérer cet argent, c'était de continuer ses activités criminelles. La sévère remontrance qu'il venait d'essuyer se transformait magiquement en approbation.

Quelque peu ragaillardi mais tout de même ébranlé, il s'envoya une nouvelle dose de coke dans les narines à l'aide d'un vaporisateur nasal qu'il avait toujours sur lui et décida de faire quelque chose qu'il n'avait pas fait depuis longtemps : aller au domicile familial. Il avait soudainement besoin de resserrer les liens avec sa famille et, surtout, de tâcher d'apprendre comment son père avait eu vent de ses petites magouilles aux dépens de l'entreprise.

Sa mère l'accueillit avec une froideur inquiétante dont il préféra ne pas se formaliser. Une telle attitude étonnait de la part de cette femme qui avait toujours été douce et réservée. Il joua les fils affectueux et insista pour préparer lui-même le thé, ce qui parut parfaitement incongru dans le contexte familial des Nguyen.

« Tu ne trouves pas que papa a l'air fatigué ? demanda-t-il après quelques banalités polies.

– Il a de gros soucis.

– Quel genre de soucis ? C'est la compagnie, ou c'est toi qui veux un nouveau manteau ? »

La plaisanterie tomba à plat.

« Je pense que c'est toi, répondit simplement sa mère.

– Moi ? Papa trouve que je ne respecte pas assez ses méthodes dans les affaires.

– J'espère que c'est seulement une question de méthodes.

– Mais bien sûr, maman. Qu'est-ce que tu crois ? Qu'est-ce qu'on t'a dit ?

– Des choses... qu'il manquait de l'argent... ton père t'en a parlé, j'en suis certaine.

– Oui... si on veut. Mais qui a pu lui monter la tête contre moi ? »

Sur ces entrefaites, une voix joyeuse se fit entendre.

« Hou, hou ! Il y a quelqu'un ? Maman, t'es là ? »

Thi Tram, fraîchement dépucelée, semblait flotter sur un nuage. Elle se sentait forte, complètement adulte, enfin. Suffisamment pour ne pas craindre la réaction de sa mère à son absence de deux jours. Kim Dee comprit ce qui s'était passé.

« Allô… oh ! Salut Kim Dee…, dit-elle, subitement plus circonspecte.

– Comment ça va, petite sœur ? Tu t'amuses toujours dans la comptabilité de mon père ? »

Une tension épouvantable gagna la pièce. Thi Tram sut que Kim Dee avait compris. Forte d'une nouvelle confiance en elle, elle décida de prendre le taureau par les cornes.

« Ce que j'ai découvert n'était pas tellement amusant. Tu veux savoir quoi, mon frère ?

– C'est toi ? C'est de ta faute ?

– C'est moi. Mais c'est de ta faute ! »

Ils se fusillèrent du regard. C'était de semblables moments qui avaient fait la grandeur de la tragédie grecque. Finalement, Kim Dee se dirigea vers la sortie. Il était tellement furieux et ébranlé que, malgré son sang-froid habituel, sa voix tremblait.

« Je suis attendu… mais je ne t'oublierai pas, je vais penser à toi jour et nuit. Il n'y a pas de pire trahison que celle du sang. Il n'y a pas pire punition que celle du sang. »

Thi Tram soutint son regard jusqu'au bout. Thi Mung était anéantie. La jeune fille prit la main de sa mère.

« Tu ne me croiras pas, mais je n'ai jamais été aussi heureuse », déclara-t-elle le plus sérieusement du monde.

De son côté, Kim Dee se hâta de se rendre à un rendez-vous important avec le chef des Evil Riders. Tous ces événements avaient failli le mettre en retard, ce qui aurait pu avoir des conséquences fâcheuses sur leur relation d'affaires, d'autant plus que, cette fois, il serait sur son territoire. Il avait invité Daddy Girard à un petit tournoi clandestin de combats de coqs, un divertissement typiquement asiatique que ses amis organisaient de temps en temps. Le motard allait voir que les « Jaunes », comme il les appelait, savaient s'amuser.

Girard et ses hommes furent séduits par l'atmosphère enfiévrée qui régnait dans l'arène improvisée dans un entrepôt anonyme d'un quartier industriel. Les spectateurs, dont les tenues élégantes contrastaient avec leur attitude brutale, hurlaient leurs encouragements aux volatiles déchaînés qui s'entretuaient dans un tourbillon de plumes et de sang, leurs ergots armés de petites lames finement affûtées. De gros billets changeaient de mains à chaque combat.

« Je mets deux mille dollars sur Golden Warrior, proposa Kim Dee, voyant que Daddy était séduit par le spectacle.

– C'est correct, moi je prends l'autre. Le gros rouge. »

Les coqs furent libérés pour un combat d'une violence hallucinante. Daddy et Kim Dee encourageaient les combattants avec ferveur, ce qui ne les empêchait pas d'aborder d'autres sujets de conversation. Après tout, il s'agissait d'un rendez-vous d'affaires.

« Je suis presque prêt à entreprendre la grande opération, annonça Kim Dee, tâchant de masquer sa nervosité.

– Toute ma gang est sur le coup. Les Concatcheros sur la Côte-Nord attendent le signal. T'as le reste du financement ?

– J'ai ce qu'il faut. Plus d'un million et demi. Moi j'achète et je fais rentrer au pays, toi tu distribues, comme convenu.

– Pour une face jaune, t'es un hostie de tough !

– Pour un paresseux et un gros moron, t'es plutôt brillant… »

Les deux hommes éclatèrent de rire, puis reportèrent leur attention sur le combat. Golden Warrior venait de l'emporter. Le visage de Kim Dee s'éclaira.

« Je gagne. Je gagne ! Enfin ! Ma chance vient de tourner. Je vais pouvoir régler mes comptes, se dit-il. »

La seule chose qui pouvait désormais contrecarrer ses plans était la méfiance de son père. Il prévoyait faire passer la marchandise dans les importations de l'entreprise familiale. Si le vieux Nguyen, ou encore sa petite garce de sœur, décidait d'exercer une surveillance sur les stocks et sur la comptabilité, son plan ambitieux pourrait tourner à la catastrophe. L'enjeu était beaucoup plus important que les quatre cent mille dollars qu'il avait maladroitement empruntés à la petite caisse de la pharmacie. Il comptait récupérer dix fois cette somme, mais à cet instant précis elle lui faisait cruellement défaut. Avec un demi-million de dollars de plus, la transaction aurait déjà eu lieu, et il aurait gagné définitivement le respect et la confiance des Evil Riders.

Le triomphe de Golden Warrior, en train d'achever son malheureux adversaire, finit de le rassurer. Ce coq était le messager des dieux ancestraux qui veillaient sur lui. La Chance lui tendait enfin les bras.

♠

Le Blue Note Café, qui n'ouvrait ses portes qu'en soirée, servait de salle de répétition aux divers groupes que montait Éric Bédard, le vieil ami de Stéphane et bassiste polyvalent. Ce dernier s'était fortement réjoui quand

Stéphane avait accepté son offre de former un groupe avec lui, et son enthousiasme avait fait chaud au cœur au pianiste, qui avait oublié à quel point les années passées à jouer aux côtés du sympathique balourd avaient été heureuses. Pour la première fois depuis longtemps, Stéphane ne pensa pas à la mort de son père ni à la trahison de Kim Dee.

Éric avait de nouveau invité Bruno et Stan, le batteur et le saxophoniste avec qui ils avaient *jammé* avec tant d'entrain quelques semaines plus tôt. Il avait également convié David, un guitariste qui lui permettait d'exprimer son côté *fusion*. Il voyait dans cette formation un formidable potentiel, déjà partiellement révélé par la performance de l'autre soir. Les musiciens se mirent à discuter sans cérémonie du genre de musique qu'ils avaient envie de faire et le petit bar s'emplit rapidement de leurs échanges passionnés. Ils s'entretinrent de leurs albums favoris, des styles qu'ils pratiquaient, de ceux qu'ils détestaient, des musiciens qu'ils admiraient et des marques d'instruments qu'ils préféraient, passant brusquement d'un sujet à l'autre, se coupant la parole ou parlant en même temps, dans une confusion joyeuse et amicale.

Stéphane retrouvait là un plaisir qui lui avait beaucoup manqué, celui de côtoyer des gens qui partageaient sa passion de la musique. Au bout d'une heure à faire connaissance en bavardant devant leur café, les compères décidèrent de passer aux actes et s'installèrent sur la petite scène avec leurs instruments. Éric avait sorti le piano droit pour Stéphane, ainsi que le Fender Rhodes et un synthé branché à un module permettant d'émuler divers claviers rétro, comme l'orgue Hammond, le Clavinet, le Moog ou l'Arp 2600. Il avait sorti pour lui-même une magnifique contrebasse et une basse électrique MF de fabrication montréalaise. Stan avait apporté un sax ténor ainsi qu'un soprano, et Bruno allait utiliser la batterie de base du club, tout à fait suffisante pour une jam-session à huis clos. Seuls les choix de David parurent discutables à Stéphane : une Stratocaster et une guitare-synthé Rolland. Il signala son inquiétude à Éric d'un froncement de sourcils.

« Et si on se réchauffait avec un petit set acoustique ? proposa Stéphane, un peu hypocritement.

– Allez-y, fit David, qui avait très bien saisi l'intention de Stéphane. Je vais finir de brancher mon matériel. »

Les quatre autres commencèrent avec un petit blues sans prétention, un peu gênés de laisser leur guitariste s'arranger seul avec son matériel compliqué. La magie de l'autre soir tardait à se manifester. La spontanéité demande parfois une longue préparation.

« Bon, intervint Éric en interrompant la musique d'un geste. De toute façon, une fois que David sera branché, il va bien falloir en faire autant, alors aussi bien s'y mettre tout de suite. »

Éric installa alors des micros au cornet du sax, au-dessus de la batterie et du piano et brancha sa basse électrique. Puis il raccorda le tout à la console du bar. Quand les cinq musiciens furent prêts, le son avait complètement changé et requérait des ajustements importants avant d'être acceptable. Le problème était beaucoup plus fondamental et Stéphane l'avait identifié dès le premier instant. Il s'abstint cependant de tout commentaire, préférant laisser les choses arriver naturellement à leur conclusion logique.

Éric proposa, étant donné le manque d'inspiration manifeste des participants, de jouer une pièce de répertoire. Il s'avéra rapidement évident que très peu de morceaux de jazz pouvaient convenir à la fois à une guitare et à un saxophone. Il faudrait faire de la *fusion*, et il savait le peu d'enthousiasme de Stéphane et de Stan pour cette sous-catégorie hybride de jazz et de rock.

« Bon, voilà : on lance une impro avec basse, batterie et piano et, une fois qu'on est bien partis, vous alternez les solos au sax et à la guitare. »

Éric leur donna quelques indications musicales qu'il avait préparées. Jusque-là, il assumait très bien son rôle de leader. Stéphane, libéré de l'encombrement que représentaient Stan et David, parvint à proposer quelques harmonies susceptibles d'un développement mélodique intéressant. Stan comprit à merveille les intentions de Stéphane, faisant preuve d'une intuition prometteuse.

Les choses se gâtèrent quand le guitariste entra en scène. Il avait choisi un son électronique très spatial et se lança dans une suite interminable d'arpèges pour le moins masturbatoires. Stéphane et Stan ne purent s'empêcher de pouffer de rire, pendant qu'Éric et Bruno tâchaient, en bons compagnons d'armes, de soutenir David dans son délire psychédélique. Celui-ci continua à jouer pendant un moment avant de se rendre compte que les autres s'étaient arrêtés, l'air gêné.

« Écoute, David, commença Stéphane. Je pense que nous venons d'avoir une belle illustration de la différence entre le jazz et le rock. Je suis sûr que ton style convient parfaitement au deuxième…

– Bon, les jazzmen prennent leurs grands airs, s'offusqua le guitariste. Éric m'avait parlé d'un groupe très libre et ouvert d'esprit...

– Pour l'instant, on n'est pas encore un groupe, répondit Stéphane. Il y a plein de choses à définir, comme le style de musique qu'on veut faire.

– Une seconde, c'est qui le leader? Aux dernières nouvelles, Éric a tout organisé, on joue dans son local et on utilise son équipement...

– Euh, bafouilla Éric, je pense que Stéphane soulève un point intéressant... Ça n'enlève rien à ton talent, mais il faudrait voir à ce que tout le monde rame du même bord...

– Je pense qu'on devrait d'abord consolider le quatuor de base avant d'ajouter de nouveaux membres, déclara Stéphane, d'un ton poli mais ferme.

– Je vois. »

Le guitariste, avec dignité, commença à remballer son matériel. Il avait joué pendant cinq minutes à peine. Éric décréta une pause et en profita pour prendre Stéphane à part.

« Excuse-moi, mon vieux, mais je trouve que tu y vas fort. Ce gars-là est aussi mon ami et son groupe de *space fusion* marche très bien dans mon bar. Pour un lundi soir, en tout cas.

– Je sais, mais avec ce gars-là dans le groupe on nous soupçonnerait de faire du rock progressif et on serait bannis à vie du Festival de jazz. On n'y peut rien. Les années soixante sont moins démodées que les années soixante-dix, faut pas essayer de comprendre. Et puis, quelle sorte de répertoire on aurait pu attaquer? T'as envie de jouer du Mahavishnu Orchestra tous les soirs, toi?

– Tu veux qu'on joue du jazz des années soixante, je n'ai rien contre ça, mais depuis ton retour tu ne m'as pas donné l'impression de vouloir t'impliquer dans un projet musical. Pourquoi je mettrais un gars dehors quand tu peux me lâcher pour retourner jouer au black-jack n'importe quand ?

– Parce que ce coup-ci, c'est moi qui finance, lâcha Stéphane avec un large sourire.

– Financer quoi ?

– Tout. Équipement, temps de studio, mastering, impression, distribution, promotion, tournée. Je lance ma maison de disques et je t'engage comme directeur général. Objectif : un album dans six mois et une tournée l'été prochain, en commençant par le Festival de jazz.

– Avec quoi tu vas payer tout ça ? Tu as gagné à la loterie ou quoi ?

– Non. Au black-jack.

– Ça prend des centaines de milliers de dollars ce que tu viens de me conter là.

– Je sais. »

Stéphane n'avait pas perdu son sourire, plein d'une assurance qui frisait l'arrogance. Éric se rendit enfin à ce qu'il venait d'entendre et se leva pour raccompagner son ami David vers la sortie, retenant avec peine un sourire de jubilation.

« Sans rancune, hein ?

– Ça va, j'ai l'habitude des claviéristes. Tous des snobs. »

Les quatre membres restants se rassemblèrent de nouveau sur la petite scène, reprenant leurs instruments acoustiques.

« Les gars, annonça Éric, on continue à quatre. Considérez Stéphane comme notre leader. On verra plus tard si on a besoin d'autres musiciens. »

Éric était assez sage pour comprendre que la forme la plus subtile de leadership était de savoir passer la main à un autre au moment propice. Le malaise s'était complètement dissipé. Les musiciens retrouvèrent la compatibilité qui les avait unis quelques semaines plus tôt et se lancèrent avec entrain dans une nouvelle séance d'improvisation, apprenant à dialoguer par l'intermédiaire de leurs instruments, élaborant un langage musical commun. Ils se laissèrent aller ainsi pendant une heure, peut-être plus.

Quand, complètement épuisés, ils se décidèrent à faire une pause, ils remarquèrent avec étonnement la présence d'un spectateur qui applaudissait à tout rompre.

« Je pensais avoir fermé à clé, grommela Éric.

– Laisse, je le connais », répondit Stéphane, surpris de voir le nouvel arrivant.

Il s'agissait de Marc Sylvain, le croupier du casino. Il eut un mauvais pressentiment.

« Ça va, Marc ? demanda-t-il, un peu méfiant.

– Merveilleusement bien ! Je viens d'avoir droit à un concert privé extraordinaire. Votre *band* est génial, vous irez loin si vous continuez comme ça.

– Merci, c'est gentil. Tu es venu comme ça ou tu voulais me parler ?

– Je voulais te parler. On peut aller faire un tour ?

– D'accord, je crois que tout le monde est fatigué et Éric doit se préparer à ouvrir le bar. »

Stéphane suivit Marc, qui insista pour l'inviter à prendre un café à son appartement. L'offre ne tentait aucunement Stéphane, mais il l'accepta tout de même, afin de savoir à quoi s'en tenir. Le croupier meubla la conversation avec des propos élogieux sur la musique jazz, en échappant quelques erreurs de faits qui firent ressortir son manque de sincérité. Quand ils se retrouvèrent enfin devant leur café, Marc se décida à passer aux choses sérieuses.

« Combien tu as gagné ?

– Pourquoi tu veux savoir ça ? Tu veux ta part, finalement ?

– De toute façon, je le sais : à peu près six cent cinquante mille.

– Je suis prêt à t'offrir une part, mais j'ai pris tous les risques sur ce coup-là. Je t'offre vingt-cinq pour cent, rien de plus.

– Je n'en veux pas de ton argent, répliqua Marc.

– Qu'est-ce que tu veux ? s'impatienta Stéphane.

– Je t'ai fait gagner cet argent pour une raison bien précise et ce n'est pas pour que tu le dépenses dans des projets risqués ou que tu l'offres à ta maman.

– Écoute, tu joues les génies, mais je pense que tu es un détraqué, lança Stéphane en se levant pour quitter les lieux. Tu prends les vingt-cinq pour cent ou tu me fous la paix pour de bon.

– J'ai bien peur que ce ne soit pas si simple. J'ai besoin de toi pour mes projets. Assieds-toi, on a une bonne conversation devant nous. »

Le croupier avait sorti un revolver en disant cela et le braquait maintenant sur Stéphane sans le moindre frémissement. Le cran de sûreté n'était plus en place. Il attrapa son portefeuille de sa main libre et lui montra ses pièces d'identité.

« On va commencer par faire les présentations en bonne et due forme : sergent-détective Sylvain Marceau, GRC. »

Chapitre VII

Malgré la passivité de son patron dans l'affaire Stéphane Dumas, Aurélien Lalancette n'avait pas décroché aussi facilement. On n'avait pas revu le pianiste au casino depuis quelques jours. Lalancette supposa qu'il se faisait oublier tout en récupérant après ses deux nuits blanches. Il désapprouvait viscéralement l'attitude d'Antoine Caron. On n'avait trouvé aucune preuve d'une quelconque tricherie après les vérifications d'usage; toutefois, il soupçonnait de plus en plus que son patron était impliqué dans l'affaire. Il avait vu la fille de Caron en compagnie de Dumas, et avait décidé de faire surveiller les allées et venues de chacun par une agence privée.

Comme il s'agissait de la fille de son supérieur, il avait passé outre à son approbation et s'était adressé à la directrice générale du casino. Étant donné la confiance qu'elle plaçait en son directeur de la sécurité et le peu de respect qu'elle éprouvait envers Lalancette, la tâche fut difficile, mais les bandes vidéo montrant Stéphane en compagnie d'Emmanuelle, et celles où on les voyait avec Antoine, combinées aux refus systématiques de ce dernier de faire expulser Stéphane, vinrent à bout des réticences de la directrice. Elle approuva la tenue d'une enquête discrète à l'extérieur, dont Antoine ne serait pas informé.

Parallèlement, Aurélien expédia les cartes ayant servi lors de ces deux nuits à un laboratoire très spécialisé, qui détecterait peut-être des marques ayant échappé aux spécialistes du casino. Il jouait gros en agissant ainsi, car il savait que si on ne trouvait rien contre Dumas ou Caron il s'en trouverait discrédité définitivement. Par contre, s'il parvenait à démontrer une tricherie de la part de Dumas ou de la négligence de la part de son patron, il pourrait espérer une promotion lorsque ce dernier prendrait sa retraite, ce qui finirait bien par arriver un jour. Après tout, Caron avait près de soixante ans.

Ses manigances furent d'autant plus faciles à dissimuler qu'Antoine semblait complètement absent depuis quelques jours, un perpétuel sourire flottant sur ses lèvres. Il était de plus en plus certain que Caron vivait une aventure avec la psychologue du casino, Maria Delluci. Il n'éprouvait que mépris pour un vieux croûton comme Antoine qui s'amourachait d'une femme de plus de vingt ans sa cadette. La chose avait à ses yeux quelque chose d'incestueux. L'attirance qu'il ressentait lui-même pour la jeune femme ne faisait qu'ajouter à sa frustration. Elle ne perdait rien pour attendre: il avait obtenu des preuves qu'elle avait continué de voir à l'extérieur du casino la junkie qui avait tenté de se tuer dans les toilettes. Il y verrait plus tard cependant: il était inutile d'alerter le gros gibier pour du menu fretin.

Pendant ce temps, Antoine Caron avait commencé à enquêter sur une curieuse augmentation des activités dans la section des machines à cent dollars. Aurélien devait admettre que la situation était inhabituelle, mais il ne comprenait pas que l'on puisse s'inquiéter davantage d'une augmentation des gains dans une section que d'une perte suspecte de plus d'un demi-million dans une autre. Blanchiment d'argent ou pas, le casino avait encaissé des profits supplémentaires inespérés aux machines à sous et cela justifiait bien que l'on n'y regarde pas de trop près.

Décidément, l'affaire Dumas lui semblait mériter la priorité absolue, d'autant plus que, si une tricherie avait eu lieu, Dumas avait probablement un complice à l'intérieur…

♠

La vérité était encore plus complexe que ne pouvait l'imaginer Aurélien. Dans l'appartement de Marc Sylvain, de son véritable nom Sylvain Marceau, Stéphane réalisait l'étendue de la manipulation dont il avait fait l'objet. Il s'était rassis docilement sous la menace du revolver et écoutait, atterré, les explications de l'officier de police, qui avait rengainé son arme maintenant qu'il s'était assuré la coopération de Stéphane.

« Tu croyais vraiment que j'allais t'expliquer comment frauder le casino simplement par amour du jazz ?

– Non, évidemment, c'était trop simple. Je m'attendais à ce que tu réclames une part… Tous les joueurs rêvent de rencontrer un croupier malhonnête à la recherche d'un complice. Mais là, j'avoue que je suis soufflé… Qu'est-ce que tu attends de moi ? Ça fait longtemps que tu me surveilles ?

– Moi personnellement, depuis que tu t'es pointé au casino après ta sortie de prison. Mais les collègues sont sur ton dossier depuis ton arrestation à Miami il y a trois ans. C'est très beau ce que tu as fait: protéger ainsi ton meilleur ami durant tout ce temps...

– Mon meilleur ami?

– Fais pas l'innocent. Tu as préféré croupir toutes ces années en prison plutôt que de dénoncer Kim Dee Nguyen. Tu aurais pu sortir après quelques jours si tu t'étais ouvert la trappe.

– Il n'y a rien qui prouve que la drogue lui appartenait...

– Arrête ton char! Tu as toujours prétendu voyager seul durant ta soi-disant tournée aux Caraïbes, alors que nous avons des dizaines de témoins qui affirment que tu étais en compagnie de ton gérant, un Asiatique d'environ trente ans qui se déplaçait sous le nom de Steven Lee.

– C'était un nom d'artiste, ça se fait dans le milieu.

– Il avait un passeport portant son nom d'artiste!

– Je ne savais pas.

– S'il avait voyagé sous son vrai nom, nous l'aurions arrêté dès son arrivée à Montréal.

– Vous vous trompez si vous pensez que j'étais le complice de Kim Dee. Moi aussi, je suis quasi certain qu'il a mis la drogue dans mes valises. Si c'est lui, je suis sa victime, pas son complice.

– Admettons. Tu l'as quand même protégé pendant trois ans. Et puis, son père a payé ton avocat.

– Le vieux Nguyen l'a fait parce que mon père avait été son employé pendant plus de vingt ans...

– ... avant de se suicider dans le stationnement du casino.

– Tu connais bien ton dossier. Mais pourquoi m'avoir aidé à gagner tout cet argent?

– Pour que tu puisses l'investir dans les combines de ton vieux copain Kim Dee.

– Es-tu fou ? Je suis en très mauvais termes avec lui. Il ne me fera jamais confiance ! Tu as fait tout ça pour rien. »

Pour la première fois, l'assurance du policier semblait ébranlée.

« J'ai de la difficulté à te croire, protesta Sylvain Marceau. Pourquoi l'avoir couvert tout ce temps si tu croyais qu'il t'avait fait un coup fourré ?

– J'aime bien régler mes comptes moi-même.

– Tu lui en veux ?

– Bien sûr.

– Et lui, il a quelque chose à te reprocher ? Au fond, tu lui as bien rendu service : tu as fait de la prison à sa place.

– Il s'imaginait qu'on allait se réconcilier, mais je l'ai envoyé promener. Ça l'a un peu vexé. Mais il s'est vraiment fâché quand j'ai commencé à fréquenter sa sœur.

– Ça le dérange ? Je pensais que tu étais un ami de la famille ?

– Plus maintenant ! Le vieux Nguyen a tenté d'acheter mon silence et je l'ai envoyé promener lui aussi. Kim Dee est très jaloux de sa sœur. Ce doit être culturel. D'après ce que j'ai compris, les Vietnamiens s'attendent à une grande soumission de la part des femmes et des jeunes filles.

– Si tu laissais sa sœur tranquille, ça le calmerait peut-être un peu…

– Non, mais ! de quoi je me mêle ? s'offusqua Stéphane. Tu m'entraînes dans des histoires incroyables et maintenant tu viens mettre ton nez dans ma vie privée !

– Écoute, je n'ai pas fait perdre tout cet argent au casino pour rien. Il va falloir que je rende des comptes un jour ou l'autre. Pour l'instant, je me suis arrangé pour que tu sois le seul coupable. Si tu te fais prendre, je ne te connais pas, et même si on me pose des questions, je peux toujours révéler mon identité réelle et dire que j'étais en mission spéciale, ce qui est exact. Toi, par contre, tu t'es mis dans la merde jusqu'au cou et tu vas t'enfoncer complètement si tu ne coopères pas. C'est clair ?

– Non, c'est plutôt confus. Explique-moi ton plan et je vais voir ce que je peux faire.

– Bon, depuis ton arrestation à Miami, la GRC s'est intéressée de plus près aux activités de Kim Dee Nguyen. On savait qu'il avait probablement organisé ta tournée aux Caraïbes pour camoufler une opération d'importation de cocaïne sud-américaine via les Antilles et les États-Unis, mais ton refus de le dénoncer et sa fausse identité lui ont permis de s'en tirer indemne. J'espère que tu te rends compte du mal que tu t'es fait à toi-même avec ta loyauté.

– J'assume, mon vieux. Continue.

– Après trois ans à te laisser mariner en prison, les autorités américaines ont fini par se lasser et nous les avons convaincues de te relâcher. Si tu étais de mèche avec Kim Dee, on finirait bien par vous pincer à Montréal. Vous aviez nécessairement des comptes à régler.

– Exact !

– On vous a rapidement aperçus ensemble au casino. Ce qui nous a surpris, c'est de voir à quel point tu t'acharnais à jouer au black-jack, sans t'intéresser à rien d'autre. C'est à ce moment que les patrons m'ont contacté.

– Les patrons du casino ?

– Non, de la GRC.

– Est-ce que la direction du casino sait qu'il y a un flic incognito parmi leurs croupiers ?

– Tu poses trop de questions, répondit Sylvain Marceau avec un sourire. Croupier au casino, c'est une excellente couverture pour un agent de la GRC. On surprend bien des conversations. On peut pincer des dealers, des putes, des shylocks, on voit qui s'est enrichi d'une manière suspecte, sans parler du blanchiment d'argent, sur lequel la direction ferme les yeux systématiquement... En plus, j'aime vraiment ça. Je suis un vrai génie des maths, tu sais. J'étais aux fraudes bancaires avant d'occuper ce poste.

– J'aime ça, ça se complique. Tu disais que tes patrons t'ont demandé de me surveiller.

– Oui, c'est à ce moment que j'ai constaté ton obsession de vouloir ruiner le casino, comme si c'était possible. Un homme obsédé, ça se manipule aisément.

– J'ai vu ça.

– Je me suis dit que tu ferais un appât idéal pour Kim Dee. Il faut que tu saches que ses affaires ont prospéré pendant ton emprisonnement. Il y a trois ans, c'était encore un simple revendeur, mais il semble avoir appris beaucoup durant votre voyage. Il s'est fait des contacts et a consolidé sa place dans l'entreprise familiale...

– Ça, je ne jurerais pas que ça va durer...

– Pourquoi ? Tu sais quelque chose ? »

Stéphane se mordit les lèvres. Il avait trop parlé. Le récit du faux croupier avait endormi sa méfiance et il avait failli lui révéler d'autres renseignements qui pourraient éventuellement constituer une précieuse monnaie d'échange. Cette histoire devenait franchement passionnante, il regrettait simplement d'en faire partie. Il n'avait que très peu d'atouts en main et il devait les jouer prudemment.

«Je t'en parlerai quand je te ferai confiance.

– À ton aise. Tu es assez intelligent pour comprendre que c'est tout à ton avantage de coopérer. Je disais que Kim Dee s'était fait des contacts. Il est maintenant prêt à entrer dans les ligues majeures, comme on dit. Il accumule du capital pour participer à une opération avec des motards, les Evil Riders. On sait qu'ils se fréquentent depuis environ un an. Kim Dee n'est encore qu'un débutant à côté d'eux et il est plus susceptible de faire des erreurs, surtout qu'il a perdu énormément d'argent au casino. C'est un impulsif et il consomme beaucoup de cocaïne.

– Il est devenu assez important pour s'associer aux Riders? s'étonna Stéphane. Je ne vois pas pourquoi ils auraient besoin de lui.

– Ça, c'est un gros point d'interrogation. Nous soupçonnons qu'il est en mesure de leur offrir quelque chose d'exclusif, peut-être de la marchandise asiatique. Et puis, il devrait hériter de l'entreprise familiale, et les bandes criminelles sont toujours à la recherche d'entreprises bien établies pour blanchir leurs profits... C'est là que tu peux nous aider...

– Comment?

– Dans un premier temps, tu dois te réconcilier avec Kim Dee, peu importe la façon. Tu es un bon bluffeur, tu peux le convaincre.

– Tu m'en demandes...

– Oui, mais je peux t'offrir beaucoup en échange.

– Comme quoi ?

– Premièrement, nous pouvons convaincre le casino que tu travaillais pour nous pendant tout ce temps et leur faire accepter de ne pas te poursuivre, en échange d'un simple remboursement.

– Tu veux dire que je ne pourrai rien garder ? Pourquoi je ferais ça ?

– Parce que c'est ça ou la prison. Ensuite, tu vas t'arranger pour que Kim Dee te propose d'investir dans ses combines. Il a sûrement déjà entendu parler de tes exploits et son avidité va le rendre très amical avec toi. Je suis certain qu'il a besoin de cet argent. »

Stéphane ne confirma pas cette hypothèse, mais il la savait probablement vraie, étant donné ce que lui avait confié Thi Tram au sujet du détournement de fonds qu'elle avait découvert. Si Kim Dee avait volé son propre père, c'est qu'il avait désespérément besoin d'argent.

« D'accord, mais pourquoi ne pas lui envoyer un autre agent undercover, ou soudoyer un de ses hommes, ou faire le travail toi-même ?

– Nous avons tenté d'infiltrer son milieu, mais sans succès pour l'instant. Les communautés asiatiques sont hermétiques et ces gens sont très loyaux… Moi, je ne peux pas sacrifier ma position au casino, pas après m'être aussi parfaitement intégré au personnel. Tu es notre meilleure porte d'entrée.

– Je me serais bien passé de cet honneur.

– Tu n'avais qu'à ne pas tricher, mon cher.

– Ça va, ça va. Ensuite ?

– Tu dois jouer ton rôle avec beaucoup de prudence. Kim Dee ne doit pas avoir l'impression de te convaincre trop facilement. Tu dois tout faire pour qu'il te présente à ses partenaires des Evil Riders.

– Pardon ? Tu veux que j'aille infiltrer les motards ?

– Oui. Tu dois leur remettre l'argent en mains propres. Tu auras un micro sur toi. Nous interviendrons quand la transaction sera effectuée.

– Attends, si je t'ai bien suivi, je dois remettre cet argent directement aux motards en vue d'une importation de drogue. Ça n'a pas l'air un peu louche, un gars comme moi qui sort de nulle part et qui leur remet un demi-million sans demander de garantie ?

– C'est pour ça que tu dois te réconcilier avec Kim Dee. S'il te présente comme un ami d'enfance qui a fait trois ans de prison pour le protéger, ils vont te prendre au sérieux.

– C'est complètement dément ! Je risque ma peau là-dedans. À part l'amnistie pour la fraude au casino, qu'est-ce que je vais en retirer ?

– Trois ans de salaire rétroactif de la GRC en compensation de ton séjour en prison, à raison de cinquante mille par an. Nous considérerons que tu étais en service commandé tout ce temps. Et puis, je sais maintenant que tu vas retirer une grande satisfaction de l'opération.

– Pourquoi ?

– Tu voulais régler tes comptes avec Kim Dee. Voilà l'occasion. Imagine sa tête quand il va se rendre compte que tu as regagné sa confiance uniquement pour le livrer à la police. Il va en prendre pour dix, peut-être quinze ans ferme si tu fais bien ton travail. Peux-tu souhaiter plus belle vengeance pour ce qu'il t'a fait ? »

Stéphane se tut quelques instants pour réfléchir. Cette conversation lui semblait surréaliste. Sylvain Marceau lui avait paru étrange depuis le début, mais Stéphane devait bien admettre que tout ce qu'il venait de lui raconter était plus plausible que la sympathie spontanée qu'il avait invoquée pour l'aider dans sa vengeance contre le casino. Il devait aussi convenir que si le faux croupier décidait de le dénoncer, il n'avait aucune chance de s'en sortir. De combien d'années de prison écope-t-on pour une fraude de six cent cinquante mille dollars ? Il passerait au moins trois autres années en tôle, et peut-être sans piano, cette fois.

Pouvait-il vraisemblablement convaincre Kim Dee de sa sincérité ? Il lui faudrait sacrifier Thi Tram. De toute façon, il savait que leur histoire ne pouvait pas durer. Il devrait retourner traîner au casino, le meilleur endroit pour rencontrer Kim Dee « par hasard ». Il lui faudrait aussi renoncer à ses projets musicaux pour un certain temps. Éric serait déçu, mais jamais autant que lui. Sa mère s'inquiéterait encore davantage de le voir reprendre contact avec Kim Dee.

Ensuite, il y avait les motards. En admettant qu'il réussisse à gagner la confiance de Kim Dee, la perspective de rencontrer ces types-là dans le but de les piéger, avec un micro émetteur sur lui, lui donnait la chair de poule. Il se savait crâneur et avait appris à se défendre en prison, mais cette mission lui paraissait franchement suicidaire. Et puis, à part la carte d'identité de Sylvain Marceau, quelles preuves avait-il de la véracité de ses dires ? Pourquoi ne l'avait-il pas amené dans un bureau officiel de la GRC ? N'avait-il pas des collègues impliqués dans l'opération ? Un soupçon germa dans son esprit.

« Tu travailles souvent seul, Sylvain Marceau ?

– Que veux-tu dire ?

– Il me semble qu'une opération de cette envergure, aussi bien planifiée, ça doit demander beaucoup d'effectifs, beaucoup d'organisation…

– J'ai toute une équipe derrière moi.

– Tu as enregistré notre conversation ? Micros ? Caméras ?

– En circuit fermé. Personne d'autre ne l'a entendue pour l'instant. C'est quoi, ces questions ?

– Je serais peut-être prêt à embarquer dans ton histoire, mais je ne suis pas sûr à cent pour cent que tu travailles bien pour la GRC…

– Je t'ai dit que tu posais trop de questions… Pourquoi je te mentirais ? J'ai refusé le quart de ce que tu as gagné… Comment la situation pourrait-elle être encore plus compliquée que ce que je t'ai raconté ?

– En fait, je suis prêt à te croire sur le fond. Tu es bien un agent de la GRC et tu veux vraiment m'utiliser pour coincer Kim Dee et les Evil Riders. Sauf que j'ai l'impression que tu n'as pas l'approbation de tes supérieurs pour risquer la vie d'un civil et frauder une institution comme le casino de plusieurs centaines de milliers de dollars. Je pense que ce plan relève de ta propre initiative. Si ça marche, tu vas épater tes patrons, si ça foire, tu ne cours aucun risque.

– Et pourquoi je me lancerais dans une opération comme celle-là sans l'autorisation de la maison ? demanda Marceau, visiblement contrarié.

– Peut-être que tu commençais à t'emmerder dans ton casino ? Tu es devenu tellement efficace dans ton rôle de taupe que tes patrons n'envisagent plus de te confier une autre job. Le bon vieux principe de Peter. Peut-être qu'au fond tu n'es qu'un rouage secondaire dans l'organisation et que tu rêves d'un coup d'éclat pour enfin jouer dans la cour des grands ? »

Marceau se renfrogna. Stéphane Dumas venait de l'impressionner une fois de plus.

« Si c'est le cas, ça voudrait dire que je ne pourrais pas me permettre de te protéger si ça tournait mal, mais ça ne m'empêche pas d'être en position de t'envoyer en prison si tu refuses. Ce qui veut dire : accepte et réussis. Tu n'as pas d'autre choix. D'accord ?

– Comme tu le dis, je n'ai pas le choix. Je vais faire de mon mieux. »

Sylvain Marceau reprit sa contenance pendant que Stéphane déglutissait péniblement. Le policier avait maintenant une ferme emprise sur le pianiste. Cette forme de domination intellectuelle lui procurait une satisfaction grisante.

♠

Plusieurs jours s'étaient écoulés depuis la nuit mouvementée où Maria avait enfin convaincu Monique de se faire traiter dans une clinique pour toxicomanes. Sans nouvelles de la quadragénaire, elle décida d'aller vérifier directement à la clinique si celle-ci s'y était bien rendue et, le cas échéant, si elle montrait des signes d'amélioration. Un psychiatre – une de ses relations professionnelles – la reçut cordialement, quoique avec une certaine tiédeur. Il trouvait que Maria s'impliquait peut-être plus que nécessaire dans la vie de sa patiente. Les deux marchaient tranquillement dans un corridor qui menait à la salle commune où se trouvait Monique.

« Croyez-vous que je peux lui parler sans nuire à sa thérapie ?

– On va voir. Le gambling est une dépendance vicieuse. Avec la coke ou l'alcool, on peut toujours supprimer toute consommation du produit. Mais le gambling est présent dans la vie quotidienne, du matin au soir.

– Il y a toujours quelqu'un pour te mettre au défi de gager une piastre, je sais.

– La plupart des patients que nous traitons cachent un problème beaucoup plus profond.

– On ne peut quand même pas psychanalyser tous nos clients ?

– Je ne suis pas là pour nuire à votre commerce, ma chère Maria. Mais Monique Parent est un de ces cas complexes…

– Vous savez de quoi il en retourne ? Vous avez trouvé la clé ?

– Non. Elle parle, mais elle est toujours sur ses gardes… On peut supposer que cela remonte à l'enfance. Elle vous a mentionné quelque chose ?

– Elle a effleuré le sujet une fois, sans rien dire de précis. C'est peut-être son père. Je ne sais pas s'il y a un lien, mais j'ai eu l'impression que ce qui lui est arrivé l'autre soir l'a fait énormément régresser… »

Ils s'arrêtèrent devant la porte d'une petite salle de séjour. Monique était seule et faisait des mots croisés. Elle semblait complètement absorbée par cette activité.

« Elle fait des mots croisés à longueur de journée. Elle remplace un comportement compulsif dangereux par un autre inoffensif, mais elle ne fait pas beaucoup de progrès. Elle évite toujours le monde extérieur.

– C'est normal ?

– Oui… quand on ne veut rien dire…

– J'ai commis une erreur en venant ici. Elle ne m'a pas appelée. Elle ne veut pas me voir. Ce n'est pas une patiente et ce n'est pas une véritable amie non plus…

– C'est quoi, une véritable amie ?

– Je l'ignore…

– Elle n'a eu aucune visite depuis son arrivée. Si vous n'êtes pas une amie, c'est qu'elle n'en a pas.

– Si vous saviez ce qu'elle m'a causé de soucis… C'est la première fois qu'un patient me fait douter de ma vocation. Je me demande si je ne suis pas trop sensible pour ce métier.

– L'empathie avec le patient est une très belle qualité. J'ai trop vu de collègues qui regardaient leurs malades comme des rats de laboratoire. Il s'agit juste de savoir faire la part des choses, autant pour votre patient que pour vous-même. Cette femme est en pleine crise, elle s'accrochera à vous si vous la laissez faire…

– Je me sens responsable d'elle.

– Alors, allez-y. Mais à chaque geste de ce type que vous faites, vous sacrifiez la relation thérapeutique à la relation amicale. »

Maria hésita un long moment. Dès l'instant où elle avait choisi de désobéir aux ordres de la directrice du casino, elle avait d'une certaine façon choisi de considérer Monique comme une amie. Elle se résolut à assumer pleinement ce choix.

« Je vais au moins aller lui dire bonjour. »

Le psychiatre lui ouvrit la porte et la laissa entrer seule. Monique ne leva pas la tête tout de suite, trop occupée à chercher un mot de huit lettres avec un *m* en troisième place, et aussi parce qu'elle croyait qu'il s'agissait encore d'un de ces thérapeutes barbants… Son visage s'illumina quand elle reconnut Maria. Elle s'empressa de la prendre dans ses bras, émue de constater que quelqu'un avait pensé à elle.

Elles se mirent à parler de choses et d'autres, au début avec hésitation, puis avec naturel et entrain. Monique finit par aborder des questions plus sérieuses, comme ses habitudes de jeu, ses relations avec sa famille et avec son mari, tout en évitant d'aborder les souvenirs d'enfance… La frontière entre l'amitié et la relation thérapeutique se révélait toujours aussi floue.

« Pourquoi tu me poses toutes ces questions ? demanda Monique.

– Je ne sais pas. Parce que t'es venue chez moi, que tu m'as appelée à ton secours. Je dois avoir un tempérament de bon Samaritain…

– Quand tu me demandais tantôt ce que j'aimais tant dans le jeu… J'y ai pensé longtemps… c'est pas de gagner qui me fait du bien. C'est de perdre… Comme si ça me faisait plaisir d'être perdante…

– Tu te punis…

– Ça se peut pas…

– Tu punis la vilaine petite fille qui est enfouie au fond de toi. Tant que tu sauras pas pourquoi tu veux la punir, ça va être difficile de reprendre le contrôle de ta vie…

– C'est parce qu'elle est méchante. C'est une perverse… »

Monique avait subitement changé de ton et d'attitude, comme si elle redevenait la petite fille qu'elle punissait aussi cruellement. Maria demanda avec prudence :

« C'est ton père ? »

Monique fit non de la tête.

« Un de tes oncles ? »

Cette fois, elle acquiesça.

« C'est arrivé plusieurs fois ? »

Monique fit à nouveau oui de la tête. Son visage était congestionné et ses yeux s'emplirent de larmes.

« Et la petite fille aimait ça, ces petits jeux et les cadeaux qu'il lui donnait pour la remercier...

– Elle aimait ça... c'était doux... il était gentil... il me donnait trente sous... J'aimais ça, tu comprends comment c'est dégueulasse, j'aimais ça... »

Cette fois, la digue était rompue. Monique était secouée par de douloureux sanglots. La petite fille avait finalement avoué toute la honte qu'elle éprouvait, sentiment qui l'avait entraînée profondément dans le dégoût d'elle-même et dans l'autodestruction. Toutes ces années à nier ses souvenirs et à faire semblant d'être heureuse n'avaient fait que retarder cet instant terrible. Elle avait aimé satisfaire les désirs morbides de son oncle Roger. La seule façon qu'elle avait trouvée d'effacer la culpabilité qu'elle ressentait était de se débarrasser le plus vite possible de la pièce de vingt-cinq cents qu'il lui offrait après la fellation. Trente-cinq ans plus tard, elle éprouvait toujours le besoin maladif de se défaire de toutes les pièces de monnaie qu'elle pouvait trouver, sans jamais parvenir à effacer le souvenir de l'âcre goût dans sa bouche.

♠

Dans la maison des Nguyen, la tension ne s'était guère relâchée. Comme si An Nguyen n'avait pas été suffisamment clair avec son fils, il avait de nouveau convoqué celui-ci, d'une manière plus formelle cette fois. Quand Kim Dee se présenta à ce rendez-vous au domicile familial, il eut la surprise peu rassurante de voir son père en compagnie de ses trois frères cadets, installés à la table de la salle à manger. Les oncles de Kim Dee partageaient le caractère austère et orgueilleux de leur aîné et l'expression de leurs visages en disait long sur le sérieux qu'ils accordaient à cette rencontre. Kim Dee n'avait jamais beaucoup aimé ses oncles, qu'il voyait comme de pâles copies de son père.

« Tu l'ignorais, déclara An Nguyen, mais tes oncles sont actionnaires dans les compagnies Nguyen.

– Je ne vois pas où tu veux en venir, mentit Kim Dee, sentant la pression augmenter.

– Mes trois frères m'ont toujours fait confiance.

– Et nous avons eu raison, acquiesça l'un d'entre eux. Toutes les familles vivent honorablement et l'avenir des enfants de nos enfants est assuré. À condition…

– À condition que celui qui va me remplacer à la tête des compagnies soit digne de notre confiance à tous, compléta An.

– Tu connais le respect que j'ai pour mes oncles, dit Kim Dee en regardant son père. Un grand médecin, un ingénieur, un architecte. Mais la chaîne de pharmacies Nguyen, les compagnies d'import-export, c'est toi, et toi seul, qui les a montées. Et je sais pertinemment que notre famille détient la majorité des actions. »

Kim Dee fit une pause, cherchant en lui-même l'audace de tenir tête à ce quatuor de patriarches. Il se leva et se dirigea vers la cuisine adjacente pour se servir un verre d'eau. Il en profita pour inhaler une bonne dose de poudre blanche à l'aide de son vaporisateur nasal. Il attendit quelques secondes et engloutit le contenu de son verre d'eau. Puis il revint dans la salle à manger et, rempli d'une assurance nouvelle, se lança dans un plaidoyer ambitieux.

« Vous savez, mes oncles, la médecine, c'est très bien… l'architecture aussi… mais si mon père dit vrai, si vous êtes actionnaires de nos compagnies, alors vous êtes riches. Si vous êtes riches, c'est grâce à lui. Mais c'est grâce à moi que vous allez le rester. Les marchés sont énormes, mais la compétition est mille fois plus féroce que vous pouvez l'imaginer. Ça prend des méthodes nouvelles pour renverser des obstacles nouveaux.

– C'est assez, Kim Dee ! Tes propos sont insultants pour tes oncles…

– Pourquoi je me tairais ? » lâcha Kim Dee, plein de morgue.

Il défia son père du regard. Ce dernier ne broncha pas. Kim Dee pâlit. Malgré la cocaïne, il n'osa pas aller plus loin. Il baissa légèrement la tête.

« Je m'excuse. Je suis heureux de savoir que mes oncles sont nos partenaires. Malheureusement, j'ai un rendez-vous extrêmement important pour la compagnie… je ne peux pas être en retard. »

Son départ précipité eut toutes les apparences d'une fuite. Cependant, il avait réellement un rendez-vous. Il devait rencontrer ses partenaires dans quelques heures, mais auparavant il allait s'occuper d'un de ses employés qui méritait une sévère réprimande.

Cette confrontation avec ses oncles l'avait mis dans une humeur massacrante. La dénonciation de Thi Tram n'avait pas fait que le couvrir d'opprobre, elle l'empêchait maintenant de trouver les fonds qui lui manquaient pour finaliser la transaction qu'il préparait. Il avait surestimé son capital ou, plutôt, il avait sous-estimé ses pertes au casino et sa consommation de coke. Il lui faudrait trouver quelques centaines de milliers de dollars au plus vite s'il ne voulait pas perdre la face devant les Evil Riders. C'était plus qu'une question d'orgueil, c'était une question de rapport de force. Il pourrait toujours demander à Daddy Girard d'investir la somme manquante, mais il révélerait ainsi sa position de faiblesse et le chef des motards ne se priverait pas de profiter de la situation. Il ne serait plus un égal, mais un partenaire minoritaire.

Cela signifiait qu'il allait devoir presser quelques citrons qui déjà ne donnaient plus beaucoup de jus. Il couperait la coke davantage, les filles augmenteraient leur tarif horaire et les usuriers exigeraient dix pour cent de plus. Ça tombait mal, car il s'approchait dangereusement du point au-delà duquel il risquait de perdre de la clientèle à moyen terme. En outre, ce ne serait plus très long avant que son père se mette à faire vérifier la marchandise des conteneurs qui arrivaient d'Asie chaque mois et qu'on se rende compte que le ginkgo biloba était particulièrement puissant cette année.

Pour l'instant, il avait l'occasion de se défouler. En compagnie de deux de ses hommes de main, il alla attendre Albert à la sortie de l'hôpital où le malheureux avait séjourné. On l'avait informé qu'il venait tout juste d'obtenir son congé. Ses hommes cueillirent littéralement l'usurier à sa sortie et le forcèrent à monter dans la voiture de Kim Dee.

« Kim Dee ! s'exclama Albert, stupéfait par la rapidité de l'opération. Qu'est-ce que tu veux ?

– Comme ça, ta queue est guérie ? » demanda l'Asiatique, avec un sourire sadique.

Les trois complices éclatèrent de rire. Albert sentit son estomac se nouer. La voiture roula quelques instants dans les rues de Montréal, pendant que Kim Dee et ses acolytes devisaient allègrement de sujets sans importance, tout en lançant de temps à autre un regard mesquin vers Albert.

Ils l'emmenèrent dans un bureau désaffecté qu'il connaissait trop bien. C'était là que Kim Dee réglait ses comptes quand il ne voulait pas salir son bureau habituel. Il l'avait vu agir une fois avec un client, alors qu'il lui montrait « comment faire » avec les mauvais payeurs. À la pensée de ce qui l'attendait, il eut toute la misère du monde à maîtriser ses sphincters.

« Tu m'as trahi, Albert, déclara Kim Dee d'une voix sinistre. Je te faisais confiance. Tu me dois dix-huit mille piastres, maintenant.

– J'ai pas pu te rembourser, c'est toi qui m'as envoyé à l'hôpital...

– C'était rien, ça... »

En disant cela, Kim Dee s'était approché d'Albert et avait posé la main sur son pubis, en un geste qui n'avait rien d'une caresse. Albert tremblait de tout son corps, au bord de la panique. Kim Dee appuya, ravivant la douleur dans la plaie à peine cicatrisée.

« Ce que t'as enduré, c'est rien... »

Il appuya davantage. L'usurier, complètement terrorisé, se laissa aller à hurler durant une ou deux secondes, mais Kim Dee le fit taire d'une violente gifle.

« Ta gueule, Albert. Sinon, c'est la langue que je vais te couper… »

Albert était complètement vaincu. Brisé. Il baissa la tête, prêt à subir son sort. Kim Dee tourna sa bague, effilée comme un rasoir.

« Je t'ai donné tellement de chances, et tu m'as trahi. »

D'un geste vif, presque gracieux, il lui entailla la joue droite. Albert réagit violemment. Kim Dee l'attrapa tout de suite et le rassit brutalement.

« T'es tellement chanceux. Je pourrais te tuer et y a personne qui réclamerait ta charogne. »

Kim Dee lui entailla l'autre joue, visiblement excité par le spectacle du sang qui giclait. Puis, ce fut l'explosion. Kim Dee se déchaîna sur le pauvre Albert, alternant les coups de poing et les balafres avec la pierre de sa bague. Un de ses lieutenants finit par s'interposer.

« Kim Dee… c'est assez, faut pas le tuer… c'est pas le moment. »

Kim Dee se calma, repu. Il contempla Albert, qui gisait sur le plancher, respirant avec peine, sur le point de s'étouffer dans son propre sang. Kim Dee fit signe à ses hommes d'aider Albert à se relever. L'air sombre, l'Asiatique déclara à l'usurier d'une voix basse :

« L'argent que tu me dois, tu vas me le remettre. Fais un hold-up, vends ta mère, fais ce que tu voudras… mais tu me payes. C'est compris ? »

Albert ne réagit pas. Son visage était trop amoché pour qu'on pût y lire une quelconque émotion.

« T'as compris ? » répéta Kim Dee.

Il l'effleura encore de sa bague. Albert eut un faible soubresaut.

«J'ai compris…», bredouilla-t-il, au bord de l'évanouissement. En cet instant, il trouva l'Asiatique bien cruel de ne pas l'avoir achevé.

Les lieutenants le portèrent jusqu'à l'extérieur et eurent la prévenance d'appeler une ambulance à partir d'une cabine téléphonique. Ce n'étaient pas exactement de bons Samaritains, mais selon la logique du patron Albert était censé trouver de l'argent pour le rembourser; il ne fallait donc pas le laisser crever là.

Le prochain rendez-vous d'affaires s'annonçait moins mouvementé mais beaucoup plus important pour Kim Dee, qui ne pourrait certainement pas dominer la situation de la même façon. Il allait rencontrer Daddy Girard pour tenter de gagner un peu de temps. Les motards étaient prêts à passer à l'action et n'attendaient plus que la confirmation de Kim Dee pour finaliser la transaction. Il allait leur expliquer que tout était en place pour l'opération et qu'on était en train d'organiser la prochaine livraison de produits pharmaceutiques, ce qui requérait une logistique délicate. La vérité est qu'il tâchait toujours de trouver les fonds qui lui manquaient pour financer sa part de la transaction.

♠

Dans la salle de surveillance vidéo du casino, on avait maintenant repris la routine habituelle. Antoine avait plus ou moins abandonné l'idée de poursuivre l'enquête sur le cas Dumas, et les activités suspectes aux machines à sous à hautes mises semblaient s'être calmées. Il voyait la vie à travers des lunettes roses depuis qu'il avait dévoilé ses sentiments à Maria et que ceux-ci s'étaient révélés réciproques. Il flottait sur un nuage, libéré de cette perpétuelle suspicion pourtant essentielle à l'exercice de son métier. Même son adjoint lui semblait plus sympathique. Lalancette ne l'avait pas emmerdé une seule fois ces derniers temps, se comportant à son endroit avec une cordialité et une volonté de coopérer qu'il ne lui connaissait pas. Si Antoine avait été moins euphorique, il aurait peut-être soupçonné quelque coup fourré…

Depuis une semaine, il fréquentait Maria quasiment en cachette. Ils s'étaient vus presque tous les soirs, traînant dans des boîtes de jazz, main dans la main et yeux dans les yeux. Ils avaient l'air un peu ridicules mais s'en foutaient complètement. Le plus drôle était qu'ils n'avaient toujours pas consommé leur amour, attendant le bon moment, comme des adolescents d'une autre époque.

Ce soir-là, il avait décidé de rester un peu plus tard au travail, histoire de faire bonne figure : ses employés commençaient à se poser des questions, habitués à le voir faire de nombreuses heures supplémentaires et surpris de le voir désormais quitter les lieux à cinq heures comme un quelconque fonctionnaire. Cette décision s'avéra payante : vers les huit heures, alors qu'il rêvassait à sa nouvelle flamme en regardant distraitement un moniteur, il aperçut le héros de la semaine précédente qui se faisait admettre au salon privé réservé aux joueurs de poker habitués de la maison.

« Les gars, revoilà le génie du black-jack, annonça joyeusement Caron. Cette fois, il s'essaie au poker ! »

Sur l'écran, il pouvait voir Stéphane discuter avec le préposé, à l'entrée du salon. Normalement, un joueur aux références aussi douteuses n'aurait pas dû y être admis, mais il le vit glisser un pourboire dans la poche de chemise du préposé. Ce dernier fit mine de protester tout en permettant à Dumas d'entrer. « Tant mieux », se dit Antoine, enthousiaste à l'idée de voir ce dont le jeune homme était capable au poker.

Stéphane, quant à lui, ne se sentait pas très excité à la perspective de passer la soirée à jouer au poker. Il n'y allait pas du tout avec les mêmes intentions qui l'avaient animé lors de ses exploits au black-jack. Il venait simplement dans l'espoir de rencontrer Kim Dee, qu'il savait être un grand amateur de poker. L'Asiatique s'y montrait d'ailleurs beaucoup moins doué qu'il se l'imaginait, incapable de retenir ses propos arrogants quand il avait du jeu, intimidant ainsi ses adversaires alors qu'il aurait dû les encourager à miser davantage.

Il allait devoir bluffer et pas seulement aux cartes. Il se présenta à une table située près de l'entrée où se trouvait une place libre d'où il pourrait surveiller discrètement les nouveaux arrivants tout en s'assurant d'être vu de Kim Dee s'il se pointait. Après les salutations d'usage, il déposa ses jetons sur la table. Cinquante mille dollars devraient suffire s'il jouait prudemment.

Le fait de ne jouer que dans l'intention de rencontrer Kim Dee et non dans l'espoir de gagner l'avait curieusement libéré de toute forme de stress et il se rendit compte que son indifférence était une arme redoutable contre des joueurs totalement pris dans le feu de l'action. Il se contenta de ne jouer d'abord qu'en fonction des probabilités – ce que font du reste tous les joueurs d'expérience, contrairement aux clichés véhiculés par le cinéma hollywoodien –, en ne redemandant jamais plus de deux cartes; ce qui était à peine plus risqué en termes de statistiques et avait pour effet de dérouter la plupart des joueurs, qui considèrent comme plus honnête (ou en tout cas plus normal) de varier le nombre de cartes à la redonne. Stéphane s'en foutait et c'était ce qui faisait sa force.

Au bout d'une demi-heure, il avait établi sa signature de joueur et, une autre demi-heure plus tard, il avait repéré quelques tics nerveux très révélateurs chez ses rivaux. Après deux heures de jeu, il avait commencé à changer sa « signature » et avait ridiculisé deux de ses adversaires, triplant son capital de départ. Il avait gagné cent mille dollars juste à passer le temps. Il se demanda s'il aurait à rembourser ces gains également. Il n'avait pas triché, mais il avait joué avec un capital qui ne lui appartenait pas…

À la salle de surveillance vidéo, Antoine n'avait rien perdu de cette partie fascinante. Son admiration et sa sympathie pour Dumas n'avaient fait que s'accroître et il cherchait en vain un indice qui lui permettrait de pincer le jeune homme. Il avait profité de l'occasion pour faire appel aux services de Maria, qui était restée aussi au bureau pour prendre de l'avance dans son travail, sachant que son amoureux ne serait pas disponible avant la fin de la soirée.

« D'après toi, est-ce qu'il triche? demanda-t-il.

– Je ne penserais pas. Il est très bon, totalement maître de ses émotions. Il flotte au-dessus de cette partie comme s'il se sentait à peine concerné. Il fait peur à ses adversaires tellement il est calme. Il agit comme quelqu'un qui n'a rien à perdre, comme si cet argent ne lui appartenait pas ou comme s'il allait mourir demain.

– Il y a peut-être un peu de ça… C'est tout un personnage, ce Dumas.

– Tu l'aimes bien, n'est-ce pas ?

– Ouais, il me fait penser à quelques anciens collègues que j'ai recrutés dans le temps. Des jeunes hommes semblables à lui, qui n'avaient pas froid aux yeux, sur le point de mal tourner.

– Qui n'attendaient qu'une solide figure paternelle pour prendre leur vie en main… »

Antoine la regarda affectueusement. Elle lisait si bien en lui. Il trouvait très réconfortant de savoir qu'elle l'aimait tout en le connaissant parfaitement. Tant de femmes tombent amoureuses de l'image qu'elles se font d'un homme plutôt que de l'homme lui-même. Ils restèrent quelques secondes ainsi, les yeux dans les yeux, puis se ressaisirent avant qu'on ne remarque leur jeu (c'était fait depuis longtemps, mais ils s'imaginaient naïvement que ce n'était pas le cas).

« Tu as un fils ? demanda-t-elle.

– Tu ne devines pas ?

– Si tu en as un, votre relation ne doit pas être très bonne…

– Pourquoi tu dis ça ?

– Tu ne sentirais pas le besoin de jouer au père avec d'autres…

– Oui, j'ai un fils, effectivement, et on ne se parle pas beaucoup.

– Qu'est-ce qui cloche ?

– C'est difficile à expliquer… C'était un petit garçon que j'adorais, qui rêvait de ressembler à son père, mais il s'est, comment dire, perdu en chemin. Ma carrière a commencé à m'accaparer, et puis je m'entendais moins bien avec ma femme. Je n'ai pas eu le temps de m'occuper de lui comme il aurait fallu pendant son adolescence…

– Il a mal tourné ?

– Tu parles ! Il est devenu comptable ! »

Les deux éclatèrent de rire. Maria imaginait difficilement qu'Antoine puisse avoir un fils comptable.

« Pauvre Marc-Antoine, dit-il finalement. J'étais peut-être trop fort pour lui. Il ne se sera pas senti capable de suivre mes traces.

– Était-ce si important pour toi ?

– Oui et non. J'ai toujours senti que c'était ce qu'il voulait faire, mais un jour je me suis rendu compte que le petit garçon était devenu un petit monsieur très sérieux, prisonnier dans un costume-cravate. Ça m'a pris par surprise.

– Il t'a déjà défié ? C'était un adolescent révolté ?

– Non, très tranquille, très discipliné. Je pense qu'il a toujours eu peur de me tenir tête.

– Voilà. Il a raté une étape importante dans son développement. Il aurait dû d'abord se rebeller contre ton autorité, pour ensuite comprendre l'importance de cette autorité, pour éventuellement l'appliquer de lui-même dans sa propre existence. Mais tu étais trop fort, il a préféré t'obéir et devenir un citoyen respectable, sans passer par une phase de révolte. Il doit avoir des sentiments très contradictoires à ton égard aujourd'hui.

– Je sens une rage en lui chaque fois que je le vois, même s'il reste toujours cordial. Des fois, j'aurais envie de le brasser, juste pour faire sortir le méchant, mais ça ne ferait qu'empirer les choses. Il me semble que s'il me donnait un bon coup de poing sur la gueule, on serait tellement plus à l'aise après.

– Ouais, complexe d'Œdipe non résolu, diagnostiqua Maria. Et toi, tu tentes de te rattraper sur des plus jeunes comme Stéphane Dumas.

– Pardon ?

– Penses-y un peu. Tu es en position d'autorité face à lui et il te défie ouvertement, en gagnant une fortune malgré l'improbabilité statistique que ça représente. La suite logique est que tu l'affrontes, que tu lui imposes ton autorité et qu'ensuite vous tombiez dans les bras l'un de l'autre. Ça explique ton obsession pour son cas : il t'offre l'occasion de remplir le rôle de père que tu n'as pas pu jouer auprès de ton fils.

– Tu compliques un peu les choses, non ?

– À peine... Tu es un être complexe, Antoine Caron.

– Avoue que tu en rajoutes un peu..., protesta-t-il. Attends, dit-il en reportant son attention sur le moniteur. Ça devient très intéressant ! »

Sur l'écran, on pouvait voir Kim Dee Nguyen en train de discuter avec Stéphane Dumas. Y avait-il un lien entre les exploits de Dumas et les opérations de Nguyen ? Antoine aurait payé cher pour pouvoir entendre ce qu'ils se disaient.

Au salon de poker, Stéphane avait finalement rencontré Kim Dee « par hasard », alors que celui-ci venait se détendre après son rendez-vous avec les Riders. Il avait réussi à les faire patienter, mais la question du financement lui paraissait de plus en plus inquiétante. En voyant Stéphane attablé devant un impressionnant tas de jetons, il ne put s'empêcher de se lancer dans une nouvelle tentative de réconciliation, d'autant plus qu'il avait entendu parler de ses exploits de la semaine précédente au black-jack. L'attitude du pianiste n'avait guère été encourageante depuis son retour et il y avait toujours cette histoire avec Thi Tram, mais celle-ci le préoccupait beaucoup moins depuis le tour de cochon qu'elle lui avait joué. Il s'approcha de Stéphane et le salua le plus amicalement qu'il le pouvait.

« Bonsoir, Stéphane. Ça va ? »

Stéphane sursauta au son de sa voix. Il s'étonna de ne pas avoir remarqué son arrivée. Finalement, la partie l'avait totalement absorbé.

« Tiens ! Kim Dee ! Ça va bien, comme tu peux le constater.

– Aurais-tu le temps de prendre un verre ? Je suis sûr que Sandra aussi serait contente de te voir… »

Kim Dee arrivait juste à temps, lui donnant un prétexte pour se retirer alors qu'il gagnait. Il tâcha de ne pas montrer que l'invitation lui convenait parfaitement.

« C'est que je suis en train de gagner…, s'excusa-t-il d'un ton neutre.

– Raison de plus pour quitter la table, mon vieux.

– Bon, d'accord… Donne-moi une seconde. »

Stéphane se contenta de suivre à la relance suivante et perdit une somme minime par rapport à ses gains précédents. Ses partenaires de jeu protestèrent avec véhémence quand il ramassa ses jetons. S'il avait été dans un film western, ceux-ci auraient probablement sorti leurs revolvers, mais il se trouvait dans un endroit civilisé et se retira avec toutes ses billes.

« Tu tombes juste au bon moment, déclara Stéphane en accompagnant l'Asiatique jusqu'au piano-bar.

– Tu vois que je ne t'amène pas seulement des ennuis, plaisanta Kim Dee.

– Pour une fois.

– Je suis content de voir que tu commences à changer un peu d'attitude. Ça me faisait de la peine que tu m'en veuilles autant.

– C'est toi qui sais si j'ai des raisons de t'en vouloir. »

Kim Dee ne releva pas la remarque. Stéphane se montrait beaucoup plus coopératif que prévu et il supposa que c'était dû à sa personnalité agréable. Sandra fut ravie de voir arriver son ex, mais se retint de le montrer avec trop d'empressement. Elle se contenta d'un bref salut et d'un baiser sur la joue, puis retourna chanter. Étrangement, sa voix se fit beaucoup plus passionnée. Stéphane et Kim Dee s'installèrent devant deux cognacs.

« Tu m'en veux encore pour ce qui s'est passé à Miami ? Tu crois toujours que c'est moi qui ai mis la coke dans tes valises ?

– Qui d'autre aurait pu le faire ? Tu es le seul qui avait accès à ma cabine pendant la croisière.

– Écoute, Stéphane, je suis bien prêt à admettre qu'en tant que gérant j'aurais dû surveiller tes affaires de plus près et que j'aurais dû rester avec toi à l'aéroport après ton arrestation, mais j'avais un gros problème : mes papiers n'étaient pas en règle. Si je m'étais présenté aux policiers comme ton gérant, ça ne t'aurait pas du tout aidé… C'est pour ça que je me suis poussé.

– Très courageux, fit remarquer Stéphane avec une pointe d'ironie.

– Je t'ai aidé bien plus en convainquant mon père de payer ton avocat que si j'avais fait de la prison avec toi.

– Peut-être, mais tu avoueras que ça laisse une mauvaise impression, ce qui s'est passé…

– C'est pour ça que je suis prêt à te proposer une façon de me racheter, mais il va falloir que tu y mettes du tien, toi aussi.

– Qu'est-ce que tu veux dire ?

– Sérieusement, tu ne trouves pas que ma sœur est un peu jeune pour toi ? Ça a causé tout un froid dans la famille…

– Je vais être honnête avec toi : je t'ai laissé croire le pire au sujet de mon histoire avec Thi Tram, parce que je voyais bien que ça t'emmerdait, mais au fond ça n'a jamais été sérieux. Je l'ai emmenée voir quelques concerts et on est allés au restaurant une douzaine de fois. C'est un peu ma petite sœur à moi aussi, je fais ça seulement pour lui faire plaisir.

– Vous vous embrassiez pas mal fort, l'autre fois…

– Ça ne veut rien dire, de nos jours. On est au Québec, ici…

– Promets-moi que tu vas cesser de la voir et je vais te proposer quelque chose qui va te faire oublier tes trois années de prison.

– On n'oublie pas trois ans de prison, Kim Dee. Mais, de toute façon, j'avais l'intention de mettre ça au clair avec Thi Tram. Je crois qu'elle se fait des idées et je ne voudrais pas que ça nuise à ses études.

– Alors, c'est fini avec elle ?

– Oui, mais pas parce que tu le demandes ! répondit Stéphane.

– C'est encore mieux ! dit Kim Dee, ravi de la tournure de la conversation. Comme ça, il n'y a pas de rancune, pas vrai ?

– Pourquoi y aurait-il de la rancune entre nous ? Tu n'as pas mis de coke dans mes valises, et moi, je n'ai pas couché avec ta sœur. »

Stéphane regretta aussitôt cet accès de sarcasme. Kim Dee le regarda un instant, interloqué, puis éclata d'un grand rire presque hystérique.

« Stéphane ! T'as pas changé. J'ai toujours adoré ton humour. Je me fous de ce que tu as pu faire avec ma sœur, pourvu que ce soit fini. D'accord ?

– Si tu veux. C'est quoi, ton plan ?

– Un plan, moi ? fit Kim Dee innocemment. Ce n'est pas mon genre de faire des plans. Mais j'ai peut-être une occasion d'affaires pour toi. Une opportunité d'investissement.

– Je ne suis pas sûr… À moins que ce ne soit avec une institution reconnue.

– Arrête, Stéphane, tu vas me faire mourir de rire. Écoute, peu importe ce qui s'est passé en Floride, je te dois une fière chandelle, et ça va me faire plaisir de te laisser profiter d'une grosse transaction que je suis en train de préparer.

– Des produits pharmaceutiques, je suppose ?

– Exactement ! s'exclama Kim Dee, hilare. Des produits pharmaceutiques que je vais importer grâce à la société d'import-export familiale. On va chambarder le marché avec notre marchandise.

– À ce point-là ?

– T'as pas idée. J'ai entendu dire que tu avais gagné gros dernièrement ?

– Les rumeurs courent vite.

– Qu'est-ce que tu dirais de faire fructifier tes gains ? »

Stéphane n'osait pas croire la manière dont Kim Dee était en train de réaliser de lui-même le plan de Sylvain Marceau. La seule chose qui pouvait faire dérailler l'opération était qu'il accepte trop facilement la proposition de Kim Dee.

« Ça dépend. Combien je dois mettre ? Quels sont les risques ? Quel est le retour ?

– Pour une opération de cette envergure, je te propose de mettre cinq cent mille. Tu vas récupérer le double, en moins d'un mois. »

Les deux hommes s'observèrent un instant, tous deux convaincus que l'occasion était trop belle pour être vraie et que l'autre était un naïf pigeon. L'un des deux avait raison, l'autre tort.

« C'est énorme ce que tu me proposes là, siffla Stéphane, admiratif. J'imagine que tu ne prends pas les chèques...

– Évidemment, non. Argent comptant seulement, à l'aller et au retour.

– Pourquoi je te ferais confiance ?

– Et moi, pourquoi je te ferais confiance ?

– C'est moi qui vais te remettre un demi-million comptant. Avoue que j'aurais des raisons de me méfier... »

Kim Dee s'interrompit un instant pour réfléchir. La réaction de Stéphane était parfaitement normale. Il ne réussirait pas à le convaincre de lui remettre l'argent en mains propres, pas après lui avoir fait passer trois ans en prison. Il y avait une demi-heure à peine, ils étaient encore les pires ennemis du monde. Il pouvait d'ailleurs se féliciter de son pouvoir de persuasion pour avoir seulement amené Stéphane à envisager d'investir dans son opération.

« Qu'est-ce que tu proposes ? demanda Kim Dee.

– Je veux savoir exactement dans quoi je m'embarque. Je veux rencontrer tes partenaires. Je veux être présent quand la transaction aura lieu et je veux remettre ma part directement à nos « fournisseurs ». Tu voulais que je travaille pour toi, peut-être, mais je tiens à être impliqué à tous les niveaux. Prouve-moi que tu es sérieux et que tu me respectes.

– Ce n'est pas rien ce que tu me demandes là, fit Kim Dee.

– C'est toi qui me demandes un demi-million. »

Les deux hommes s'affrontèrent du regard une nouvelle fois. Au fond de lui, Stéphane aurait préféré que Kim Dee rejette sa proposition pour pouvoir déclarer forfait à Sylvain Marceau, même si les conséquences d'un échec pouvaient se révéler désastreuses pour lui. Kim Dee, quant à lui, comparait les désavantages d'avoir à impliquer Stéphane aussi profondément dans ses affaires, ou d'avoir à retarder l'opération, ou, pire, de devoir s'humilier devant Daddy Girard en lui demandant d'investir plus que lui. S'il pouvait faire entièrement confiance à Stéphane, il prendrait ce risque, mais le pouvait-il ? Il se décida et fit une nouvelle proposition :

« J'ai besoin d'être certain de pouvoir te faire confiance. Tu m'as dit que tu allais mettre les choses au clair avec ma sœur.

– C'est vrai.

– Alors, non seulement tu vas mettre fin à votre relation, mais tu vas lui expliquer que c'est à ma demande que tu fais ça, pour faire plaisir à ton vieil ami qui trouve sa sœur trop jeune pour toi. »

Stéphane demeura bouche bée devant l'outrecuidance de Kim Dee. Il songea à la réaction de Thi Tram s'il agissait ainsi. Il avait retardé la rupture tout ce temps par crainte de lui faire de la peine, et maintenant il allait devoir l'humilier en plus ? Il ne put qu'admirer l'habileté de Kim Dee, tout en étant dégoûté par sa cruauté.

« Elle va déjà avoir de la peine, pourquoi l'humilier en plus ?

– Tu as dit toi-même qu'il n'y avait rien de sérieux entre vous deux, elle ne devrait pas avoir tant de peine que ça. Et puis, elle va comprendre que je t'ai convaincu pour son propre bien. »

Kim Dee semblait inflexible. Stéphane se demanda un instant s'il ne s'agissait pas d'une sorte de test. Peut-être Kim Dee s'attendait-il à le voir refuser sa proposition et l'accepter ne ferait que lui confirmer qu'il y avait anguille sous roche. Il tenta une troisième voie.

« Je te propose un compromis : je romps, mais au lieu de prétendre que c'est à ta demande, je me contente de lui dire que l'on s'est réconciliés. Tu sais très bien que ce sera suffisant pour l'assommer complètement. »

Kim Dee réfléchit un instant à cette contre-proposition. Elle lui parut acceptable. Au fond, il aurait été surpris que Stéphane accepte d'aller aussi loin. Tout compte fait, cet accord tenait du miracle. Un homme qu'il croyait être son pire ennemi il y avait moins d'une heure lui offrait un demi-million de dollars sur un plateau d'argent.

« Ça me convient. Tope là ! On va fêter ça ! Garçon, du champagne ! »

Il commanda un excellent champagne et Sandra vint se joindre à eux, surprise d'assister à cette réconciliation inattendue. Stéphane put lire sur son visage la profonde déception qui l'habitait. Jamais une coupe de champagne ne lui avait paru si amère.

♠

Thi Tram se trouvait avec sa mère. Elle avait plus que besoin de se confier à quelqu'un, chose difficile dans son milieu familial. Comme bien des jeunes de sa génération (et de celle qui précédait), on lui avait enseigné toute la mécanique des relations sexuelles, mais on avait négligé de lui parler de l'art de gérer ses sentiments, aptitude qui lui faisait cruellement défaut en ce moment. Cet enseignement aurait pu difficilement provenir de sa mère, qui avait toujours vécu dans la retenue et le silence et qui avait épousé son mari par obligation. Pourtant, Thi Mung avait plus de cœur qu'on ne lui permettait de le montrer et elle avait parfaitement compris ce que vivait Thi Tram ces derniers temps.

« Je trouve que ma fille est très excitée depuis quelques semaines.

– Tu m'as expliqué ce qu'il fallait faire pour rendre un homme heureux…

– Ce que je t'ai dit, c'était vrai dans notre pays. Ici, j'ai bien peur d'être dépassée. Les hommes et les femmes sont tellement différents au Québec.

– Comment on fait pour savoir si l'autre nous aime autant qu'on l'aime ? »

Thi Mung contempla sa fille un instant, prenant conscience du changement qui s'était opéré en elle. Sa question était pertinente et des millions d'amoureux se l'étaient posée avant elle, sans jamais trouver de réponse satisfaisante. Malheureusement, il était rare que deux personnes s'aiment de manière égale, à moins de ne pas s'aimer du tout…

«Chez nous, ça n'avait pas beaucoup d'importance. On se mariait parce que les familles l'avaient décidé.

– On n'est pas au Viêtnam… on est au Québec.

– Quand on se pose la question, c'est déjà mauvais signe.»

Thi Mung jeta un coup d'œil à la ronde, comme si elle s'apprêtait à commettre un délit. Voyant qu'elle était seule avec sa fille, elle se permit de la prendre dans ses bras, geste rarissime chez les Nguyen.

«Est-ce que Stéphane te dit qu'il t'aime? Est-ce qu'il veut toujours être avec toi?

– Pas vraiment, soupira Thi Tram. C'est moi qui vais toujours le voir.

– Alors, j'ai peur que ma fille ait bientôt de la grosse peine…

– Je suis folle. Je me fais des peurs pour rien. Stéphane m'aime…»

Thi Tram avait dit cela pour elle-même, sans vraiment parvenir à se convaincre. Au même moment, l'autre grande déception de sa vie sentimentale entra dans la pièce. La mère et la fille se hâtèrent de se séparer, un peu embarrassées. Son père ne sembla pas remarquer leur attitude familière, mais lança soudainement un regard irrité. C'était le regard d'un vieil homme fatigué et aigri, qui avait épuisé ses réserves d'amour maintes années auparavant. Mais, bien vite, voulant ne montrer aucun signe de faiblesse, il reprit son indifférence habituelle.

«Bonjour, père», déclara Thi Tram d'un ton ferme.

Il ne répondit pas.

« Je cherche mon attaché-case, dit-il à sa femme. Tu l'as vu ?

– Je l'ai posé sur ton bureau… »

Thi Tram s'avança et se planta devant son père.

« Bonjour, père ! »

Il la contourna, comme il l'aurait fait d'un obstacle inanimé, et se dirigea vers son bureau. Thi Tram le rattrapa.

« Tu peux me regarder. Ce n'est pas moi qui t'ai volé quatre cent mille dollars. Moi aussi, je suis ta chair et ton sang. »

Il finit par poser les yeux sur elle, avec une expression qui fit regretter à Thi Tram son insistance. Cela ne dura pas et il alla s'enfermer dans sa tour d'ivoire. Thi Tram implora sa mère du regard, mais celle-ci préféra se réfugier dans le mutisme plutôt que de défier l'autorité de son mari. Thi Tram s'avoua vaincue et quitta les lieux, découragée.

Elle décida d'aller retrouver Stéphane, espérant qu'elle recevrait de lui un peu plus d'attention et d'affection. Contrairement à ses attentes, il s'était fait très distant depuis leur nuit d'amour. Il avait insisté pour qu'elle le laisse répéter avec son nouveau groupe de jazz, mais elle savait, pour s'être présentée au Blue Note Café dans l'espoir de lui parler, qu'il avait recommencé à jouer au casino, au grand dam de son ami Éric, d'ailleurs. Elle s'inquiétait pour lui, et encore plus pour elle-même. Elle décida d'essayer au restaurant de son beau-père : il semblait s'être rapproché de sa mère dernièrement.

Elle stationna pas très loin du resto, mais assez pour ne pas se faire remarquer. Elle n'avait pas envie de passer pour une âme en peine auprès de la mère de son amoureux. Elle ne songea pas qu'elle aurait l'air de mener une filature en le guettant à partir de sa voiture. Ce fut exactement l'impression qu'elle produisit lorsqu'elle harponna Stéphane qui se présenta au bout d'une demiheure. Elle le sentit crispé et fuyant, mais se jeta tout de même dans ses bras, ayant désespérément besoin de la chaleur de son corps. Il se laissa faire, incapable toutefois de cacher sa tension.

« Pourquoi tu m'as pas appelée? J'étais en train de devenir folle...

– Faut que tu comprennes, j'ai de grosses affaires à régler.

– Mais quand on s'aime, on a toujours le goût de se voir, au moins de se parler, non ? »

Il hocha vaguement la tête, sans que son geste puisse être interprété comme un oui ou un non.

« Tu m'as dit que tu m'aimais? demanda-t-elle.

– Je t'aime... bien, concéda-t-il, mais pas comme tu le voudrais. Je ne veux pas m'engager... J'ai perdu trois ans de ma vie en prison, j'ai des choses à faire.

– Mais... on devait les faire ensemble?

– C'est vrai. Mais plutôt en amis. Tu es une fille formidable, Thi Tram, t'es brillante, t'es belle...

– Mais maintenant que tu m'as sautée, je suis pas ton genre, c'est ça ? »

Stéphane serra les dents. Il s'était attendu à cette réaction, mais il ne pouvait s'empêcher de se sentir dégoûté par sa lâcheté. Il savait cependant qu'on se remet mieux d'une rupture nette et rapide que d'une rupture qui traîne en longueur. Il lui fallait porter l'odieux de sa décision et laisser à Thi Tram le privilège de le détester. On oublie plus facilement un salaud qu'un brave type. Il se résolut à adopter une attitude arrogante.

« Une seconde ! La baise, c'était bien, mais j'ai pas signé de contrat de mariage. Merde, on vit en l'an 2000, et j'ai mis un condom. »

Sa déclaration était aussi brutale que maladroite, parfaite en les circonstances.

« Le problème, c'est que le condom, tu l'as mis sur ton cœur, lâcha Thi Tram, visiblement bouleversée. Pourquoi m'as-tu laissée tomber amoureuse de toi si tu voulais juste me baiser ? Ma mère me l'avait dit que si je couchais avec toi je serais comme les autres. Un vieux kleenex… »

Elle retint ses pleurs de peine et de misère. Il ne méritait pas qu'elle s'humilie en pleine rue pour lui. Elle voulut le gifler, mais il attrapa sa petite main comme s'il avait eu affaire à une enfant.

« Il y a autre chose…, continua-t-il. Je voulais que tu saches que j'ai fait la paix avec ton frère.

– Quoi ? »

La rupture lui faisait mal mais, au fond d'elle-même, elle l'appréhendait depuis longtemps. Cette nouvelle, par contre, la laissa estomaquée. Elle se demanda stupidement, pendant une seconde, si elle n'avait pas un autre frère que Kim Dee dont elle ignorait l'existence. Cela lui aurait paru plus vraisemblable qu'une réconciliation entre lui et Stéphane.

« Kim Dee ? Qu'est-ce que tu veux dire ?

– J'ai eu une bonne discussion avec lui hier soir. On a décidé de faire une croix sur le passé.

– Il t'a fait envoyer en prison ! C'est un vendeur de coke, un pimp, un shylock ! Il a volé notre famille !

– Tu le juges bien sévèrement, déclara Stéphane. On s'est expliqués au sujet de la coke dans mes valises. Il n'a rien à voir là-dedans. Et puis, il t'aime beaucoup, tu sais. Il s'inquiète pour toi. »

Thi Tram eut subitement l'impression qu'elle avait traversé un miroir magique, telle Alice au pays des merveilles. Stéphane ne l'aimait pas et il était redevenu ami avec son frère. Elle se sentit soudainement coupée de la réalité, comme si on lui avait administré une dose massive de codéine.

« C'est pour ça que tu es retourné au casino ? Tu travailles pour lui, maintenant ?

– Si on veut.

– Je ne te crois pas. Il s'est passé quelque chose. Tu n'es pas le Stéphane que je connais.

– Il se passe des choses dans ma vie que je ne peux pas t'expliquer, admit Stéphane. Crois-moi, tu seras mieux avec un autre gars. Je suis sûr que tu vas rencontrer un jeune homme brillant à l'université et que vous allez vous bâtir une vie digne de tes rêves. Tu perds ton temps avec moi. Tu ne peux pas savoir tous les problèmes que je t'apporterais.

– Tu ne peux pas me faire ça. Je t'aime, moi.

– C'est fini, Thi Tram. C'est mieux comme ça. »

Cette fois, elle comprit. La peine, la rage et l'humiliation qu'elle éprouvait l'étourdissaient. Elle se contenta de lui lancer à la figure, le plus fort que sa petite voix le lui permettait :

« Salaud ! Trou de cul ! »

Elle regagna sa voiture et démarra en trombe. Stéphane resta planté sur le trottoir pendant de longues minutes, atterré par ce qui venait de se passer. Il s'était rarement senti aussi minable dans sa vie. Il aurait voulu que cela se passe bien autrement. Il avait accepté de jouer le jeu de l'amour avec Thi Tram, mais il n'avait pas respecté les règles. Le parallèle avec le casino lui apparut soudainement : il avait triché et maintenant cela se retournait contre lui. Le pire était que ce pénible épisode n'était qu'une étape dans le calvaire que lui avait préparé Sylvain Marceau. Il commençait à se demander s'il n'aurait pas mieux fait d'aller se dénoncer de lui-même au casino plutôt que de devenir la marionnette d'un soi-disant génie. Sa vengeance contre le casino, qu'il avait vue comme un moment d'exaltation, était en train de le plonger dans une situation inextricable.

Un passant le bouscula, le tirant de ses pensées. Il regarda du côté du restaurant et s'aperçut que sa mère l'observait du coin de l'œil à travers la vitrine. Elle lui adressa un sourire compatissant qui le réconforta un peu. Il avait bien besoin de sa tendresse en cet instant précis. Seule une mère pouvait encore aimer le salaud qu'il était devenu. Il se dirigea vers le restaurant et entra.

Marianne et Marcel venaient de terminer l'heure de pointe du midi et profitaient de l'accalmie pour nettoyer le resto. Stéphane devait admettre que l'endroit était fort bien tenu pour une gargote de quartier. Il n'arrivait toujours pas à s'habituer à voir sa mère en tenue de serveuse, en train de frotter des cuisinières graisseuses ou de desservir des restes de poutine et de club-sandwich. Il aurait tellement voulu qu'elle accepte son argent. Il se sentait de plus en plus coupable de sa fraude et aurait aimé se déculpabiliser en offrant cet argent à quelqu'un qui le méritait.

Le couple avait les traits tirés. À leur façon de grimacer en se redressant, Stéphane devinait les maux de dos et la fatigue qui accablaient Marianne et Marcel. Il aurait eu le pouvoir de les soulager de leurs tâches en finançant l'embauche d'un ou deux employés, mais il savait très bien que le couple refuserait net, probablement avec raison.

Sa mère essora sa serpillière, se lava les mains, prépara deux cafés et vint s'asseoir avec lui. Marcel, particulièrement livide, en sueur, s'obstinait à ne pas vouloir prendre de pause.

« Va te reposer, Marcel, je vais finir les poêles tantôt.

– Un capitaine doit être capable de nettoyer sa cabine…, répondit-il fièrement.

– Dans ce cas, le mousse va prendre sa pause-café.

– À quelle heure vous avez commencé ce matin ? demanda Stéphane.

– Sept heures, comme d'habitude.

– Maman… tu t'es levée à quelle heure ?

– Cinq heures et demie… mais c'est pas grave, l'avenir appartient à ceux qui se lèvent tôt.

– Pourquoi tu refuses l'argent que je t'offre ? »

Il connaissait la réponse, mais ne pouvait s'empêcher de revenir sur le sujet. Il avait désespérément besoin d'une caution morale.

« J'aime pas l'odeur de cet argent. Ça vient du casino.

– Je l'ai gagné… prends-le, c'est pour toi. Pour que tu ne sois plus obligée de te lever à cinq heures pour frotter des poêles à hot-dogs. »

Un fracas de casseroles les interrompit. Marcel venait d'échapper une pile d'assiettes à pizza sur le carrelage. Le quinquagénaire contemplait le dégât, épuisé et découragé par sa propre maladresse, surpris d'avoir raté un geste qu'il avait exécuté des milliers de fois auparavant.

« Marcel ! s'inquiéta Marianne.

– Ça va, ça va, j'ai toujours été maladroit... »

Marianne se leva et accourut vers lui. Elle l'entraîna vers la table où Stéphane s'était installé.

« C'est assez, viens t'asseoir avec nous...

– Maman, reprit Stéphane, ce que je t'offre, ne crache pas trop vite dessus... on ne sait jamais... »

Il s'en voulut de cette remarque qui lui attira un regard contrarié de la part de sa mère. Il était en train de perdre ses points de repère. Il avait tellement cru en la justice immanente de la mission qu'il s'était donnée que, maintenant qu'elle avait pris une tournure inattendue, il ne savait plus sur quelles valeurs appuyer ses actions. Il s'était laissé entraîner dans une fuite en avant et avait perdu de vue tout ce qui était important dans sa vie. Après un moment de silence inconfortable, Marianne lui demanda :

« Comment ça va avec Thi Tram ?

– J'ai été tellement occupé... je la vois moins souvent.

– Elle a téléphoné plusieurs fois cette semaine. Elle avait l'air un peu inquiète...

– Je sais... Je viens juste de mettre ça au clair avec elle. C'est fini.

– Elle a pris ça comment ?

– Mal. Elle se faisait bien des idées...

– Et ça t'a pris tout ce temps-là pour t'en rendre compte ?

– Non... Je... »

Il s'interrompit devant l'expression sévère de sa mère. N'y avait-il rien de ce qu'il avait fait récemment qui trouverait grâce à ses yeux ?

« Je ne lui avais rien promis, je te le jure, se défendit-il. Elle a tellement insisté pour qu'on sorte ensemble… On aurait dit qu'elle voulait me domestiquer comme un bon gros chien. Si je l'avais laissée faire, on serait en train de préparer notre mariage et de choisir les prénoms de nos premiers bébés.

– Au fond, ce n'est pas plus mal, philosopha sa mère. Toutes les jeunes filles doivent passer par ce genre de déception pour vraiment comprendre les hommes. C'est un sale boulot, mais il faut bien que quelqu'un le fasse…

– Très drôle, répondit Stéphane, froissé par ce sarcasme. C'est vrai, mais j'aurais pu laisser un autre gars devenir sa première peine d'amour.

– Ça se serait passé de la même manière, intervint Marcel d'une voix hésitante. Ça fait mal… »

Les deux autres crurent un instant que sa dernière remarque concernait leur conversation.

« Mon Dieu, ça t'émeut les histoires d'amour des autres ? » dit Marianne.

Elle avait lancé la boutade en riant. Mais son rire se figea lorsqu'elle vit Marcel porter la main à son cœur, le visage crispé.

« Ah… ah… ça fait mal… », râla-t-il.

Il s'écroula sur le plancher, respirant péniblement. Marianne se précipita à ses côtés, folle d'angoisse.

« Marcel… mon amour… Marcel… parle-moi ! »

Il n'y avait plus de doute sur la gravité de la situation. Stéphane se jeta sur le téléphone et appela une ambulance.

Chapitre VIII

Stéphane n'avait jamais vu sa mère dans un tel état de panique, pas même la fois où on avait appelé à la maison pour l'informer que son mari avait eu un accident de voiture. Il faut dire qu'Armand n'en était pas à son premier accrochage pour cause d'ivresse au volant, mais le contraste entre sa réaction présente et le calme froid dont elle avait fait preuve une dizaine d'années plus tôt lors de l'accident d'Armand faisait réaliser à Stéphane l'affection qu'elle éprouvait pour le modeste restaurateur. Elle lui avait dit la vérité quand elle avait déclaré ne plus aimer son père depuis de nombreuses années au moment de son suicide. Maintenant qu'il la voyait pleurer aux côtés de son conjoint inanimé, il découvrait à quel point Marianne avait changé et combien elle tenait à Marcel. Pour la première fois depuis son retour, Stéphane ressentit un véritable élan de sympathie pour son beau-père.

Marianne accompagna Marcel dans l'ambulance, tandis que Stéphane les suivit de son mieux au volant de sa voiture, talonnant le véhicule lorsqu'il brûlait un feu rouge, au risque de s'attirer des ennuis avec la police ou, pire, d'avoir un accident. Il n'eut pas vraiment conscience du trajet parcouru, concentré qu'il était à ne pas perdre l'ambulance de vue. Il fut étonné d'aboutir à l'hôpital où travaillait Emmanuelle, laquelle avait traversé son existence comme un météore. La coïncidence se poursuivit: le cas de Marcel avait justement été confié à la jolie docteure qui lui administra les premiers soins sans remarquer la présence de Stéphane.

Marcel fut emmené dans une salle d'urgence où la docteure Caron fit tout ce qu'elle put pour lui sauver la vie. Au bout d'un quart d'heure, elle sortit, l'air visiblement soulagé. Stéphane se tenait légèrement en retrait, mal à l'aise devant l'incongruité de la situation. Emmanuelle s'adressa d'abord à Marianne, qu'elle identifia, à voir son visage éploré, comme la conjointe du patient.

« Vous pouvez respirer, madame, votre mari est hors de danger. C'était un infarctus sérieux, il va avoir besoin d'un pontage dans les prochaines semaines.

– Merci, docteure, bafouilla Marianne. C'est mon conjoint de fait, on n'est pas mariés.

– Je savais que vous pouviez faire des miracles, docteure Caron », intervint Stéphane.

Emmanuelle se retourna brusquement vers lui, reconnaissant sa voix. Elle réalisa au bout d'une demi-seconde qu'il s'agissait de son récent amant de passage. Elle ne l'avait pas oublié, loin de là. Elle regrettait même un peu de s'en être débarrassée d'une manière aussi expéditive.

« Oh ! Stéphane, dit-elle. Tu es parent avec le malade ? Ton père ?

– Mon beau-père. Ma mère et moi te remercions du fond du cœur. Tu viens de sauver la vie d'un bon gars.

– Vous vous connaissez ? demanda Marianne, reprenant son calme.

– On s'est déjà croisés, répondit Stéphane.

– Le monde est petit, remarqua Emmanuelle.

– Il n'y a pas de hasards dans la vie…

– On va transférer le malade dans une salle de repos. Vous allez pouvoir rester près de lui, mais vous devrez garder le silence jusqu'à son réveil. »

Non sans laisser entendre clairement qu'elle repasserait les voir avant la fin de la journée, Emmanuelle les confia aux soins d'une infirmière qui les guida jusqu'à la salle en question. Le sourire qu'elle adressa à Stéphane lui laissa espérer qu'ils auraient une nouvelle chance de faire connaissance. Il se promit de se montrer moins empressé : il ne voudrait pour rien au monde revivre l'embarras de leur rencontre précédente.

Pour l'instant, il accompagna sa mère dans la chambre qu'on avait attribuée à Marcel. Le pauvre homme était blême, mais semblait paisible. Il respirait à l'aide de tubes et avait un cathéter dans l'avant-bras. Des électrodes permettaient de suivre les battements de son cœur. Il paraissait vouloir tenir le coup. Marianne lui prit doucement la main et ne la lâcha plus. Stéphane se sentit presque de trop devant l'intimité qui les unissait. Sa mère n'avait visiblement pas envie de parler et on leur avait, de toute façon, demandé de garder le silence pour permettre à Marcel de se reposer. Il s'installa dans un fauteuil dans le coin de la pièce et se mit à réfléchir aux événements qui avaient bousculé sa vie au cours des derniers jours.

La confusion la plus complète l'habitait. Il ne pouvait s'empêcher de voir l'infarctus du pauvre Marcel comme une sorte de châtiment divin, une répétition du drame qui avait bouleversé la vie de sa famille trois ans plus tôt. Objectivement, il savait que ces événements n'étaient pas reliés, mais la culpabilité qu'il avait si longtemps occultée sous ses désirs de vengeance remontait à la surface.

La vue de Marcel, d'une blancheur cadavérique, lui faisait vivre par procuration la mort de son père, à laquelle il n'avait pas assisté. Il commençait à saisir l'importance que cet homme avait prise dans la vie de sa mère et s'en voulait de ne pas avoir été plus chaleureux avec lui. Plutôt que de s'entêter à vouloir venger son père d'une manière qui ne pouvait que lui valoir des ennuis, il aurait mieux fait de chercher à connaître le nouveau compagnon de sa mère. Il aurait peut-être ainsi trouvé le père qui lui avait tant manqué. Peut-être aurait-il pu lui éviter cette crise cardiaque en l'aidant dans son restaurant, au lieu d'aller tricher au black-jack et de se foutre dans le pétrin.

Une digue avait été rompue et Stéphane se laissa entraîner dans un torrent d'émotions pénibles. L'angoisse liée à ses problèmes avec le casino s'y mêlait au chagrin qu'il éprouvait pour Marcel et sa mère, à ses rêves de carrière musicale qui s'envolaient et, surtout, à la culpabilité qu'il ressentait à cause de la façon immonde dont il s'était comporté avec Thi Tram. Toute l'étendue de son égoïsme lui sautait aux yeux en cet instant précis.

Marianne s'était endormie, la tête posée sur le lit de Marcel. Croyant ne pas être vu, Stéphane enfouit son visage dans ses mains et versa quelques larmes timides. Il manquait d'expérience dans ce domaine, n'ayant jamais su pleurer.

Juste à ce moment, Emmanuelle entrouvrit doucement la porte de la chambre et aperçut, en train d'essuyer ses larmes, celui qu'elle avait pris pour un petit con macho. De découvrir ainsi de la vulnérabilité sous cette carapace d'arrogance fit vibrer une corde en elle. Elle avait jugé Stéphane irrécupérable : elle devrait réviser son diagnostic. Voyant qu'il ne s'était pas rendu compte de sa présence, elle referma délicatement la porte et alla s'occuper de ses autres patients. Stéphane s'endormit à son tour pour une longue sieste, inconfortable mais bienfaisante.

Quand Emmanuelle revint, Marcel avait repris connaissance. Marianne était penchée sur lui et lui murmurait des paroles de réconfort, pendant que Stéphane, en retrait, lui souriait un peu bêtement. La docteure se réjouit de voir le malade prendre du mieux. Elle consulta les appareils de mesure branchés aux électrodes, examina Marcel et lui posa quelques questions de routine. Tout semblait aller pour le mieux dans les circonstances. La soirée tirait maintenant à sa fin et Emmanuelle déclara :

« Je pense que vous pouvez laisser le patient se reposer pour la nuit. Si madame veut rester, je peux vous faire apporter un oreiller et une couverture, mais je vous assure que votre conjoint est hors de danger.

– Je vais rester un peu, si ça ne dérange pas. Tu peux rentrer, Stéphane. Tu as été bien gentil de nous accompagner tout ce temps.

– Tu es sûre ?

– Oui, vas-y. Je vais rentrer en taxi.

– Tu devrais y aller, ajouta Emmanuelle à l'intention de Stéphane. À cette heure, les visites sont terminées. Seuls les conjoints sont admis, et encore…

– Bon, j'y vais. »

Emmanuelle sortit en même temps que lui et marcha à ses côtés dans les corridors de l'hôpital.

« Tu es très attaché à ton beau-père ? demanda-t-elle pour lancer la conversation.

– Oui et non… On n'a pas eu beaucoup de temps pour faire connaissance. J'ai été à l'extérieur du pays jusqu'à l'été dernier.

– Ah oui, la Floride.

– C'est ça, la Floride.

– J'ai des journées de fou, ces temps-ci…

– Moi aussi, tu ne peux pas imaginer…

– Tu pourrais me raconter ça devant une bonne bouffe. J'ai fini mon quart de travail et je meurs de faim.

– Moi aussi, le lunch est loin. Je sais pas ce qu'on pourrait trouver à cette heure…

– Le service aux chambres du Ritz est très bien, juste un peu cher… »

Stéphane ne releva pas la remarque. Il était bien résolu à ne pas répéter les mêmes erreurs que la dernière fois. Cette fille était formidable et il désirait ardemment qu'elle le prenne au sérieux, quitte à se montrer plus patient que sa nature le lui ordonnait. Et puis, Thi Tram lui avait donné toute une leçon en matière de patience.

« Écoute, dit-il, je sais que tout s'est passé trop vite l'autre fois, mais j'aimerais vraiment qu'on prenne le temps de faire connaissance maintenant. »

Emmanuelle le regarda, surprise, puis se mit à sourire.

« Vraiment ? Tu n'avais pas une petite amie quand on s'est vus ?

– Oui, mais c'est fini. On a rompu.

– Laisse-moi deviner : tu as eu ton bonbon ? »

Stéphane rougit devant la perspicacité de la jeune femme.

« Ce n'est pas si simple... Elle avait des attentes démesurées...

– Donc, tu cherches une fille qui n'a aucune attente...

– Pas nécessairement... Écoute, si tu n'as pas envie de parler, je vais te laisser tranquille.

– Te fâche pas, répondit Emmanuelle en souriant. Viens prendre un verre à la maison, on se fera livrer quelque chose. Je me change et j'arrive. »

Stéphane accepta l'invitation de bon cœur. Un verre lui ferait certainement le plus grand bien après une journée pareille. Une fois qu'Emmanuelle se fut changée, il la suivit avec sa voiture jusque chez elle. Pour sa deuxième visite, Stéphane se comporta beaucoup plus sagement et attendit poliment qu'elle l'invite à s'asseoir. Elle s'amusa de ce changement d'attitude, mais s'en accommodait fort bien. Elle sortit une bouteille d'un excellent armagnac et leur servit à boire, puis commanda des mets thaïlandais. Tous deux s'aperçurent de leur fatigue respective en prenant leur repas. Emmanuelle observa attentivement le jeune homme. Il avait perdu toute sa superbe de la semaine précédente et semblait désemparé, presque fragile. Elle savait que son père le soupçonnait d'avoir triché au casino, ce qui expliquerait l'angoisse qui se dégageait de lui. Elle tenta une remarque :

« Tu ne m'avais pas dit que tu venais de gagner une fortune au casino la semaine dernière.

– Tu ne m'as pas laissé le temps de te raconter grand-chose sur ma vie.

– Tu ne semblais pas vraiment intéressé à me faire la conversation !

– Toi non plus…

– Eh bien, vas-y. Impressionne-moi. On m'a raconté que tu étais pianiste.

– Qui t'a dit ça ?

– J'ai mes sources. On ne gagne pas des centaines de milliers de dollars au casino sans attirer l'attention du directeur de la sécurité.

– Ah oui, ton papa… »

Stéphane s'interrompit un moment. Il avait complètement oublié ce détail, obnubilé par le charme de la jeune femme. Elle constituait un risque supplémentaire dans une situation déjà précaire. Il décida de ne pas s'en soucier : son instinct de joueur reprenait le dessus et, qui sait, peut-être lui révélerait-elle ce que son père savait à son sujet.

« Tu les as bien fait rager, au casino, reprit-elle.

– Je m'en doutais un peu.

– Mon père se pose beaucoup de questions sur toi…

– Ça veut dire qu'il n'a pas les réponses, remarqua-t-il, énigmatique.

– Oh, ne t'en fais, il trouvera bien. Il a eu une brillante carrière dans la GRC avant de travailler au casino. Si tu as triché, il finira par le savoir. »

Stéphane s'étonna de cette information. Le directeur de la sécurité du casino était un ancien de la GRC. Se pouvait-il que Sylvain Marceau fût directement sous ses ordres ? Ce serait trop absurde : le casino aidant un joueur à tricher… Non, Marceau avait insisté sur le fait que la direction ignorait totalement sa double identité. L'attitude d'Emmanuelle l'incitait à croire que la sécurité n'avait toujours pas découvert le système de marquage des cartes. Il avait peut-être une plus grande marge de manœuvre qu'il ne l'espérait.

« Et toi, tu crois que j'ai triché ?

– Je ne sais pas. Tu m'as semblé pour le moins doué au black-jack. Tu n'as pas l'air d'avoir froid aux yeux. Et tu dois traîner avec des gens peu fréquentables pour t'être retrouvé avec la coupure de l'autre fois. Et je sais aussi que tu as passé trois ans en prison.

– Ouais, ils ont l'air d'avoir un dossier complet sur moi au casino…

– Je peux te poser une question ?

– Y a-t-il quelque chose que tu ne saches pas encore sur moi ?

– Pourquoi passer tout ce temps au casino si tu as autant de talent comme pianiste ?

– C'est une bonne question, soupira Stéphane après un moment d'hésitation. Je pensais avoir une mission à accomplir…

– Une mission ? Quelle mission ?

– J'en voulais à mort au casino…

– Pourquoi ?

– Mon père s'est ruiné à cause d'eux. Il a fini par se tirer une balle dans la tête dans le stationnement souterrain. »

Emmanuelle écarquilla les yeux, atterrée. Visiblement, elle ignorait cette partie de l'histoire. Était-ce aussi le cas d'Antoine Caron ?

« Si tu as triché, tu avais toute une motivation. Si tu n'as pas triché, tu as tout de même été incroyablement chanceux.

– Moins chanceux que tu penses…

– Encore des mystères…

– Si je te disais tout ce qui se passe dans ma vie, tu me prendrais pour un mythomane.

– Chiche!» lança-t-elle en guise de défi.

Stéphane la dévisagea intensément, cherchant à savoir s'il pouvait lui faire confiance. Il avait besoin de se vider le cœur et il se sentait irrésistiblement attiré par elle. De toute façon, la situation pouvait difficilement s'envenimer davantage. Il se décida à tout lui raconter, quitte à le regretter plus tard, en lui faisant jurer de ne rien dire à son père. Il lui parla de sa vieille amitié brisée avec Kim Dee et de ses liens avec la famille Nguyen. Il lui raconta la vie en prison, le suicide de son père, la trahison de Sandra. Il lui décrivit comment il avait fraudé le casino et comment cela s'était retourné contre lui. Le seul détail qu'il omit de lui narrer fut l'identité de l'agent double qui le faisait chanter et le fait que celui-ci était un employé du casino. Il savait que cette information pourrait s'avérer très précieuse en temps voulu. Quand il eut fini son récit, la nuit était fort avancée, la bouteille d'armagnac, vide, et Emmanuelle commençait à cogner des clous malgré l'intérêt manifeste qu'elle avait montré jusque-là pour son histoire.

«Eh bien, dis donc, commenta-t-elle simplement, il t'en arrive des choses.

– Alors, d'après toi, je suis mythomane? demanda-t-il.

– Franchement, j'aimerais mieux que ce soit le cas. Sinon, ça veut dire que mon père est un incompétent et que ta vie est en danger.

– Je ne pense pas que ton père soit un incompétent, pas après avoir vu sa fille sauver la vie de mon beau-père. Par contre, je m'inquiète sérieusement pour ma propre santé... Est-ce que tu me crois ?

– Oui, je te crois. Ça ne s'invente pas, des histoires comme ça. Qu'est-ce que tu vas faire ?

– Je pense que je vais tenter le coup. Kim Dee mérite une bonne leçon. Et puis, peut-être que je pourrai aider la police à obtenir des preuves sans courir trop de risques.

– Écoute, Stéphane, dit-elle en se rapprochant de lui, il faut que je te dise quelque chose...

– Quoi ?

– Mon père est l'homme le plus honnête et le plus généreux que je connaisse. Tu devrais lui parler. Si tu gagnes sa confiance, il va faire tout ce qu'il pourra pour t'éviter le plus d'ennuis possible.

– Je ne sais pas... J'ai mis la main dans l'engrenage. Je ne veux pas retourner en prison.

– Tu n'auras peut-être pas le choix... Ça vaut quand même mieux que de se faire abattre par des motards...

– Qu'est-ce que ça peut bien te faire de toute façon ? Qu'est-ce que je suis pour toi ?

– Ça, ça reste à définir... »

Elle l'embrassa tendrement, comme si elle cherchait à le réconforter, sans montrer d'intention de vouloir aller plus loin. Ils savourèrent longuement ce baiser. Ils avaient tout le temps devant eux, maintenant. Ce fut Stéphane qui reprit la parole le premier.

« Tu dois être fatiguée, dit-il posément. Je vais te laisser dormir. Donne-moi un oreiller et une couverture et je vais m'installer sur le divan. »

Emmanuelle éclata de rire à sa proposition.

« Tu as raison. Ne brûlons pas les étapes ! »

Elle lui fournit de quoi improviser un lit sur le divan du salon, sans cesser de rire une seconde. Elle alla se changer et revint le voir avant de se coucher, toujours aussi hilare.

« Tu es vraiment sérieux ? Tu vas me laisser dormir toute seule dans mon grand lit ?

– Bien sûr, répondit-il. C'est important de développer un respect mutuel avant d'aller plus loin dans notre relation.

– Tu peux toujours rêver !

– J'y compte bien. Fais de beaux rêves, toi aussi. »

Incrédule, elle s'allongea sans vraiment croire à ce qui venait de se passer. Le chaud lapin de la semaine précédente s'était transformé en homme rose. « Il préfère sans doute faire ça le matin », se dit Emmanuelle. C'était la seule explication logique.

♠

Le lendemain matin, Antoine Caron s'était levé de bonne heure et eut l'envie soudaine de faire une petite visite à sa fille avant de se rendre au travail, comme cela lui arrivait parfois. Il ne l'avait pas vue depuis qu'il avait commencé à fréquenter Maria et se sentait prêt à lui parler de ses amours. Comme toujours dans ces occasions, il apporta une demi-douzaine de croissants frais, encore chauds. Il savait que ces visites impromptues la mettaient parfois mal à l'aise, mais c'était sa façon de lui montrer qu'il la considérait toujours comme sa petite fille. De toute manière, grâce à la magie de l'interphone, elle ne s'était jamais gênée pour lui faire savoir quand il n'était pas le bienvenu.

Toutefois, ce matin-là, Antoine n'eut pas besoin d'utiliser l'interphone, car il arriva juste au moment où une voisine de sa fille sortait de l'immeuble. Elle le reconnut et le laissa entrer, sans méfiance. Il put donc se présenter directement à la porte de l'appartement de sa fille. Celle-ci ne répondit pas tout de suite quand il cogna. Il attendit un instant, réalisant qu'il aurait pu prendre la peine d'appeler, étant donné les horaires de travail irréguliers de sa fille. Il songea à partir, espérant ne pas l'avoir réveillée, lorsqu'il crut entendre des voix de l'autre côté de la porte, dont celle de sa fille qui chuchota quelque chose du genre « Merde, c'est mon père ». Le judas l'avait trahi. Emmanuelle vint finalement ouvrir. Elle était en peignoir, avait les yeux cernés et affichait un air contrarié.

« Ah ! papa. Entre.

– J'ai apporté des croissants, mais tu me le dis si je dérange.

– Toi ? Déranger ? Jamais…

– Tu as peut-être quelqu'un…

– Moi ? Tu sais bien que je suis une fille tranquille.

– Non, je l'ignorais… », dit-il avec un sourire narquois.

Il entra et constata que sa fille semblait sous-estimer grandement son flair d'ancien flic. Elle avait bêtement laissé traîner deux tasses de café à moitié pleines sur la table de la cuisine.

« Écoute, Emmanuelle, ça ne me dérange pas si tu ne veux pas me dire que tu as quelqu'un avec toi, mais c'est un peu idiot de le laisser enfermé dans ta chambre pendant qu'on mange nos croissants.

– Non, ce n'est pas ce que tu penses…

– Pourquoi ? C'est une femme ?

– Non, c'est juste un ami.

– Ami ou autre chose, son café va refroidir et il va manquer d'excellents croissants.

– Bonjour, monsieur Caron », dit Stéphane en sortant de la chambre.

Le jeune homme, qui avait l'air aussi fatigué que sa fille, se réinstalla tranquillement devant sa tasse de café. Emmanuelle soupira en levant les yeux au ciel. Le visage d'Antoine passa de l'étonnement à une sorte d'amusement vaguement triomphal, digne d'un vieux limier voyant se confirmer une hypothèse farfelue.

« Monsieur Dumas ! Vous êtes encore dans mon chemin !

– Papa…, gémit Emmanuelle.

– Non, ça va, fit Stéphane. Amenez les croissants, on va bavarder un peu. »

Les trois s'installèrent à table. Il devenait évident pour Emmanuelle que, malgré les circonstances, les deux hommes se trouvaient mutuellement sympathiques, tout en se toisant, et elle n'était pas certaine qu'il fallait s'en réjouir. Elle trouvait ironique d'avoir laissé Stéphane dormir sur le divan pour que son père le vît sortir de sa chambre le lendemain matin.

« J'ai entendu dire que tu étais un grand pianiste de jazz ? lança Antoine pour démarrer la conversation.

– Grand, je ne sais pas, mais j'adore jouer, c'est sûr.

– Tu sais que j'ai déjà arrêté Charlie Mingus dans un bar de Montréal ?

– Oh ! papa ! s'insurgea Emmanuelle. Pas encore…

– C'était quand ? demanda Stéphane, intrigué.

– Mil neuf cent soixante-dix... Il était complètement défoncé. Il avait démoli la moitié du bar...

– Ça lui ressemble... Qu'est-ce qu'il foutait à Montréal ?

– Il était fauché à l'époque, il avait accepté de venir jouer pour une misère, mais le gérant de la boîte n'a rien voulu savoir en voyant dans quel état il était et Mingus s'est fâché...

– C'est une belle histoire, mais il me faudrait des preuves...

– Les preuves ! Un élément clé dans le travail d'un enquêteur, dit Antoine d'un air entendu. On peut raconter n'importe quoi, mais si on n'a pas de preuves... »

Stéphane avait très bien perçu le double sens de la remarque d'Antoine.

« En avez-vous ?

– Je l'ai laissé filer en échange d'une dédicace sur mon exemplaire de *Pithecanthropus Erectus*. Je l'ai toujours.

– Il faudrait que je voie ça.

– Je te le montrerai peut-être un jour, si on a l'occasion de se rencontrer à nouveau.

– Vous pourriez peut-être venir me voir jouer... J'ai un ami qui tient une boîte qui s'appelle le Blue Note Café. Mingus, c'est son idole, mais je vous préviens qu'il va trouver la moindre faille dans votre histoire si elle est fausse.

– Ça me fera plaisir d'aller y faire un tour. Pas vrai, Emmanuelle ?

– Oui, j'aimerais ça te voir jouer... »

Un bref silence s'installa. On avait épuisé l'anecdote. Antoine se fit un peu plus sérieux.

« Tu nous as beaucoup impressionnés au poker l'autre soir, lâcha-t-il. Tu les as menés par le bout du nez toute la soirée.

– Le truc, c'est de rester détendu.

– Pour ça… Est-ce que c'était prévu que ton ami vienne te parler après un certain temps…

– Mon ami ? Excusez-moi, je n'ai pas étudié la bande comme vous l'avez fait…

– Oui, ce jeune homme asiatique, vietnamien, je crois…

– Monsieur Caron, je suis sûr que vous savez très bien son nom.

– Kim Dee Nguyen ! Ça me revient… Ça fait longtemps que vous vous connaissez ?

– Qu'est-ce que disent vos dossiers à ce sujet ?

– Je crois que ton père avait travaillé pour son père, non ? »

Cette fois, Stéphane commençait à moins apprécier le petit jeu du chat et de la souris auquel semblait s'amuser Antoine. Ce dernier vit la mine de Stéphane s'assombrir.

« Excuse-moi, dit-il. Je n'aurais pas dû te parler de ton père à la légère.

– Vous savez tout, n'est-ce pas ? On croirait avoir affaire à Big Brother.

– Tu ne devrais pas me voir comme un ennemi, Stéphane. C'est moi qui ai trouvé ton père dans le stationnement. Je l'ai vu se détruire pendant des mois avant ce soir-là. On lui avait proposé l'autoexclusion, mais il a toujours prétendu avoir le contrôle de la situation. Tu ne peux pas savoir les nuits blanches que j'ai passées à penser à lui. Il était comme toi, parfaitement concentré sur les cartes. C'était un excellent compteur et il aurait probablement pu faire des bénéfices s'il avait su rester sobre pendant qu'il jouait, ou s'il avait eu le même pouvoir magique que toi pour deviner quelles cartes allaient sortir. »

L'ambiance s'était passablement refroidie dans la petite cuisine. Emmanuelle se leva, complètement déroutée, et alla dans sa chambre pour se changer, préférant laisser les deux hommes terminer leur conversation seuls.

« Vous pensez que j'ai un pouvoir magique ? répéta Stéphane.

– Il faut bien. Nos statisticiens ont calculé les probabilités pour réussir ce que tu as fait la semaine dernière et, d'après eux, c'est le genre d'événement qui devrait se produire à peu près tous les deux mille ans si l'on tient compte de notre rythme d'activité, et ça fait seulement une dizaine d'années que nous existons.

– Bon, ça veut dire que vous allez être tranquille pour deux mille ans. »

Antoine éclata de rire. Il adorait ce genre d'humour pince-sans-rire.

« Ça veut dire qu'il y a toutes les chances du monde pour que tu aies triché, déclara Antoine. Si tu as triché, nous allons finir par découvrir comment tu t'y es pris.

– Si c'est le cas, j'aurais déjà quitté le pays avec l'argent, vous ne pensez pas ?

– C'est justement ce qui m'inquiète. Tu ne triches pas pour gagner. Tu triches pour te venger et tu es prêt à risquer la prison une nouvelle fois.

– Je ne retournerai jamais en prison, déclara Stéphane d'une voix sombre.

– Tu penses que tu as le dessus, mais tu es en train de vivre la même chose que ton père. Tu es complètement accro. Tu as l'impression de gagner, mais tu t'enfonces un peu plus chaque fois que tu mets les pieds au casino.

– Vous êtes vraiment un cas intéressant, railla Stéphane. Un ex-flic recyclé en psychologue de cuisine.

– Tu ne manques pas d'intérêt non plus, un ex-tôlard, pianiste de jazz et magicien du black-jack.

– Et vous ne savez pas tout, grinça Stéphane.

– Et je ne sais pas tout. »

Les deux hommes s'affrontèrent du regard quelques secondes, puis Antoine décida de se lever. Il n'avait pas envie de faire la guerre à ce jeune homme, d'autant que sa fille semblait vouloir s'attacher à lui.

« C'est ta vie, reprit Antoine. Tu en fais ce que tu veux. Je veux juste que tu comprennes que si tu as triché, les conséquences seront beaucoup moins lourdes si tu viens te dénoncer que si tu nous forces à te faire arrêter. Et puis, crois-le ou non, ça me ferait vraiment de la peine que tu finisses comme ton père. Sincèrement. »

Antoine remit sa veste et se prépara à partir. Emmanuelle sortit de sa chambre à ce moment-là.

« Si ça ne te dérange pas, Stéphane, je dois m'en aller aussi, alors… », dit-elle gentiment.

Ils sortirent donc tous en même temps de l'appartement, trop songeurs pour discuter en se dirigeant vers la porte principale. Avant de quitter le couple, Antoine serra cependant chaleureusement la main de Stéphane.

« Pense à ma proposition, Stéphane. Tu peux compter sur ma collaboration.

– Je vais y penser », répondit Stéphane, sans s'avancer davantage.

Ils ne remarquèrent pas qu'on les observait à partir d'une voiture stationnée tout près. Grâce à une caméra vidéo, un détective privé venait de capter, son et image, leur bref échange. Totalement ignorants de ce fait, Stéphane et Emmanuelle se rendirent à leurs voitures respectives.

« Alors, on se revoit ? demanda Stéphane.

– Bien sûr. Voici mon numéro de cellulaire. Appelle-moi quand tu donneras ton prochain spectacle. J'aimerais bien voir l'artiste à l'œuvre.

– J'organise ça. Tu ne seras pas déçue. »

Une légère euphorie monta à la tête de Stéphane une fois qu'il se fut retrouvé seul dans sa voiture. Il y avait des années qu'il n'avait pas éprouvé cela. En fait, il se sentait exactement comme Thi Tram aurait voulu qu'il se sente avec elle, mais cette comparaison ne lui effleura même pas l'esprit. Dans la fraîcheur du matin, ses ennuis lui paraissaient subitement beaucoup moins graves. Il savait maintenant quelle récompense l'attendait à la fin de toutes ces épreuves. Pour la première fois depuis trois ans, une sorte d'espoir naissait en lui.

♠

« Bonne nouvelle, mes amis, la cargaison est en route. »

Cette déclaration de Kim Dee fit tomber la tension à l'intérieur du bunker des Riders. L'Asiatique toisa ses partenaires avec suffisance. Daddy Girard avait commencé à mettre ses capacités en doute dernièrement, mais Kim Dee avait retrouvé confiance en apprenant qu'il pourrait compter sur un apport de fonds inespéré de la part de Stéphane. Il avait décidé de donner le feu vert à ses hommes de la Thaïlande, même s'il n'avait pas encore mis la main sur la somme promise. Il ne voulait plus perdre de temps : il en faisait une question d'honneur. Il devait maintenant introduire son partenaire inattendu au sein de la petite confrérie. L'effet positif provoqué par l'annonce du départ du cargo de Bangkok lui en fournissait l'occasion.

« Dans combien de temps le bateau va arriver à Montréal ? demanda Girard.

– Je te l'ai déjà dit, ça dépend d'une foule de facteurs... Le cargo va devoir faire escale dans différents pays et il peut y avoir des problèmes à chaque fois. Donnez-lui entre six et dix semaines.

– Sacrament, dit Moka, je l'avais dit qu'on aurait été mieux de la faire voyager en avion.

– Ben oui, gros épais, railla Kim Dee. Si tu penses que tu peux faire passer vingt kilos d'héroïne dans tes valises, va la chercher toi-même.

– Hé, le Jaune, un jour, je vais...

– Tu vas fermer ta gueule, aboya Kim Dee. C'est moi qui ai les contacts, c'est moi qui organise le coup. Le smack voyage dans les importations de ma compagnie. Vous autres, vous financez la moitié de l'opération et vous écoulez la marchandise. Ça nous coûte quatre millions et ça rapporte quatorze. Ça fait cinq millions de profit pour vous autres et autant pour nous. S'il y en a qui pensent trouver une meilleure combine ailleurs, ils sont libres. »

Kim Dee avait parlé avec un aplomb remarquable, qui dépassait son arrogance habituelle. Daddy lui jeta un regard meurtrier tout en conservant son sourire crispé.

« Les gars, vous avez entendu le Jaune. Ça fait longtemps qu'il nous fait chier, mais ça va finir par payer. C'est la seule chose qui compte : le cash.

– Maintenant, Daddy, reprit Kim Dee, je voudrais te parler de mon nouveau bras droit.

– Tu t'es fait poser un nouveau bras ? plaisanta Moka.

– Ta gueule, Moka, grogna Daddy. On s'en fout de ton adjoint, le Jaune. Tu prends qui tu veux dans ton équipe, c'est pas de mes affaires.

– C'est un peu plus qu'un adjoint. C'est mon nouvel associé.

– On avait dit : pas de nouveau partenaire dans l'affaire. Je partage pas mes profits avec un autre.

– Tu gardes tes cinquante pour cent, le rassura Kim Dee, soudainement plus poli. Je lui ai offert une participation sur ma part du deal.

– T'as besoin d'argent, le Jaune ? devina Girard.

– Non, Daddy, tu sais bien que je pourrais te racheter demain matin uniquement avec de l'argent propre, bluffa Kim Dee. C'est un vieil ami, très loyal. Il vient de passer trois ans en prison aux États-Unis. Il a fait ça pour me protéger. Il n'a jamais rien dit aux flics. Un homme de confiance.

– Pis ? Pourquoi tu me racontes ça ? demanda Girard, suspicieux.

– En récompense pour sa loyauté, je lui ai offert de s'associer avec moi. Il vient de gagner un très gros montant, il voudrait le faire fructifier.

– Et alors ? s'impatienta Daddy. Arrangez-vous entre vous autres, c'est pas mon problème.

– Il voudrait s'assurer que nous avons vraiment le réseau de distribution nécessaire pour écouler la marchandise… »

Les motards s'entre-regardèrent, interloqués par l'étrangeté de la requête de Kim Dee, qui semblait d'ailleurs beaucoup plus hésitant que l'instant auparavant.

« Tu veux quoi ? répondit Girard, incrédule. Lui faire visiter le bunker ? Lui faire rencontrer tous nos pushers en ville ? Une promenade en moto avec ça ?

– Non, il voudrait juste assister à notre prochain meeting, pour voir à qui il a affaire et discuter de l'opération. »

Daddy demeura silencieux un moment, essayant de jauger les intentions réelles de Kim Dee avec cette histoire de nouveau partenaire. L'Asiatique resta impassible, bien qu'il sentît quelques gouttes de sueur perler sur son front.

« Le Jaune, moi, j'ai rien à prouver à personne, surtout pas à quelqu'un qui débarque de nulle part comme ça. C'est qui, ce gars-là ?

– Il s'appelle Stéphane Dumas. Il s'est fait prendre à passer de la coke pour moi il y a trois ans. Il n'a jamais craqué. C'est un dur et il a de l'argent à investir.

– Une petite dette d'honneur, autrement dit, résuma Girard.

– Si on veut.

– Si je comprends bien, il te fait moins confiance que toi tu lui fais confiance…

– Il veut juste savoir où il met son argent… Il veut être là quand on va faire nos comptes.

– Pardon ? Ton chum veut être là quand on va compter nos quatre millions ? Es-tu malade, hostie ? Pourquoi je laisserais faire ça ?

– Il va mettre cinq cent mille, dit Kim Dee.

– Ça sent pas bon, ton histoire, le Jaune.

– Je te le présente au prochain meeting, tu jugeras par toi-même.

– Amène-le. Mais il a besoin d'être clean, parce qu'il va s'ennuyer de sa mère…

– Pas de problème, Daddy. Tu vas voir que je choisis bien mes amis. »

Kim Dee se retint avec peine d'échapper un long soupir. Il s'en voulait d'avoir eu à révéler ainsi sa vulnérabilité, il devait maintenant tout faire pour reprendre la situation en main. Il ne s'attendait pas à pouvoir introduire facilement Stéphane dans le cercle des motards et rien n'était gagné pour l'instant. La méfiance de Daddy éprouvait d'ailleurs sa propre confiance. Qu'est-ce qui pouvait bien motiver Stéphane à vouloir intégrer ce milieu ?

♠

Quand Stéphane se présenta à l'hôpital cette journée-là, il fut agréablement surpris de voir à quel point Marcel se rétablissait rapidement. Le quinquagénaire reprenait peu à peu des forces, assez pour réclamer une nourriture plus consistante que celle qu'on servait à l'hôpital. Marianne tentait patiemment de lui faire comprendre que ses repas ne seraient plus jamais pareils. Stéphane, amusé, observait le couple en train de se taquiner gentiment.

« C'est fini, les poutines, les hot-dogs et la pizza, sermonnait-elle. Maintenant, on coupe les gras, la friture, les sucres, les féculents, la viande rouge et le sel.

– Il y a d'autres aliments à part ceux-là ?

– Tu sais ce que c'est que de la salade ?

– Oui, ça sert à garnir les sous-marins.

– Bon, eh bien, à partir de maintenant, tu vas manger tes sous-marins sans pain, sans viande et sans fromage.

– Je prendrais une bonne poutine…

– D'accord, mais sans frites, sans sauce et sans fromage.

– Un hamburger ?

– D'accord, mais une galette au tofu sur pain de blé entier, sans ketchup, fromage, relish ou mayonnaise. Moutarde forte, tomate, laitue. Peut-être du cheval, une fois par semaine.

– Du poulet ?

– D'accord, mais viande blanche seulement, à la vapeur, sans la peau.

– Avec un coke ?

– D'accord, mais sans sucre et décaféiné.

– Marianne ?

– Oui, mon amour ?

– Pourquoi tu m'as pas laissé mourir ? »

Les trois rirent doucement, même Marcel, trop intelligent pour ne pas comprendre les changements qu'il devrait apporter à son style de vie.

« On t'a ramené, reprit-elle, pour que tu payes pour tes péchés. Ça fait vingt ans que tu fais engraisser ton voisinage avec ton junk food. Même moi, j'ai dû gagner trente livres depuis que je te connais. Ça prenait peut-être ça pour que tu réfléchisses un peu au tort que tu fais à la société.

– Je donne au monde ce qu'ils veulent manger, protesta Marcel. S'ils n'achètent pas ma poutine et ma pizza, ils vont en prendre ailleurs.

– Tu pourrais offrir des repas santé en plus de tes cochonneries. De toute façon, il va falloir que tu manges aussi et je te jure que c'est fini pour toi, les cheeseburgers avec bacon.

– D'accord, pourvu que tu transformes pas mon snack-bar en resto végétarien… Au fait, reprit Marcel, soudainement inquiet, qui s'occupe du resto ?

– Pour l'instant, on a fermé pour cause de maladie.

– On ne peut pas rester fermés ! On arrive à peine en travaillant comme on le fait.

– Calme-toi. Je vais prendre une employée de plus le temps de ton séjour à l'hôpital.

– Avec quoi on va la payer ?

– On peut y arriver… Tu as une assurance-invalidité, c'est à ça que ça sert.

– Je te fais confiance, mais ça veut dire qu'il va falloir que tu retournes au restaurant dès demain.

– Je ne vais pas te laisser seul.

– Si le resto coule, je suis pas sûr que mon cœur va tenir longtemps… »

Stéphane, qui s'était jusque-là contenté de suivre passivement la conversation, ne put s'empêcher d'intervenir.

« Au pire, je pourrais vous avancer de l'argent… »

En lisant la désapprobation sur le visage de sa mère, il regretta aussitôt d'avoir ouvert la bouche. Emmanuelle arriva à ce moment-là et se réjouit de voir son malade en meilleure forme. Elle adressa un sourire discret à Stéphane.

« Ça va mieux, à ce que je vois.

– Vous pouvez le dire, répondit Marianne. Il recommence déjà à se préoccuper de son restaurant.

– C'est un problème fréquent chez les hommes dans sa situation. Ils ne prennent pas le temps de se remettre sur pied et retournent au travail trop rapidement. Il va falloir oublier vos problèmes pour l'instant et laisser vos proches s'occuper de vos affaires.

– D'accord, à condition qu'ils s'en occupent vraiment ! ronchonna Marcel.

– Fais-moi donc confiance, vieux chialeux ! » protesta Marianne.

Pendant qu'ils continuaient à se chamailler, Stéphane fit signe à Emmanuelle qu'il voulait lui parler seul à seul. Ils sortirent dans le corridor.

« J'ai organisé un petit concert jeudi soir, dit-il. Si ça te tente, je vais jouer quelques pièces au bar de mon ami avec notre petit groupe.

– Jeudi soir ? Je vais essayer, mais je ne te promets rien. »

Une lueur dans le regard d'Emmanuelle lui laissa croire qu'elle ferait tout son possible pour venir.

« Au pire, on se reprendra un autre soir.

– Bien sûr. Il y aura plein d'autres soirs... En passant, tu devrais suggérer à ta mère de laisser son conjoint se reposer. Je vais lui donner un calmant.

– Promis. À jeudi.

– Peut-être ! »

♠

Antoine flottait sur un nuage, bien qu'il n'ait presque pas dormi. Maria l'avait enfin invité à passer la nuit chez elle et il s'étonnait encore de la vigueur de ses cinquante-neuf ans. Maria aussi avait été agréablement surprise. Ils avaient fait l'amour jusqu'au petit matin, comme de jeunes mariés fraîchement dépucelés. Antoine payait toutefois ses exploits de la nuit de ses courbatures ainsi que d'une incapacité totale à se concentrer sur son travail. Ses collègues souriaient à le voir avaler ainsi café sur café sans réussir à retrouver la forme. Mais cela ne l'empêchait pas d'afficher une humeur excellente, qui ne pouvait s'expliquer de bien des façons…

C'est en plein milieu de ce jeudi après-midi qu'Aurélien se décida à frapper, illustration parfaite de la loi de Murphy. Alors qu'Antoine fixait béatement ses moniteurs, qu'il ne voyait plus vraiment depuis deux semaines, son adjoint le tira soudainement de sa torpeur. Antoine se sentait tellement bien dans sa peau fatiguée qu'il en fut même content de voir arriver Lalancette.

« Oui, Aurélien, qu'est-ce que je peux faire pour toi ?

– Monsieur Caron, j'aimerais vous parler en tête-à-tête… »

Devant l'expression résolue de son adjoint, Antoine l'invita dans son bureau privé et referma la porte derrière eux. Aurélien posa une série de photos sur le bureau. Elles montraient Antoine, sa fille et Stéphane Dumas en train de discuter devant la façade de l'immeuble qu'habitait Emmanuelle. Antoine ne comprit pas tout de suite à quoi voulait en venir Aurélien et s'offusqua tout d'abord de cette violation de sa vie privée.

« Monsieur Caron, à votre place, je ne jouerais pas les vierges offensées. J'ai un enregistrement de cette conversation… »

Joignant le geste à la parole, Lalancette inséra une cassette dans le magnétoscope d'Antoine. On pouvait y entendre Caron et Dumas échanger les paroles suivantes :

« Pense à ma proposition, Stéphane. Tu peux compter sur ma collaboration.

– Je vais y penser. »

Antoine resta bouche bée devant l'impudence de son adjoint.

« Qu'est-ce que tu essaies de prouver, Aurélien ?

– Je pense que Stéphane Dumas a fraudé le casino de presque trois quarts de million de dollars et que vous êtes son complice.

– T'es pas sérieux. Pourquoi je ferais ça ?

– Ça, c'est vous qui le savez. Le petit gars sort avec votre fille, votre retraite est proche et votre ex-femme vous a lavé lors de votre divorce. Vous avez envie de renflouer votre caisse de retraite, peut-être. Vous connaissez parfaitement nos systèmes de sécurité, vous avez montré à votre gendre une façon de s'y prendre qui passerait inaperçue. Vous avez probablement donné les bons ordres aux bons employés pour l'aider à gagner.

– Aurélien, c'est du délire, ton histoire !

– Qu'est-ce que vous foutiez avec lui chez votre fille ?

– Je suis passé saluer ma fille et il était là. Je n'ai rien à voir là-dedans. Emmanuelle a vingt-huit ans, elle fréquente qui elle veut. À part ça, as-tu des preuves qu'il a triché ?

– J'ai envoyé les cartes à un laboratoire privé. Ils ont trouvé des traces d'un polymère spécial sur le dos des cartes. Ça pourrait être une sorte d'encre invisible. J'attends le rapport pour demain.

– C'est du bon travail, Aurélien. J'ai bien hâte de le lire.

– Mme la directrice va en avoir une copie d'abord. J'ai bien l'impression que notre cher Stéphane Dumas a fini de se pavaner au salon des hautes mises. La vraie question, c'est : qu'est-ce que je fais avec vous ?

– Qu'est-ce que tu veux, Aurélien ? demanda Antoine, crispé.

– Je pourrais me taire et me contenter de faire arrêter Dumas. Mais mon sens de la justice serait froissé de savoir que mon patron a peut-être été le complice d'une fraude envers le casino…

– Je n'ai rien à cacher, Aurélien. Ton chantage ne prend pas.

– Antoine, tu es déjà retraité de la GRC… Pourquoi tu ne profites pas de ta pension ? Fais la belle vie, repose-toi…

– Je vais prendre ma retraite quand ça me dira…

– Tu pourrais la prendre maintenant et me recommander chaudement comme successeur au poste de directeur de la sécurité.

– Sinon ?

– Sinon, nous avons une réunion lundi matin avec la directrice générale… C'est déjà prévu. La seule chose que tu peux changer, c'est la version de l'histoire que je vais lui donner. La courte ou la longue. »

Cette fois, Antoine sortit de ses gonds. Il empoigna Lalancette par le collet et lui lança au visage :

« Tes menaces, tu peux te les mettre dans le cul ! Raconte-lui ce que tu voudras. J'ai la vérité de mon côté.

– Parfait, Antoine. C'est comme tu veux. Dans un cas comme dans l'autre, je vais être débarrassé de toi. »

Lalancette se permit un sourire méprisant avant de sortir du bureau. Antoine, éberlué par ce qui venait de se passer, resta un long moment à tenter de reprendre ses esprits. Désemparé, il composa le numéro du poste de Maria.

« Maria, aurais-tu le temps de passer à mon bureau ? J'aurais vraiment besoin de te parler…

– Je pense que je peux prendre quelques minutes, monsieur Caron… »

Il comprit qu'elle n'était pas seule à son bureau. Il entendit sa collègue Ginette ricaner à côté d'elle. Tant pis, il y avait urgence.

Maria se présenta dans les minutes suivantes, légèrement essoufflée, encore plus amoureuse que la veille. Elle croyait probablement qu'il souhaitait lui reparler de leur nuit, l'embrasser, ou peut-être plus.

« Antoine, tu sais que tu ne devrais pas faire ça, lui reprocha-t-elle gentiment.

– Je suis désolé, mais ce n'est pas pour ça que je t'appelais… J'ai une grosse tuile qui vient de me tomber dessus.

– Quelle sorte de tuile ?

– Lalancette. »

Il lui raconta l'entretien qu'il venait d'avoir avec son adjoint. Maria fut sidérée de découvrir l'ampleur de l'ambition et de la mesquinerie de Lalancette.

« Dans le métier, on appelle ça le complexe d'Iznogoud, plaisanta-t-elle.

– C'est vrai ? Ça s'appelle vraiment comme ça ?

– Non, je te taquine, mais ça résume quand même très bien la psychologie du personnage. Il veut ta place, à n'importe quel prix.

– Qu'est-ce que je fais ? Je prends les devants et je parle à la directrice ? Je le laisse aller et j'encaisse les coups à mesure ?

– As-tu quelque chose à te reprocher dans le dossier Dumas ?

– Non, pas vraiment…

– Mais…

– Si Aurélien a réussi à trouver un truc qui cloche au sujet des cartes, ça veut dire qu'il a mieux fouillé le dossier que moi.

– Et pourquoi, d'après toi ?

– Parce qu'au fond je n'ai jamais eu envie de faire arrêter le jeune Dumas. J'ai négligé de gros indices au lieu de poursuivre l'enquête.

– À ton avis, est-ce que ton cas est défendable ?

– Oui, mais j'avoue que je ne me sens pas très solide en ce moment.

– La retraite, tu y penses ?

– Non… Surtout pas comme ça. Je ne supporterais pas de me retrouver à rien faire.

– Tu m'as dit que tu commençais à en avoir marre du casino, que tu trouvais que tu ne servais pas la population dans tes fonctions. Tu pourrais peut-être envisager une nouvelle carrière, un travail qui te permettrait d'aider les gens au mieux de tes capacités.

– Peut-être, mais je ne veux pas partir d'ici la queue entre les jambes et surtout pas sous la menace d'un trou de cul comme Lalancette. Je vais me battre pour préserver ma réputation. Je vais lui donner une bonne leçon et, ensuite, on reparlera d'un changement de carrière. Et je ne veux plus entendre le mot retraite, d'accord ?

– D'accord, mon amour.

– J'adore quand tu m'appelles comme ça.
– Tu sais ce que tu devrais faire ?
– Quoi ?
– Essaie de joindre Dumas le plus rapidement possible. C'est encore lui qui est le plus en mesure de t'aider. »

♠

Stéphane aurait été impossible à joindre à cet instant précis. Il se trouvait dans une limousine en compagnie de Kim Dee et de ses deux lieutenants et le petit groupe se rendait à une réunion avec les Evil Riders. En ces circonstances, il était hors de question qu'il apporte son cellulaire avec lui. Un téléphone portable peut se révéler une arme à deux tranchants s'il tombe en de mauvaises mains. Tous étaient nerveux, chacun pour ses propres raisons. Kim Dee parlait beaucoup, tâchant de démarrer un semblant de conversation avec Stéphane et de faire revivre leur ancienne amitié, mais ses tentatives tombaient à plat.

Stéphane avait toutes les peines du monde à masquer son anxiété. Il avait rencontré Sylvain Marceau le matin même et celui-ci avait installé un micro émetteur sous ses vêtements. Kim Dee semblait lui faire confiance, mais Stéphane craignait que ce ne soit pas le cas des motards qu'il allait rencontrer. Le trajet paraissait interminable.

« Comme ça, tes amis sont d'accord pour me rencontrer ? demanda Stéphane.

– Oui, t'inquiète pas. Ils sont un peu méfiants, c'est normal dans la business. D'habitude, pour faire affaire directement avec ces types-là, il faut avoir tué au moins une personne pour leur compte, mais je leur ai expliqué que tu étais un dur, que tu avais fait trois ans de prison pour me couvrir, et je pense qu'ils vont te laisser assister à la réunion.

– Tu penses ?

– Ça devrait, mais tu as intérêt à te tenir tranquille, surtout quand ils vont te fouiller. C'est un mauvais moment à passer, mais tu as vu pire en prison.

– Me fouiller ? répéta bêtement Stéphane.

– Bien sûr. Tu es sur le point d'entrer dans le Saint des Saints. À quoi tu t'attendais ?

– À rien... C'est juste que ça me rappelle des mauvais souvenirs... Tu sais, la prison...

– Oublie ça, c'est du passé. À partir de maintenant, nous sommes à nouveau des frères et on va tous les deux devenir riches. »

Kim Dee avait dit cela avec une chaleur que Stéphane n'aurait jamais cru retrouver chez lui. Il réalisa que le petit caïd était vraiment sincère dans son désir de regagner son amitié. La situation n'en devenait que plus embarrassante.

« En passant, reprit Kim Dee, j'ai appris que tu avais rompu avec Thi Tram. Tu as tenu parole.

– Thi Tram ? Comment va-t-elle ?

– J'ai cru comprendre qu'elle l'avait mal pris. Je pensais que ce n'était pas sérieux, votre histoire...

– Tu sais comment sont les filles... Tellement sentimentales...

– Comme tu dis. En tout cas, je te remercie. Elle est trop jeune pour fréquenter les garçons. Elle doit penser à ses études d'abord. Ses notes avaient baissé dernièrement, à ce que j'ai entendu dire.

– Ça va se replacer, c'est une brave petite… Kim Dee, tu penses qu'on pourrait faire un arrêt ? J'ai une de ces envies…

– Oh ! Oui, pas de problème. »

Kim Dee demanda à son chauffeur d'arrêter à la prochaine station-service. Cinq minutes plus tard, Stéphane se précipitait vers les toilettes en se dandinant. Ce n'était qu'une comédie visant à camoufler ses intentions réelles. Il entrait là pour se débarrasser du matériel électronique qu'on lui avait collé sur le corps avec du sparadrap. Il s'arracha quelques poils au passage, mais ce fut une douleur salvatrice en comparaison de ce qu'il aurait subi si on avait découvert le micro émetteur sur lui. Avant de le planquer dans le réservoir de la cuvette, il s'adressa au micro :

« Tu as entendu, Marceau ? Ils vont me fouiller. Alors, le micro, je le fous aux chiottes ! »

Il replaça ses vêtements et se dépêcha de regagner la limousine.

« Ouais, ça fait du bien, constata Kim Dee. Tu as l'air soulagé.

– Très, répondit Stéphane en souriant. Je me sens beaucoup plus léger.

– À la bonne heure. »

Stéphane avait agi juste à temps, puisqu'ils arrivèrent au bunker dix minutes plus tard. L'accueil fut beaucoup moins chaleureux que ne l'aurait espéré Kim Dee, pour ne pas dire glacial. Les Riders scrutèrent Stéphane attentivement et procédèrent à une fouille superficielle à l'aide d'un détecteur de métal. Malgré qu'il se fût débarrassé de son micro, Stéphane cachait mal sa nervosité. Il avait transpiré abondamment durant le trajet.

Daddy Girard, de par son expérience, devina immédiatement que quelque chose clochait.

« Il sent pas bon, ton bras droit, le Jaune, grogna-t-il. Les gars, vous me faites une fouille à nu.

– Voyons donc, Daddy, s'offusqua Kim Dee. C'est comme ça que tu traites tes invités ?

– C'est pas mon invité, c'est le tien. À poil ! »

Stéphane était trop terrorisé pour protester, mais ne retira pas ses vêtements. Deux motards le firent à sa place avec brutalité. Ils allèrent même jusqu'à soulever son scrotum et à lui faire écarter les fesses. Ces hommes avaient fait de la prison, ça sautait aux yeux. Ils ne trouvèrent rien, mais Daddy insista pour jeter lui-même un coup d'œil au pauvre jeune homme, nu comme un ver devant des brutes hostiles, dans un sinistre bâtiment de béton. Il remarqua des rougeurs et des traces de colle laissées par le sparadrap sur le corps de Stéphane.

« C'est quoi, ça, tabarnac ! rugit-il. Pourquoi t'as de la colle de plaster sur le ventre ? Tu viens juste de l'arracher, mon crisse de vendu ! »

Stéphane était paralysé par la peur. Daddy le frappa violemment au ventre, puis à la tête. Stéphane tomba par terre. Le chef des motards commença à lui donner des coups de pied, mais Kim Dee intervint.

« Les nerfs, Daddy ! Il est avec moi ! Je réponds de lui. Lâche-le ou je fais le deal sans vous. »

Daddy s'interrompit, mais se permit de cracher au visage de Stéphane pour bien lui signifier sa supériorité.

« Pourquoi ton chum a de la colle de plaster fraîche sur le ventre ? demanda Daddy.

– C'est pas de la colle, gémit Stéphane, sous le coup d'une inspiration soudaine. C'est de la cire à épiler. »

Les motards se regardèrent un instant, interloqués, puis éclatèrent ensemble d'un rire gras et méchant. Ils étaient trop fiers de leur pilosité pour ne pas mépriser un homme qui s'épilait la poitrine, mais le ridicule même du mensonge de Stéphane lui donnait sa crédibilité. En plus, le jeune homme était plutôt glabre, ce qui rendait son histoire d'autant plus vraisemblable. Les motards, pour la plupart homophobes malgré certaines expériences carcérales, en déduisirent que Stéphane était probablement le petit ami de Kim Dee, qu'ils avaient trouvé efféminé dès le début.

« Il fallait le dire plus tôt que tu sortais de chez l'esthéticienne, ma poule, lança Daddy, hilare. Rhabille-toi, avant de donner des idées à Moka ! »

Stéphane remit ses vêtements dans l'indifférence générale. Il en serait quitte pour quelques bleus et un œil au beurre noir. Kim Dee vint le voir, visiblement troublé par l'incident.

« Ça va ? Tu vas tenir le coup ?

– Ouais... Ils sont vraiment charmants, tes copains.

– Je te reconnais bien, toujours le mot pour rire. Prends les choses du bon côté : tu n'as rien dit pendant qu'ils te battaient. Ils vont te respecter, maintenant.

– Ouais, comme on respecte un steak qu'on attendrit... »

Kim Dee l'encouragea d'une tape sur l'épaule et la réunion put commencer.

♠

Le retour à la maison se fit dans un climat plus détendu que l'aller. La réunion s'était déroulée à peu près comme l'avait désiré Kim Dee. Toutefois, Stéphane demeura songeur, car il s'était rendu compte que leurs plans se prêteraient mal au type d'intervention que tentait d'organiser Marceau. Le problème était qu'il devait remettre l'argent avant de recevoir la drogue, qu'il n'allait d'ailleurs pas manipuler lui-même.

Personnellement, il n'aurait jamais embarqué dans une telle aventure. Les risques de se faire flouer étaient bien trop importants. Si ce n'était de la confiance que Kim Dee n'avait cessé de témoigner à son égard, les Riders se seraient certainement doutés de quelque chose. D'ailleurs, au fond de lui, Stéphane était loin d'être certain d'avoir gagné la confiance des motards. Il craignait d'autres séances de fouille lors de prochaines rencontres.

Lorsqu'il fut enfin seul dans son appartement, il réactiva son téléphone et constata qu'il avait plusieurs messages. Outre sa mère qui lui donnait des nouvelles de Marcel, il y avait Thi Tram, Emmanuelle et Sylvain Marceau – sous un nom de code – qui désiraient lui parler. Il choisit de ne rappeler que les deux derniers, en commençant par l'appel le moins agréable.

« Merde ! Pourquoi tu t'es débarrassé du micro ? tempêta Marceau.

– C'est la meilleure idée que j'ai eue de la journée. J'ai eu droit à une fouille à nu dans le bunker. Ils m'ont même tripoté les couilles. Si tu en avais, tu saurais de quoi je parle.

– Une fouille à nu ? Ces gars-là n'entendent pas à rire. Tu as bien fait de te débarrasser du micro, concéda finalement le lieutenant-détective. Donc, ils n'ont rien trouvé ?

– Justement, si ! Ils ont vu des traces de colle sur ma peau et ils m'ont sacré une volée. J'ai l'œil gros comme une balle de tennis maintenant.

– Comment tu t'en es tiré ? »

Stéphane lui raconta l'histoire de la cire à épiler, qui déclencha la même hilarité chez Marceau que chez les motards.

« Est-ce que vous avez parlé affaires ? reprit le lieutenant.

– Oui. Je vais pouvoir assister au comptage de l'argent quand je vais amener ma part, mais je suis sûr qu'ils vont me fouiller une nouvelle fois, et il n'y aura aucune drogue sur place. Ça pourrait prendre jusqu'à deux mois avant qu'elle arrive.

– Elle arrive d'où ?

– D'Asie, mais je ne sais pas de quel pays. Je sais que c'est Kim Dee qui organise toute la partie importation et que les motards vont écouler le stock ici.

– Je suis prêt à parier que c'est la Thaïlande.

– Ça se pourrait bien, cet idiot de Kim Dee a passé le trajet du retour à fredonner *One Night In Bangkok*...

– Quand leur donnes-tu l'argent ?

– En fin de semaine. La banque va me le remettre demain. J'ai eu droit à tout un interrogatoire. Je leur ai dit que j'avais l'intention d'aller jouer au casino, c'était l'histoire la plus crédible étant donné sa provenance.

– Excellent. Tu ferais un bon flic.

– Ne m'insulte pas en plus.

– À quel endroit va se dérouler le comptage ?

– On ne le saura qu'une demi-heure à l'avance.

– Merde. On va te poser un micro émetteur pour te localiser.

– Non ! Je suis sûr qu'ils vont me fouiller.

– On va te l'installer sous la peau.

– Pardon ?

– On a des spécialistes pour ça. Si tu avais quelques bourrelets, ça aiderait, mais on va se débrouiller. Ça ne fera pas plus mal que du body piercing.

– Marceau, je ne suis pas une marionnette. C'est trop risqué, je ne veux plus continuer.

– Comment ? Le casino est sur le point de t'arrêter. C'est ta seule façon d'éviter la prison. Et pense à ta vengeance sur Kim Dee. Je te rappelle demain.

– Marceau ! » cria Stéphane, mais le lieutenant avait déjà raccroché.

La journée avait été infernale, mais Stéphane était bien décidé à passer une belle soirée. C'était ce soir-là qu'il devait faire la démonstration de ses talents à Emmanuelle et elle lui avait justement laissé un message lui demandant de la rappeler. Au ton de sa voix, il pouvait deviner qu'elle était préoccupée. Il espéra qu'elle n'avait pas l'intention d'annuler leur rendez-vous.

Il s'était entendu avec Éric pour interpréter quelques morceaux avec le groupe, qui continuerait ensuite à jouer sans lui pour lui laisser la chance de conter fleurette à son invitée. Ce brave Éric, en vieux garçon endurci, s'était montré indulgent pour ses projets romantiques. À part son œil au beurre noir et quelques contusions, Stéphane se sentait d'attaque pour faire la cour à la belle docteure. Par chance, il la joignit au téléphone dès sa première tentative.

« Emmanuelle. Comment ça va ? Ça marche toujours pour ce soir ?

– Je ne suis pas de service ce soir, si c'est ce que tu veux savoir.

– Qu'est-ce qui se passe? Tu as une drôle de voix.

– Mon père m'a appelée cet après-midi. Il veut absolument te parler le plus vite possible.

– À l'âge que tu as…

– Mais non, idiot! Je pense que c'est à propos du casino. Il avait l'air très stressé. Ce n'est pas le genre à paniquer pour rien, alors je crois que c'est sérieux.

– Je comprends, mais il faut que je te dise un truc. J'ai eu une semaine pourrie sur toute la ligne et l'idée de jouer pour toi est la seule chose qui m'a permis de tenir le coup. Si tu veux, je parlerai à ton père plus tard en soirée, il pourrait venir nous rejoindre au Blue Note, mais si je ne joue pas du piano ce soir, je sens que je vais craquer.»

Sa voix était tellement désespérée qu'Emmanuelle se laissa convaincre. Il insista pour passer la prendre chez elle, en galant homme, même si ça l'obligeait à faire un détour et que sa voiture faisait pitié à côté de la berline d'Emmanuelle. Il se prépara hâtivement et revêtit son plus bel habit.

À son arrivée chez elle, elle ne put que remarquer l'état de son visage.

«C'est ça que ça veut dire, une semaine pourrie…, constata-t-elle candidement.

– Et on n'est que jeudi…»

Une fois au Blue Note, Stéphane fut agréablement surpris de voir que l'endroit était presque plein. Avoir le bar pour eux tout seuls aurait été très romantique, mais il n'aurait pas aimé jouer pour elle devant une salle vide. Ils prirent un verre en attendant l'heure prévue pour le début du spectacle.

Une fois sur scène avec ses camarades, Stéphane eut droit à des commentaires prévisibles sur son œil au beurre noir, mais cela ne gâta pas son plaisir de se retrouver dans son élément. Le contraste avec ses récentes mésaventures lui faisait comprendre à quel point la musique était vitale pour lui.

Pour changer des improvisations échevelées auxquelles il se livrait habituellement avec ses compagnons de scène, il avait établi un programme de standards tout ce qu'il y a de plus gentil et tendre, histoire de ne pas effaroucher la belle.

Ils commencèrent avec *Autumn Leaves*, de Kosma et Mercer. Ils enchaînèrent avec *Take Five*, de Paul Desmond, puis avec *Whisper Not* de Benny Golson. Stan montrait une aisance remarquable à adapter les parties de trompette au saxophone, passant du ténor à l'alto, tout en ajoutant la touche personnelle qui distingue le musicien du technicien. L'absence d'un trompettiste ne se fit pas sentir une seconde. Stéphane, impressionné par la performance du saxophoniste, mais désireux de ne pas se voir éclipsé, se livra à une belle interprétation de *Maiden Voyage* de Herbie Hancock. Il compléta son tour de scène avec *Jade Vision* de Scott LaFaro, une pièce composée pour Bill Evans.

L'assistance semblait avoir apprécié cette première partie, qui avait duré presque une heure. Emmanuelle souriait aux anges. Stéphane se renfrogna légèrement en constatant qu'Antoine Caron était déjà arrivé, assis à côté de sa fille et accompagné d'une jolie femme dans la trentaine.

« C'était merveilleux, déclara Emmanuelle. Tu dois absolument mettre toute ton énergie dans la musique. Tu as un talent extraordinaire.

– C'est vrai, ajouta Antoine, et je m'y connais en jazz. J'aimerais te présenter Maria Delluci.

– Enchanté.

– La nouvelle blonde de mon père! ajouta Emmanuelle, visiblement heureuse de cette nouvelle.

– Vous jouez magnifiquement, monsieur Dumas, dit Maria.

– Et lui, c'est ton nouveau chum? demanda Antoine, maladroitement.

– Pour l'instant, c'est juste un ami, répondit Emmanuelle.

– J'aime bien le "pour l'instant", nota Stéphane.

– C'est déjà beaucoup venant d'elle, taquina son père. Tu aurais dû l'entendre parler des hommes il y a un mois à peine.»

Les quatre devisèrent ainsi pendant une demi-heure tout en prenant un verre. Alors que les trois autres musiciens s'apprêtaient à remonter sur scène, Antoine signifia à Stéphane qu'il voulait lui parler.

«Je crois que les hommes ont des choses à se dire, constata Emmanuelle.

– Oui, je pense qu'ils ont une discussion sérieuse devant eux», ajouta Maria.

Les deux femmes se consultèrent du regard et en déduisirent que chacune devait connaître une moitié de l'histoire. Leur conversation ne manquerait pas d'intérêt non plus.

«Profitez-en pour faire connaissance, dit Antoine en se levant de table. On se reparle demain. Maria va te reconduire chez toi, dit-il à sa fille.

– Pas de problème, fit la psychologue. À demain.»

Le nouveau couple s'embrassa amoureusement devant les deux plus jeunes, qui n'osèrent pas en faire autant. Antoine et Stéphane quittèrent le bar.

« On prend ta voiture, suggéra Antoine.

– Pas vraiment le choix… On va où ?

– On est aussi bien d'aller chez moi. Comme ça, je serai rendu et on sera tranquille. Ce que j'ai à te dire, je préfère que ça reste entre nous. »

Antoine guida Stéphane jusque chez lui. L'appartement de Caron était à l'image de son occupant : grand, simple et désordonné. On soupçonnait, à l'absence totale de décoration, que le divorcé ne s'était jamais mêlé de l'apparence de son intérieur et qu'il s'en foutait royalement. Du cuir, du bois franc et des murs blancs convenaient parfaitement à ses besoins. Stéphane se sentit tout de suite à l'aise dans cet environnement de garçon.

« Qu'est-ce que vous vouliez me dire de si important ? demanda Stéphane.

– Le casino est sur le point de t'arrêter, mon grand, déclara simplement Caron.

– Vraiment ? Vous avez enfin vos preuves.

– Justement, ce n'est pas moi qui les ai trouvées. Je me suis fait doubler par un employé zélé.

– Désolé. Je ne voulais pas vous humilier.

– Ça va beaucoup plus loin que la simple humiliation. Un de mes adjoints nous a fait suivre.

– Et alors ?

– Il a des photos et des vidéos de nous ensemble. Toi, moi, Emmanuelle. Il a même des extraits de conversations. Il est persuadé que je t'ai aidé à tricher et que je vais toucher une part de tes gains. »

Stéphane resta perplexe un instant, puis ne put s'empêcher de rire doucement, sans méchanceté.

« D'accord, mais a-t-il des preuves que j'ai vraiment triché ? Sait-il comment j'ai fait ?

– Il a envoyé des cartes qui ont servi pendant tes deux fameuses nuits au black-jack à un laboratoire. Ils ont trouvé des marques faites à l'aide d'un polymère sophistiqué, probablement une encre invisible destinée à l'usage des banques et des compagnies de crédit. On suppose que tu portais des verres spéciaux qui te permettaient de distinguer les marques.

– Belle hypothèse, mais il vous faudra prouver que j'y suis pour quelque chose dans la présence de ces marques et que je possédais des verres me permettant de les voir.

– C'est déjà à moitié fait. J'ai parlé à notre imprimeur en fin de journée. Il a fini par m'avouer qu'un soi-disant journaliste était venu fourrer son nez chez eux il y a deux mois et qu'il avait mystérieusement égaré sa carte magnétique la même journée… Je lui ai envoyé une image vidéo de toi. Il pense t'avoir reconnu. Une bonne photo va nous le confirmer.

– Ça vous donne une présomption. Ce n'est pas une preuve…

– Stéphane, arrête de nier. Ce n'est plus qu'une question de jours avant qu'on t'arrête. J'ai pris un nouveau risque: j'ai dit à l'imprimeur de ne répondre à aucune question à ce sujet, à part les miennes. Mon adjoint va pouvoir se servir de ça contre moi s'il l'apprend.

– Qu'est-ce que vous attendez de moi?

– D'abord, avoue que tu as triché, seulement entre nous, qu'on puisse se parler en toute confiance.

– Pourquoi je ferais ça?

– Je vois bien que tu as des ennuis, juste à ton œil au beurre noir. On m'a rapporté que tu vois fréquemment Kim Dee Nguyen depuis quelque temps. Si tu as des problèmes avec le crime organisé, je pourrais peut-être t'aider.

– La situation est tellement compliquée, murmura Stéphane. Je ne vois pas ce que vous pourriez faire.

– Commence par le début. As-tu triché ?

– Bien sûr que oui !

– Serais-tu prêt à te dénoncer à la direction du casino ?

– Je ne veux pas retourner en prison ! J'en ai trop bavé. Et puis, le casino a tué mon père… »

Le jeune homme montrait des signes de grande détresse. Antoine perçut toute la rage qui brûlait en lui. Il se résolut à faire un geste en apparence cruel, mais salutaire. Il se leva et alla chercher une cassette vidéo dans une autre pièce. Il l'inséra dans son magnétoscope.

« Maintenant, Stéphane, je vais te montrer quelque chose qui va te faire très mal, mais qui va te libérer d'un grand poids. »

Antoine passa l'extrait du suicide d'Armand Dumas. La scène prit Stéphane complètement au dépourvu. Il demeura prostré, son œil valide empli de larmes, la lèvre tremblante.

« De quel droit…, gémit-il, incapable de terminer sa phrase.

– Ton père est mort de ses propres mains, dit doucement Antoine. Il a choisi l'endroit, le moment, l'arme. Il l'a portée lui-même à sa bouche et il a appuyé lui-même sur la détente.

– Il n'aurait jamais fait ça si le casino ne l'avait pas ruiné…

– Le casino, c'est une arme de plus dans des mains suicidaires. Il aurait pu être alcoolique, toxicomane, boulimique, maniaque sexuel… Les gens vont toujours trouver une façon de se détruire s'ils en ont envie au fond d'eux-mêmes… C'est ton père qui a ruiné vos vies et qui vous a abandonnés, pas le casino. Le casino a été l'instrument de son autodestruction.

– Trouvez-vous ça normal qu'on donne aux gens une corde pour se pendre comme ça ?

– On les laisse fumer, on les laisse boire, on les laisse manger des cochonneries, on les laisse avoir des rêves qu'ils ne peuvent pas réaliser. C'est le prix de la liberté, j'imagine. »

Antoine chercha ses mots un instant. Encore incertain de la pertinence du traitement de choc qu'il venait de faire subir à Stéphane, il lui passa son bras autour des épaules.

« Je n'essaie même pas de défendre l'existence du casino, je veux juste te dire que tu devrais faire le deuil de ton père. Tu es jeune, tu as du talent et il y a une jeune femme merveilleuse qui semble vouloir s'attacher à toi. Si tu as besoin de quelqu'un pour te soutenir, je suis prêt à jouer ce rôle.

– Vous n'avez pas idée de la merde dans laquelle je me trouve…

– Raconte toujours… »

Stéphane lui résuma sa situation. Antoine s'étonna des procédés utilisés par l'agent de la GRC dont Stéphane ne lui parla que succinctement. S'il était pour se dérober au plan du lieutenant Marceau, il préférait ne pas contrarier ce dernier plus que nécessaire en révélant qu'il œuvrait au sein même du personnel du casino. Et puis, il souhaitait éviter une blessure d'orgueil inutile à Antoine, qui lui paraissait de plus en plus sympathique.

« Je trouve ça assez incroyable comme histoire. Ça ne ressemble pas aux méthodes de la maison. Je dirais que tu as raison de croire que ton homme agit de sa propre initiative. Frauder une institution comme le casino pour financer une opération de saisie de drogue, ça prend du culot. Qui c'est, ce type ?

– Je préfère ne pas vous le dire. Vous ne le connaissez pas, de toute façon.

– C'est vraiment insultant, me faire ça à moi, un ancien de la boîte…

– Je fais quoi ? Avez-vous des suggestions ?

– Cet argent, tu es d'accord pour dire que tu ne peux pas le garder ?

– Oui.

– Serais-tu prêt à admettre que tu l'as volé ?

– Oui, si on peut dire.

– Au fond, il est devenu un cadeau empoisonné. Tu es d'accord pour t'en débarrasser d'une façon ou d'une autre ?

– Oui, surtout si je peux éviter la prison.

– J'ai bien peur qu'il soit trop tard pour simplement rembourser le casino, surtout que je me suis mouillé pour toi. Il faut trouver une manière plus discrète.

– On fait quoi, alors ?

– La seule loi qui compte vraiment au casino, c'est la loi des statistiques. Tu es un problème pour le casino non pas parce que tu as triché, mais parce que tu représentes une aberration statistique. Corrige l'aberration et tout rentrera dans l'ordre. »

Stéphane regarda Antoine sans comprendre. Celui-ci continua, patiemment :

« D'après toi, quelle est la façon la plus simple de remettre de l'argent à un casino sans que personne ne s'en rende compte ? »

Antoine souriait étrangement en posant cette question. Stéphane se demanda un instant ce qu'il voulait dire, puis la lumière se fit dans son esprit.

« Bien sûr, c'est tellement simple ! » s'exclama-t-il.

Chapitre IX

Thi Tram s'était enfermée dans sa chambre depuis l'humiliation que lui avait fait subir Stéphane, ne sortant que pour assister à ses cours, pendant lesquels elle ne parvenait guère à se concentrer. Les examens de la mi-session avaient lieu la semaine prochaine et elle constatait, atterrée, l'ampleur du retard qu'elle avait accumulé alors qu'elle tentait de gagner l'amour de Stéphane.

Elle n'avait pas l'habitude de devoir faire du rattrapage, ayant toujours été à jour, sinon en avance, dans ses études. Elle contemplait avec angoisse la pile de livres et de cahiers qu'elle allait devoir assimiler pour avoir une chance de limiter les dégâts. À travers son chagrin d'amour, une pointe de fierté commençait à percer. Qu'avait-elle obtenu en échange de cette catastrophe scolaire ? Elle se décida à faire le bilan de sa relation avec Stéphane. Elle prépara une sorte de bulletin qui lui servirait à noter sa performance.

Approche :	A
Vêtements :	A+
Maîtrise de soi :	A-
Romantisme :	B

Préliminaires :	A+
Sexe :	C-
Engagement :	E
Expérience acquise :	B

Au fond, le seul échec dans toute cette histoire revenait à Stéphane, sans compter que leur seule nuit d'amour n'avait pas été le feu d'artifice escompté. Malgré la profondeur des sentiments qu'elle lui avait témoignés, il avait été trop stupide ou ingrat pour amener leur relation à un niveau supérieur. Cela démontrait qu'il ne méritait pas tout le mal qu'elle s'était donné pour lui.

Toujours incapable de se concentrer sur ses livres, elle décida de se changer. Elle observa son reflet dans le miroir. Pantalon moulant à taille basse, au tissu satiné, et camisole minuscule laissant voir son ventre. Elle semblait sortir d'un groupe pop japonais pour adolescentes. Elle réalisa soudainement le ridicule de ses tenues vestimentaires. Elle, une étudiante au MBA, au parcours scolaire exemplaire, se donnait des airs de vedette de la dance music.

Elle se mit à fouiller dans le fond de ses tiroirs et de son placard, à la recherche de quelque chose de plus confortable. Elle retrouva de vieux vêtements qu'elle n'avait pas portés depuis deux ou trois ans. Elle choisit des bas blancs qui montaient aux genoux, une jupe de tweed, un polo de coton informe et un cardigan de laine. Elle se fit une queue de cheval et remit ses vieilles lunettes.

Elle s'observa de nouveau dans le miroir. Le changement était radical. Elle était redevenue l'écolière modèle qui avait fait la fierté de ses parents. Résolument moins sexy, elle avait, au moins, retrouvé le sentiment d'être elle-même. Les garçons devraient la laisser tranquille pour un moment. Et puis, ses vêtements glamour pourraient toujours resservir à l'occasion.

Elle se rassit devant sa pile de bouquins et se mit au travail.

♠

L'après-midi suivait son cours normal au Blue Note Café après le concert mémorable de la veille. Éric faisait tranquillement le ménage en attendant l'ouverture quand on frappa avec insistance à la porte. Étant donné les fréquentations douteuses de Stéphane, c'est avec appréhension qu'il s'approcha de l'entrée. Un grand Noir baraqué à l'air patibulaire était planté là. Éric ouvrit avec hésitation.

« Ouais ? demanda-t-il.

– Je cherche un Stéphane Dumas, dit le Noir avec un fort accent. Il joue du piano. *He told me I could find him at the Blue Note Café in Montreal.*

– Vous l'avez connu où ? s'enquit Éric, intrigué.

– La Florida.

– Je vois. Il joue ici des fois. Faut venir le soir, de temps en temps. Vous allez bien finir par le croiser.

– Sais-tu où je peux le trouver ? T'as sûrement son numéro. *We're really close friends, you know...*

– *I'm not*, rétorqua Éric. *He's just a customer who plays the piano once in a while. I don't have his number.*

– *Yeah, sure*, et moi je suis blanc... »

Le grand Noir l'observa d'un œil menaçant, mais n'insista pas. Éric le regarda s'éloigner, soulagé. Il tenta de joindre Stéphane, sans succès.

♠

Pendant ce temps, dans un cabinet de notaire, Kim Dee et Daddy Girard étaient en train de finaliser une nouvelle transaction, tout à fait légale cette fois, du moins techniquement. Le notaire était parfaitement conscient de ce qu'il cautionnait : il permettait à des criminels de blanchir de l'argent. L'opération était beaucoup plus payante pour lui que ne pouvait l'être n'importe quelle lecture de testament.

« Vous avez ici les titres de propriété des cinq établissements susmentionnés, récapitulait le notaire. Ce sont des commerces avec permis de vente d'alcool, de restauration et de spectacle…

– Les spectacles, c'est des topless ? demanda Daddy.

– Comme vous dites, ce sont des danseuses…

– Les titres sont dégagés, pas de poursuites, pas de dettes cachées ? interrogea Kim Dee à son tour.

– Les raisons de la vente sont inconnues.

– Nous autres, on sait pourquoi ils vendent…, dit Daddy.

– Effectivement, il y a eu deux débuts d'incendie dans les établissements vendus… »

Daddy se contenta de répondre d'un regard entendu. Le notaire fit mine de ne rien remarquer.

« Vous avez le chèque certifié de la compagnie Québec 1002-2347 ? Parfait. Vous signez ici en tant que président, monsieur Girard… »

Girard signa, non sans jeter un dernier regard suspicieux à Kim Dee. Contrairement à son partenaire, le chef des motards n'avait pas l'habitude de gérer des entreprises légales, et les subtilités de cet arrangement lui échappaient en partie. Un fois qu'ils furent sortis du bureau du notaire, Daddy lança un avertissement voilé à Kim Dee :

« Le Jaune, je te fais confiance... ça nous coûte cher en câlisse ton idée de bars de danseuses...

– Les danseuses, on s'en sacre, sauf pour une affaire. On a besoin d'un réseau de distribution qu'on va contrôler nous-mêmes pour la vente de dope, en plus de blanchir de l'argent. On a cinq bons spots dans les Laurentides qui vont déjà faire de l'argent avec l'alcool et les topless. Je te l'ai déjà dit, Daddy, toi, c'est les bras, moi, c'est la tête. C'est pour ça qu'on est forts...

– Un jour, le Chinois, tu vas faire une farce de trop. »

Kim Dee se contenta de le toiser, tout en inhalant une bonne dose de cocaïne à l'aide de son vaporisateur.

« Finalement, t'es tout le temps gelé, le Chinois...

– Tu devrais peut-être prendre autre chose que du hasch dans la vie, ça t'allumerait le cerveau.

– Quand tout va être fini, tu sais que je vais te crisser une bombe dans le cul !

– Quand tout va être fini, tu vas me baiser le cul. Tu vas avoir sept millions dans tes poches, gros porc, penses-tu que tu mérites d'être aussi riche ?

– Sans moi pis mes gars, t'aurais rien pu faire...

– T'es vraiment cave. T'as juste à faire ce que je te dis dans la vie, tu vas finir dans un beau grand bureau du centre-ville. Tu vas être un homme d'affaires respecté, Daddy, respecté. Sais-tu ce que ça veut dire, respecté ?

– Oui. C'est le contraire de ce que je pense de toi. »

♠

Stéphane avait désactivé son téléphone cellulaire depuis le matin. Il avait dormi tard et il tentait de se préparer mentalement à ce qu'il espérait être sa dernière visite au casino. Sa seule activité de la journée fut de s'assurer d'avoir une marge de crédit au casino équivalente au solde de son compte bancaire, ce qui entraîna des discussions fastidieuses avec les deux institutions, qui avaient des réticences à laisser un individu mettre en jeu la totalité de ses avoirs, surtout quand ceux-ci frôlaient les trois quarts de million.

Après un souper vite avalé qu'il digéra difficilement, il se résolut à se rendre au casino vers les dix heures du soir, heure de grande affluence, en particulier le vendredi. Il trouva l'endroit débordant d'une foule frénétique. Après plus d'une demi-heure d'attente, il obtint enfin une place à une table de black-jack au salon des hautes mises. Le hasard avait fait en sorte qu'il se retrouvât face à face avec Sylvain Marceau, connu au casino sous le nom de Marc Sylvain. Le croupier l'accueillit avec un regard soupçonneux, intrigué par la pile de jetons et de plaques que Stéphane transportait, mais il s'abstint de tout commentaire, comme le voulaient les politiques de la maison. De toute façon, il n'aurait pas pu risquer de compromettre son anonymat. Stéphane lui lança un sourire plein de défi, que Marc ne sut interpréter sur le moment.

Stéphane donna le ton à la soirée en misant le maximum permis : cinq mille dollars. Il obtint un total de treize avec ses deux premières cartes, un jeu médiocre selon tous les critères propres au black-jack. Il redemanda une carte et reçut un quatre. À dix-sept, il aurait dû s'arrêter là, mais demanda une autre carte et obtint un trois. Le croupier présuma qu'il s'arrêterait à vingt et s'apprêtait à servir le joueur suivant, lorsque Stéphane l'interrompit.

« Une seconde, je n'ai pas dit que j'étais servi. Une autre carte, je vous prie.

– Mais, monsieur, vous avez vingt, répondit Marc, perplexe.

– Ce n'est pas grave. Vous avez un roi, et peut-être une autre figure ou un as comme deuxième carte, et je perdrais avec mon jeu.

– Monsieur, vous plaisantez. Pour ne pas perdre avec une autre carte, vous devez absolument avoir un as. Ça vous donne douze chances sur treize de perdre votre mise, et même un peu plus parce que la banque pourrait avoir un black-jack même si vous avez votre as.

– Depuis quand les croupiers sont-ils autorisés à conseiller les joueurs ? demanda Stéphane avec un sourire narquois.

– C'est vrai, intervint un autre joueur. S'il veut perdre son argent, c'est son affaire. Donnez-lui sa carte et cessons de lambiner.

– Bien sûr, monsieur. »

Marc lui donna sa carte et, évidemment, ce ne fut pas un as. Stéphane lança un regard triomphant au croupier pendant que celui-ci ramassait sa mise, interloqué. Stéphane se calma cependant. Mathématiquement, il lui suffirait de perdre cent cinquante fois cette mise pour se débarrasser de ses problèmes, mais ne risquerait-il pas de démontrer sa culpabilité en agissant ainsi ? Est-ce que le casino laissait les gens perdre leur argent d'une manière aussi flagrante ? Quelle différence y avait-il entre un joueur compulsif qui perd tout parce qu'il est incapable de s'arrêter et un joueur qui donne volontairement son argent au casino, simplement parce que ça lui tente ? Est-ce que tous les joueurs ne donnaient pas leur argent au casino volontairement, bien qu'inconsciemment ? Son propre père n'avait-il pas agi ainsi de son vivant ?

Peu importait la portée de ces réflexions philosophiques, il lui parut soudainement essentiel de ne pas attirer davantage l'attention sur lui et, surtout, de ne pas créer de nouvelles preuves contre lui en se débarrassant de ses gains d'une manière suspecte. Il devrait perdre à un rythme normal, se mettre à jouer comme un joueur moyen, et avoir l'air d'un type malchanceux en pleine détresse psychologique. Cette première mise n'était qu'un message à l'endroit de Sylvain Marceau. Il ne pouvait plus se permettre d'autres signes non verbaux. Il allait maintenant compter les cartes comme il savait si bien le faire, sauf qu'il jouerait juste en dessous de ce que les probabilités lui accorderaient. Il imiterait un compteur en état de panique. Il se commanda un verre. L'alcool donnerait plus de crédibilité à sa mauvaise performance. Il recommença à jouer, avec des mises plus modestes, et fit semblant de vouloir gagner.

Au bout d'une heure, son capital avait commencé à fondre doucement, comme les glaçons dans son scotch. Avec quelques verres dans le nez, il était parfaitement convaincant dans son nouveau rôle de composition. Sauf pour Marceau, bien sûr, qui commençait à comprendre les intentions de Stéphane.

À la salle de surveillance vidéo, on avait également remarqué la malchance nouvelle de Stéphane. Antoine l'observait sur un écran avec un étrange sourire. Heureusement, Lalancette n'était pas dans les parages pour venir brouiller les cartes. Son sous-fifre avait pris congé pour le week-end, confiant de sortir gagnant de la confrontation qui aurait lieu le lundi matin devant la grande patronne du casino. Antoine l'avait laissé faire, habitué à assumer la direction de la sécurité pendant les fins de semaine.

D'autres employés observaient Stéphane sur l'écran, sans remarquer l'expression d'Antoine. Les commentaires allaient bon train, bien que peu enthousiastes. On semblait presque déçu des piètres performances de Stéphane.

« Ouais, il est pas mal moins bon que l'autre jour, disait l'un.

– Il devrait modérer le scotch, disait l'autre.

– Il me semblait que c'était un génie du comptage de cartes.

– Il a peut-être seulement été chanceux l'autre fois et sa veine s'est envolée ce soir.

– Il devrait quitter la table avant de se ruiner. Il a perdu combien ?

– Autour de cinquante mille, je dirais.

– Qu'est-ce qu'on fait dans ces cas-là ?

– On ne fait rien, répondit Antoine. Est-ce qu'il y a quelque chose de plus normal qu'un joueur en train de perdre son argent au casino ? C'est quand ils gagnent qu'il faut faire quelque chose.

– C'est presque dommage, soupira un employé.

– Presque. C'est la loi des statistiques qui reprend le dessus. Je vais me coucher. Bonne nuit, les gars.

– Est-ce qu'on vous prévient s'il continue à perdre ?

– Bien sûr que non. Vous me prévenez s'il se remet à gagner. On n'a pas de temps à gaspiller avec les perdants. Il y en a bien trop. »

Le reste de la nuit prit l'allure d'une expérience surréaliste pour Stéphane. Quand Marceau acheva son quart de travail, vers les trois heures du matin, Stéphane avait perdu près de deux cent mille dollars. En tant que croupier, il n'avait aucunement le droit de conseiller au joueur d'aller se coucher ou de cesser de boire. Il ne pouvait même pas se permettre de foudroyer le jeune homme du regard, comme il en avait envie. Il avait désormais compris ce que Stéphane cherchait à accomplir et il devait admettre, avec réticence, que celui-ci ne manquait pas de cran. Marc quitta le salon avec la rage au cœur, frustré de voir des mois d'efforts et un plan audacieux gâchés ainsi. Il avait toutefois d'autres atouts dans son jeu.

Espérant encore avoir la chance de discuter avec Stéphane avant que celui-ci ait fini de dilapider son argent, il décida d'aller faire un tour au bar du casino. Il arriva juste à temps pour se faire servir un verre. Il remarqua Sandra Johnson, installée elle aussi au comptoir, qui semblait beaucoup plus détendue que de coutume, pour ne pas dire sérieusement éméchée. Il savait très bien qu'elle était la compagne de Kim Dee Nguyen, mais n'avait jamais envisagé de passer par elle pour arriver à Kim Dee. Étant donné la jalousie notoire du petit caïd – tout le casino avait entendu parler de ses crises spectaculaires –, il avait jusque-là préféré éviter cette voie. Mais si Stéphane se trouvait hors circuit pour l'aider à réaliser son plan, il devrait bien trouver autre chose. Il se décida à l'aborder.

« Ça va, Sandra ?

– On se connaît ?

– On se croise souvent. Je suis croupier.

– J'ai bien vu ça, dit-elle en regardant ses vêtements. C'est quoi déjà ton nom ?

– Marc Sylvain. J'étais au salon des hautes mises toute la soirée. Ton fiancé Kim Dee y joue souvent.

– Parle-moi pas de Kim Dee ce soir ! s'exclama Sandra, franchement ivre. Pour une fois qu'il me fiche la paix pendant toute une soirée.

– Ah oui ? Il est occupé ?

– Réunion d'affaires. Mon cul ! Des réunions d'affaires qui commencent le vendredi soir et qui durent jusqu'au samedi matin, t'appelles ça comment, toi ?

– Si la réunion était avec une belle fille comme toi, j'appellerais ça le paradis… »

Ce n'était pas la trouvaille du siècle pour draguer une fille, mais vu l'état de Sandra ça pourrait peut-être marcher. La chanteuse éclata de rire, autant à cause du ridicule de la remarque que pour le plaisir qu'elle lui procurait, au fond. Il y avait si longtemps qu'un autre garçon que Kim Dee n'avait pu l'approcher qu'elle était prête à se contenter de cette flatterie maladroite.

« En tout cas, ça devait être important. Il a amené ses ninjas avec lui.

– Ses ninjas ?

– Ses hommes de main. C'est comme ça que je les appelle. Ils me font tellement rire avec leur karaté. On dirait qu'ils sortent d'un film de Bruce Lee.

– D'habitude, il les laisse à la maison ?

– Ben non, idiot. D'habitude, il m'en laisse un pour me servir de chaperon. S'il avait été là, ça ferait longtemps que tu te serais fait sortir du bar. Et il ne m'aurait pas laissé boire autant.

– Tu es une femme bien protégée.

– Une belle perruche dans une cage dorée.

– Dis pas ça, tu vaux bien mieux que ça.

– Des fois, je me dis qu'il a raison de me surveiller autant. Tu vois, ce soir, j'ai pas de chaperon et je sens que je pourrais faire des folies.

– Et lui, il est fidèle ?

– Tu poses des questions… Je vais te dire, j'aimerais tellement ça qu'il me trompe. Avec un peu de chance, il se trouverait une autre perruche et je pourrais peut-être refaire ma vie.

– J'ai une question indiscrète.

– Vas-y. Ce soir, c'est la nuit de toutes les indiscrétions.

– Je connais bien Stéphane Dumas…

– Ah… Stéphane. Pourquoi tu me parles de lui ?

– Pour rien. Je m'excuse. Je n'aurais pas dû.

– Pose-la, ta question.

– Je veux pas me mêler de ce qui ne me regarde pas, et d'ailleurs je ne pourrais pas, pour des raisons professionnelles, mais Stéphane est en train de se ruiner au salon des hautes mises.

– Quoi ? Maintenant ?

– Oui, maintenant. Il a flambé deux cent mille en trois ou quatre heures, il a plusieurs verres dans le nez et il ne semble pas vouloir se lever de table.

– T'as des remords de conscience ? Depuis quand tu t'inquiètes des clients qui perdent de l'argent ? C'est pas à ça que ça sert, un casino ? De toute façon, peut-être qu'il sera plus heureux après.

– Je disais ça comme ça.

– Marc ?

– Oui.

– Je suis trop soûle pour conduire. Tu veux me raccompagner ?

– Avec plaisir. »

L'occasion était trop belle. Ils quittèrent le bar sous le regard désapprobateur du barman, qui n'osait imaginer les conséquences pour Marc si Kim Dee apprenait ce qui était en train de se passer. Marc ignora son avertissement tacite et guida Sandra jusqu'à sa voiture. L'itinéraire fut plutôt compliqué en raison de l'état d'ébriété avancé dans lequel la chanteuse se trouvait, mais ils parvinrent tout de même à destination. L'appartement était désert.

« Je te l'avais bien dit qu'il avait fichu le camp, déclara Sandra, enjouée.

– Tu penses qu'il pourrait arriver bientôt ?

– Tu as peur de te faire prendre ? On n'a encore rien fait.

– Je n'ai pas vraiment envie de me faire découper en morceaux par un commando de ninjas.

– Il m'a dit de ne pas l'attendre de la nuit, répondit-elle en s'affalant sur le divan.

– C'est vrai ce que tu disais tout à l'heure. Il a raison de ne pas te faire confiance.

– Je suis une très vilaine fille. Approche-toi un peu. Sers-nous donc à boire. Le bar est dans le coin là-bas… »

Marc alla leur préparer deux verres, mais quand il revint auprès de Sandra, celle-ci sombrait dans un profond sommeil. Remerciant le ciel de cette occasion inespérée, il procéda à une inspection discrète de l'appartement. Sa trouvaille la plus intéressante fut l'ordinateur de Kim Dee qu'il mit en marche aussitôt. Il entreprit de passer le contenu du disque dur au peigne fin, en espérant qu'on ne le surprendrait pas avant qu'il eût terminé.

♠

Pendant ce temps, au casino, Stéphane tenait toujours son rôle de joueur compulsif en pleine perte de contrôle. Il avait diminué sa consommation de scotch et s'était mis au café, mais continuait à perdre son argent à un rythme constant, à peine supérieur à celui d'un joueur moyen comptant sur une chance moyenne. Le plus difficile consistait à mimer les attitudes propres au joueur compulsif en train de perdre qui est toutefois persuadé que la chance va tourner, alors que, au fond de lui-même, il ne s'était jamais autant amusé de sa vie.

Dilapider cette fortune était la plus extraordinaire des catharsis. Il comprenait enfin le plaisir malsain qui pousse les joueurs à perdre ainsi tous leurs biens dans les jeux de hasard. Il avait maintenant une bonne idée de ce qu'avait pu vivre son père durant les dernières heures de sa vie. Se ruiner ainsi, sans raison logique, s'apparentait à l'ivresse des profondeurs que ressentent les plongeurs en apnée, état qui peut les retenir à jamais au fond des flots qui les attirent tant. Mais, à la différence des joueurs compulsifs, Stéphane contrôlait parfaitement l'expérience qu'il vivait, il désirait consciemment et volontairement ce défoulement jouissif. Probablement jamais un joueur n'avait ressenti autant de plaisir à se ruiner à une table de black-jack. Seuls les masochistes pouvaient comprendre ce qu'il vivait à cet instant présent.

À l'aube, il s'était débarrassé de plus de la moitié de ses gains. Il s'autorisa à prendre un petit-déjeuner à l'ouverture du restaurant, puis retourna au travail, prêt à épuiser un nouveau croupier.

À l'heure du dîner, il était redevenu l'ex-tôlard sans le sou qu'il était à son retour des États-Unis. Complètement hagard, il quitta la table péniblement, dépliant avec peine ses jambes ankylosées. Son inconfort physique ne l'empêcha pas toutefois de se sentir libéré d'un énorme fardeau moral. Peu importait la suite des événements, il avait rendu ce qu'il avait pris au casino, et, paradoxalement, il avait toujours le sentiment d'avoir assouvi sa vengeance. En fait, il avait ridiculisé le casino, plutôt deux fois qu'une.

Ivre de fatigue, il se dirigea vers le stationnement. Sa voiture ainsi que quelques meubles étaient tout ce qu'il avait rescapé de son naufrage volontaire. Tandis qu'il s'apprêtait à gagner son loft, il se mit à penser que certaines mauvaises surprises pouvaient l'y attendre, autant de la part de Kim Dee que des motards, de la police ou de la direction du casino (si jamais Antoine ne pouvait plus se permettre de le protéger). Il envisagea d'aller dormir chez Emmanuelle, puis se souvint que l'adjoint d'Antoine avait fait surveiller l'endroit par un détective privé. Se rendre chez sa mère ou au restaurant de Marcel ne pouvait que risquer de leur apporter des ennuis. Le Blue Note Café était également connu de tous ces gens qui l'avaient à l'œil. Il se dit cependant qu'Éric pourrait peut-être lui trouver un coin pour dormir. Il appela son vieil ami avec son cellulaire. Le bassiste sembla tout de suite inquiet à son sujet.

« Stéphane, il y a quelqu'un qui te cherche.

– Il y a beaucoup de gens qui me cherchent en ce moment. Tu as eu de la visite ? Kim Dee ? Quelqu'un du casino ?

– Non. Pas encore, en tout cas. Il y a un grand Noir costaud qui est venu me voir, avec un drôle d'accent, un mélange de créole et d'américain. Il a dit qu'il t'avait rencontré en Floride. »

À cette nouvelle, Stéphane laissa échapper un son à mi-chemin entre un ricanement et un gémissement. La dernière chose dont il avait besoin et à laquelle il s'attendait, c'était une visite de courtoisie de la part de son ancien protecteur.

« Tu lui as dit quoi ?

– Que je ne savais pas où te trouver.

– Éric, tu es le meilleur ami qu'un gars puisse avoir.

– Et le meilleur bassiste dont un pianiste puisse rêver. Veux-tu bien me dire ce qui t'arrive ?

– Je viens de passer une nuit blanche et il faut que je me fasse oublier. Aurais-tu une planque pour moi ?

– Sûrement pas au Café… Les gars ont un local de répétition dans une vieille bâtisse du centre-sud… J'ai la clé. Je te donne l'adresse et on se rejoint là.

– Éric, je t'aime.

– Arrête ça, tu vas me faire changer d'idée ! »

Stéphane nota l'adresse et raccrocha. Son téléphone sonna l'instant suivant. C'était Kim Dee qui lui envoyait un message écrit indiquant l'heure et le lieu de leur rendez-vous, comme convenu plus tôt dans la semaine. La rencontre devait se tenir dans l'heure suivante. L'estomac de Stéphane se crispa. Il lui fallait disparaître au plus vite. Mais devait-il transmettre l'information à Sylvain Marceau ? La sonnerie du cellulaire retentit de nouveau, coupant court à ses réflexions. Cette fois, c'était justement Marceau qui venait aux nouvelles.

« Bordel ! Stéphane ! À quoi tu jouais hier soir ?

– Au black-jack !

– Tu as perdu combien ? Il t'en reste assez pour la transaction ?

– J'ai tout perdu. J'ai plus un sou. Ça t'en bouche un coin ?

– Connard ! Je vais te faire arrêter.

– Pourquoi on m'arrêterait ? J'ai rien volé. Et puis, comment tu vas t'y prendre pour ne pas te mouiller en même temps ?

– C'est très malin. De toute façon, je m'en fiche. Kim Dee va s'occuper de toi quand il va se rendre compte que tu l'as laissé tomber. Tu vas regretter de ne pas avoir coopéré.

– Écoute, le génie. Si je te donne l'heure et l'adresse de leur rendez-vous, tu vas pouvoir les surprendre avec quatre millions de dollars comptant. Est-ce que tu peux travailler avec ça ?

– Ce n'est pas maintenant que je veux les coincer. Il faut qu'on les attrape avec la drogue.

– Mais ça peut toujours aider ?

– Qu'est-ce que tu veux en échange ?

– Tu ne dis rien au casino et tu me protèges de Kim Dee.

– Je ne dis rien au casino et tu te démerdes avec Kim Dee.

– Tope là. »

Stéphane lui transmit l'information et se rendit à l'adresse que lui avait indiquée Éric. Il retrouva son ami, fidèle au rendez-vous, qui le guida dans le vieux bâtiment secoué par le grondement des amplis des groupes rock qui s'y exerçaient. Ils arrivèrent au petit local à l'insonorisation nettement insuffisante pour pouvoir servir de chambre d'hôtel. Un divan s'y trouvait, ainsi qu'un vieil édredon.

« C'est pas le Ritz, mais il y a un canapé, plaisanta Éric.

– Je vois : canapé, Ritz… Très drôle.

– Je fais de mon mieux.

– Je sais pas comment les voisins le prendraient si je leur demandais de baisser le volume…

– J'essaierais plutôt cette méthode », répondit Éric en lui tendant des boules Quies. Décidément, le bassiste était le meilleur ami qu'un pianiste puisse avoir.

♠

Kim Dee était dans l'une de ces colères froides qui avaient habituellement le don de terroriser son entourage, mais, cette fois, il ne pouvait aucunement laisser libre cours à sa rage. Ses partenaires d'affaires, les Evil Riders, l'auraient brutalement remis à sa place s'il avait eu le culot de hausser le ton en pareilles circonstances. Le décompte des billets de banque était terminé et Stéphane ne s'était pas présenté. Il manquait un demi-million à la part de Kim Dee. Daddy Girard, à l'inverse de son complice asiatique, était beaucoup moins contrarié qu'il ne le montrait. Kim Dee tenta vainement de sauver les meubles.

« Il a sûrement eu un problème. Il y a toujours un risque quand on transporte autant d'argent.

– Comme tu dis. C'est pour ça qu'on laisse pas n'importe qui s'occuper de son cash.

– Après le traitement que vous lui avez fait subir, je pense que vous pouvez le prendre au sérieux. S'il ne s'est pas pointé, c'est sûrement qu'il a eu des ennuis graves.

– Raison de plus pour sacrer le camp au plus vite. Je vais mettre la différence, mais tu vas fermer ta gueule, le Jaune. À cette heure, c'est moi qui mène. Je vais m'arranger directement avec les gars de la Thaïlande.

– Pour ça, il faut que tu passes par moi.

– Tu vas me mettre en contact.

– Pourquoi je ferais ça ?

– Parce que sinon, je te laisse leur expliquer pourquoi il te manque cinq cent mille piastres. T'as le sens de l'honneur, le Jaune, tu voudrais pas t'humilier devant la grande famille asiatique, hein ? Vaut mieux que ça reste entre nous autres. C'est moins grave, on a moins de classe. Les gars, on décrisse. »

Kim Dee baissa la tête, ulcéré. Stéphane Dumas allait payer pour cet affront. Les deux groupes quittèrent les lieux par une sortie de secours, sans se douter que des agents de police allaient débarquer cinq minutes plus tard.

Kim Dee était toujours furieux quand il rentra chez lui, un peu après. Sandra l'accueillit sans chaleur. Elle avait les yeux cernés et se plaignait d'un mal de tête. Elle semblait se remettre d'une cuite.

« Tu t'es soûlée pendant mon absence ? l'accusa-t-il, hargneux.

– Non, j'ai juste pris quelques verres. Je m'ennuie tellement de toi quand tu me laisses toute seule… »

Son ton ne parvint pas à convaincre Kim Dee.

« C'est la dernière fois que je te laisse sortir sans un de mes hommes.

– Tu me prends pour qui ?

– Regarde-toi, tu as l'air d'une vieille pute qui a passé la nuit sur le trottoir.

– C'est la pire chose que tu m'aies jamais dite, se plaignit-elle, les larmes aux yeux.

– Il fallait être plus sage. T'aurais pas vu Stéphane Dumas au casino, hier soir ?

– Tu le sais que c'est fini depuis longtemps entre lui et moi…

– Je parle pas de ça, idiote ! Je veux savoir s'il était au casino hier soir.

– Je ne l'ai pas vu, mais on m'a dit qu'il a perdu gros au salon des hautes mises.

– Comment, gros ?

– Je ne sais pas. C'est un croupier qui venait de finir sa soirée qui m'a raconté ça au bar.

– Tu te fais draguer par les croupiers, maintenant ? Je le savais que je ne pouvais pas te faire confiance !

– Il m'a juste dit ça comme ça, se défendit-elle, rougissante. Et puis, je suis trop fatiguée pour me faire engueuler. Je vais faire une sieste avant d'aller travailler. Laisse-moi dormir, veux-tu ?

– C'est ça, va te coucher, paresseuse. »

Kim Dee avait bien noté l'information. Il chargea immédiatement un de ses hommes d'enquêter là-dessus.

♠

Le lendemain fut une journée beaucoup plus tranquille. Stéphane avait dormi une quinzaine d'heures sans interruption sur le vieux divan que lui avait déniché Éric. Ce furent ses besoins biologiques primaires qui le réveillèrent. Il devait aller aux toilettes et son estomac gargouillait de faim. Il put satisfaire le premier besoin dans les latrines peu engageantes de l'édifice, dont l'entretien était visiblement laissé aux utilisateurs. Quant au deuxième besoin, il se résolut à s'en remettre aux bons soins maternels pour le combler, malgré ses résolutions de la veille. De toute façon, sa mère aimerait certainement avoir de ses nouvelles, et puis il devrait bien repartir de quelque part, maintenant qu'il n'avait plus rien.

Il se rendit au resto de Marcel en roulant lentement, comme si cela pouvait accroître sa sécurité. Le dimanche matin était une période très occupée pour cette gargote de quartier, réputée pour ses brunchs copieux, et l'endroit était presque plein en dépit de sa fermeture inopinée qui avait duré près d'une semaine. Marcel était toujours à l'hôpital et sa mère devait faire face à la foule affamée avec, pour seule aide, une employée temporaire qui ne touchait pas à la cuisine. Les deux femmes étaient complètement débordées.

« Josée, le monsieur n'a pas eu son hamburger...

– Je fais mon possible, madame Dumas... »

Stéphane oublia un instant ses problèmes et son ventre creux et eut pitié du sort de sa mère. Après l'avoir saluée brièvement, il tenta de la prendre à part, malgré la quantité de travail qu'elle devait affronter.

« Faut que tu te reposes, dit-il. Tu vas te rendre malade toi aussi.

– Marcel a eu deux bonnes nuits de suite. Il va mieux.

– Je te parle pas de Marcel, je te parle de toi.

– Moi, ça va. J'ai embauché une serveuse. Josée fait de son mieux, mais je peux pas la laisser toute seule trop longtemps. Ça faisait une semaine que j'étais pas venue au restaurant. C'était le temps que je me pointe pour mettre de l'ordre.

– Une fille, c'est pas assez. Embauche un gérant. Tu pourras pas t'occuper du restaurant et de Marcel en même temps.

– Penses-tu que cinq cents poutines par semaine suffisent à payer le salaire d'un gérant ? Comment crois-tu que j'ai fait quand ton père est mort pis que tu t'es retrouvé dans une prison américaine et que je savais même pas si t'avais des chances de t'en tirer ? T'imagines-tu que c'était plus facile qu'aujourd'hui ? »

Stéphane baissa les yeux, découragé, prenant conscience du ridicule de la situation. Il n'était absolument pas en position de lui donner des conseils. Il était venu là pour mendier un repas en attendant de retourner se cacher et il se permettait de lui faire un sermon. Il voulut s'excuser, mais sa mère était déjà retournée à la cuisine pour faire cuire un nouveau chargement de saucisses et de bacon. Le moment était mal choisi pour lui parler de sa santé.

Stéphane sortit de ses réflexions en apercevant Kim Dee et deux de ses hommes à travers la vitrine. Il s'en voulut d'avoir pris le risque de venir ici. Kim Dee avait probablement reconnu sa voiture et s'apprêtait à entrer dans le restaurant. Stéphane décida de prendre le taureau par les cornes. Si un règlement de comptes devait avoir lieu, il ne le laisserait pas se produire dans le restaurant de Marcel. Ces brutes étaient capables de tout démolir et d'affoler la clientèle. Il se précipita vers la porte pour accueillir Kim Dee avant qu'il ne la franchît.

« Salut, Kim Dee. Justement, j'allais te contacter.

– Tu m'as posé un lapin, faux frère. Après tout ce que j'ai fait pour toi ! »

Malgré la fausseté et l'injustice profonde de cette dernière remarque, Stéphane réussit à garder son calme. Il allait tenter de bluffer l'Asiatique une nouvelle fois.

« J'avais de très bonnes raisons de ne pas venir au rendez-vous, affirma Stéphane. Je vais tout t'expliquer, mais avant, allons ailleurs, le restaurant est surveillé.

– Surveillé ? Qu'est-ce que tu veux dire ?

– J'ai la police au cul. Allons dans la ruelle, ce sera plus discret. »

Stéphane était conscient du risque auquel il s'exposait, mais il préférait de loin que sa mère ne le vît pas prendre une raclée ou peut-être pire encore.

« C'est quoi, ton histoire ?

– Je sais pas si tu es au courant, mais retirer cinq cent mille dollars comptant à la banque, ça attire l'attention. On m'a posé beaucoup de questions. Depuis vendredi soir, je suis certain qu'on me suit.

– Très bien, et tu as fait quoi quand tu as su qu'on te suivait ?

– J'ai pensé à t'appeler, mais je me suis dit que si ma ligne était sous écoute, ça ne ferait qu'empirer les choses… C'est pour ça que je n'ai pas donné de nouvelles…

– Et tu as fait quoi ?

– Ben, je me suis dit que la chose la plus crédible à faire avec autant d'argent liquide, c'était d'aller jouer au casino.

– Et tu n'avais pas le choix de miser gros, vu la quantité d'argent que tu avais amenée…

– Non, pas vraiment…

– Tu as perdu beaucoup ? demanda Kim Dee avec une étrange lueur dans les yeux.

– Un peu… Pas mal.

– On m'a dit que tu t'étais fait complètement lessiver.

– Euh… Oui. »

Cet aveu ne calma pas Kim Dee, bien au contraire. Il entra dans un de ses accès de rage caractéristiques.

« Espèce d'enculé d'imbécile de merde ! Comment est-ce qu'on peut perdre un demi-million en une nuit ?

– Trois quarts de million.

– Comment ? Pourquoi ? Tu allais doubler ton capital ! Comment tu as pu faire ça ?

– C'était plus fort que moi. Tu sais de quoi je parle. Chaque fois que je perdais, j'avais un high. Je n'avais jamais réalisé à quel point c'est jouissant de flamber son fric comme ça. C'est comme faire une offrande à un dieu païen. Je sais que tu me comprends, mon frère. »

Le visage de Stéphane s'était illuminé d'une joie morbide. Totalement pris dans son récit, il ne bluffait plus. Il était descendu aux enfers et en était revenu purifié. Kim Dee demeura bouche bée un instant, étonné de se reconnaître dans les propos de Stéphane. Puis, soudainement, son orgueil reprit le dessus, rejetant les fabulations lucifériennes de Stéphane. Il le frappa d'un violent coup de poing au visage, sans avertissement, entaillant sa joue avec la pierre de sa bague.

Stéphane se plia en deux, affaibli par la faim, encore ébranlé par l'étrange folie qui l'avait gagné l'espace d'un moment, curieusement indifférent à son propre sort. Kim Dee lui flanqua quelques coups de genou dans les côtes, puis reprit le contrôle de lui-même.

« Tu vas faire quoi, maintenant, espèce de trou de cul ?

– Je vais jouer du piano..., murmura Stéphane spontanément, sans chercher à narguer Kim Dee.

– Tu vas jouer du piano ? Tu penses que c'est aussi simple ? »

Il donna des ordres en vietnamien à ses deux acolytes. Ceux-ci se penchèrent sur Stéphane et chacun plaqua l'un de ses bras sur le sol, la main à plat sur l'asphalte crasseux.

« On va voir comment tu vas jouer du piano quand j'aurai fini de soigner tes mains ! »

Kim Dee leva la jambe avec l'intention évidente d'écraser les doigts de Stéphane avec son talon, mais avant qu'il puisse passer à l'acte une tornade s'abattit sur lui, sous la forme d'un immense gaillard à la peau sombre et aux muscles imposants. Les coups volèrent avec une rapidité et une puissance qui assommèrent littéralement les trois Asiatiques, dont aucun ne devait peser plus de la moitié du poids du grand Noir. Stéphane leva les yeux vers son sauveur inattendu.

« *Hey, Zak ! Long time no see !*

– Hé, Pink Ass, tu triches encore au black-jack ? C'est pour ça que t'as des ennuis ?

– Zak, tu as tout compris ! »

Kim Dee et ses deux hommes quittèrent les lieux sans demander leur reste. Heureusement pour Stéphane et Zak, ils n'avaient pas d'armes à feu sur eux. Si c'eût été le cas, les choses auraient pu tourner au tragique. Considérant la situation comme sûre pour le moment, Stéphane retourna au restaurant en compagnie de l'Haïtien.

Sa mère fut effarée en apercevant le sang qui coulait sur sa joue, mais après qu'elle eut rapidement nettoyé la plaie, la blessure se révéla plutôt bénigne. En fait, ses côtes lui faisaient beaucoup plus mal, même s'il n'en disait rien. Marianne observait Zak avec inquiétude, alors Stéphane chercha à la rassurer.

« Non, ce n'est pas lui qui m'a fait ça, c'est Kim Dee. Zak m'a sorti du pétrin. Tu veux un café, Zak ? *Sit down… it's freshly brewed…*

– C'est ta *mama* ? demanda Zak.

– Oui. Marianne, je te présente Zak. Zak, voici ma mère.

– Un ami ?

– On peut dire…

– Vous avez faim ?

– Oui ! répondirent les deux hommes à l'unisson.

– Installez-vous au comptoir, *mama* va s'occuper de vous. »

Pendant que Marianne retournait à ses poêlons, Stéphane et Zak reprirent leur conversation.

« Qu'est-ce qui t'amène à Montréal ?

– *I need some money…*

– Y a pas d'argent, Zachary, y a pas d'argent pour personne. Tout le monde est fauché, ici.

– Même pas pour celui qui a sauvé ton petit cul rose ? Je veux pas retourner aux States. *Life is impossible for a Haitian. Even the other Blacks hate us.* J'ai pas tué personne. *If I had a job… anything…*

– Pourquoi je te ferais confiance ?

– Trois mois, Pink Ass, trois mois, *that's all I need.* Et t'as encore besoin de faire protéger ton petit cul, à ce que j'ai vu…

– J'ai une chambre à mon appartement… viens… pour ce soir. Après, on verra.

– *I can work…*

– T'es entré illégalement au pays ?

– *Listen, Frenchie, I did my time in jail.* Personne me recherche… je suis pas un évadé.

– Qu'est-ce que t'avais fait pour te retrouver en prison ?

– *Being a nigger…*

– T'étais pas en prison parce que t'étais noir… y a eu autre chose. T'as jamais voulu en parler…

– J'ai cassé un bras à un client au bar. J'étais le bouncer. Il écœurait une *sister.*

– Mais ton avocat…

– *Are you kidding me ? What lawyer ?* Penses-tu qu'un *nigger* peut se payer un avocat en Floride ?

– Je pourrais peut-être t'aider, Zachary… mais il faut que je te fasse confiance. Je suis pas encore certain… »

Marianne arriva à ce moment avec deux assiettes remplies d'œufs, de crêpes, de pain perdu, de saucisses, de bacon et de fèves au lard, qui imposèrent une longue pause à leur discussion. Ils vidèrent leurs assiettes sans dire un mot, puis Stéphane prit sa mère à part. Le restaurant commençait à se vider et il put lui exposer son idée. Il revint s'asseoir à côté de Zak, tandis que Marianne s'installa en face d'eux.

« Zak, ma mère a besoin de quelqu'un au restaurant. Je lui ai parlé. Huit piastres de l'heure en cash. C'est pas énorme mais t'as rien à déclarer à personne. Le temps que tu voies clair dans tes affaires…

– Avec les tips, je devrais me faire quatre cents pesos par semaine… Pour un *nigger* de la Florida, c'est la belle vie, Pink Ass…

– Maman, t'as besoin d'aide au restaurant. Zachary a besoin d'un peu d'argent en attendant de démêler ses affaires avec l'Immigration.

– Si je comprends bien, t'as purgé ta sentence aux États-Unis mais t'as pas demandé de permis pour venir au Canada ?

– Purgé ? *What does that mean* ?

– *You did your time in jail…* C'est en plein ça, confirma-t-il à sa mère.

– Je ne vous connais pas, monsieur. Mais je fais confiance à mon fils. S'il me dit que vous allez être un employé honnête…

– *The best, ma'am, the best !*

– Si tu te tiens tranquille pendant deux ou trois mois, t'auras pas de problèmes, dit Stéphane. Après, on verra…

– Pas de dope, pas de bagarres, spécifia Marianne.

– Ma mère serait fière de son *little boy*…, se réjouit Zak.

– Tu peux commencer demain ? demanda-t-elle.

– *No problemo !*

– Parfait ! s'exclama Stéphane. Maintenant, on va aller te préparer un coin pour dormir à mon appartement. Maman, je vais te rappeler ce soir. J'ai des choses incroyables à te raconter. »

♠

Le lendemain matin devait avoir lieu la rencontre qu'Aurélien Lalancette avait organisée avec Antoine et la directrice générale du casino. Antoine se présenta avec un air que son adjoint jugea anormalement détendu, étant donné les circonstances. Après s'être assuré de l'attention de la directrice, Lalancette se lança pompeusement dans l'exposé de ce qu'il considérait comme des preuves de la complicité d'Antoine dans la fraude qu'avait commise Stéphane Dumas deux semaines plus tôt. Les deux seuls éléments pertinents étaient les photos et la bande vidéo montrant Antoine, Stéphane et Emmanuelle en train de discuter, ainsi que le rapport d'analyse du laboratoire faisant état de la présence d'un polymère spécial sur les cartes à jouer.

Antoine, qui avait craint un réquisitoire beaucoup plus solide, entama sa défense avec une assurance tranquille.

« Je dois admettre que j'ai eu l'occasion de faire connaissance personnellement avec Stéphane Dumas. Sans que ma fille m'ait parlé de lui, je me suis rendu compte dernièrement qu'il la fréquentait. Ils viennent tout juste de se rencontrer, et Emmanuelle me l'a présenté la semaine dernière, la journée où ces photos ont été prises. C'était la première fois que je le voyais à l'extérieur du casino.

– Sur la bande vidéo, tu lui parles d'une proposition et tu lui dis qu'il peut compter sur toi. De quoi s'agit-il ?

– On discutait de la façon dont il pourrait investir ses gains. Je voulais lui recommander des conseillers financiers.

– D'accord, c'est une explication, concéda Marie-Ève Turcotte. À la limite, il pourrait avoir triché sans que tu aies quelque chose à y voir.

– J'espère bien !

– Qu'est-ce que tu penses de ce polymère ?

– C'est une découverte intéressante. Je trouve qu'Aurélien a fait de l'excellent travail. C'est probablement une encre spéciale, visible seulement sous certaines conditions. J'ai contacté mes anciens collègues des fraudes bancaires à la GRC et ils vont nous aider à résoudre ce mystère.

– Crois-tu que Stéphane Dumas aurait pu se servir d'un système utilisant cette encre pour tricher ? demanda la directrice.

– La possibilité existe, mais il faudrait obtenir beaucoup plus de preuves. Premièrement, il faudrait démontrer comment Dumas ou un complice aurait pu s'y prendre pour marquer ces cartes, ensuite, faire la preuve que Dumas possédait un système de lecture de ces marques et, enfin, trouver pourquoi il n'a pas fui à l'étranger pendant qu'il en avait le temps.

– Il voulait recommencer, c'est évident ! s'exclama Lalancette.

– Alors, comment expliquer qu'il ait perdu tous ses gains des dernières semaines durant cette fin de semaine ? »

Cette révélation laissa Aurélien estomaqué.

« Pardon ? Il a tout perdu ? Pourquoi on ne m'a pas informé ?

– Parce que je suis le patron de la sécurité et que j'étais en service ce week-end. C'est triste à dire, mais il n'est certainement pas le premier joueur à gagner puis à perdre une fortune tout aussi rapidement. Je crois qu'il a été chanceux de gagner, et malchanceux de perdre, tout simplement.

– Et les marques ? Le polymère ? nota Lalancette.

– C'est plutôt inquiétant. Il y a peut-être un réseau très bien organisé à l'œuvre au casino que nous n'avons pas encore dépisté. Ils opéreraient sous notre nez depuis longtemps. Ils se serviraient de ces marques d'une manière juste assez modérée pour passer inaperçus. Mais une organisation qui arrive à marquer des cartes avec un système aussi perfectionné ne prendrait pas le risque d'éventer sa combine avec un coup aussi spectaculaire que les deux nuits magiques de Stéphane Dumas.

– Ta conclusion ?

– Aurélien a fait une belle découverte en repérant ces marques. Il y a peut-être un lien à établir avec les opérations de blanchiment d'argent que j'ai cru observer aux machines à sous.

– Excellent. Je te remercie pour ta coopération, répondit la directrice. Maintenant, j'aimerais parler à Aurélien en privé. »

Antoine quitta le bureau de la grande patronne avec un calme olympien, en prenant même soin de saluer cordialement son subalterne.

« J'espère que tu te rends compte de la chance que tu as d'avoir un patron qui a autant de classe. Tu devrais en tirer une leçon.

– Euh… Oui, madame.

– Un autre aurait probablement exigé ta démission et je n'aurais pas pu la lui refuser. Maintenant, tâche de lui offrir le soutien dont il a besoin au lieu de lui chercher des poux. C'est clair ?

– Oui, madame. »

Aurélien quitta le bureau à son tour, totalement mortifié.

CHAPITRE X

Deux semaines s'étaient écoulées depuis l'incident au restaurant et Kim Dee semblait avoir abandonné l'idée d'une vengeance. Zak s'était plus ou moins intégré au personnel du resto et Stéphane lui laissait presque exclusivement l'usage de son loft, qu'il n'avait plus les moyens de payer, de toute façon. Il devait aussi admettre qu'il avait la trouille d'y voir débarquer les hommes de Kim Dee. Il avait avisé le propriétaire de son départ à la fin du mois. Ce dernier aurait pu contester cette rupture de bail, mais ce genre de logement trouvait facilement preneur.

Stéphane passait le plus clair de ses nuits chez Emmanuelle et avait repris les répétitions avec le groupe d'Éric. Il n'avait plus un sou pour financer quelque projet grandiose que ce soit, mais il retirait une grande satisfaction à jouer devant le petit public de connaisseurs du Blue Note. En combinant ce que lui donnait Éric avec quelques heures de travail au restaurant, il parvenait tout juste à payer sa part des dépenses à l'appartement d'Emmanuelle. Il lui faudrait bien dénicher d'autres sources de revenus s'il désirait retrouver un niveau de vie décent, mais pour l'instant la situation lui convenait.

En ce moment, l'air était à la fête au restaurant Chez Marcel. On accueillait son propriétaire, enfin sorti de l'hôpital. Le quinquagénaire, amaigri et pâle, observait avec émotion tous les gens présents. Outre sa conjointe et quelques vieux clients, il fut surpris de voir autant de nouveaux visages, dont deux employés et la nouvelle petite amie de Stéphane, qu'il n'identifia pas tout de suite sans sa blouse blanche et son stéthoscope autour du cou.

« Ouais, le jeune, dit-il en reconnaissant la docteure, tu es en de bonnes mains si jamais tu fais un infarctus.

– Ça n'arrivera pas de sitôt, monsieur Marcel, rétorqua Emmanuelle. Je peux vous assurer que votre beau-fils est en excellente condition physique. »

On éclata de rire à cette répartie. On offrit quelques cadeaux au convalescent, puis on s'attabla devant un repas spécialement conçu par Marianne pour souligner les nouvelles résolutions alimentaires que devait prendre Marcel. Si la salade et la soupe aux légumes furent plutôt bien accueillies, le reste du menu se heurta à un scepticisme poli. Dans une tentative de compromis absurde avec l'orientation du resto, Marianne avait conçu de nouveaux mets tenant à la fois du fast-food et de la cuisine santé. Des hamburgers composés d'une galette de tofu servie dans un pain intégral accompagnaient une curieuse poutine constituée de « frites » d'aubergine rôties au four, de fromage cottage et d'une sauce faible en sel et en glucides (on n'osa pas interroger l'hôtesse sur sa composition).

Zak fut le premier à trouver un prétexte pour quitter la table.

« *You know, Pink Ass, I feel a bit odd.* C'est une réunion de famille… je vais vous laisser entre vous.

– À ton aise, Zak, mais tu es le bienvenu si tu veux rester.

– Non, je vais faire un peu de *training* avant le *night shift*… »

Stéphane n'insista pas, soupçonnant son ami de vouloir aller fumer quelques joints tranquillement. Cela ne le concernait pas, pourvu que le grand Noir ait le temps d'atterrir avant son quart de travail.

« Il aime pas ma bouffe, ton ami ? demanda Marianne, inquiète.

– Non, il voulait juste faire un peu d'exercice avant de rentrer travailler à cinq heures.

– Ça se voit qu'il prend son entraînement au sérieux, souffla la petite Josée d'un air admiratif.

– Tu lui ferais pas mal, à ce que je comprends, constata Marcel.

– Est-ce que je serais capable ?… Stéphane, est-ce qu'il a une blonde, ton ami ?

– Non, je ne pense pas, répondit Stéphane d'un air moqueur.

– Je ne dois pas être son genre, soupira-t-elle. Ça fait deux semaines que je lui envoie des signaux…

– Je ne perdrais pas mon temps, si j'étais à ta place. Il les préfère avec plus de muscles et de poils…

– Tu veux dire des filles qui s'entraînent comme lui ?

– Je veux dire des filles avec des clitoris de six pouces ! »

Les rires fusèrent à nouveau devant l'expression imagée utilisée par Stéphane. Josée rougit en constatant son propre manque de perspicacité.

« C'est vraiment du gaspillage ! s'exclama-t-elle. T'es sûr de ce que tu dis ?

– Absolument ! Tu ne peux pas t'imaginer comment j'ai travaillé fort pour éviter d'y passer… »

Cette fois, sa remarque causa un léger malaise. Tout le monde savait qu'il avait fait trois ans de prison, mais personne n'avait osé l'interroger sur son expérience carcérale.

« En fait, Zak était mon garde du corps. Je jouais du piano pour lui, en échange.

– T'avais un piano en cellule ? demanda Josée.

– Non, dans une salle de récréation. Les gardiens me laissaient jouer autant que je le voulais. Je pense qu'ils aimaient bien m'écouter eux aussi.

– Vous devriez l'entendre depuis qu'il s'est remis à répéter sérieusement avec son groupe, dit Emmanuelle. C'est de toute beauté. Un peu moderne par moments, mais quel virtuose !

– Comment ça, un peu moderne ? On fait du jazz, nous autres, pas du ragtime !

– Fais attention, ma petite fille, intervint Marianne. Pas de discussions savantes avec lui. Tu n'as aucune chance ! »

Le repas continua ainsi dans la bonne humeur, même si les assiettes ne semblaient pas se vider très rapidement. Au bout d'une heure, Marianne se décida à apporter le dessert, un gâteau aux carottes et courgettes qui, bien que peu orthodoxe, fut accueilli avec soulagement par le groupe toujours affamé. L'hôtesse en conclut que ses projets de menus végétariens n'auraient peut-être pas le succès escompté. Elle allait servir du fast-food pour quelques années encore, sauf à Marcel, bien entendu.

On eut la surprise de voir arriver Thi Tram au milieu du dessert, méconnaissable dans ses vieux vêtements de collégienne studieuse. Emmanuelle ne reconnut pas immédiatement sa jeune rivale, mais Marianne et Stéphane, qui l'avaient connue depuis l'enfance, identifièrent tout de suite la petite élève modèle avec sa tresse française et ses lunettes rondes sur le bout du nez, comme un fantôme surgi d'un passé récent bien que déjà oublié. Pour Stéphane, cette Thi Tram n'était pas la jeune femme passionnée qu'il avait quittée quelques semaines plus tôt.

La jeune fille semblait inquiète. Marianne insista tout de même pour prendre de ses nouvelles.

« Ça fait longtemps que je t'ai vue… Comment va ta famille ? Tes études ?

– Ça peut aller, madame Dumas, répondit-elle succinctement. Si ça ne vous dérange pas, j'aimerais parler avec Stéphane en privé… »

Emmanuelle les regarda sortir du resto avec des yeux méfiants. Une fois sur le trottoir, Thi Tram ne put s'empêcher de lancer :

« Ça ne t'a pas pris de temps pour me remplacer. Elle était déjà dans le décor ou quoi ?

– C'est pour ça que tu es venue me voir ? Je sais que je t'ai fait de la peine, mais tu ne t'aides pas en venant me faire une scène…

– C'est vrai. Je m'excuse. Ce n'est pas pour ça que je suis ici. Je t'ai cherché partout. C'est mon père…

– Qu'est-ce qu'il a ?

– Il veut te parler. Absolument. C'est à propos de Kim Dee.

– Demain… On est en train de fêter le retour de Marcel et je joue ce soir.

– Non, maintenant. Il m'a fait promettre de te trouver. Mon père ne dort plus depuis des nuits. Je t'en supplie, fais-le pour moi… Tu me dois bien ça… »

Il la regarda affectueusement, sensible à sa douleur et toujours animé d'un sentiment de culpabilité. La voir ainsi reprendre son apparence d'écolière lui faisait comprendre qu'elle n'avait jamais été rien d'autre qu'une petite fille fragile, et il s'en voulut plus que jamais d'être entré dans son jeu. Il aurait dû la repousser gentiment dès sa première tentative de séduction, mais trois ans de prison et une robe provocante seraient venus à bout de la volonté de n'importe quel homme.

« Ça va tellement vite dans ma vie…

– Je t'en prie.

– Il y a seulement deux semaines, ton frère a failli me casser les deux mains. J'ai peur de rentrer chez moi depuis ce temps-là. Et il s'est passé des choses que je préfère ne pas te raconter.

– Il a disparu depuis une semaine. Sandra refuse de nous dire où il est parti. Elle est constamment soûle. On pense qu'il est impliqué dans une grosse organisation criminelle. »

Stéphane opina de la tête. Il en savait beaucoup plus qu'elle ou son père sur les activités de Kim Dee et il aurait pu confirmer tous leurs pires soupçons. Il savait qu'il n'y avait plus grand-chose qui pût le sauver. Même s'il avait voulu se livrer aux autorités, il n'aurait fait que signer son arrêt de mort. Sa famille se doutait vaguement de ses relations avec les motards, alors que Stéphane était persuadé que son arrestation n'était qu'une question de temps. Il ne pouvait plus aider Kim Dee, mais il pourrait toujours tenter de minimiser les dégâts chez les Nguyen, ou du moins les préparer aux terribles événements qui les guettaient.

Il fit un signe à Emmanuelle et monta avec Thi Tram dans sa voiture. Ils roulèrent jusqu'à l'entreprise familiale, où le vieux Nguyen les attendait dans son bureau. Il avait abaissé les stores et éteint les lumières, comme s'il avait honte de se montrer au grand jour. Il se leva dignement pour faire face à Stéphane, mais sans oser le regarder dans les yeux. Le jeune homme devina que le patriarche s'apprêtait à lui faire une demande qu'il jugeait humiliante. An Nguyen devait être bien malheureux.

« Je te remercie d'être venu, tu n'étais pas obligé.

– Thi Tram m'a fait comprendre que c'était important.

– J'ai consacré ma vie à l'honneur de la famille. Ma femme et moi avons tout fait pour que nos enfants soient la fierté des Nguyen de ma souche. Je pense que nous avons réussi avec Thi Tram, ajouta-t-il timidement au bout d'un silence.

– Merci, père », murmura Thi Tram, touchée par cette marque rarissime de reconnaissance.

Pour la première fois, il se retourna vers elle. Elle espérait tellement plus d'amour. Mais les vieilles habitudes reprirent vite le dessus.

« Maintenant, je voudrais rester seul avec Stéphane. »

Thi Tram hésita quelques secondes puis baissa les yeux. Avant de quitter la pièce, elle lança à Stéphane un regard plein d'espoir, de tristesse et de regrets. Il comprit qu'elle avait encore du mal à l'oublier et se résolut à faire ce qu'il pourrait pour alléger les malheurs de sa famille.

« Je sais que Kim Dee consomme beaucoup de cocaïne, reprit An Nguyen. Je sais aussi qu'il se tient avec une bande de motards… des criminels, des bandits. Les Evil Riders… »

Sa voix se brisait graduellement.

« J'ai peur. Kim Dee est perdu dans sa folie…

– Qu'est-ce que vous voulez de moi ? »

Cette fois, An Nguyen s'approcha de Stéphane et posa sa main sur son épaule. Le jeune homme s'étonna de voir deux larmes couler sur les joues du vieillard.

« Je t'ai demandé de protéger Kim Dee malgré ce qu'il t'a fait. De le faire pour moi. Ce soir, je te le demande pour ma femme, pour Thi Tram…

– Que voulez-vous que je fasse, monsieur Nguyen ? Kim Dee n'écoute personne, surtout pas moi.

– Tu es fort, tu as des amis. Fais-lui casser les jambes, assomme-le, envoie-le à l'hôpital, fais n'importe quoi, je veux que mon fils se réveille, qu'il revienne à la réalité. Je veux qu'il redevienne un vrai Nguyen… »

Cette fois, l'émotion submergea le vieil homme. Il s'appuya sur Stéphane et éclata en sanglots, qu'il tentait de refouler dans un ultime sursaut d'orgueil. Mal à l'aise, Stéphane regardait autour de lui. Soudain, il aperçut Thi Tram, qui avait désobéi à son père, restée discrètement près de la porte du bureau. Elle pleurait elle aussi.

« Monsieur Nguyen, finit-il par dire. Je vais faire de mon mieux, mais je dois vous prévenir qu'il n'y a plus grand-chose qui puisse sortir Kim Dee de l'engrenage dans lequel il est pris. Le pire est encore à venir. Vous aurez un sacrifice difficile à faire. Vous devez protéger le reste de votre famille.

– Kim Dee est ma famille. Mon seul héritier…
– Non, pas le seul… »

♠

Pendant ce temps, au casino, Antoine Caron était à nouveau convoqué par sa directrice, en tête-à-tête, cette fois. Il venait de passer deux semaines d'un calme plat, mais cette convocation lui inspirait un mauvais pressentiment, comme si l'accalmie des derniers jours annonçait une tempête. Son intuition se révéla exacte dès le début de l'entretien.

« Antoine, annonça sa directrice, j'ai du nouveau dans l'affaire de l'encre invisible.

– L'encre invisible ? répéta-t-il innocemment.

– Le polymère que l'on a trouvé sur les cartes à jouer.

– Ah ! Oui ?

– Il s'agit bien d'une encre spéciale, visible à travers un verre qui a été polarisé d'une manière particulière. L'encre est instable, mais on a pu déterminer que les traces représentaient les valeurs des cartes. Tiens, regarde. »

Elle tendit une petite plaque transparente à Antoine et quelques cartes à jouer. L'effet était saisissant : des caractères apparaissaient clairement à travers le verre si on le tenait avec l'inclinaison voulue.

« Ce sont tes anciens collègues des crimes économiques qui nous ont mis sur la piste. Cette encre a été créée pour les chèques et les billets de banque de fortes valeurs ou pour les bons du trésor. Ils ont été très surpris de voir que ce produit a pu se retrouver entre des mains criminelles. Ce genre de technique est mise au point dans des laboratoires à très haut niveau de sécurité.

– C'est fascinant.

– N'est-ce pas ? Selon eux, il y aurait eu une fuite dans les laboratoires ou dans le personnel de sécurité.

– Ou peut-être à la GRC elle-même, suggéra Antoine. On a déjà vu pire.

– Ça, tu es mieux placé que moi pour le savoir... Nous avons d'autres éléments du côté de l'imprimeur. Comme les cartes provenaient de jeux scellés, nous étions pratiquement certains qu'elles avaient été marquées à l'imprimerie même. Évidemment, l'imprimeur a d'abord nié énergiquement cette possibilité, mais quand on lui a fait comprendre que la seule façon pour lui de sauver son contrat avec nous était de trouver une explication, le chat a fini par sortir du sac. »

La directrice fixa Antoine avec sévérité, pour bien lui faire sentir qu'elle était au courant de tous les détails de l'histoire.

« Je continue ? demanda-t-elle.

– Oui, dit-il d'une voix neutre.

– Son directeur de production a fini par avouer qu'il avait offert une visite guidée à un soi-disant journaliste dont il n'a plus entendu parler par la suite, et qu'il avait perdu son portefeuille la même journée, lequel contenait ses cartes d'accès. Il n'en avait pas parlé parce qu'on le lui avait retourné dès le lendemain matin. Ai-je besoin de te révéler l'identité du journaliste ?

– Stéphane Dumas.

– Précisément. Tu le savais, et non seulement tu n'as rien dit, mais tu as demandé au directeur de production de ne pas en parler.

– Je voulais approfondir mon enquête. Il y avait peut-être une plus grosse magouille derrière tout ça.

– Tu as bien caché ton jeu, Antoine. La question que je me pose, c'est est-ce que tu étais complice dès le début, comme le prétend Aurélien, ou est-ce que tu t'es contenté de protéger ton nouveau gendre quand tu as vu qu'on allait le pincer ?

– Je ne suis pas un voleur. J'ai convaincu Stéphane de rendre l'argent de son propre gré. Il nous a tout remis jusqu'au dernier sou. Je nous ai épargné des procédures coûteuses en justice et j'ai évité le scandale. Personne ne saura qu'il y a moyen de tricher au casino.

– Mais pourquoi l'avoir protégé ? À part le fait qu'il sort avec ta fille ?

– Tu ne devines pas ? Son nom ne te rappelle rien ?

– Stéphane Dumas ? Je suis censée le connaître ?

– Peut-être pas lui, mais son père, Armand Dumas… »

La directrice réfléchit un instant, puis son visage s'éclaira.

« Oui, confirma Antoine, c'est son père qu'on a ramassé au stationnement il y a trois ans, le comptable qui s'est tiré une balle dans la tête. Son fils venait d'être emprisonné aux États-Unis. Tu ne peux pas imaginer la haine que le jeune Dumas entretient pour le casino.

– Il a fait ça pour se venger ?

– Exactement. J'ai réussi à lui faire comprendre qu'on finirait par l'arrêter tôt ou tard. Si je l'avais laissé agir à sa guise, il aurait continué à essayer de nous frauder, il se serait fait pincer et il aurait fini par se suicider lui aussi. Il était pris dans une spirale autodestructrice. Il a eu la chance de rencontrer ma fille, ce qui m'a donné l'occasion de lui parler. C'est un brave garçon, intelligent et talentueux, un grand pianiste de jazz. Il mérite une deuxième chance. »

La directrice ne pouvait mettre en doute la sincérité d'Antoine. Son visage se radoucit et ses yeux se firent plus tristes.

« Je te crois, Antoine. Tu as fait ça par sympathie ?

– Oui, bien sûr. Il a eu sa part de coups durs depuis trois ans…

– On ne le poursuivra pas. Le casino a récupéré son argent, c'est ce qui compte. Par contre, il est exclu pour toujours. S'il se repointe ici, il sera aussitôt expulsé.

– C'est d'accord. Merci.

– Sauf que, toi et moi, nous avons un problème sérieux…

– Je sais…

– Tu n'ignores pas que je ne peux passer par-dessus ce que tu as fait, même si tes intentions étaient bonnes. Tu as jeté un doute sur ton intégrité. Quand bien même je t'accorderais de nouveau ma confiance, ton titre serait certainement contesté, en particulier par tu sais qui.

– Lalancette…

– C'est un ambitieux… Si je n'agis pas, il s'arrangera pour ébruiter l'affaire et tout le monde en paiera le prix.

– Ton verdict, c'est quoi ?

– Je ne te ferai pas l'affront de te renvoyer, mais j'aimerais qu'on s'entende sur ceci : la raison de cet entretien était que tu voulais m'annoncer que tu prenais ta retraite. La direction te donnera des références élogieuses si tu veux te placer ailleurs, en plus d'une prime de départ, et on organisera une petite fête en ton honneur.

– La retraite ? Qu'est-ce que je vais faire de mes journées ?

– Je sais que ma décision peut paraître dure, mais je fais tout ce que je peux pour la rendre moins pénible.

– Je comprends… Je termine quand ?

– En annonçant ton départ aujourd'hui, tu pourrais nous quitter à la fin de la semaine prochaine.

– Ça ne fait même pas dix jours… »

Antoine se tut, bouleversé. Son émotion gagna la directrice, laquelle fit le tour de son bureau pour venir étreindre son directeur de la sécurité. Tous deux avaient les larmes aux yeux. Ils échangèrent quelques plaisanteries pour dissiper leur tristesse.

« Peux-tu me promettre une chose ? demanda finalement Antoine.

– Quoi ?

– Dis-moi que ce n'est pas Lalancette qui va me remplacer.

– Non, c'est Gauthier, du casino de Charlevoix.

– Bon choix. Et qui va le remplacer, lui ?

– Lalancette, répondit-elle avec un sourire. Je lui ai présenté ça comme une promotion, mais l'idée était plutôt de mettre la plus grande distance possible entre lui et mon bureau, à défaut de pouvoir m'en débarrasser. Je préfère me tenir loin des chacals.

– Comme je te comprends !

– Bonne chance, Antoine. »

♠

Le lendemain, après avoir passé la nuit chez Emmanuelle, Stéphane fut étonné d'apprendre, quand il se présenta au restaurant, que Zak n'était pas rentré travailler. Il était venu la veille pour son quart de soir, mais sa mère l'attendait depuis le matin et lui fit part de son mécontentement.

« Je ne pourrai pas tolérer cela une autre fois. Je ne sais rien de lui, à part que tu l'as connu en prison, ce qui n'est pas vraiment une référence. S'il est allé se soûler dans des bars ou traîner dans des saunas toute la nuit, ça ne lui donne pas le droit de me laisser tout le rush du déjeuner…

– Je suis sûr qu'il a eu un empêchement sérieux. Il est très heureux de travailler ici et il apprécie beaucoup la manière dont il est traité. Il a peut-être eu des problèmes…

– Est-ce que ça a quelque chose à voir avec la bagarre de l'autre fois ?

– Ça se pourrait…

– Tu as l'air inquiet…

– Je vais aller voir au loft… »

Stéphane se dépêcha de se rendre à son appartement, mû par un sombre pressentiment. Il se stationna dans un endroit interdit, bloquant l'accès à une ruelle, et sortit de sa voiture en toute hâte. Avant d'avoir fait un pas, il entendit un gémissement en provenance de la ruelle. Il s'avança, inquiet, et aperçut le pauvre Zak étalé au milieu des ordures, à côté d'un conteneur à déchets, le visage tuméfié et les vêtements couverts de sang. Il râlait faiblement, appelant à l'aide d'une voix presque éteinte. Il avait subi plus qu'une simple raclée. Stéphane s'accroupit près de lui et constata qu'il avait été poignardé.

« Zak…, appela-t-il doucement. Tu m'entends ?

– Pink Ass ?

– C'est moi… Qui t'a fait ça ?
– *The Chinese…*
– Kim Dee était avec eux ?
– *Who's Kim Dee ?*
– Le gars avec la bague tranchante…
– *Don't know…*
– Ils étaient combien ?
– Juste deux… *with a gun.*
– Je vais appeler une ambulance.
– *It's too late… Can you do something for me, Pink Ass ?*
– Tout ce que tu veux…
– *Play me some blues when I'm gone…* »

Le grand Noir fut pris d'une dernière convulsion et s'étouffa définitivement dans son sang. Stéphane resta ahuri, tremblant devant le corps sans vie de son ancien protecteur. Cette fois, Kim Dee avait dépassé les bornes. Il en était à tuer pour une simple question d'orgueil. Stéphane remarqua l'absence de coupures nettes et profondes comme celles que produisait la bague de l'Asiatique. L'avait-il enlevée pour éviter de laisser des preuves, ou avait-il délégué cette besogne morbide à ses subordonnés ? De plus, Thi Tram lui avait dit qu'il était introuvable depuis une semaine…

Stéphane se résolut à prévenir la police depuis son cellulaire, tout en redoutant d'attirer les soupçons sur lui. Il ne pouvait pas laisser là le corps du pauvre bougre qui avait pris le coup fatal à sa place. Et puis, sa propre vie était probablement en danger. Les policiers recueillirent la déposition de Stéphane, qui tenta de rester naturel malgré les nombreuses omissions dont était truffé son témoignage. Il s'abstint complètement de mentionner Kim Dee et l'incident du restaurant, déjà bien embarrassé de devoir expliquer pourquoi il hébergeait un immigrant illégal doublé d'un repris de justice américain. Ils le laissèrent repartir sans autres formalités, bien que Stéphane crût déceler de la suspicion dans leur attitude. Il allait sûrement entendre parler à nouveau de cette histoire.

En sortant du poste, il retourna au resto pour informer sa mère de la situation, ce qui ne la rassura pas le moins du monde. Il ne pouvait cependant pas lui cacher les faits. Il resta pour l'aider dans ses tâches (et calmer ses inquiétudes) jusqu'après le repas du soir. Il avait rongé son frein toute la journée, mais, une fois sorti du restaurant, il se précipita chez Kim Dee pour tenter d'avoir une explication. Avec un peu de chance, il pourrait au moins parler à Sandra.

Une faible lumière filtrait à travers les stores de l'appartement, laquelle s'éteignit quand il sonna une première fois. Loin de se décourager, il frappa et resonna avec insistance pendant plusieurs minutes, jusqu'à ce que Sandra se lasse enfin et daigne lui ouvrir. Vêtue d'un peignoir, elle parut surprise de le voir. Elle le fit entrer prestement, en jetant quelques coups d'œil furtifs aux alentours.

« C'est toi ? J'avais peur que ce soit un des hommes de Kim Dee…

– Il y a de quoi avoir peur, mais c'est toi qui choisis le genre de vie que tu veux mener. Kim Dee est là ?

– Non, il est en voyage…

– Tu es seule ?

– Euh… oui, répondit-elle en rougissant.

– Tu n'es pas seule, s'impatienta Stéphane. Kim Dee se cache ? Il a des ennuis avec ses amis motards ?

– Non, ce n'est pas ce que tu penses… »

Stéphane n'avait plus assez confiance en elle pour la croire sur parole. Il se dirigea vers la chambre à coucher pour y découvrir, avec stupeur, un homme qu'il connaissait bien, visiblement en train de finir de se rhabiller.

« Sylvain ? C'était ça, ton plan B ? Est-ce que tu sais où se cache Kim Dee ?

– Ça veut dire quoi, « ton plan B » ? s'indigna Sandra, ignorante de la véritable identité du croupier.

– Décidément, tu choisis bien tes amants ! s'exclama Stéphane.

– Tu connais Marc, il est croupier au casino.

– Oui, entre autres choses…, persifla Stéphane.

– Qu'est-ce que ça veut dire ? demanda-t-elle, confuse. J'ai raté une partie de l'histoire ?

– Sandra, intervint Sylvain, si tu permets, j'aimerais parler avec Stéphane seul à seul.

– Eh bien, tu vas attendre ton tour, le coupa brusquement Stéphane. C'est moi qui ai quelque chose à dire à Sandra. »

Stéphane et Sandra laissèrent le croupier attendre dans la chambre pendant qu'ils discutaient au salon.

« Tu es folle ! Amener un homme ici. Kim Dee va te tuer quand il va l'apprendre.

– Eh bien, tant mieux. J'en ai marre d'être en cage. Et puis, ça ne serait jamais arrivé si tu avais eu le courage d'affronter Kim Dee et de m'emmener avec toi quand tu es revenu des États-Unis.

– Pardon ? J'ai manqué de courage ? C'est toi qui me dis ça ? T'es soûle ou quoi ?

– Pas plus que d'habitude. Au moins, Marc est gentil avec moi. Il m'écoute quand je parle, il me dit que je suis belle.

– Ça ne t'a pas traversé l'esprit qu'il agissait peut-être ainsi par intérêt ?

– Oh ! Mais j'espère bien qu'il a des intérêts, les mêmes que tous les hommes !

– Tu ne comprends rien.

– Je suis idiote, maintenant ?

– Non, juste inconsciente.

– Bon, ça a assez duré, lança Sylvain en sortant de la chambre. Maintenant, Stéphane, tu vas te mettre dans la tête que tu n'as plus aucun droit sur elle. Ça fait trois ans que c'est fini entre vous. Elle n'a pas voulu quitter Kim Dee pour reprendre avec toi, mais là elle est prête à me suivre. Elle mérite plus de respect de ta part. »

Stéphane se frotta le front pour soulager la migraine qu'il sentait poindre sous son crâne. Il en avait plus qu'assez des parties de bluff incessantes et de la manipulation que lui avait réservées le faux croupier depuis qu'il était entré dans sa vie. Il s'était servi de lui comme d'une marionnette, en jouant sur ses émotions les plus profondes, et il recommençait maintenant son manège avec Sandra, trop naïve pour pouvoir se défendre.

« Et si on sortait pour discuter ? » proposa Marceau, profitant de la lassitude de Stéphane.

Les deux hommes quittèrent l'appartement par la porte de derrière, histoire de déjouer des guetteurs éventuels. Une fois dans la ruelle, ils purent s'expliquer franchement.

« Laisse-la tranquille, ordonna Stéphane. Je sais que tu te sers d'elle pour piéger Kim Dee.

– Peut-être, mais l'arrestation de Kim Dee est la meilleure chose qui pourrait lui arriver.

– Pas si elle est victime de représailles pour l'avoir livré aux flics. Je suppose qu'elle n'est pas au courant que tu travailles pour la GRC.

– Elle a assez de soucis comme ça...

– Et en plus, tu la baises... Minable.

– Ce n'est pas ce qu'elle dit.

– Tu ne pourrais pas l'amener dans un endroit discret? Vous êtes sûrs de vous faire prendre à l'appartement de Kim Dee.

– J'ai besoin d'avoir accès à son ordinateur et à ses papiers... Les risques sont minimes. Ils sont tous partis en Thaïlande. Je pense que Kim Dee tente de doubler les Evil Riders dans la transaction d'héroïne. Il va essayer de se gagner l'appui des triades asiatiques pour reprendre le dessus sur Daddy Girard.

– Ils ne sont pas tous partis, rétorqua Stéphane. Il y en a au moins deux en ville.

– Qu'est-ce qui te fait dire ça?

– Un de mes amis a été tué par eux, ce matin... »

Sylvain Marceau s'étonna d'apprendre le retour à point nommé de l'ancien garde du corps de Stéphane. Celui-ci ne se gêna pas pour le tenir en grande partie responsable du décès du Noir, victime indirecte de la machination qu'il avait concoctée. Le policier, pourtant habitué à masquer ses émotions, laissa paraître un semblant de remords.

« Et puis, Antoine Caron est passé dans le tordeur, lui aussi. On vient de le forcer à démissionner à cause de son intervention dans notre affaire.

– Pourquoi?

– Ils ont fini par faire le lien avec ma visite à l'imprimerie, ce qu'Antoine leur avait caché. Ils ont reconnu l'encre, le système de lecture et ils m'ont identifié. Ils vont s'abstenir de me poursuivre à condition que je ne parle à personne de ce qui s'est passé.

– C'est ennuyant, ça, mais ça devait arriver…

– Ce qui est vraiment ennuyant, c'est de faire subir une pareille humiliation à un homme aussi honnête et généreux qu'Antoine Caron.

– C'est vrai, tout le monde l'apprécie énormément au casino. Il a encore une excellente réputation à la GRC…

– Avec Zak, Sandra, Thi Tram et moi-même, ça fait cinq personnes dont la vie a été bouleversée par tes combines de « génie ». Si tu as une once de décence, tu vas au moins essayer d'épargner Sandra.

– Je vais faire de mon mieux. Je peux aussi tenter de faire arrêter les meurtriers de ton ami, mais il va falloir que tu témoignes.

– D'accord. Tu sais comment me joindre si tu as du nouveau. »

♠

Maria avait réagi durement à l'annonce de la mise à la retraite d'Antoine. Il lui avait confié les circonstances réelles de cette décision et elle ne pouvait qu'admirer la dignité dont il faisait preuve dans ces conditions. Malgré tout, c'était pour elle la goutte qui faisait déborder le vase. Sa motivation était à la baisse depuis plusieurs mois déjà et elle n'avait aucune envie de continuer, d'autant plus qu'on lui avait fait comprendre qu'on examinerait sa candidature d'un bon œil au centre pour toxicomanes où Monique Parent avait été traitée. Évidemment, le poste serait nettement moins bien rémunéré que son emploi actuel, mais c'était un sacrifice qu'elle était prête à faire pour obtenir la paix de son âme. Elle avait soigneusement rédigé sa lettre de démission :

Madame la directrice,

Je vous informe par la présente de ma décision de quitter définitivement mon emploi de psychologue au sein du casino. Les événements des derniers mois m'ont fait beaucoup réfléchir et j'ai maintenant la conviction qu'il m'est impossible d'agir dans le respect du code de déontologie de ma profession tout en servant les intérêts de votre établissement. Au contraire, la présence d'un psychologue sur les lieux du casino ne fait qu'apporter une apparence trompeuse de crédibilité aux prétentions de la direction de vouloir endiguer et modérer le phénomène du jeu compulsif. Autant vouloir éteindre un feu de forêt avec un arrosoir de jardin.

J'irais même plus loin en qualifiant d'hypocrite et d'irresponsable l'attitude de la société d'État propriétaire du casino. Si la volonté de faire échec aux jeux de hasard clandestins me paraît raisonnable, je vois mal comment les campagnes de publicité intensives et continuelles dont font l'objet les casinos et les loteries de l'État peuvent prétendre livrer une lutte au crime organisé. Le jeu compulsif n'a pas besoin de campagnes de publicité, il a besoin de campagnes de prévention au même titre que le tabagisme et les autres toxicomanies, les maladies psychiatriques ou la violence familiale. Il s'agit selon moi d'une pathologie très sérieuse qu'il est immoral d'encourager de quelque manière que ce soit, y compris en servant passivement de justification à une politique de prévention bidon à l'intention du public et des médias, comme j'en suis venue à considérer mon rôle au casino.

C'est donc avec soulagement que je mets fin à cette situation ambiguë. Je pourrai dorénavant traiter les joueurs compulsifs dans un environnement propice à leur guérison. Je n'ignore pas que ma franchise pourrait me valoir des références mitigées dans l'avenir, mais j'ose croire que cette lettre vous encouragera, au moins dans une certaine mesure, à instaurer de véritables politiques d'aide aux joueurs compulsifs, en les dirigeant par exemple vers des psychologues à l'extérieur du casino. On ne traite pas des grands brûlés dans une maison en feu.

Il est entendu que j'occuperai mon poste durant la période réglementaire de deux semaines de préavis.

Veuillez agréer, Madame la Directrice, l'expression de mes sentiments les meilleurs.

Maria Delluci

Maria avait hésité un peu avant de déposer sa lettre au bureau de la directrice, mais il y avait là trop de choses qu'elle avait besoin de dire depuis longtemps. Elle ne pouvait qu'espérer que Marie-Ève Turcotte ferait preuve de compréhension, d'autant plus qu'il n'y avait pas d'attaque personnelle dans sa lettre (ou à peine). Elle fut convoquée au bureau de sa supérieure moins d'une heure après avoir remis la lettre à sa secrétaire. La directrice l'attendait avec un léger sourire teinté de déception.

«Je viens de prendre connaissance de ta lettre de démission. Tu me fais de la peine, Maria.

– Ce n'était pas mon intention, se défendit la psychologue.

– Je pensais que tu avais une meilleure opinion de mes capacités de compréhension.

– Je ne voulais pas vous offenser.

– Crois-tu vraiment que je ne devinais pas ce qui se passait dans ta tête ? On n'a pas besoin d'un diplôme de psychologue pour user de psychologie. Je t'ai vue faire avec cette Mme Parent. Je sais très bien que tu as passé outre à mes ordres et que tu as continué de t'occuper de son cas.

– Et vous n'avez rien dit ? s'étonna Maria.

– Qu'est-ce que ça aurait donné ? De toute façon, l'important était que la direction n'ait pas autorisé ton intervention. À partir du moment où je t'avais interdit formellement de revoir cette femme hors du casino, nous ne pouvions plus être tenus responsables de la suite des événements. Que tu aies ou non respecté mes directives n'y change pas grand-chose.

– C'est logique ! admit Maria, soulagée. Dire que j'en ai fait des nuits blanches.

– Et puis, je me doutais bien que tu songeais à nous quitter, surtout quand le directeur de ce centre pour toxicomanes m'a appelée pour avoir des références sur toi…

– Et qu'est-ce que vous lui avez dit ? demanda Maria, soudainement inquiète.

– J'ai dit que tu étais la meilleure psychologue que j'ai connue et que tu serais certainement plus heureuse chez eux qu'ici.

– Je pense que je vous dois des excuses…

– Mais non. Tu passes ta vie à écouter pleurer tout le monde, tu as bien le droit de te vider le cœur toi aussi à l'occasion.

– Je dois dire que je ne m'attendais pas à cette réaction.

– On en apprend tous les jours. Une dernière chose…

– Oui ?

– Je suis certaine que les raisons que tu invoques dans ta lettre sont sincères, mais, juste entre toi et moi, tu pourrais bien admettre que c'est un peu bizarre que tu démissionnes le surlendemain de l'annonce du départ à la retraite d'Antoine…

– Ah, hésita Maria, les joues rouges. J'imagine que tout le monde est au courant…

– Il y a des regards qui ne mentent pas. Tu as bien de la chance d'être tombée sur un homme de cette trempe. L'amour est une chose précieuse. Moi-même, je viens de me faire plaquer par mon mari après vingt ans de mariage. Profite de ton bonheur pendant que ça dure.

– Je ne savais pas, je suis désolée…

– Bof, on ne se voyait plus vraiment depuis au moins deux ans. Il a dû se taper une stagiaire à son cabinet d'avocats… Bon, je ne te retiens pas. Ça m'a fait plaisir d'avoir la chance de discuter à cœur ouvert avec toi. Si tu veux terminer la même journée qu'Antoine, c'est à ton aise. Et reprends donc ta lettre, je pense qu'elle est inutile, dorénavant. »

Maria quitta le bureau de Marie-Ève Turcotte avec l'impression d'avoir reçu une petite leçon d'humilité bien méritée. La psychologue avait sous-estimé cette femme. Elle n'avait pas su voir sa sensibilité et sa compassion, et elle se rendait compte maintenant que la directrice du casino devait connaître aussi ses moments de culpabilité.

En retournant à son bureau, Maria remarqua une dispute entre un agent de sécurité et une cliente qu'elle reconnut instantanément.

« Mais puisque je vous dis que je veux voir Mme Delluci, protestait la femme. Je ne suis pas venue pour jouer.

– Je suis désolé, madame, mais vous faites partie des autoexclus du casino. Vous n'avez pas le droit d'être ici, suivez-moi s'il vous plaît.

– Il n'en est pas question... Appelez Maria Delluci, espèce de borné !

– Monique ! s'exclama joyeusement Maria en arrivant derrière sa protégée. Il ne faut pas s'emporter inutilement... Il ne fait que son travail.

– Je m'en fous, j'en ai trop bavé pour me faire chier par un jeune faux flic. »

C'était le genre d'insulte qui avait le don d'irriter la plupart des gens de cette profession, et un deuxième agent s'approcha d'elle, avec l'intention évidente de l'expulser de l'endroit manu militari.

« Laissez Mme Parent tranquille, ordonna Maria avec un aplomb étonnant chez une femme aussi délicate. Je m'en occupe... »

Les deux gardiens s'éloignèrent en maugréant, avec l'impression qu'on les avait privés d'un plaisir bien légitime en les empêchant d'expulser Monique Parent. Celle-ci, un peu essoufflée, s'excusa auprès de Maria pour son arrivée impromptue. Elle était vêtue simplement, jeans, chandail, espadrilles, s'était légèrement maquillée et avait attaché ses cheveux en chignon. Mais ce qui frappait le plus dans sa nouvelle apparence était qu'elle semblait avoir repris des couleurs et peut-être quelques kilos. Elle avait visiblement retrouvé le sommeil et l'appétit.

« Je voulais venir en personne, expliqua-t-elle au bout d'un moment.

– Mais pour quoi faire ? »

Monique était visiblement émue.

« Je m'en sors, Maria, c'est plus souffrant que mille morts, mais je m'en sors. J'avais besoin de te le dire, c'était ma récompense.

– C'est notre récompense à nous deux, Monique… »

Les deux femmes s'étreignirent spontanément. Monique pleura sur l'épaule de Maria. Cette fois, ses larmes étaient moins amères. Au bout d'un moment, Monique se calma et demanda :

« Et toi, ma belle, ça va ?

– Ça va très bien. Je suis amoureuse et je viens de remettre ma démission.

– C'est vrai ? Est-ce que c'est le grand monsieur que j'ai vu l'autre fois ?

– Antoine, c'est en plein ça.

– Pourquoi tu démissionnes ? Sans toi, je serais morte à l'heure qu'il est. Tu es très précieuse ici. Tu es la seule à nous lancer une bouée de sauvetage quand on se noie.

– Quand tu me dis ça, tu me donnes presque envie de revenir en arrière. Je démissionne parce que je pense que je peux aider plus de gens et plus efficacement dans un autre endroit. Ici, je sers surtout à rehausser l'image corporative du casino. Je vais travailler à ton centre, justement.

– Alors on va se revoir ! s'écria joyeusement Monique. Je suis censée y retourner une fois par semaine. Penses-tu que tu vas pouvoir t'occuper de moi ?

– Sûrement. Je suis la personne qui connaît le mieux ton dossier.

– C'est la meilleure nouvelle que j'aie entendue depuis très longtemps!»

♠

Malgré les événements éprouvants des derniers jours, Stéphane et Emmanuelle prenaient le temps de se voir. L'amour fait oublier bien des malheurs. Ils avaient étendu des coussins et des draps sur le tapis du salon. Une douce pénombre régnait. Stéphane avait mis un disque de jazz, sans se souvenir qu'il s'agissait d'un cadeau de Thi Tram. Des plateaux de bouffe traînaient sur les fauteuils. Stéphane était appuyé sur son coude et admirait nonchalamment la beauté de la jeune femme, nue devant lui, sans pudeur et sans complexes.

«J'ai jamais rien compris à l'amour, méditait-elle à voix haute. J'aurais dû moins étudier le corps et ses maladies et consacrer un peu plus de temps au cœur!

– J'ai eu un vieux maître en prison. Il me disait que les Anglais avaient compris, eux. *They fall in love*: ils tombent en amour… Tomber, c'est faire une chute… en anglais, *falls*. Tu tombes, tu fais une chute, une chute, c'est un torrent.

– L'amour, c'est comme un torrent qui emporte tout sur son passage. On peut pas lutter, c'est ça?

– Je pense que oui.

– As-tu lutté contre moi?

– Oui.

– Pourquoi?

– Il y avait Thi Tram, c'est une fille super. Et tu es médecin… Pour un gars qui sort de prison avec cent piastres dans ses poches, une docteure, c'est gros à aller chercher...

– Je suis une fille avant tout... Pourquoi est-ce que j'ai été attirée par toi dès la première minute ?

– Qu'est-ce que tu essaies de savoir, docteure ?

– Je veux comprendre... »

Stéphane, en séducteur rusé, vit là le moment idéal pour lui faire le coup de l'électricité statique. Ça lui apprendrait à choisir une moquette synthétique pour son appartement. Il se releva et passa doucement sa main tout près de son corps, mais sans la toucher, à la hauteur des épaules, puis descendit doucement vers la chute du dos.

« Sens-tu ma main ?

– C'est chaud...

– Sens-tu comme un picotement ? Je te touche pas et pourtant tu sais où ma main se trouve...

– C'est fou... Hé ! descends pas plus bas, ça va mal finir encore !

– L'amour, c'est comme ça que ça commence. On doit vibrer à la même fréquence, je ne sais pas, mais c'est comme ça. Si tu sentais pas ma main, il se passerait rien... »

Elle roula sur le dos et le contempla avec passion et gourmandise. Cette bonne vieille électricité statique avait encore fait son travail. Emmanuelle n'y avait vu que du feu. Un jour, se promit-il, il essaierait avec un générateur Van der Graaf.

« Tu vas vite en affaires, mais j'ai le goût de te croire ; tu m'as trop chatouillée...

– Mais je t'ai pas touchée !

– Tu m'as chatouillée quand même... »

Il se pencha sur elle et l'embrassa, puis rejeta sa tête en arrière, le regard perdu dans le vide. Ses préoccupations refaisaient surface. Elle le sentit.

« Je ne sais pas tout de toi, mais j'ai bien deviné que tu brassais pas mal de choses… Il y a des cicatrices qui ne mentent pas.

– Tu penses que ton destin, c'est de venger ton père, commença Stéphane. À un moment donné, tu sais plus à qui tu en veux vraiment. Le casino ou Kim Dee. Y en a un qui a tué ton père, l'autre t'a envoyé trois ans en prison.

– La vengeance, je connais pas. Quand ma mère a quitté mon père, j'étais plus en colère que lui. J'ai bien vu que ça ne donnait rien de haïr. C'est celui qui hait qui se fait du mal.

– Quelqu'un d'autre m'a dit la même chose.

– Mon père, je suppose ?

– Peut-être… Mais là, ça devient infernal. M. Nguyen, le père de Kim Dee, m'a fait promettre de veiller sur son fils, qui est probablement responsable du meurtre de mon ami Zak. C'est complètement fou ! Comment veux-tu que je protège un dealer toujours gelé, qui trafique avec des motards ? Je les ai rencontrés une fois seulement et j'ai failli y laisser ma peau.

– Tu lui as dit à M. Nguyen ?

– Je ne peux pas lui dire tout ça. Il soupçonne à peine le quart de la vérité et ça le rend malade. Je ne sais pas quoi faire. Il m'a déjà offert de l'argent, il a payé des avocats pour me sortir de prison… je me sens redevable.

– Mon chéri, rembourse tes dettes, sinon tu vas te sentir tout croche. T'es bâti comme ça.

– Et puis, je suis tombé en amour. Tout a basculé d'un coup. Je veux plus rien savoir du casino, je veux plus rien savoir de Kim Dee… je veux t'aimer, je veux être heureux. J'ai pas le goût de me faire casser la gueule dans des histoires que je contrôle pas ! »

Elle se serra contre lui. Ils s'embrassèrent passionnément. Elle le regarda avec tendresse.

« Fais ce que ton cœur te dit. Tu te tromperas jamais.

– Mon cœur, il me dit que je t'ai cherchée toute ma vie. J'ai pas le goût de risquer de te perdre. »

♠

Les deux amoureux furent réveillés le lendemain matin par le téléphone cellulaire de Stéphane. Thi Tram, en état de panique, annonça au jeune homme une nouvelle qui rendait caduque toute velléité de ramener Kim Dee dans le droit chemin. Il venait d'être arrêté à sa descente d'avion à Dorval, en compagnie de plusieurs de ses hommes, et Interpol venait d'arraisonner un cargo de l'entreprise des Nguyen, quelque part dans l'océan Indien, sur lequel on avait trouvé d'importantes quantités d'héroïne. Des membres des Evil Riders avaient été pris également. Des dizaines de criminels de plusieurs pays se retrouvaient derrière les barreaux, et la police canadienne avait de quoi pavoiser devant la presse à sensation. Elle venait de réussir un très beau coup de filet grâce à ce qu'elle avait surnommé, sans autre explication, l'« opération Black-jack ».

Thi Tram demanda à Stéphane de les accompagner, elle et sa famille, à la prison, étant donné la confiance que son père avait en lui. Ils pourraient voir Kim Dee en début d'après-midi.

Elle vint le chercher à l'heure convenue et lui laissa le volant pour tenter de réconforter son père et sa mère, assis stoïquement à l'arrière. Seule sa mère montrait une quelconque émotion, pleurant doucement sans dire un mot. Le voyage fut aussi pénible que silencieux.

An Nguyen, Thi Tram et Stéphane sortirent de la lourde berline de la famille. Thi Mung resta dans l'auto. Le visage du vieil Asiatique était totalement défait, ses yeux creusés par les nuits blanches, ses rides profondément marquées. Thi Tram avait les traits tirés elle aussi. Elle marchait un pas derrière son père. Stéphane se tenait à ses côtés, sans oser prendre son bras, lui aussi très sérieux, regardant droit devant lui, muet. Puis, An Nguyen, au bout de son rouleau, dut s'arrêter un moment pour tenter de se contenir. Thi Tram le rattrapa, posa délicatement sa main sur son épaule. Le vieil homme resta de marbre, malgré tout l'amour exprimé par ce geste. Il ne bougea pas. Stéphane, avec tact, se tenait légèrement en retrait.

« Tu veux que je t'accompagne ? demanda Thi Tram à son père.

– Pourquoi a-t-il fait ça ? Pourquoi cette honte ?

– On ne sait jamais ce qui se passe dans l'âme de quelqu'un… mais c'est mon frère et je l'aime.

– C'est mon fils. C'est mon sang, ma chair. Il aurait été cent fois mieux de mourir.

– Non, monsieur Nguyen, intervint Stéphane. On survit. Même dans le fond d'une prison en Floride, même dans le désespoir le plus noir, on survit. Dites à Kim Dee qu'il faut survivre, que la vie est longue, que vous l'aimez… »

Cette fois, le regard d'An Nguyen se troubla.

« Toi, tu le sais. Thi Tram le sait. Kim Dee, je l'aime plus que tout au monde. Mais il y a des lois dans la vie que tu ne peux pas comprendre. »

Stéphane ne saisit pas pleinement le sens de cette remarque, mais Thi Tram sembla la prendre très au sérieux. Elle se plaça devant son père, lui prit les mains et lui dit sur un ton suppliant :

« Non, père… non, c'est pas vrai… En Amérique, ce ne sont pas les mêmes lois. Je t'en supplie…

– Assez. Je vais voir mon fils, maintenant. Seul. »

Ignorant de ce qui se passait à l'extérieur des murs, Kim Dee avait déjà eu le temps de faire l'inventaire de sa cellule. Sans sa cocaïne, en état de manque, coincé derrière les barreaux, le petit caïd avait déjà cédé la place au jeune homme de bonne famille qu'on avait élevé dans le confort et l'abondance. Il tournait en rond, désemparé, désespéré. Il se cogna la tête contre un mur, échappant des cris surgis du fond de ses tripes. Il finit par entendre la porte qu'on ouvrait et sa fierté de Nguyen reprit le dessus. Il se composa un masque d'impassibilité et refoula toutes ses émotions pour affronter le gardien avec dignité.

« T'as de la visite, annonça le gardien.

– C'est qui ? Mon avocat ?

– C'est pas de mes affaires… Tu me suis, c'est tout. »

Arrivé au parloir, Kim Dee comprit qu'il allait comparaître devant le seul juge qui comptait vraiment à ses yeux. Il s'avança devant la vitre. Son père était assis, stoïque, fermé, en apparence froid. Kim Dee s'assit et scruta le vieil homme. Ce dernier ne broncha pas.

« Je suis désolé…, dit-il simplement.

– J'ai trouvé les meilleurs avocats. Ils vont s'occuper de ton cas.

– Je suis désolé, je t'ai dit…

– Tes avocats vont faire des pressions pour que le montant de ta caution soit fixé le plus rapidement possible.

– Maman ? Comment est-elle ?

– Ta mère, tu aurais pu t'inquiéter pour elle avant…

– Pourquoi t'es venu ici, hein ? Pourquoi t'es venu ici si c'est pour m'écœurer ?

– Jamais un Nguyen ne s'est retrouvé en prison. »

Kim Dee fixait son père, décontenancé. Son stoïcisme était pire que cent coups de fouet. Un poids atroce écrasait sa poitrine. Incapable d'en supporter plus, il se leva d'un mouvement rageur et fila vers la porte arrière de la salle. Elle était verrouillée et il dut attendre l'arrivée d'un gardien pour qu'on l'ouvrît. An Nguyen était resté figé sur sa chaise. Kim Dee eut un dernier regard désespéré vers lui avant de disparaître.

Quelques heures plus tard, Kim Dee put prendre sa première douche en prison. Il n'avait pas eu l'occasion de se laver depuis son interminable voyage en avion et sa nuit blanche passée en salle d'interrogatoire. Le soir était tombé. Trois prisonniers prenaient leur douche. Kim Dee entra, nu, vulnérable. Il s'installa sous un jet et laissa l'eau calmer son angoisse. Il ne se rendit pas compte que les trois autres prisonniers quittaient discrètement la salle.

Trois énormes malabars, le corps couvert de tatouages, pénétrèrent dans la grande pièce. Un des trois resta près de l'entrée. Les deux autres s'approchèrent silencieusement. Sans avertissement, le plus imposant flanqua un terrible coup de pied dans les reins de Kim Dee, qui fut projeté contre le mur de céramique. Il tomba par terre et, avant d'avoir pu se relever, reçut un autre coup dans les flancs, puis un autre au visage. Un des butors le tira par les cheveux pour le remettre debout. Le visage de Kim Dee était ensanglanté, son nez saignait abondamment, et il avait au moins une dent cassée. Le plus gros lui administra un autre terrible coup au visage, qui le catapulta de nouveau contre le mur. Le deuxième le souleva à son tour et le soutint pendant que le plus costaud frappait son abdomen. Kim Dee s'écroula sur le sol. L'eau lavait le sang à mesure qu'il giclait. Le troisième, qui faisait le guet, s'écria :

« Hé ! V'là les screws, décâlissons d'icitte ! »

Avant de quitter les lieux, le fier-à-bras s'adressa à Kim Dee.

« T'es chanceux… Quand ça va être Big Daddy qui va enfin te pogner, mon hostie de face à jaunisse, tu vas prier ta mère pour mourir… »

En sortant des douches, ils croisèrent un gardien qui arrivait sur les lieux.

« Dépêchez-vous, tabarnac, y a un gars qui a glissé su l'savon. Y s'est pété le coco, y saigne comme une truie… »

Le gardien recula de dégoût en apercevant Kim Dee.

« Une urgence aux douches, dit-il dans son émetteur. Une urgence… y a un gars qui a glissé sur son savon…

– Toi, tu comprends vite, acquiesça le butor. Tu vas toffer longtemps icitte… »

Kim Dee ne reprit conscience que le lendemain, à l'infirmerie de la prison. Là, il constata au moins deux avantages à son état : le lit était plus confortable, et on lui administrait régulièrement des doses appréciables de codéine, qui, en plus de calmer sa douleur, le plongeaient dans un état de légère hébétude qui l'aidait à oublier sa situation. Cependant, il se doutait bien qu'il devrait tôt ou tard affronter de nouveau les hommes de main de Daddy Girard.

Il avait quand même droit à des visites et s'étonna de voir arriver sa petite sœur, qu'il avait si mal traitée au cours des derniers mois. Elle fut horrifiée par le visage affreusement tuméfié de son frère. Un autre prisonnier observait avec intérêt, pour ne pas dire avec lubricité, la jolie petite Vietnamienne, pourtant vêtue sobrement. Un gardien était resté à la porte pour surveiller. Elle s'approcha du lit, ébranlée.

« Misère ! Tu ne me feras jamais croire que tu es tombé dans la douche !

– On apprend vite, en dedans. Je suis tombé et c'est mieux pour tout le monde.

– Tu veux me parler ? Tu veux des nouvelles ? Tu as des messages pour les parents ?

– J'ai besoin de savoir. Notre père... est-ce que tu crois qu'il va oublier un jour ?

– Oublier ? Je ne pense pas. Il a le cœur brisé, Kim Dee. Jamais je ne l'ai vu dans un tel état.

– Les oncles, le reste de la famille ?

– Ils ne parlent pas. Ils ne disent pas un mot. Comme si rien ne s'était passé. Notre père supporte leurs silences et leurs propos vides sans réagir.

– Ils sont au courant ?

– S'ils sont au courant ?! Kim Dee, réveille-toi, ta photo est en première page des journaux. Je me demande si c'est pas la police qui l'a donnée aux journalistes... »

Le corps meurtri et brisé de Kim Dee se tassa encore. Son âme avait perdu tout ressort.

« J'ai parlé à mon avocat…

– C'est le meilleur qu'on ait pu trouver. »

Un silence s'installa. Kim Dee soupira finalement, avec un drôle de sourire :

« Je t'ai tellement tiré les couettes…

– Ce n'est pas grave…

– As-tu un miroir sur toi ?

– J'en ai un dans mon sac à main… Pour quoi faire ?

– Je veux me regarder le visage. Y a pas de miroir ici…

– Tu es sûr ? Je ne pense pas que ça va te remonter le moral.

– J'aime mieux voir la réalité en face. »

Elle lui tendit le miroir demandé. Il le serra dans sa main, catastrophé par le reflet de son visage. Le gardien s'approcha à ce moment sans remarquer ce qui venait de se produire.

« Mademoiselle, vos dix minutes sont écoulées…

– Thi Tram, peux-tu m'envoyer Stéphane ?

– Il m'attend dehors. Je vais lui dire. »

Elle serra la main de Kim Dee, trop émue pour réaliser qu'il avait gardé le miroir sous la couverture.

Quelques minutes plus tard, son ancien ami se présenta, l'air réservé.

« Je suis tellement content que tu sois venu.

– Thi Tram a beaucoup insisté…

– Thi Tram est une fille super… C'est pas comme son frère. »

Stéphane resta silencieux. Il ne lui appartenait pas de faire le premier pas. Il attendit donc. Au bout d'un long moment, Kim Dee finit par déclarer, avec une sorte de hoquet :

« Je te demande pardon. J'ai été un vrai couillon.

– Je suis passé au travers. Je m'en suis sorti.

– Je te demande pardon, comprends-tu ? Je te demande pardon parce que c'est moi qui avais caché la dope dans ton étui à partitions. Mais je pensais jamais que tu te ferais fouiller. Je pouvais pas deviner.

– Mais tu m'as laissé passer quasiment trois ans en enfer. T'as fermé ta gueule.

– J'étais accro… j'ai pas d'excuse…

– Ce qui est fait est fait. Ça donne rien de revenir là-dessus.

– Je veux que tu me pardonnes. Je t'en supplie. Au moins toi…

– Qu'est-ce que ça change que je te pardonne ?

– Je n'ai plus rien dans la vie. J'ai tout risqué et j'ai perdu. Je sais que tu sais comment on se sent. Pardonne-moi donc, tu nous rendrais service à tous les deux.

– Je pourrais te pardonner ce que tu m'as fait, mais je ne peux pas te pardonner d'avoir fait tuer Zak…

– Zak ?

– Le grand Noir qui vous a empêchés de me casser les deux bras…

– Je n'ai pas ordonné de le tuer, je te le jure. Ce doit être mes gars qui ont voulu se venger. Ils les ont coffrés eux aussi de toute façon… Je n'ai plus de clan, plus de business…

– Je vais te pardonner, mais pour une seule raison.

– Laquelle ?

– Parce que j'ai déjà eu ma vengeance. J'ai aidé les flics à te mettre le grappin dessus. »

Kim Dee accueillit cette révélation par un nouveau silence, puis se mit à rire tout doucement, pour ne pas trop secouer ses côtes fracturées.

« Ça va, on est quittes. Je te pardonne. Tu peux même sortir avec ma sœur si ça te tente.

– Désolé, trop jeune pour moi... »

Les deux frères ennemis se serrèrent enfin la main, libérés d'un poids qui les opprimaient depuis longtemps.

« J'ai vraiment tout gâché, reprit Kim Dee. Si tu savais la honte que j'ai causée à mon père.

– Ton père est encore vivant, tu sais pas quelle chance tu as.

– Il aimerait mieux être mort... »

Le gardien fit un signe à Stéphane, qui sortit sans ajouter un mot. Tout avait été dit entre eux.

Quelques heures plus tard, après l'extinction des feux, Kim Dee parvint à se lever péniblement de son lit et se dirigea vers les toilettes sans faire de bruit. Son compagnon de chambre l'observait.

« Je vais aux toilettes... ça risque d'être un peu long...

– Prends ton temps, pense à moi quand tu vas venir... »

Kim Dee entra dans les toilettes sans prêter attention au rire gras qui fusait derrière lui. Il sortit de son pyjama le petit miroir qu'il avait subtilisé à Thi Tram. Il s'assit par terre et, avec précaution, cassa l'objet. Il posa ses deux avant-bras au-dessus de la cuvette et entailla son poignet droit, profondément. Le sang ne tarda pas à gicler avec force. Il répéta le même geste sur son poignet gauche. Puis il demeura assis, le regard fixe, pendant que son sang se déversait dans la cuvette, comme s'il rachetait sa honte et celle de sa famille. Kim Dee sentit un soulagement immense le gagner alors qu'un voile noir s'abattait devant ses yeux.

Le lendemain, à la morgue, An et Thi Mung Nguyen contemplaient, anéantis, le corps inerte de leur fils étendu sur une table.

« Nous avons tout tenté pour le sauver, leur expliquait un médecin. Il avait perdu trop de sang.

– Mais comment avez-vous pu le laisser sans surveillance ?

– Il avait un petit miroir en sa possession. Les entailles étaient profondes. »

Le médecin leur montra le miroir brisé, auquel s'accrochait toujours un morceau du cadre en plastique. Thi Mung poussa un hurlement déchirant et s'écroula en pleurs.

« Le miroir, gémit-elle. C'est à Thi Tram. C'est le miroir de Thi Tram… »

Le visage d'An Nguyen se décomposa. La douleur et la rage lui tordirent le ventre. Une pensée épouvantable traversa son esprit.

« C'est impossible. Thi Tram n'a pas pu faire ça.

– Pourquoi tous ces malheurs ? Qu'est-ce qu'on a fait, mon mari, qu'est-ce qu'on a fait pour mériter autant de malheurs ?

– Arrête de pleurer. Si ta fille est responsable de la mort de mon fils, que tu sois maudite ! »

Son ton fut tellement dur que Thi Mung resta pétrifiée, incrédule.

« Tu es méchant. Tu n'as jamais aimé ta fille. Tu n'as jamais quitté le Viêtnam. Tu t'es desséché en vieillissant au lieu de devenir meilleur. »

An Nguyen ne répondit pas. Il regarda son fils une dernière fois, une fine larme trembla au coin de son œil, qu'il essuya discrètement.

« Merci, dit-il à l'endroit du médecin, atrocement mal à l'aise. Je veux m'en aller maintenant… »

Il se retourna sans aider sa femme à se relever. Celle-ci se redressa péniblement et le suivit, écrasée de douleur. Thi Tram, ne supportant pas l'idée de voir le cadavre de son frère, les avait attendus docilement dans une salle adjacente. Elle ne comprit pas le regard meurtrier que lui adressa son père en l'apercevant, mais ce coup d'œil lui glaça le sang. Elle décida de tenir le volant pour le retour à la maison, heureuse de pouvoir éviter de croiser à nouveau ce regard empli d'une haine incompréhensible.

Une fois à la demeure familiale, aucun de ses parents ne voulut lui raconter ce qui s'était passé à la morgue. Elle n'osa pas poser de questions, mettant leur attitude sur le compte de la douleur. Elle ne pouvait cependant s'expliquer pourquoi tous deux fuyaient son regard et refusaient tout geste de réconfort. Sa mère se contentait de pleurer, inconsolable, effondrée sur le divan, pendant que son père, chose inhabituelle, était en train de vider une bouteille d'alcool à un rythme dangereux. Elle ne l'avait jamais vu ivre, et il ne buvait que rarement, les spiritueux de la maison étant en général réservés pour les visiteurs.

« Arrête de pleurer, maman… Dans le fond, Kim Dee est enfin libéré.

– Ce n'est pas la façon d'arriver au bonheur, tu le sais. Ma vie est finie.

– Je suis là, moi… »

Cette phrase anodine déclencha l'explosion qu'elle pressentait depuis leur sortie de la morgue.

« Toi ? éclata son père, visiblement soûl. Tu as tué ton frère !

– Qu'est-ce que tu dis ? Moi, j'ai tué Kim Dee ?!

– Ne fais pas l'hypocrite, articula-t-il avec difficulté. Kim Dee s'est coupé les veines avec ton miroir de poche, Thi Tram, jamais je ne te le pardonnerai. »

Thi Tram, qui s'était levée pour tenir tête à son père, retomba sur son fauteuil. Elle se tourna vers sa mère.

« C'est vrai, maman ? »

Thi Mung lui fit un signe de la tête. Thi Tram réalisa subitement qu'elle avait effectivement oublié de récupérer son miroir.

« Il m'a demandé un miroir, expliqua-t-elle, bouleversée. Pour voir son visage. Il l'a gardé...

– Moi, je te crois, la réconforta sa mère.

– Notre vie est finie, maugréa son père. Il n'y a plus de fils pour prendre la relève. »

Thi Tram en avait assez entendu. Elle surmonta son désarroi à grand-peine, puis osa lever la tête devant son père.

« Et ta fille ? Ouvre-toi les yeux, père, c'est moi qui t'ai prévenu que tu te faisais voler. C'est moi qui ai mis de l'ordre dans tes entreprises. Je suis quoi, moi ? Je compte pas, je suis rien ?

– Tu es une fille, cracha-t-il. Tu ne seras jamais un fils. »

Il se retourna et, sans même jeter un regard à Thi Tram, quitta la pièce. La jeune fille suffoquait littéralement. Elle se leva, fit quelques pas et s'adressa à sa mère :

« Je ne veux plus le voir, jamais. J'aime mieux mourir ! »

Elle sortit du salon en coup de vent, les larmes aux yeux, et monta dans sa chambre. Ses parents, trop accablés, la laissèrent à son isolement pendant quelques heures. Chacun avait trop de peine pour pouvoir soutenir les autres. Thi Mung finit cependant par s'inquiéter de son silence et alla lui rendre visite dans l'espoir de réussir à la réconforter. Elle la découvrit étendue sur son lit, inanimée, profondément endormie, un flacon de comprimés vide posé à côté d'elle. Thi Mung reconnut tout de suite les cachets. Il s'agissait d'un puissant somnifère délivré seulement sur ordonnance que son mari lui procurait par le biais de ses pharmacies. Prise de panique, elle se dépêcha d'appeler une ambulance.

An Nguyen, ivre mort, n'offrit même pas de l'accompagner à l'hôpital. Le hasard voulut que Thi Tram fût admise à l'établissement où travaillait Emmanuelle, qui reconnut sa rivale en recevant sa civière à l'urgence. Elle procéda promptement à un lavage d'estomac. La jeune fille avait pris une dose importante de somnifères et avait eu le temps d'en digérer une partie.

Lorsqu'elle fut certaine que sa patiente était hors de danger, Emmanuelle contacta Stéphane et lui raconta ce qui venait de se produire. Il se précipita à l'hôpital et vint à la rencontre de Thi Mung, au chevet de sa fille. Il fut ahuri d'apprendre le suicide de Kim Dee et la tentative de suicide de Thi Tram à moins de vingt-quatre heures d'intervalle. Une malédiction terrible semblait s'être abattue sur les Nguyen. Il s'étonna de l'absence du père. Thi Mung lui raconta la dispute qui avait éclaté plus tôt et Stéphane entra dans une colère noire.

« Madame Nguyen, attendez-moi, je vais aller chercher votre mari. »

Chez les Nguyen, il trouva le vieil homme prostré dans sa rancune et son orgueil, complètement imbibé. Résolu à ne pas plier devant l'obstination légendaire du vieillard, il l'aborda de front sur un ton sans équivoque.

« Monsieur Nguyen, venez avec moi. Votre fille a besoin de vous. Elle est dans le coma à l'hôpital. Je vais vous y conduire. »

Le vieillard ne daigna pas répondre. Stéphane ne se laissa pas décontenancer et revint à la charge.

« M'avez-vous entendu, espèce de vieux singe ? Vous allez lever votre cul et me suivre jusqu'à l'hôpital ! »

Le philosophe Schopenhauer, dans son *Art d'avoir toujours raison*, n'a que trop bien souligné l'efficacité de l'insulte directe et gratuite comme outil de dialectique quand tous les autres ont échoué. Cette stratégie fonctionna à merveille dans le cas d'An Nguyen, qui sortit de sa torpeur pour faire face à Stéphane.

« Il n'en est pas question. De quel droit te permets-tu de donner des ordres dans cette maison ?

– Écoutez-moi, vieux crapaud ! Kim Dee s'est suicidé parce qu'il ne pouvait tolérer l'idée de vous affronter. Il est mort étouffé par la honte ! Là, c'est votre fille qui a failli mourir. Thi Tram est merveilleuse, elle est belle et bonne, généreuse, elle est plus intelligente que vous et Kim Dee réunis. Elle souffre tellement de votre manque d'amour qu'elle aimerait mieux renoncer à la vie plutôt que d'endurer votre indifférence glaciale ! Vous ne me faites pas pitié, vous me dégoûtez ! Restez dans votre haine, mais cessez de tourmenter Thi Tram !

– Comment oses-tu?

– J'ose, c'est tout! Vous allez venir avec moi ou je vous casse la gueule, c'est clair?

– Jeune insolent!

– Vieux con! Vous ne méritez pas d'avoir une fille comme Thi Tram. Ce que Kim Dee a fait, vous l'avez vous-même provoqué avec vos conneries d'honneur familial. Maintenant, vous allez me suivre.»

Stéphane mit ses menaces à exécution et agrippa solidement le vieil homme par le bras. An Nguyen, de taille modeste et âgé de plus de soixante-dix ans, n'eut pas le choix d'obéir. Stéphane le traîna littéralement jusqu'à sa voiture et l'installa sur le siège du passager comme s'il manipulait un mannequin. Même s'il en avait été capable, An Nguyen était trop humilié pour se défendre et se montrait maintenant docile. Durant le trajet, il lança cependant:

«Tu crois que tu vas pouvoir te permettre de traiter ainsi un vieillard devant tout le monde dans un hôpital?»

Cette fois, l'agacement de Stéphane atteignit un sommet. Il stoppa sa voiture près du trottoir.

«Vous avez bien raison. C'est inutile de vous amener là de force. Il faut que ça vienne de vous.

– Tu deviens raisonnable.

– Descendez.

– Pardon?

– J'ai dit: descendez. Si vous ne venez pas avec moi, le trajet s'arrête ici.

– Ça devient ridicule.

– Ça l'est depuis le début.»

Les deux hommes restèrent silencieux un moment dans la voiture immobile.

« Jamais personne n'a osé me traiter comme tu viens de le faire.

– Dommage. Ça vous aurait peut-être déconstipé à temps, avant que vous empoisonniez l'existence de vos deux enfants.

– Tu dois aimer ma fille pour te donner tout ce mal.

– Et vous devez vous détester vous-même pour résister autant. »

Il y eut un nouveau silence.

« On y va? demanda Stéphane.

– Puisqu'il le faut », murmura An.

Stéphane s'abstint soigneusement de laisser voir sa jubilation intérieure durant le reste du trajet afin de ménager l'orgueil du vieil homme, mais il avait rarement éprouvé un pareil sentiment de triomphe. L'heure était toutefois trop grave pour de telles joies mesquines.

Thi Mung et Emmanuelle les accueillirent avec soulagement à la porte de la chambre de Thi Tram.

« Votre fille vous attend… », lui dit la docteure.

An Nguyen leva les yeux vers Stéphane.

« Tu aurais dû être mon fils.

– Ne le prenez pas mal, mais je ne suis pas sûr que c'est un compliment… »

An Nguyen entra en silence dans la pièce où reposait Thi Tram. Celle-ci souleva les paupières et aperçut son père. Elle ne dit pas un mot, mais il put lire une grande inquiétude dans ses yeux. Il s'avança vers elle et, après une ultime hésitation, posa sa main sur son front. Le regard de la jeune fille s'éclaira. Toujours en silence, il se pencha sur elle et l'embrassa sur la joue. De grosses larmes coulèrent des yeux d'An Nguyen et tombèrent sur le visage de Thi Tram, qui se mit à pleurer à son tour. Puis, il s'agenouilla et caressa son visage.

« Je te demande pardon, je ne suis qu'un vieil imbécile.

– Tu m'as tellement manqué, papa... »

♠

Le dernier jour de travail d'Antoine et de Maria au casino était enfin arrivé et les deux amoureux se permettaient maintenant d'afficher leur relation devant le personnel. À cinq heures pile, ils avaient cessé d'être des employés de la maison. Si Maria ne ressentait aucune amertume, Antoine, de son côté, ne s'enthousiasmait guère devant les remarques polies de ses nouveaux ex-collègues, encore moins devant les canapés bon marché et passablement défraîchis ou la bière industrielle que le commanditaire du casino leur imposait. Il se trouvait dans une curieuse situation où il devait admettre qu'il n'avait plus aucun attachement pour le casino, sans toutefois avoir trouvé de quoi combler le vide créé par son départ hâtif. De plus, il n'avait jamais été un fervent des cinq à sept, ces événements sociaux imposés par un milieu de travail où des gens qui ne s'apprécient pas nécessairement font semblant d'avoir du plaisir.

Maria sentait bien que son amoureux était d'humeur morose. Elle le prit à part pour tenter de lui remonter le moral.

« Je me sens drôle, dit-il. J'ai hâte que ce soit fini, mais j'ai peur de ce qui va suivre.

– C'est parce que tu n'as jamais pris le temps de vivre. Je suis sûr que lundi matin, tu vas être en train de préparer des tas de projets passionnants. Et puis, on va rejoindre ta fille et son copain après, au Blue Note Café. Tu vas entendre du jazz toute la soirée. Et ensuite, si tu en es encore capable, on fera l'amour.

– C'est vrai, la vie est belle. Pourquoi est-ce que je m'en fais ? »

La petite réception leur apparut comme un demi-succès, le vendredi soir étant la période la plus frénétique pour les employés du casino, donc un moment peu propice pour un cocktail décontracté. Marie-Ève, la directrice du casino, vint les rejoindre et remit discrètement une enveloppe à Antoine.

« Qu'est-ce que c'est ? demanda-t-il.

– Une prime de départ, comme convenu.

– Ah. Je n'y pensais plus. Au fond, c'est curieux qu'on verse une indemnité pour un départ à la retraite.

– Appelle ça comme tu voudras, c'est pour t'aider à faire la transition. »

Un malaise commençait à s'installer. Si la directrice ne lui avait pas versé d'indemnité, il n'aurait même pas pensé à en demander une. Il avait sa pension d'ex-policier, son plan de retraite et des économies suffisantes pour assurer son avenir, et il n'excluait pas la possibilité de trouver un autre emploi dans les plus brefs délais. Pourquoi lui remettre une enveloppe ? Par charité ? Pour acheter sa bonne volonté, son silence ? Parce que, au fond, il avait été congédié pour des raisons discutables ? Il se demanda combien valait son départ d'après la directrice. Il ouvrit l'enveloppe et n'apprécia pas la réponse. Il s'agissait du plus petit nombre que l'on puisse écrire avec cinq chiffres.

« Dix mille dollars ? dit-il bêtement.

– C'est de bon cœur, répondit Marie-Ève avec un sourire crispé.

– Comment tu as fait ton calcul ? Ça fait un mois de salaire.

– Dans les circonstances, je pouvais difficilement justifier plus…

– Pardon ? Ça fait six ans que je me casse le cul quatre-vingts heures par semaine dans ton tripot de luxe et je me fais dire que dix mille dollars ça compense pour mes services ?

– Tu veux plus ?

– Là n'est pas la question. Si la direction du casino veut me verser une prime de départ, qu'elle m'en donne une qui soit à la hauteur des services que je lui ai rendus ou qu'elle ne m'en donne pas du tout.

– Antoine, c'est vraiment le mieux que je puisse faire…

– Mais je m'en fous de l'argent !

– On ne dirait pas, à ta réaction…

– Antoine, intervint Maria, je crois que Marie-Ève fait ça pour être gentille…

– Justement, c'est ça le problème. Tu fais ça pour te donner bonne conscience. Ton chèque, tu peux le garder.

– C'est quand même dix mille dollars ! protesta Marie-Ève. Vous pouvez vous offrir de magnifiques vacances avec ça, ou redécorer votre appartement, ou…

– Tu ne comprends pas. Reprends-le ou je le déchire.

– Antoine, fais pas l'enfant. Il y a plein de joueurs ici qui pleureraient en te regardant aller… »

Cette remarque inspira à Antoine une idée soudaine. Puisque son ancienne patronne ne voulait pas reprendre ce chèque et que lui non plus n'en voulait pas, il allait s'en débarrasser d'une manière beaucoup plus amusante qu'en le déchirant simplement.

« Marie-Ève, tu es d'accord pour dire que je ne suis plus un employé du casino ?

– Depuis une heure et quinze minutes.

– Rien ne m'empêche de jouer ici ?

– Non…

– Ce chèque va être honoré par les comptoirs de change ?

– Évidemment, il est signé par notre propre chef comptable.

– Je veux l'échanger contre dix mille dollars de jetons.

– Antoine ! s'exclama Maria. C'est très irresponsable ce que tu fais là.

– Juste entre nous, ajouta Marie-Ève, c'est une façon vraiment stupide de perdre son argent. Tu sais très bien que les joueurs finissent toujours par se faire plumer.

– Si tes clients t'entendaient…, ricana Antoine. Écoute, une indemnité de dix mille dollars, je considère ça plus insultant que pas d'indemnité du tout. Tant qu'à le déchirer, ce chèque, pourquoi ne pas le jouer ? C'est bien plus amusant, non ?

– Ça revient au même, répondit la directrice. Tout ce que tu vas avoir en échange, ce sont des lumières et des couleurs qui tournent et des cloches qui sonnent de temps en temps pour te garder éveillé. Jouer au casino est de loin la manière la plus idiote d'investir dix mille dollars.

– Ça me convient parfaitement ! »

Sans écouter les protestations des deux femmes qui le talonnaient, Antoine se présenta avec son chèque à un comptoir.

« Bonsoir, monsieur Caron. Est-ce que je peux vous aider ?

– Je voudrais pour dix mille dollars de jetons. Disons cent jetons de cent dollars, ce sera très bien.

– Je ne peux pas vous vendre de jetons, répondit le préposé, confus. Vous êtes un employé du casino.

– Erreur ! Je suis à la retraite depuis une heure trente minutes. Voici un chèque de dix mille dollars émis par le casino lui-même. Madame la directrice pourra attester son authenticité. »

Marie-Ève confirma ses dires, de mauvaise grâce. Pris d'une joie fébrile, Antoine s'empara de ses jetons et se dirigea vers le salon des hautes mises. Les deux femmes le suivaient toujours, maintenant accompagnées de quelques employés intrigués par le comportement d'Antoine. Un petit groupe se formait autour de lui. Maria l'observait, à la fois inquiète et étonnée de découvrir une nouvelle facette de la personnalité de son amoureux. Antoine demanda à Marie-Ève :

« Quel est le jeu le plus efficace pour perdre dix mille dollars le plus rapidement possible ?

– Si tu y tiens, la roulette est le classique par excellence des joueurs paumés.

– C'est à la roulette que les personnages jouent dans *Le joueur* de Dostoïevski, ajouta Maria. Le héros a quasiment une expérience mystique quand il se ruine à la fin. C'est très classe.

– Une expérience mystique ? répéta Antoine. Excellent programme ! Va pour la roulette ! »

Le petit groupe se dirigea vers la table des plus hautes mises du casino. Antoine s'installa bruyamment. Le croupier demeura perplexe.

« M. Caron est maintenant à la retraite, l'informa Marie-Ève d'une voix morne. Il a le droit de jouer au même titre que n'importe quel citoyen. »

Le croupier ne posa pas de questions. Antoine décida de placer dix mises de mille dollars sur dix numéros distincts, ce qui lui donnait vingt-huit chances sur trente-huit (en comptant le zéro et le double zéro) de tout perdre d'un seul coup. Pourtant, l'un de ses numéros sortit, ce qui lui rapporta trente-six mille dollars. Il trouva le phénomène intéressant. Peut-être avait-on plus de chance de gagner quand on cherchait à perdre ?

« Tu pourrais peut-être arrêter là…, intervint Maria. On pourrait certainement trouver quelque chose à faire avec cet argent…

– C'est la voix de la raison qui te parle, Antoine, ajouta Marie-Ève.

– Ce serait tricher, protesta Antoine. Ce ne serait pas juste qu'on gagne quand presque tout le monde se fait laver.

– Tu veux vraiment miser à nouveau ? insista Maria.

– Oui, c'est une question de principe ! Tout sur le trente-six !

– La mise maximale est de cinq mille dollars par numéro, répondit le croupier.

– C'est vrai, j'oubliais… »

Cette fois, Antoine déposa neuf mises de quatre mille dollars sur neuf numéros différents. Dans l'enthousiasme général, l'un des numéros sortit. Le retour était de cent quarante-quatre mille dollars. Maria et Marie-Ève, surexcitées, avaient complètement oublié leur attitude raisonnable de l'instant précédent et encourageaient maintenant Antoine à continuer.

« Bon, mais je change de stratégie. Je vais placer une mise de cinq mille dollars par tirage sur un seul numéro jusqu'à ce que je n'aie plus un sou. »

La petite foule massée autour de lui commença à lui suggérer des numéros, chacun se livrant à une véritable guerre vocale pour imposer ses choix. Après une demi-heure de ce cirque, son tas de jetons, bien loin de diminuer, avait triplé de volume. Il avait maintenant plus d'un demi-million. Marie-Ève l'arrêta d'un geste solennel.

« Je pense que tu as maintenant une prime de départ extrêmement intéressante.

– Elle a raison, Antoine, reprit Maria. Je ne crois pas au destin, mais quand on a une chance aussi incroyable, il ne faut pas la gaspiller. Retire-toi pendant que tu gagnes. »

Par bonheur, Antoine n'était pas un joueur compulsif, et il avait le plus grand respect pour l'opinion de la femme qu'il aimait. Il décida de quitter la table et demanda qu'on lui tire un chèque de cinq cent vingt mille dollars. Puis il sortit du casino en compagnie de Maria, et ni l'un ni l'autre n'y remirent plus jamais les pieds.

Totalement survoltés, ils se rendirent ensuite au Blue Note Café, où l'atmosphère était à la fête. Le quatuor du club, dont faisait partie Stéphane, était maintenant parfaitement rodé et s'aventurait avec témérité aux confins les plus exotiques et les plus excitants de la musique jazz, tout en sachant se faire accessible à l'occasion, histoire de remettre en selle les auditeurs qui se seraient perdus en chemin. Le pianiste maîtrisait avec autant de brio le langage d'Oscar Peterson que celui de Cecil Taylor.

Stéphane avait invité Emmanuelle, sa mère et Marcel, en plus d'Antoine et de Maria. Après le spectacle, tout ce beau monde se rassembla autour d'une table. Éric vint les rejoindre peu après. Les musiciens reçurent leur juste part d'éloges, en particulier de la part d'Antoine, qui était probablement le plus grand connaisseur en dehors des artistes eux-mêmes.

« Qu'est-ce que vous attendez pour enregistrer un disque et partir en tournée ? demanda-t-il.

– On avait de beaux plans il y a à peine un mois, répondit Stéphane, quand je pensais avoir gagné une fortune au casino.

– Ça coûte des bidous, tout ça, ajouta Éric. J'arrive tout juste à faire rouler le bar, je n'ai pas un sou de plus à investir en production.

– As-tu déjà pensé à convertir ton club en resto-bar ? suggéra Marcel. Charles Biddle avait trouvé une belle formule dans le genre.

– Encore là, il faut avoir du capital. Ça prend du temps pour amortir des dépenses comme ça. Il faudrait agrandir… Et puis, qui s'occuperait des cuisines ?

– Ça, je serais bien capable, répondit Marcel. Des grillades et du poulet, ça donne une meilleure marge de profit que du fast-food à quatre-vingt-dix-neuf cents…

– J'ai pas vu une affiche "à vendre" devant l'édifice ? demanda Antoine.

– Faut pas rêver…, protesta Éric.

– Avoue que ce serait génial, dit Stéphane. Un resto-bar avec le meilleur jazz band en ville, et un petit studio à l'étage.

– As-tu pensé à combien ça demanderait d'investissement ? rétorqua Éric. Les banques n'investissent ni dans les bars, ni dans la restauration, ni dans le spectacle. Personne ne serait assez fou pour te prêter l'argent. Je le sais, sinon ça ferait longtemps que j'aurais agrandi et rénové.

– Et moi, ajouta Marcel, ça ferait longtemps que ma gargote serait devenue une belle rôtisserie ou un steakhouse. »

Antoine les avait écoutés rêver en couleurs sans dire un mot, mais Maria avait lu sur le visage de son amoureux tout ce qui lui traversait l'esprit. Elle lui sourit en signe d'encouragement.

« Les amis, annonça-t-il. J'ai peut-être un investisseur à vous présenter. »

Il leur raconta l'incroyable expérience qu'il venait de vivre au casino, et leur exhiba fièrement le chèque qu'il avait ramené. Éric sabra une bouteille de champagne et l'on trinqua joyeusement en l'honneur de ces grandioses projets d'avenir.

Plus tard dans la soirée, alors que chacun se laissait porter par une douce ivresse et que les conversations devenaient moins cohérentes, Stéphane vint s'asseoir près d'Antoine, échangea quelques banalités, puis lui demanda, d'une manière anodine :

« Juste par curiosité, qui était le croupier quand tu as gagné ton magot à la roulette ? »

Antoine, dont l'esprit se faisait moins alerte à cause de l'alcool et de l'heure tardive, chercha son nom quelques instants.

« Voyons, le mathématicien… Ah oui ! Marc Sylvain ! Pourquoi tu me demandes ça ?

– Oh ! pour rien. »

AUTRES TITRES PARUS
DANS LA MÊME COLLECTION

Barcelo, François, *J'enterre mon lapin*
Barcelo, François, *Tant pis*
Borgognon, Alain, *Dérapages*
Borgognon, Alain, *L'explosion*
Boulanger, René, *Les feux de Yamachiche*
Breault, Nathalie, *Opus erotica*
Cliff, Fabienne, *Kiki*
Cliff, Fabienne, *Le royaume de mon père. T. I : Mademoiselle Marianne*
Cliff, Fabienne, *Le royaume de mon père. T. II : Miss Mary Ann Windsor*
Cliff, Fabienne, *Le royaume de mon père. T. III : Lady Belvédère*
Collectif, *Histoires d'écoles et de passions*
Côté, Jacques, *Les montagnes russes*
Désautels, Michel, *La semaine prochaine, je veux mourir*
Désautels, Michel, *Smiley* (Prix Robert-Cliche 1998)
Dufresne, Lucie, *L'homme-ouragan*
Dupuis, Gilbert, *Les cendres de Correlieu*
Dupuis, Gilbert, *La chambre morte*
Dupuis, Gilbert, *L'étoile noire*
Dussault, Danielle, *Camille ou la fibre de l'amiante*
Fauteux, Nicolas, *Comment trouver l'emploi idéal ?*
Fauteux, Nicolas, *Trente-six petits cigares*
Fortin, Arlette, *C'est la faute au bonheur* (Prix Robert-Cliche 2001)

Fournier, Roger, *Les miroirs de mes nuits*
Fournier, Roger, *Le stomboat*
Gagné, Suzanne, *Léna et la société des petits hommes*
Gagnon, Madeleine, *Lueur*
Gagnon, Madeleine, *Le vent majeur*
Gagnon, Marie, *Les héroïnes de Montréal*
Gagnon, Marie, *Lettres de prison*
Gélinas, Marc F., *Chien vivant*
Gevrey, Chantal, *Immobile au centre de la danse* (Prix Robert-Cliche 2000)
Gilbert-Dumas, Mylène, *Les dames de Beauchêne* (Prix Robert-Cliche 2002)
Gill, Pauline, *La cordonnière*
Gill, Pauline, *La jeunesse de la cordonnière*
Gill, Pauline, *Le testament de la cordonnière*
Gill, Pauline, *Les fils de la cordonnière*
Gill, Pauline, *Et pourtant elle chantait*
Girard, André, *Chemin de traverse*
Girard, André, *Zone portuaire*
Grelet, Nadine, *La belle Angélique*
Grelet, Nadine, *La fille du Cardinal*
Gulliver, Lili, *Confidences d'une entremetteuse*
Gulliver, Lili, *L'univers Gulliver 1. Paris*
Gulliver, Lili, *L'univers Gulliver 2. La Grèce*
Gulliver, Lili, *L'univers Gulliver 3. Bangkok, chaud et humide*
Gulliver, Lili, *L'univers Gulliver 4. L'Australie sans dessous dessus*
Hétu, Richard, *La route de l'Ouest*
Jobin, François, *Une vie de toutes pièces*
Lacombe, Diane, *La châtelaine de Mallaig*
Laferrière, Dany, *Cette grenade dans la main du jeune Nègre est-elle une arme ou un fruit?*
Laferrière, Dany, *Comment faire l'amour avec un Nègre sans se fatiguer*
Laferrière, Dany, *Eroshima*
Laferrière, Dany, *Le goût des jeunes filles*
Laferrière, Dany, *L'odeur du café*

Lalancette, Guy, *Il ne faudra pas tuer Madeleine encore une fois*
Lalancette, Guy, *Les yeux du père*
Lamothe, Raymonde, *L'ange tatoué* (Prix Robert-Cliche 1997)
Lamoureux, Henri, *Le passé intérieur*
Lamoureux, Henri, *Squeegee*
Landry, Pierre, *Prescriptions*
Lapointe, Dominic, *Les ruses du poursuivant*
Lavigne, Nicole, *Les noces rouges*
Maxime, Lili, *Éther et musc*
Messier, Claude, *Confessions d'un paquet d'os*
Moreau, Guy, *L'Amour Mallarmé* (Prix Robert-Cliche 1999)
Nicol, Patrick, *Paul Martin est un homme mort*
Robitaille, Marc, *Des histoires d'hiver, avec des rues, des écoles et du hockey*
Roy, Danielle, *Un cœur farouche* (Prix Robert-Cliche 1996)
Saint-Cyr, Romain, *L'impératrice d'Irlande*
St-Amour, Geneviève, *Passions tropicales*
Tremblay, Françoise, *L'office des ténèbres*
Turchet, Philippe, *Les êtres rares*
Vaillancourt, Isabel, *Les mauvaises fréquentations*
Vignes, François, *Les compagnons du Verre à Soif*
Villeneuve, Marie-Paule, *L'enfant cigarier*

CET OUVRAGE
COMPOSÉ EN GARAMOND CORPS 14 SUR 16
A ÉTÉ ACHEVÉ D'IMPRIMER
EN NOVEMBRE DEUX MILLE TROIS
SUR LES PRESSES DE TRANSCONTINENTAL
DIVISION IMPRIMERIE GAGNÉ
À LOUISEVILLE
POUR LE COMPTE
DE VLB ÉDITEUR.

IMPRIMÉ AU QUÉBEC (CANADA)